더폴

THE FALL
by Guillermo del Toro and Chuck Hogan

Copyright ⓒ 2010 by Guillermo del Toro and Chuck Hogan
Korean Translation Copyright ⓒ 2015 by MUNHAKDONGNE Publishing Corp.
All rights reserved.

This Korean edition was published by arrangement with
William Morrow, an imprint of HarperCollins Publishers through Eric Yang Agency.

이 도서의 국립중앙도서관 출판예정도서목록(CIP)은
서지정보유통지원시스템 홈페이지(http://seoji.nl.go.kr)와
국가자료공동목록시스템(http://www.nl.go.kr/kolisnet)에서 이용하실 수 있습니다.
(CIP제어번호: CIP2015004377)

더 폴

GUILLERMO DEL TORO \ CHUCK HOGAN
THE FALL

기예르모 델 토로 · 척 호건 장편소설 \ 조영학 옮김

문학동네

일러두기

1. 본문 중의 주석은 모두 옮긴이주입니다.
2. 고딕체는 원서에서 이탤릭체로 표시된 부분입니다.

로렌사에게 내 모든 사랑을 바치며
_GDT

나의 사랑하는 네 피조물을 위해
_CH

차례

이프리엄 굿웨더의 일기에서

11월 26일 금요일

세상이 끝장나는 데는 단 두 달밖에 걸리지 않았다. 우리는 남아서 그간의 경과를 설명해야 했다. 우리의 태만을, 우리의 오만을……

의회가 위기를 파악, 분석해서 관련 법안이 통과되었지만 막판에 거부권이 행사되었을 때는 이미 모든 것을 잃은 후였다. 밤은 그들의 차지였다.

결국 더는 우리 소유가 아닐 때에야 우리는 태양빛을 갈망했다……

이 모든 것이 '논쟁의 여지가 없는 비디오 증거'가 세상에 공개되고 단 며칠 만에 벌어진 일이다. 진실은 조롱 섞인 수많은 반박과 패러디 속에 질식하고, 유튜브는 우리의 희망을 낱낱이 짓밟아버렸다.

증거는 심야 토크쇼의 말장난 소재가 되고 우리는 기발한 사기꾼으로 전락했다. 하하…… 그리고 마침내 땅거미가 졌다. 우리는 거대하고 무정한 공허에 직면해야 했다.

어떤 전염병이든 대중이 보이는 첫번째 반응은 언제나 '부정'이다.

그다음은 '책임 전가'.

늘 그렇듯 만만한 가짜 원인들이 일제히 부상했다. 경기 침체, 사회불안, 인종 갈등, 테러 위협.

하지만 결국, 원인은 우리였다. 우리 모두였다. 그런 일은 도저히 일어날 수 없다고 확신했기 때문에 그런 일이 일어난 것이다. 우리는 지나치게 영리했고, 지나치게 진화했고, 지나치게 강했다.

이제 마침내 어둠이 완성되었다.

당연한 사실도, 절대적 진리도 더는 없다. 우리 존재의 근원도 없다. 인간 생물학의 기본 개념은 다시 쓰였다. DNA가 아닌 혈액과 바이러스를 근간으로.

기생충과 악마가 도처에 있다. 우리의 미래에는 이제 유기체의 자연 부패와 죽음이 아니라 복잡하고 역겨운 변화가 있다. 감염. 변태.

놈들은 우리에게서 이웃과 친구와 가족을 앗아갔다. 놈들은 이제 그들의 얼굴을 하고 있다. 우리 가족의 얼굴. 우리가 사랑하는 이들의 얼굴.

우리는 집에서 쫓겨났다. 왕국에서 추방되어 기적을 찾아 외지를 떠돌고 있다. 우리 생존자들은 피투성이가 되었다. 망가지고 패배했다.

하지만 변하지는 않았다. 우리는 놈들과 다르다.

아직은.

기록이나 역사를 남길 생각은 없다. 이 글은 단지 어떤 화석들에 대한 비가悲歌이자, 문명 시대의 종말에 대한 회고일 뿐이다.

공룡은 자신들의 흔적을 거의 남기지 않았다. 호박 속의 뼛조각 몇 개, 위 속 내용물과 배설물이 다였다.

아무쪼록 그보다 가치 있는 자취를 남길 수 있다면 좋으련만.

잿빛 하늘

GRAY SKIES

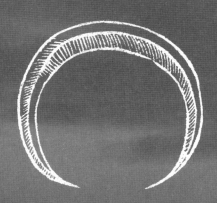

니커보커 전당포, 스패니시할렘 118번가

11월 4일 목요일

거울은 흉보를 전해준다. 아브라함 세트라키안은 벽에 달린 녹색 형광등 아래 서서 욕실 거울을 들여다보았다. 자신보다 더 늙은 거울을 들여다보는 노인. 검게 변한 테두리에서 세월의 흔적이 묻어났다. 거울 한가운데로 거뭇한 녹이 집요하게 파고들었고, 거울 속 노인도 현실의 노인도 부식되고 있었다.

죽을 때가 되었군.

은거울은 분명 그렇게 말하고 있었다. 죽음, 혹은 그 이상의 위기에 몰린 적은 많았지만 이번엔 차원이 달랐다. 거울 속 자신의 모습에서 그는 피할 수 없는 운명을 보았다. 그럼에도 한편으로는 오래된 거울들이 진실을 말한다는 사실이 위안이 되었다. 거울은 정직하고 순수하다. 특히 이 거울은 세기 전환기의 걸작 아니던가. 육중한 거울은 꼰 철사로 낡은 타일벽에 매달린 채 앞으로 약간 기울어 있었다. 이런 은거울이 그가 지내는 곳에 여든 개쯤 있었다. 벽에 걸어놓고, 바닥에 세워두고, 책장에 기대놓은 거울들. 그는 강박적으로 거울을 모았다. 사막을 횡단해본 사람이 물의 가치를 알듯 세트라키안은 은거울을 보면 그냥 지나칠 수 없었다. 휴대용 소형 거울이라면 더더욱.

하지만 의지가 되는 것은 늘어나는 은거울의 수보다도 태곳적부터 내려온 특성에 있었다.

통념과는 달리 뱀파이어도 분명 거울에 모습이 비친다. 대량생산된 현대식 거울에 비친 모습은 직접 보는 것과 차이가 없다. 그러나 은거울에는 왜곡되어 나타난다. 은의 물리적 속성 때문에, 바이러스로 가득한 놈들의 모습에서 마치 경고처럼 시각적 간섭이 발생하는 것이다. 백설공주 이야기에 나오는 거울처럼 은거울은 거짓말을 못 한다.

세트라키안은 거울에 비친 자신의 얼굴을 찬찬히 살펴보았다. 거울 양옆으로는 두꺼운 사기 세면기, 가루약과 관절염 연고들, 뒤틀린 관절의 통증을 달래기 위한 발열 도찰제가 놓인 선반이 자리했다.

그가 마주한 것은 꺼져가는 기운이었다. 그의 몸이 딱 그랬다. 늙고 약해져 썩어가는 고깃덩어리. 변태의 신체적 외상을 어디까지 견뎌낼 수 있을까? 그 과정에서 도태하는 제물들도 있지 않던가.

얼굴도 그렇다. 깊게 팬 지문 같은 주름들. 세월의 손길은 그의 외모에 너무도 확연한 흔적을 새겨놓았다. 하룻밤 사이에 이십 년은 더 늙은 것 같았다. 두 눈은 작고 건조해 보였으며 상아처럼 누렜다. 얼굴은 한층 더 파리했고 힘없는 머리카락은 마치 폭풍을 맞아 꺾여버린 은빛 억새 같았다.

픽, 픽, 픽……

죽음이 부르는 소리가 들려왔다. 지팡이 소리. 쿵쾅대는 심장 소리.

그는 자신의 뒤틀린 손을 내려다보았다. 저 은검 지팡이의 손잡이를 꼭 쥘 수 있도록 오로지 의지력으로 형태를 잡아놓았을 뿐, 그밖에는 아무런 쓸모가 없는 손.

마스터와의 싸움도 그를 크게 약화시켰다. 마스터는 세트라키안이 기억하는 것보다, 그리고 예상했던 것보다 훨씬 강했다. 그는 직사광선을 받고도 살아남았다. 이 사실을 어떻게 이해해야 하는가. 햇빛은 마스터에게서 힘을 빼앗고 상처를 입혔지만 그를 없애지는 못했다. 바이러스에 치명적인 자외선이 은검의 만 배쯤 되는 위력으로 난도질했지만 그 끔찍한 피조물은 끝내 살아서 탈출했다.

인생이란 결국 작은 승리와 그보다 더 큰 실패의 연속일 뿐인가? 하지만 달리 뭘 해야 했나? 포기?

세트라키안은 포기하지 않았다.

이 순간 그에게 남은 건 뒤늦은 가정뿐이었다. 그렇게 하는 대신 이렇게 했더라면. 마스터가 안에 있다는 사실을 알았을 때 건물을 폭파했더라면. 마지막 순간 에프가 나를 죽게 내버려뒀더라면……

놓친 기회들을 떠올리는 것만으로도 심장이 다시 걷잡을 수 없이 뛰었다. 빠르고 불규칙하게 펄떡대는 심장. 마치 달리고 또 달리고 싶어 안달난 아이처럼 가슴이 요동친다.

픽, 픽, 픽……

심장박동을 덮고 들려오는, 나지막이 웅웅대는 소리.

세트라키안에게는 아주 익숙한 소리다. 혼절의 서곡. 이러다 정신을 차려보면 응급실이겠지. 물론 문을 연 병원이 남아 있다면.

그는 뻣뻣한 손으로 약상자에서 하얀 알약을 꺼냈다. 니트로글리세린은 심장으로 피를 나르는 혈관을 이완하고 팽창시켜 협심증을 막아준다. 피를 잘 통하게 하고 산소 공급을 돕는 것이다. 그는 그 설하정을 바짝 마른 혀 밑에 넣고 녹였다.

즉각 감미롭고 얼얼한 감각이 느껴졌다. 몇 분 후면 심장의 이상음도 잦아들 것이다.

약기운이 빠르게 돌면서 마음도 놓였다. 부질없는 미련, 반추와 후회…… 모두 괜한 시간 낭비일 뿐이다.

결국 이곳에 왔다. 안쪽에서부터 붕괴하는 도시 맨해튼이 그를 부른 것이다.

777기가 JFK 공항에 착륙한 이후로 몇 주가 지났다. 마스터가 도착하고 질병이 창궐한 지 몇 주째였다. 세트라키안은 최초의 뉴스 보도를 보고 모든 걸 예견했다. 깊은 새벽 난데없이 울리는 전화벨로 사랑하는 사람의 죽음을 직감하는 것만큼이나 너무도 분명했다. 죽어버린 비행기에 관한 뉴스가 도시를 장악했다. 안전하게 착륙한 지 불과 몇 분 뒤, 비행기는 완전히 작동을 멈추고 유도로에 서버렸다. 질병관리센터CDC 요원들이 바이오슈트를 착용하고 기내에 들어가 네 명의 '생존자'를 제외한 승객과 승무원 전원의 사망을 확인했다. 생존자라 해도 상태가 좋지 않았고, 마스터로 인해 이상 증세는 심해질 뿐이었다. 마스터의 관을 화물칸에 숨겨 그가 대양을 건너도록 도와준 사람은 엘드리치 파머였다. 영생을 위해 전 인류를 팔아넘긴 부호이자 권세가, 죽어가는 남자. 하루의 잠복기가 지나자 승객들의 시체에서 바이러스가 활성화하고, 시체들이 부검실의 테이블을 빠져나와 도시에 흡혈의 역병을 퍼뜨렸다.

세트라키안만이 역병의 잠재력을 인지하고 있었을 뿐, 세상은 그 끔찍한 진실을 외면했다. 이후 런던 히스로 공항에 착륙한 비행기도 게이트 인근의 유도로에서 완전히 멈춰버렸고, 오를리 공항에서는 에어 프랑스가 죽은 채로 착륙했다. 도쿄의 나리타 국제공항, 뮌헨의 프란츠 요제프 슈트라우스 공항도 마찬가지였다. 텔아비브 벤구리온 국제공항은 철저한 보안으로 유명했으나 대테러 특공대가 활주로에서 불 꺼진 여객기를 급습했을 때는 이미 승객 126명 전원이 사망했거나 의식을 잃은 뒤였다. 그럼에도 화물칸을 수색하라거나 비행기를 폭파하라는 경보는 발효되지 않았다. 사건의 진행 속도가 너무 빠른데다 허위 정보와 불신이 판을 쳤기 때문이다.

같은 상황이 계속 반복되었다. 마드리드. 베이징. 바르샤바. 모스크바. 브라질리아. 오클랜드. 오슬로. 소피아. 스톡홀름. 레이캬비크. 자카르타. 뉴델리. 보다 호전적이고 예민한 일부 지역에서는 정확하고 신속하게 공항 격리에 착수하여 군대를 동원해 죽은 항공기와의 접촉을 완전히 차단했다. 하지만…… 놈이 비행기를 노린 것은 바이러스를 침투시키려는 목적도 있으나 주의를 분산시키려는 작전이기도 할 것이다. 세트라키안은 그 생각을 떨칠 수가 없었다. 그가 옳은지는 시간이 말해주겠지만, 사실상 남은 시간은 거의 없었다.

최초의 스트리고이,* 그러니까 리지스 항공 희생자들과 그들의 가족들로 구성된 1세대 뱀파이어들은 이미 두번째 변화를 시작했다. 새로운 환경과 변화된 신체에 적응해가고 있는 것이다. 그들은 적응하고 생존하고 번식하는 방법을 깨닫고 있었다. 해질녘이면 뱀파이어의 공격이 시작되었고, 뉴스에서는 광범위한 지역에 걸쳐 '폭동'이 일어났다고 보도했다. 훤히 밝은 시간에 걷잡을 수 없이 번져가는 약탈과 파괴라는 점에서 부분적으로는 맞는 말이지만, 그들의 만행이 한밤중에 절정에 이른다는 사실을 지적하는 사람은 없었다.

이런 식의 혼란이 전국적으로 일어나자 국가의 기반 시설이 붕괴하기 시작했다. 식량 공급망이 끊어져 유통이 지연되었다. 실종자가 늘어

---

* 루마니아어로 '뱀파이어'라는 뜻.

나면서 인력 확보가 어려워지고 등화관제도 제대로 시행되지 않았다. 경찰서와 소방서의 출동이 늦어지는 대신 사적 처벌과 방화의 빈도가 증가했다.

건물이 불타고 약탈이 횡행했다.

세트라키안은 자신의 얼굴을 들여다보며 다시 한번 청년의 혈기를 찾을 수 있기를 바랐다. 어쩌면 소년의 모습이 보일지도. 그는 복도 끝 손님용 침실에 있는 어린 재커리 굿웨더를 떠올렸다. 인생의 끝이 보이는 세트라키안에게도 소년만큼은 측은하기 그지없었다. 고작 열한 살일 뿐인데 벌써 철이 들어야 하다니. 불행하게도 소년은 엄마의 몸을 장악한 언데드에게 쫓기는 신세였다.

세트라키안은 침실로 나와 옷장 쪽 의자에 앉았다. 그리고 한 손으로 얼굴을 가렸다. 이 혼란스러운 마음이 어서 가라앉으면 좋으련만.

끔찍한 비극은 고독을 낳는다. 지금 그는 고독에 휩싸여 있었다. 오래전에 죽은 아내 미리암이 그리웠다. 몇 장의 사진으로밖에 남지 않은 그녀의 얼굴이 마구 밀려들었다. 그는 미리암의 사진을 자주 들여다보았다. 그럴수록 사진 속 이미지만 굳건해질 뿐, 진짜 미리암은 볼 수 없었다. 그녀는 필생의 연인이었다. 그런 점에서 그는 행운아였지만 그 사실을 떠올리는 것이 때로는 고역이었다. 아름다운 여인을 만나 사랑을 구하고 결혼했다. 아름다움을 보고, 또 악을 보았다. 지난 세기의 최선과 최악을 모두 목격하고 그 모두를 극복해냈다. 그리고 이제 최후를 목도하고 있다.

이프리엄의 전처도 떠올랐다. 살아서 한 번, 죽어서 한 번 만난 켈리. 그는 에프의 고통을 이해했다. 이 세상의 고통을 이해했다.

밖에서 다시 자동차 충돌음이 들려왔다. 저멀리 총성이 들리고, 자동차와 건물에서 집요하게 경보음이 울어댔다. 도움의 손길은 어디에도 없었다. 인간으로서 내지르는 마지막 비명들이 밤을 갈가리 찢어놓았다. 약탈자들은 재산뿐 아니라 영혼까지 빼앗았다. 소유물이 아니라 소유자를 직접 데려갔다.

그는 작은 협탁 위의 카탈로그에 손을 떨구었다. 소더비의 카탈로그. 며칠 뒤 경매가 예정되어 있었다. 우연의 일치일 리 없다. 얼마 전의 엄폐, 국제분쟁, 경기 침체, 그 무엇 하나 우연의 일치가 아니다. 우리는 도미노처럼 차례로 무너지고 있다.

카탈로그를 집어들어 특정 페이지를 찾아 펼쳤다. 한 고서가 도판 없이 올라와 있었다.

오키도 루멘(1667)—스트리고이의 기원에 대한 완벽한 해설 및 그들의 존재를 부정하는 주장에 대한 철저한 논박. 고故 아비그도르 레비 랍비 번역. 개인 소장. 채색 필사한 원原 장정본. 일람 전 예약 필수. 평가액 1,500~2,500만 달러.

적 스트리고이를 이해하고 정복하려면 없어서는 안 될 자료다. 복사본이나 사진이 아닌, 원본이 필요하다.

이 책은 1508년 자그로스 산맥 동굴 속 항아리들에서 발견된 여러 장의 고대 메소포타미아 점토판에 기초한다. 극도로 약하고 수메르어가 기록된 이 점토판은 어느 부유한 비단상인이 사들였는데, 유럽 전역을 돌아다니던 그는 이후 피렌체의 거처에서 교살당한 채 발견되었다. 당시 그의 창고도 불에 타버렸으나 점토판은 이미 다른 이들의 수중에 있어 무사할 수 있었다. 바로 유명한 주술사 존 디, 그리고 훗날 존 사일런스라고만 알려진 존 디의 조수가 점토판을 가지고 있던 덕분이다. 엘리자베스 1세의 고문이기도 했던 존 디는 점토판을 해독하지 못한 채 마법 도구로만 간직하다가, 궁핍에 시달려 1608년 딸 캐서린을 시켜 팔아 버렸다. 점토판을 산 사람은 박식한 랍비 아비그도르 레비. 그는 프랑스 로렌 메스의 옛 유대인 거주 지구에 살면서 특별한 능력을 발휘하여 수십 년 동안 점토판을 꼼꼼히 해독했다. 유사한 점토판들이 해독되기 시작한 시기보다 거의 삼백 년 전의 일이었다. 그리고 레비는 마침내 루이 14세에게 결과물의 사본을 진상했다.

왕은 문서를 받자마자 늙은 랍비를 감금하고 점토판들을 파괴하라는 지시를 내렸다. 장서와 종교 의식을 위한 공예품으로 가득한 그의 서재 역시 마찬가지 운명에 처해졌다. 점토판들은 가루가 되고 원고는 지하 창고에 처박혀 수많은 금단의 보물들과 함께 썩어갔다. 그리고 1671년, 루이 14세의 정부이자 오컬트의 신봉자였던 몽테스팡 부인이 비밀리에 문서의 회수를 지휘했다. 문서는 몽테스팡의 마녀이자 막역한 친구였던 산파 라부아쟁의 손에 넘어갔고, 이후 독약 사건*을 둘러싼 광란에 휘말려 라부아쟁이 추방당하는 과정에서 실종되었다.

이 책이 잠깐이나마 다시 수면에 떠오른 것은 1823년의 일이다. 런던의 악명 높은 난봉꾼이자 학자인 윌리엄 벡퍼드가 지은 초호화 저택 폰트힐 사원의 도서관 장서 목록에 오른 것이다. 그는 그곳에 희귀 골동품, 금서, 놀라운 예술품 들을 닥치는 대로 긁어모았으나, 그후 빚을 갚기 위해 고딕 양식의 건물부터 그 안의 물건들까지 통째로 무기상에게 팔아넘겼고, 책은 다시 백 년 가까이 모습을 감추었다. 1911년 마르세유 경매에 실수인지 의도인지 '카수스 루멘'이라는 잘못된 제목으로 나왔는데, 그나마도 실제 원고는 전시되지 않았고 기이한 전염병이 도시

---

* 17세기 후반 프랑스 귀족들이 유행처럼 마녀를 통해 마약 및 독약을 조제한 사건. 이를 계기로 수차례의 재판을 거쳐 서른여섯 명이 처형되었다.

를 휩쓴 탓에 경매마저 바로 취소되었다. 그후로 원고는 완전히 소실된 것으로 여겨져왔다. 그런데 지금 바로 이곳 뉴욕에 나타난 것이다.

하지만 1,500만 달러? 2,500만 달러? 불가능한 액수다. 다른 방법을 강구해야 하리라……

감히 누구에게도 말하지 못했지만 가장 큰 두려움이라면, 머나먼 옛날에 시작한 이 전쟁에서 이미 진 것 같다는 점이다. 전쟁은 이미 막바지였다. 지구라는 체스판 위에서 인간의 킹은 이미 외통수에 몰린 채 얼마 남지도 않은 수로 안간힘을 쓰며 버티고 있었다.

귓속의 웅웅거리는 소리에 세트라키안은 눈을 질끈 감았다. 소리는 그치지 않았다. 아니, 오히려 점점 커져갔다.

전에는 이런 부작용이 없었건만.

그 사실을 깨닫고 세트라키안은 간신히 뻣뻣한 몸을 일으켜세웠다.

결코 알약 때문이 아니었다. 윙윙거리는 소리는 사방에서 울렸다. 작지만 분명히 들렸다.

이곳에는 그들만 있는 게 아니었다.

그 아이야. 세트라키안은 생각했다. 그리고 힘겹게 몸을 일으켜 잭의 방으로 향했다.

픽, 픽, 픽……

엄마가 아이를 잡으러 오고 있다.

잭 굿웨더는 전당포 건물 옥상 모퉁이에 책상다리를 하고 앉았다. 아빠의 컴퓨터는 무릎에 올려두었다. 건물 전체에서 인터넷 연결이 가능한 곳은 여기뿐이었다. 근처 어딘가 보안이 뚫린 덕에 홈네트워크에 침투할 수 있었으나 전파 감도가 겨우 눈금 한두 개를 오르내릴 정도로 약해서 인터넷 속도는 거의 굼벵이 수준이었다.

아빠가 컴퓨터를 써도 된다고 허락한 건 아니었다. 사실, 지금 그는 잠을 자고 있어야 했다. 하지만 열한 살짜리 소년은 평소에도 쉽게 잠들지 못했다. 부모에게는 숨겼지만 이미 심각한 불면증이었다.

불면맨 잭! 그가 만들어낸 최초의 슈퍼히어로. 재커리 굿웨더가 그림을 그려 글자를 써넣고 색까지 입힌 여덟 쪽짜리 컬러 만화의 제목이기도 하다. 십대 주인공이 뉴욕의 밤거리를 순찰하며 테러범과 인간쓰레기를 격퇴하는 내용이다. 슈퍼 망토의 주름은 몇 번을 그려봐도 이상했지만, 얼굴은 그럭저럭 괜찮았고 근육도 좋았다.

이 도시에도 불면맨 잭이 필요했다. 잠은 사치였다. 그가 알고 있는 바를 저들도 안다면 결코 누리지 못할 사치.

저들도 그 광경을 봤다면……

잭은 3층 손님용 침실의 거위털 침낭에 들어가 있어야 했다. 그 방에서는 벽장 냄새가 났다. 할아버지 댁의 낡은 삼나무 방 냄새 같기도 했다. 호기심 많은 아이들이나 열어보는 그런 방. 무척 비좁은데다 모양도 희한한 그 방은 세트라키안 할아버지(교수라고 하던데 잭은 잘 이해가 되지 않았다. 전당포를 운영하는 교수라니)가 창고로 쓰던 곳이었다. 아슬아슬하게 쌓인 책들, 옛날 거울들, 낡은 옷으로 가득한 옷장에 자물쇠로 잠긴 궤짝들까지…… 그건 진짜 자물쇠였다. 잭도 열어보려 했지만 클립이나 볼펜 따위로 쉽게 열리는 가짜 자물쇠하고는 차원이 달랐다.

쥐 사냥꾼 페트(그는 잭에게 자기를 브이라고 부르라 했다)가 낡은 8비트 카트리지형 닌텐도 게임기를 누군가 저당잡힌 산요 텔레비전에 연결해주었다. 텔레비전도 전당포 진열실에서 들고 왔는데 버튼 대신 커다란 다이얼 몇 개가 달린 구형이었다. 어른들은 잭이 방에 처박혀 '젤

다의 전설'이나 하기를 바랐던 것이다. 하지만 침실 문에는 자물쇠가 달려 있지 않았다. 아빠와 페트는 창문에 쇠창살을 설치했다. 바깥이 아니라 안쪽 벽보에 고정했는데 세트라키안 할아버지 말로는 1970년대부터 가지고 있던 창살이라고 했다.

어른들은 그를 가두려는 게 아니었다. 잭도 알고 있었다. 그녀가 들어오지 못하게 하려는 것임을.

그는 CDC 홈페이지에 들어가 아빠의 개인 페이지를 찾아봤지만 '페이지 없음'이라는 화면만 떴다. 이미 정부 웹사이트에서 아빠를 삭제해버린 것이다. '이프리엄 굿웨더 박사'를 다룬 뉴스에서도, 인간이 뱀파이어로 변해 파괴되는 장면을 보여주겠다며 비디오를 조작한 부패 공무원이라고 그를 몰아붙였다. 일식日蝕 히스테리를 자신의 구미에 맞게 이용하려고 그런 비디오를 인터넷에 업로드했다는 얘기였다(사실 업로드한 건 잭이고 아빠는 잭이 내용을 보지 못하도록 애썼다). 어쨌든, 개소리들이다. 도대체 사람들의 생명을 구하겠다는 것 말고 아빠한테 무슨 '의도'가 있었단 말인가? 어떤 온라인 뉴스 사이트는 "추악한 양육 전쟁에 휘말린 알코올중독자 굿웨더가 현재 아들을 납치해 도피중인 것으로 보인다"고 기사에 썼다. 잭은 가슴에 얼음덩어리가 걸린 듯했다. 기사는 굿웨더의 전처와 그녀의 애인이 실종 후 사망한 것으로 추정된다고 덧붙였다.

요 며칠간 역겹지 않은 게 없었지만 특히 이 기사의 개소리야말로 그에게는 독약이나 다름없었다. 전부 거짓이다. 마지막 한 마디까지 다. 정말 진실을 모르는 걸까? 아니면…… 아무래도 상관없다는 걸까? 혹시 이들도 자기 구미에 맞게 엄마 아빠의 곤경을 이용하려는 건가?

반응은 또 어떻고? 댓글은 훨씬 더 지독했다. 하지만 아빠에 대한 악성 댓글들을 곱씹고 있을 여유는 없었다. 자기가 옳다고 믿는 오만한 익명의 게시자들에게 반응하는 것보다 엄마의 섬뜩한 진실을 어떻게든 정리하는 일이 급선무였다. 블로그와 토론장을 가득 채운 진부한 비방들은 진상을 완전히 헛짚은 것이었다.

실제로 죽지 않은 사람을 어떻게 애도한단 말인가? 그 사람이 끝없이 나를 갈망하는데 어떻게 두려워한단 말인가?

잭의 입장에 서서 진실을 본다면 아빠의 명예도 회복되고, 세상 사람들도 귀를 기울일 것이다. 아니, 그런다고 뭐가 달라질까. 엄마와 잭 자신의 인생은 이미 돌이킬 수 없는데.

잭은 모든 게 어서 지나가길 바랐다. 뭐든 기적이 일어나 모든 걸 제자리에 돌려놓기를 바랐다. 지금보다 훨씬 어렸을 때도 그런 적이 있었다. 다섯 살 때였나? 거울을 깨 시트로 덮어놓고는, 부모님께 들키기 전에 부디 원래 상태로 돌려달라고 혼신을 다해 기도했다. 아빠, 엄마가 다시 사랑에 빠지기를 바란 적도 많았다. 두 사람이 어느 날 정신을 차리고 문득 자신들의 실수를 깨닫기를.

지금은 아빠가 뭔가 기적을 일으켜주기를 남몰래 바랐다. 상황이야 어떻든 아직은 해피엔딩 같은 게 남아 있다고 믿었다. 그들 모두를 위한 해피엔딩이. 엄마도 예전 모습으로 돌아올지 모른다.

눈물이 날 것 같았다. 이번에는 참지 않았다. 그는 옥상에 있었고, 또 혼자였다. 엄마가 미치도록 보고 싶었다. 생각만으로도 겁이 났지만 그래도 엄마가 오기를 바랐다. 엄마의 눈을 들여다보고 싶었다. 목소리를 듣고 싶었다. 어려운 일에 처할 때면 언제나 그랬던 것처럼 모든 걸 설명해주길 원했다. 다 괜찮아질 거야……

그를 현실로 불러들인 건 깊은 밤 어둠 속에서 들려온 비명소리였다. 업타운 쪽을 보니 서쪽에서 거센 불길과 검은 연기가 솟아오르고 있었다. 고개를 들었다. 오늘밤 하늘에는 별 하나 없었다. 비행기 몇 대가 날아다닐 뿐. 그날 오후 내내 전투기의 굉음이 들렸다.

잭은 소맷자락으로 눈물을 훔치고 컴퓨터로 돌아갔다. 아빠가 못 보게 한 동영상을 빠른 검색 기능으로 찾아냈다. 파일을 열자마자 아빠의 목소리가 들려왔다. 아빠가 카메라를 조작하고 있었다. 잭의 카메라. 아빠가 빌려간 것이었다.

처음에는 피사체가 잘 보이지 않았다. 어두운 헛간 안에서 누군가 허리를 굽히고 상체를 잔뜩 내밀었다. 목구멍 안쪽에서 으르렁대는 소리. 사슬이 끌리는 소리. 카메라가 줌인되자 화면 상태가 좀 밝아졌다. 잭은 벌어진 입을 보았다. 기형적으로 크게 벌어진 입안에서 가느다란 은색 물고기 같은 것이 퍼덕거렸다.

헛간 괴물의 눈은 크고 번들거렸다. 처음에 잭은 슬픈 눈이라고 생각했다. 상처받은 눈. 목에는 목걸이가 걸려 있었는데 뒤쪽의 더러운 바닥에 사슬로 매어놓은 개목걸이였다. 괴물은 창백해 보였다. 핏기가 전혀 없어 마치 빛을 발하는 것 같았다. 그때 이상한 펌프 소리 같은 게 들렸다. 철컥-슉, 철컥-슉, 철컥-슉. 그리고 카메라 뒤에서(아빠겠지?) 세 개의 은못이 총알처럼 헛간의 괴물에게 발사됐다. 괴물이 울부짖으며 발광하자 카메라 화면도 크게 흔들렸다. 고통에 지친 병든 짐승.

"이제 됐네." 비디오에서 누군가가 말했다. 세트라키안 할아버지의 목소리였다. 하지만 지금까지 친절한 전당포 할아버지에게서 들었던 어떤 말투와도 달랐다. "자비도 베풀어야지."

그때 할아버지가 화면에 나타나더니 고대 언어 같은 이상한 말을 읊조렸다. 정령을 소환하거나 저주를 내리는 모양이었다. 그러고는 은검을 들었다. 달빛에 환히 비친 장검. 그가 있는 힘껏 검을 휘두르자 헛간 괴물이 늑대처럼 울부짖었다……

갑작스러운 목소리에 잭은 모니터에서 고개를 들었다. 아래쪽 길거리에서 들리는 소리였다. 그는 노트북을 덮고 일어나 조심조심 옥상 난간 너머로 118번가를 내려다보았다.

다섯 명의 남자가 전당포 쪽으로 오고 있었다. 그 뒤를 SUV 한 대가 천천히 따랐다. 남자들은 모두 총을 들고서 집집마다 문을 두드렸다. SUV가 교차로 앞에 멈춰 섰다. 전당포 바로 앞이었다. 남자들이 건물로 다가오더니 보안문을 흔들었다. "문 열어요!"

잭은 뒤로 물러나 돌아서서 옥상 문으로 향했다. 아무래도 누군가 방을 들여다보기 전에 돌아가야겠다.

그때 그녀를 보았다. 고등학생으로 보이는 십대 소녀가 이웃집 옥상에 서 있었다. 전당포 입구 모퉁이에 있는 공터 맞은편 집이다. 미풍에 기다란 잠옷 자락이 무릎 근처에서 살랑거렸다. 하지만 머리카락은 무겁게 늘어진 채 미동도 하지 않았다.

그녀는 옥상 가장자리에 완벽하게 균형을 잡고 서 있었다. 자세도 전혀 흔들림이 없었다. 끄트머리에 아슬아슬하게 서서 건너뛰려는 듯했으나, 당연히 불가능한 거리다. 소녀도 건너뛰고 싶지만 실패하리라는 걸 아는 듯했다.

잭은 그녀를 빤히 보았다. 알 수 없었다. 확신이 없었다. 하지만 의심은 갔다.

그는 어쨌든 한 손을 들었다. 그리고 흔들어 보였다.

그녀가 잭을 마주보았다.

전 CDC 요원 노라 마르티네스 박사가 현관문을 열어주었다. 방탄조끼 차림의 무장한 다섯 남자가 보안 철창 너머에서 그녀를 내려다보았다. 방탄조끼와 공격용 무기. 둘은 수건으로 얼굴 아랫부분을 가렸다.

"별일 없습니까, 부인?" 한 남자가 물었다.

"네. 이 쇠창살이 있는 한 문제없죠." 노라가 대답했다. 남자가 배지나 계급장을 달고 있는지 살폈지만 보이지 않았다.

"집집마다 확인중입니다. 저쪽에 사고가 있었거든요." 그가 117번가를 가리켰다. "하지만 진짜 심각한 건 이 구역에서 일어난 문제가 다운타운으로 번져가고 있다는 점이죠." 그들이 말하는 '이 구역'이란 할렘이었다.

"그런데 여러분은……?"

"시민자위대 정도로 아시면 됩니다. 아무튼 이곳에 혼자 계시면 안됩니다."

"혼자 아닙니다." 그녀의 등뒤로 바실리 페트가 나타났다. 뉴욕 시 방역청 방역관이자 해수害獸 박멸 자영업자.

남자들이 거한을 위아래로 훑어보았다. "전당포 주인이십니까?"

"아버지 가게요. 무슨 문제라도 생겼습니까?"

"사이코 폭동을 진압하는 중입니다. 선동가들과 폭도들이 상황을 악용하고 있거든요."

"말투가 꼭 경찰 같군요." 페트가 말했다.

"동네를 떠날 생각이라면 지금 가야 합니다. 다리고 터널이고 인산인해입니다. 난리도 이런 난리가 없어요." 다른 남자가 페트의 말을 무시하고 덧붙였다.

"밖으로 나와 도울 생각이 있다면 언제든 환영입니다." 또다른 남자가 말했다.

"생각해보죠." 페트가 대답했다.

"가자!" SUV 운전자가 소리쳤다. 자동차는 시동을 끄지 않고 대기중이었다.

"행운을 빌죠. 지금은 그게 필요할 때니까요." 한 남자가 인상을 찌푸리며 말했다.

노라는 그들이 떠나는 모습을 지켜보다가 문을 잠그고 어둠 속으로 물러섰다. "갔어요." 그녀가 말했다.

옆에서 지켜보던 이프리엄 굿웨더가 앞으로 나서며 투덜댔다. "멍청이들."

"짭새들이에요." 길모퉁이를 돌아가는 남자들을 지켜보며 페트가 말했다.

"어떻게 알아요?" 노라가 물었다.

"모르면 바보죠."

"그럼 숨길 잘한 거네요." 노라가 에프에게 말했다.

에프가 고개를 끄덕였다. "그런데 왜 배지를 안 달았지?"

"근무 교대를 해주고 비번 시간에 어슬렁대는 겁니다. 동네 돌아가는 꼬락서니가 맘에 안 든다는 얘기죠. 어차피 부인들도 짐 싸서 저지로 떴겠다. 돌아다니면서 대갈통 몇 개 날리는 것 말고는 별로 할 일도 없고. 짭새들은 자기들이 도시를 움직인다고 생각해요. 뭐, 틀린 말도 아니죠. 어차피 길거리 깡패 같은 자들이니. 여긴 저치들 영역이고 그래서 지키려는 겁니다." 페트가 말했다.

"그렇게 말하니 지금 우리 처지하고 별다를 게 없어 보이는군." 에프가 말했다.

"문제는 은이 아니라 납을 들고 다닌다는 거예요. 경고라도 해줘야 하지 않나요?" 노라가 슬며시 에프의 손을 잡았다.

"애초에 사람들에게 경고를 하려다 도망자 신세가 된 거 아냐?" 에프가 대답했다.

에프와 노라는 사망한 것으로 추정되는 승객들을 특공대가 발견한 후 죽은 비행기에 최초로 오른 사람들이었다. 시체들에서는 자연적인 부패가 진행되지 않았고, 관 모양의 궤짝은 일식이 일어나는 동안 사라졌다. 그후 일반적인 의학과 과학으로 설명할 수 없는 최악의 전염병이 발생했다. 적어도 에프의 판단은. 그로 인해 그는 전당업자 세트라키안을 만나고 또 역병의 이면에 감춰진 끔찍한 진실도 알게 되었다. 에프는 질병의 본질, 그러니까 도시 곳곳을 헤집고 다니는 뱀파이어 바이러스에 대해 필사적으로 세상에 경고하려 했다. 하지만 결과는 CDC와의 결별이었을 뿐. 그들은 에프에게 살인죄까지 뒤집어씌우며 입을 막으려 들었고 덕분에 지금껏 도망자 신세다.

그가 페트를 보았다. "차는 준비됐나?"

"언제든 떠날 수 있죠."

에프가 노라의 손을 꼭 쥐었다. 그녀도 그를 보내고 싶지 않았다.

"바실리? 이프리엄! 노라!" 세트라키안의 목소리였다. 진열실 뒤의 나선형 계단 위였다.

"여기 아래에 있어요, 교수님!" 노라가 대답했다.

"누군가 오고 있네." 그가 말했다.

"아, 지금 막 쫓아 보냈어요. 무장 자경대원들이었어요."

"인간이 아니야. 그리고 잭도 안 보여." 세트라키안이 말했다.

침실 문이 쾅 하고 열리자 잭은 고개를 돌렸다. 아빠가 싸움이라도 할 기세로 황급히 달려들어왔다. "어, 아빠." 잭이 놀라며 침낭에서 일어나 앉았다.

에프가 방을 둘러보았다. "세트라키안 교수님이 네가 방에 없다고 했다."

"어…… 바닥에 있어서 못 보신 모양이죠." 잭은 짐짓 눈을 비비는 시늉을 했다.

"그래, 그럴지도 모르지." 에프는 잭을 잠시 바라보았다. 아들 말을 믿지는 않았으나 왜 거짓말을 하느냐고 추궁하는 것보다 더 시급한 문제가 있었다. 그는 방을 돌며 창문의 창살을 점검했다. 잭이 보지 못하도록 한 손을 등뒤로 숨겼지만 잭은 금세 눈치챘다.

노라가 따라 들어오다가 잭을 보고 우뚝 멈춰 섰다.

"무슨 일인데요?" 잭이 자리에서 일어나며 물었다.

아빠가 신경쓸 것 없다는 듯 고개를 저었다. 미소가 너무 성급하기는 했다. 눈가에 웃음기 하나 없는 겉치레. "그냥 둘러보는 거야. 어디 가면 안 된다, 응? 곧 돌아오마."

그가 방을 나섰다. 여전히 등뒤에 뭔가 감춘 채였다. 잭은 궁금했다. 철컥-슉 하던 그 물건인가? 아니면 은검?

"꼼짝 말고 있어." 노라도 나가며 문을 닫았다.

도대체 뭘 찾고 있을까? 예전에 아빠와 싸울 때 엄마가 노라의 이름을 들먹인 적이 있었다. 뭐, 싸움이라고 하기도 어려웠다. 갈라선 뒤로는 서로 감정을 분출할 뿐이었으니까. 아빠가 노라에게 키스하는 것도 보았다. 세트라키안 할아버지, 페트와 함께 떠나기 직전에. 그들이 떠나자 노라는 내내 긴장한 채 초조해했었다. 그리고 그들이 돌아온 후로 모든 게 달라졌다. 아빠는 완전히 절망에 빠진 듯했는데, 잭이 두 번 다시 보고 싶지 않은 모습이었다. 할아버지는 몸져눕고 말았다. 몰래 주변을 기웃거리며 몇 마디 주워듣기는 했지만 그걸로는 한참 모자랐다.

'마스터'……

햇빛과, '파괴'하는 데 실패했다는……

'세상의 종말'……

잭은 손님용 침실에 혼자 남아 주변을 맴도는 수수께끼들에 대해 이리저리 궁리해보았다. 벽에 걸린 거울들에서 뿌연 그림자를 본 건 그때였다. 왜곡되고 흔들리는 영상…… 거울 속 물체는 초점이 맞지 않아 흐릿하고 모호할 뿐이었다.

창밖에 뭔가 있었다.

잭이 고개를 돌렸다. 처음에는 천천히, 그러다가 홱.

그녀가 건물 밖에 매달려 있었다. 뼈마디가 어긋나 몸이 비틀리고 커다란 두 눈은 붉게 타올랐다. 머리는 많이 벗어졌으며 전체적으로 마르고 창백했다. 교사용 정장이 찢어지는 바람에 드러난 한쪽 어깨의 맨살에는 오물이 잔뜩 묻어 있었다. 목 근육이 기형적으로 부풀어올랐고 두 뺨과 이마의 살갗 안쪽에서 혈충들이 미끄러지고 있었다.

엄마.

엄마가 왔다. 잭도 그녀가 올 줄 알고 있었다.

그는 본능적으로 한 발 다가섰다. 그때 그녀의 표정을 읽었다. 고통은 순식간에 사라지고 사악함만 남은 표정은 악마적이라고밖에 할 수 없었다.

그녀가 창살의 존재를 깨달은 것이다.

순간 그녀의 아래턱이 쩍 떨어졌다. 비디오에서 본 것처럼. 그리고 목구멍 깊은 곳에서 혀가 아닌 촉수 같은 게 튀어나와 쨍 소리와 함께 창유리를 뚫었다. 촉수는 거의 2미터나 뻗어나와 가느다란 끝이 잭의 목 몇 센티미터 앞에서 멈췄다.

잭은 완전히 얼어붙었다. 천식을 앓는 폐가 굳어버려 숨을 쉴 수 없었다.

촉수는 허공에 뿌리박힌 채 두 갈래로 나뉜 복잡한 모양의 끄트머리가 파르르 떨렸다. 잭은 그 자리에 붙박여 있었다. 순간 촉수가 이완하는 듯하더니 그녀가 고개를 가볍게 위로 젖히자 마치 신호에 답하듯 빠르게 입속으로 되돌아갔다. 켈리 굿웨더는 남은 유리를 머리로 박살내고 창틀 안쪽으로 비집고 들어오려 했다. 이제 몇 센티미터밖에 남지 않았다. 잭의 목까지, 마스터를 위해 사랑하던 존재의 목숨을 빼앗기까지.

잭은 그녀의 눈빛에 온몸이 마비되고 말았다. 붉은 자위와 중앙의 검은 점들. 그는 현기증을 느끼며 엄마의 모습을 찾아내려 애썼다.

아빠 말처럼 엄마는 죽은 걸까? 아니면 살아 있는 걸까?

영원히 떠난 걸까? 아니면 이곳에 있는 걸까…… 바로 이 방에 나와 함께?

아직도 엄마일까? 아니면 지금은 완전히 다른 존재일까?

그녀는 창살 사이로 머리를 밀어넣으려 했다. 살갗이 벗어지고 뼈가 부러지는 소리가 들렸다. 촉수와 아이 사이의 간격을 좁히려 몸부림치는 꼬락서니가 토끼 굴을 파고드는 뱀이나 다름없었다. 그녀의 턱이 다시 떨어졌다. 번뜩이는 두 눈은 아이의 울대뼈 바로 위에 고정되어 있었다.

에프가 방안으로 뛰어들어왔을 때, 잭은 멍하니 서서 켈리를 보고 있었다. 사냥을 위해 창살 사이로 머리를 밀어넣고 있는 뱀파이어. 에프는 "안 돼!"라고 외치며 등뒤에서 은검을 꺼내 잭 앞으로 뛰어들었다.

노라도 뒤따라 뛰어들며 인광검출봉을 켰다. 강렬한 UVC 불빛이 웅 소리를 냈다. 켈리 굿웨더…… 오염된 인간, 역겨운 괴물 엄마. 노라가 그녀를 향해 살균 광선을 내밀었다.

에프도 켈리의 소름 끼치는 촉수를 향해 달려들었다. 뱀파이어의 두 눈이 동물적 분노로 한층 깊어졌다.

"꺼져! 나가란 말이야!" 에프가 켈리에게 소리쳤다. 말 그대로 먹이를 찾아 집안에 들어온 들짐승을 몰아내는 목소리였다. 그는 검을 세우고 창문을 향해 달려들었다.

켈리는 마지막으로 아들을 향해 고통스러운 탐욕의 눈길을 던지고는 에프의 칼날을 피해 얼른 창살에서 물러났다. 그리고 외벽을 타고 달아났다.

노라는 켈리가 다시 오지 못하도록 창살 안쪽에 램프를 놓아두었다. 엇갈리는 두 개의 창살에 기대놓은 UVC 램프가 창유리가 깨진 공간을 살균 광선으로 메웠다.

에프는 아들에게 달려갔다. 잭은 눈을 뒤집고 두 손으로 목을 잡았다. 가슴이 펄떡거렸다. 처음에 에프는 절망감 때문이라고 생각했지만…… 아니, 그보다 훨씬 심각했다.

공황 발작. 소년은 내면에 완전히 갇혀버렸다. 숨도 쉬지 못했다.

에프가 미친듯이 주변을 살폈다. 잭의 흡입기는 낡은 텔레비전 위에 놓여 있었다. 그는 얼른 잭의 두 손에 도구를 쥐여서 입에 갖다댔다.

에프가 버튼을 누르자 잭은 흡 하고 숨을 들이쉬었다. 에어로졸이 그의 폐를 열자 이내 얼굴에 핏기가 돌고 기도가 풍선처럼 팽창했다. 잭은 탈진해 털썩 주저앉았다.

에프는 검을 내려놓고 아들을 진정시켰다. 하지만 잭은 의식을 회복하자마자 그를 밀치고 텅 빈 창으로 달려갔다. "엄마!" 그가 잔뜩 갈라진 목소리로 외쳤다.

켈리는 건물 벽돌을 타고 도망쳐 올라갔다. 가운뎃손가락의 손톱이 벽면을 기어오르기 좋게 발달한 덕분에 거미처럼 움직일 수 있었다. 방해꾼을 향한 분노가 그녀를 사로잡았다. 사랑했던 존재의 기운이 지척에서 느껴졌다. 곤경에 빠진 아이가 자신을 부르는 꿈을 꾸는 어머니가 느끼는 듯 격렬한 것이었다. 잭의 인간적인 비애가 그녀의 정신에 신호를 보냈다. 아들은 엄마를 갈망했고, 그로 인해 아들의 피를 빨고 싶다는 뱀파이어 켈리의 무조건적인 갈망도 배가되었다.

잭 굿웨더는 켈리에게 더이상 소년이 아니었다. 아들도, 사랑하던 존재도 아니었다. 그녀가 본 것은 끈질기게 인간으로 남아 있는 자신의 일부였다. 그녀는 생물학적으로 여전히 자신의 소유이자 영원히 자신의 일부여야 할 뭔가를 보았고 자신의 피를 보았다. 뱀파이어의 흰 피가 아닌 아직도 붉은 피를. 아직도 식량이 아니라 산소를 운반하고 있는 피. 요컨대 그녀는 강제로 빼앗긴 자신의 불완전한 일부를 본 것이다.

그녀는 그 일부를 되찾고 싶었다. 미치도록 원했다.

이는 인간의 사랑이 아니라 뱀파이어의 본능, 즉 피에 대한 갈망이었다. 인간의 재생산은 새로운 피조물이 창조되고 성장하며 밖으로 확장되는 반면, 뱀파이어의 재생산은 그 반대다. 그들은 제 혈통으로 되돌아와 살아 있는 세포에 기생하며 자신의 목적에 맞게 변형한다.

사랑이라는 긍정적 유도요인은 정반대의 것으로 대체된다. 증오나 죽음이 아니라 감염 얘기다. 사랑을 나눠 정자와 난자를 결합시키고 유전자 풀을 뒤섞어 새롭고도 특별한 존재를 창조하는 대신, 재생산 과정을 오염시키는 것이다. 살아 있는 세포에 침입해 수억의 복제품을 찍어내는 타성적인 물질. 그건 공유나 창조가 아니라 폭력이자 파괴다. 모독이며 도착이고, 생물학적 겁탈이자 착취다.

그녀는 잭이 필요했다. 잭을 손에 넣지 못하는 한 켈리는 불완전한 존재일 수밖에 없었다.

뱀파이어 켈리는 옥상 끄트머리에 자리를 잡았다. 고통받는 도시는 안중에도 없었다. 그녀가 아는 것은 오직 갈증뿐이었다. 피와 혈통을 향한 갈증. 바로 그녀를 움직이는 열정이다. 바이러스가 아는 것은 오직 하나뿐이다. 반드시 감염시켜야 한다는 것.

그녀는 이 벽돌 상자에 들어갈 다른 방법을 찾기 시작했다. 그때 옥상 덮개문 뒤에서 자갈을 밟는 발소리가 들렸다.

어둠 속에서도 잘 보였다. 늙은 사냥꾼 세트라키안이 은검을 들고 다가오고 있었다. 그날 밤 그녀를 옥상 끄트머리에 꽂아넣으려는 것이다.

그의 열 신호는 엷고 무뎠다. 늙은 인간. 피도 느리게 통하고 몸도 왜소했다. 물론 지금 켈리의 눈에 인간은 누구나 왜소해 보이기는 했다. 존재의 끄트머리에 매달려 있다 결국 볼품없는 지능 때문에 고꾸라질 미숙아, 미물들. 죽어버린 머리에 날개를 등에 단 나비는 절대적 멸시가 담긴 시선으로 털북숭이 유충을 바라보았다. 진화의 초기 단계이자 구형 모델이라 마스터의 득의양양한 목소리가 주는 안식은 아직 맛볼 수 없었다.

그녀의 본성은 항상 그분을 향해 있었다. 원시적이지만 정교한, 동물적 의사소통. 한 무리의 벌떼같이 통일된 사고.

노인이 그녀를 향해 나아갔다. 살상의 은검이 그녀의 시야에 훤히 드러나자 곧장 마스터의 반응이 들려왔다. 켈리를 통해 늙은 보복자의 마음속으로 흘러들어간 것이다.

_아브라함.

마스터에게서 나온 말이지만, 그의 위대한 음성은 아니었다. 켈리는 그렇게 이해했다.

_아브라함, 안 돼요.

여자의 억양. 켈리 자신의 목소리도 아니다. 그녀가 들어본 적이 없는 목소리였다.

하지만 세트라키안은 들어본 적이 있었다. 켈리는 열 신호로 노인의 반응을 감지했다. 그의 맥박이 빨라졌다.

_나도 그녀와 함께 있어요…… 그녀 안에 살고 있어요……

사냥꾼이 멈춰 섰다. 마음이 약해진 눈빛이었다. 켈리 뱀파이어는 그 순간을 노려 턱을 떨어뜨렸다. 입을 쩍 벌리자 목구멍 속에서 꿈틀거리는 촉수가 느껴졌다.

그때 사냥꾼이 무기를 치켜들더니 고함을 지르며 달려들었다. 켈리에게 선택의 여지는 없었다. 은검이 눈앞에서 번쩍이고 있었다.

그녀는 돌아서서 옥상 끄트머리를 따라 달리다가 아래로 방향을 꺾어 건물 벽을 타고 달아났다. 아래쪽 공터에 다다라 돌아보니 노인의 약해져가는 열 신호가 홀로 서서 그녀를 지켜보고 있었다.

에프는 잭에게 다가가 팔을 잡고 뜨거운 UV 광선이 놓인 창가에서 떼어냈다.

"싫어!" 잭이 외쳤다.

"잭, 진정해." 에프가 잭의 마음을, 동시에 자신의 마음도 가라앉히려 했다.

"엄마를 죽이려고 했어!"

뭐라고 해야 할지 에프는 난감했다. 잭의 말이 사실이기 때문이었다. "엄마는…… 엄마는 이미 죽었어."

"나한텐 아냐!"

"너도 봤잖아, 잭. 이제 엄마가 아니야. 미안하다." 촉수 얘기까지 하고 싶지는 않았다.

"그렇다고 죽일 필요까지는 없잖아!" 잭이 외쳤다. 목이 메어 소리도 나오지 않았다.

"잭, 그래야 해. 어쩔 수 없어." 에프가 말했다.

그가 다시 한번 잭에게 다가갔지만 소년은 그를 뿌리치고 노라에게
달려가 그녀의 어깨에 얼굴을 묻고 엉엉 울었다. 엄마 대신이었다.

　노라가 측은한 표정으로 에프를 돌아보았지만 위로는 되지 않았다.
그때 페트가 문가에 나타났다.

　"가지." 에프는 방을 뛰쳐나가며 말했다.

야간 순찰대

일행은 마르쿠스 가비 파크를 향해 계속 거리를 올라갔다. 비번인 경찰 다섯은 걷고 경사는 자신의 승용차를 몰았다.

배지도 순찰용 카메라도 없고 사후보고서도 없다. 취조도 수사회의도 내사과도 있을 리 만무했다.

오로지 무력뿐이었다. 상황을 바로잡기 위한.

'전염성 광기. 역병에 기초한 정신착란.' 연방본부는 그렇게 정의했다.

왕년에 날렸던 '악당들'은 다 어떻게 된 거야? 그런 말조차 이제 한물 간 건가?

정부는 군대 파견 이야기를 지껄이고 있다. 주방위군? 국군?

최소한 우리 짭새들한테 먼저 기회를 줘야지.

"이런 씨발…… 뭐야……!"

그들 중 한 명이 팔을 들었다. 소매가 찢어지고 팔목에 깊은 흉터가 생겼다.

또다른 무언가가 그들의 발밑을 때렸다.

"어떤 개새끼가 돌을 던져?"

그들은 건물들의 옥상 위를 훑었다.

"저기다!"

커다란 장식용 석판 하나가 머리를 향해 날아와 얼른 피했다. 붓꽃이 그려진 돌은 연석에 떨어졌고 파편이 일행의 정강이를 때렸다.

"이 집이야!"

그들은 문을 박차고 들어갔다. 선두가 계단을 달려올라가 2층 층계 참에 이르렀을 때 기다란 잠옷 차림의 십대 소녀가 복도 한가운데 서 있는 것을 발견했다.

"얘야, 여기 있으면 안 돼!" 남자는 곧바로 소녀를 지나쳐 다음 계단을 향해 달려갔다. 위층에서 누군가 움직이고 있었다. 지금은 교전 수칙도 정당한 무력 사용도 필요 없었다. 그는 꼼짝 말라고 외친 후 곧바로 총을 네 발 발사해 남자를 쓰러뜨렸다.

그는 잔뜩 흥분해 폭도에게 다가갔다. 한 흑인이 정확히 가슴에 총알 네 발을 맞고 쓰러져 있었다. 경찰은 계단 사이를 내려다보며 미소지었다.

"한 놈 잡았어!"

그때 흑인이 일어나 앉았다. 경찰이 뒤로 물러서며 한 발을 더 쏘았으나 흑인은 달려들어 그를 끌어안고 목에 무슨 짓인가를 했다.

경찰이 몸을 틀자 라이플이 둘 사이에 빈틈없이 끼었다. 둘의 체중을 못 이긴 난간은 무너지고 있었다.

둘은 함께 아래로 쿵 떨어졌다. 또다른 경찰이 돌아서서 보니 용의자가 동료의 몸에 올라타 목 언저리를 물고 있었다. 그는 총을 쏘기 전에 그들이 떨어진 곳을 올려다보았다. 그곳에는 잠옷 차림의 십대 소녀가 서 있었다.

순간 소녀는 뛰어내려 그를 덮쳐 쓰러뜨리고 몸 위에 올라앉아 얼굴과 목을 할퀴었다.

세번째 경찰이 다시 계단을 내려와 그녀를 보았다. 그리고 그 뒤에서 입 밖으로 촉수를 뻗는 흑인도. 첫번째 경찰의 피를 빨아들인 뒤라 촉수가 힘차게 꿈틀거렸다.

세번째 경찰은 총을 쏴 소녀를 쓰러뜨렸다. 그리고 흑인을 쫓아가려는데, 등뒤에서 손 하나가 불쑥 나오더니 갈고리 모양의 긴 손톱으로 그의 목을 따버렸다. 경찰의 몸은 빙글 돌아 상대의 품에 떨어졌다.

켈리 굿웨더는 아들을 향한 갈망에서 비롯된 맹렬한 허기와 흡혈 욕구로 몸부림치던 터였다. 그녀는 한 손으로 경찰을 끌고 가까운 방으로 들어가 문을 닫았다. 이제 아무런 방해 없이 마음껏 배를 채울 수 있었다.

마스터—1부

남자의 사지가 최후의 경련을 했다. 마지막 숨결의 희미한 향기와 죽음의 순간 목에서 나는 가래 끓는 소리가 마스터의 식사가 끝났음을 알렸다. 움직이지 않는 남자의 나신이 우뚝 솟은 그림자에서 풀려나 사르두의 발밑에 무너져내렸다. 그 옆에는 이미 희생자 넷이 비슷하게 버려져 있었다.

모두 허벅지 안쪽의 부드러운 살갗, 정확히는 대퇴부 동맥이 지나는 곳에 치명적인 자상이 있었다. 통념상, 뱀파이어는 보통 목을 물어 피를 빨아 마신다. 물론 틀린 얘기는 아니지만 강력한 뱀파이어들은 그보다 오른쪽 대퇴부 동맥을 선호했다. 압력과 산소 함유량이 완벽하고 감각이 둔해질 만큼 풍미가 한층 진하기 때문이다. 그에 반해 목정맥의 피는 불순한데다 맛이 알싸하다. 그것과는 관계없이 마스터는 이미 식사라는 행위에서 흥분을 잃은 지 오래였다. 흡혈을 하며 희생자의 눈을 들여다보지 않는 일도 많았다. 희생자의 두려움으로 과다 분비된 아드레날린이 피의 쇠맛에 색다른 풍미를 더해주는데도.

수 세기 동안 인간의 고통은 늘 신선했고 원기를 북돋아주었다. 다양한 방식으로 발현하는 고통의 모습은 그를 즐겁게 했고, 미물들의 발작과 비명, 공포가 어우러진 심포니는 지금도 여전히 흥미를 불러일으켰다.

하지만 이제, 특히 이런 식으로 몰아서 식사를 할 때는 절대적 침묵을 추구했다. 마스터는 내면으로부터 원초적 목소리, 진정한 자아의 목소리를 끌어내고 자신의 몸과 의지 안에 기거하는 존재를 전부 떨쳐냈다. 그는 나지막한 속삭임을 발산했다. 그 파동, 내면에서 웅웅대며 흘러나오는 신경안정제, 정신에 가해지는 채찍질은 마스터가 편안하게 흡혈할 수 있도록 주변의 먹이들을 마비시켜주었다.

그렇지만 속삭임은 신중히 활용해야 했다. 마스터의 진짜 목소리, 진정한 자아를 드러내기 때문이다.

내면의 다른 목소리들을 모두 가라앉히고 자신의 목소리를 되찾는 데는 약간의 시간과 노력이 필요했다. 위험한 작업이기도 했다. 목소리들은 마스터의 은폐 도구로 활용되기 때문이다. 그가 몸을 빌려 살고 있는 아이 사냥꾼 사르두를 포함해, 그 목소리들은 다른 고대 존재들로부터 마스터의 존재와 위치, 생각을 가려주었다. 그는 목소리 속에 숨었다.

착륙한 777기 내부에서 그는 속삭임을 활용했다. 지금 또다시 그 파동을 발산하는 것은 절대 침묵을 확보해 생각을 정리하기 위해서였다. 이곳이라면 괜찮다. 백여 미터 지하, 그것도 반쯤 버려진 납골당 중앙의 콘크리트 방이 아닌가. 마스터의 방은 소 도축장 지하, 둥근 울타리로 둘러놓은 우리와 작업 터널이 미로처럼 얽힌 구역의 한가운데 있었다. 한때는 피와 찌꺼기를 모았던 곳이었다. 지금은 마스터가 지낼 수 있도록 말끔히 청소한 터라 오히려 작은 공장 예배당처럼 보였다.

욱신거리는 등의 상처는 생긴 것과 거의 동시에 치유되었다. 부상으로 인한 타격이 영구적일까 두려운 적은 없었다. 아니, 그 무엇도 두렵지 않았다. 하지만 이 열상은 흉터를 남겨 몸뚱이를 치욕스럽게 할 것이다. 그 어리석은 늙은이는 물론, 그 옆의 인간들 또한 마스터를 건드린 그날을 후회하도록 만들어주리라.

희미하게 남아 있는 통렬한 분노, 깊은 노여움의 여운이 내면의 수많은 목소리와 단 하나의 의지에 파문을 일으켰다. 짜증이 일었지만, 그 감각이 산뜻한 청량제처럼 활기를 북돋워주기도 했다. 노여움은 쉽게 경험할 수 있는 감정이 아니다. 그래서 마스터는 이 신선한 반응을 받아들였고 심지어 환영했다.

나지막한 웃음이 상처 입은 육신을 훑고 지나갔다. 마스터는 이미 게임에서 몇 수 앞섰다. 말들도 모두 기대대로 움직이고 있었다. 부관 격인 볼리바가 갈증을 퍼뜨리는 데 탁월한 재능이 있는데다 해가 떠 있을 때 일을 대신해줄 노예도 몇 명 끌어들였다. 파머는 전술적 진전이 있을 때마다 오만이 점점 심해지기는 했지만 어쨌든 그도 마스터의 손안에 있었다. 엄폐가 이 모든 계획의 시발점이었다. 엄폐를 계기로 미묘하고 신성한 기하학적 배열의 윤곽이 드러났으니 이제 곧, 머지않아 지구는 불타고……

발밑의 미물 하나가 신음을 흘렸다. 아직 목숨이 붙어 있다니, 의외로군. 마스터는 상쾌한 기분으로 반색하며 놈을 내려다보았다. 마음속에서 목소리들이 입을 모아 다시 웅성거렸다. 남자의 눈에 고통과 공포가 깃들어 있었다. 예기치 못한 재미다.

마스터는 이번에는 알싸한 디저트를 즐기기로 했다. 납골당의 둥근 지붕 아래 마스터가 남자의 육신을 조심스레 들어올려 그 가슴에 손을 얹었다. 심장 바로 위, 마스터는 탐욕스런 손길로 그 안의 리듬을 꺼뜨렸다.

그라운드제로

에프가 선로 위로 뛰어내렸을 때 플랫폼은 텅 비어 있었다. 그라운드 제로* 프로젝트의 공사 현장 옆 지하철 터널 안에서도 페트가 앞장섰다.

여기, 이 장소로 돌아오리라고는 상상도 못 했다. 그토록 끔찍한 상황을 목격하고 겪었는데, 마스터가 둥지로 삼았던 이 지하 미로에 돌아올 용기가 남아 있다니.

하지만 하루 정도면 굳은살이 생긴다. 스카치위스키도 도움이 되었다. 그것도 꽤 많이.

그는 전과 마찬가지로 검은 돌이 깔린 폐쇄 선로를 따라 걸었다. 쥐들은 돌아오지 않았다. 인부들이 버린 배수 호스도 지났다. 그들 역시 사라진 뒤였다.

페트는 언제나처럼 철근 막대를 들었다. 물론 보다 적절하고 효율적

---

* 일반적으로 핵폭탄이 떨어지는 지점을 뜻하지만, 여기서는 9·11 세계무역센터 테러 현장을 가리킨다.

인 무기들도 챙겼다. 자외선램프, 은검, 순은 못을 장전한 네일건……
뱀파이어들이 쥐들의 지하 왕국을 감염시킨 탓에 쥐가 남아 있을 리 없
지만 그는 쇠막대를 포기하지 않았다.

　페트는 네일건도 좋아했다. 그런데 공압식 네일건은 튜브와 물이 필
요했고, 전기식은 발사력이 약해 사정거리가 짧았다. 어느 것도 휴대하
기에는 적합지 않다는 얘기다. 세트라키안의 만물창고에서 가져온 화
약발사식은 산탄총처럼 화약을 이용하고 우지 기관단총*의 탄창처럼
손잡이 바닥을 통해 한 번에 오십 발의 못을 장전할 수 있다. 납 탄환은
인간에게 쏠 때처럼 뱀파이어의 몸에 구멍을 낼 수는 있지만, 신경조직
이 퇴화한 이상 통증은 문제가 되지 않는다. 둔기와 다를 바 없는 것이
다. 산탄총으로도 놈들을 어느 정도 저지할 수 있으나 총을 쏴서 머리
와 목을 분리하지 않는 한 죽일 수 없기는 마찬가지였다. 반면 4센티미
터 길이의 은못은 바이러스를 죽일 수 있다. 납탄은 그들의 화를 돋울
뿐이지만 은못은 유전자 차원에서 타격을 가한다. 그리고 적어도 에프
에게 그 못지않게 중요한 사실은, 그들이 은을 두려워한다는 점이었다.
단파 UVC의 범주에 속하는 자외선도 마찬가지다. 뱀파이어에게는 은
과 햇빛이 방역관의 쇠막대인 셈이다.

　페트는 공무원 신분으로 그들에게 합류했다. 방역관 신분으로 지하에
서 쥐떼가 쫓겨난 이유를 조사하다가 뱀파이어의 존재를 알게 되었다.
그의 기술, 즉 해수 박멸과 도시 지하의 구조에 대한 전문지식은 그 자
체로 뱀파이어를 사냥하는 데 더할 나위 없이 적합했다. 에프와 세트라
키안을 이곳 마스터의 둥지로 처음 안내한 사람이 바로 페트였다.

　지하 소굴에는 아직 학살의 악취가 남아 있었다. 불에 탄 뱀파이어의

---

* 이스라엘에서 개발된 대표적인 기관단총.

살냄새, 놈들 배설물 특유의 암모니아 냄새.

에프는 뒤처졌다는 생각에 서둘러 페트의 뒤를 쫓았다. 그가 든 플래시의 불빛도 터널을 어지럽게 뛰어다녔다.

방역관은 불을 붙이지 않은 채 토로 시가*를 씹었다. 그는 시가를 물고 말하는 데 익숙했다. "괜찮습니까?" 그가 물었다.

"아주 좋아. 기운이 펄펄 나는걸." 에프가 말했다.

"잭은 혼란스러워서 그런 겁니다. 나도 그 나이 땐 늘 당황했죠. 어머니가 그…… 멀쩡했는데도 말입니다. 무슨 말인지 아시죠?"

"알아. 시간이 필요할 거야. 내가 지금 줄 수 없는 수많은 것들 중 하나지."

"대단한 아이예요. 애들을 싫어하는 편인데 잭은 맘에 들어요."

에프가 고개를 끄덕였다. 페트의 노력이 고마웠다. "나도 그애가 좋아."

"그보다 영감님이 더 걱정이에요."

에프는 성긴 자갈 통로 위를 조심스레 걸었다. "놈한테 너무 많은 걸 빼앗겼으니까."

"몸도 약해지셨지만, 단지 그 때문만은 아닐 겁니다."

"실패의 충격이 컸겠지."

"그것도 그렇네요. 그렇게 오랜 세월을 추적해 드디어 끝을 본다고 생각했는데, 마스터가 최후의 일격마저 이겨냈으니 말이에요. 하지만 그게 다는 아닐 겁니다. 아직 때가 아니라고 생각하시는지 모르지만, 교수님이 아직 얘기하지 않은 부분도 있어요. 분명합니다."

에프는 뱀파이어 제왕이 의기양양하게 망토를 집어던지던 광경을 떠

---

* 길이 15센티미터, 굵기 2센티미터의 시가.

올렸다. 햇빛 속에서 고통스러운 비명을 지르는 동안 백합처럼 하얀 살 갗은 타들어갔지만 놈은 끝내 지붕 너머로 달아나고 말았다. "마스터가 햇빛에 죽을 거라고 생각하셨는데……" 에프가 덧붙였다.

페트가 시가를 씹으며 말했다. "적어도 타격은 있었죠. 노출에 얼마나 견딜 수 있는지 누가 알겠습니까? 박사님도 검으로 베었잖습니까. 은검으로." 에프는 반쯤 운이 좋아 마스터의 등을 베었다. 상처는 햇빛에 노출되는 순간 검은 흉터로 변했다. "놈에게 타격을 줄 수 있다면 파괴할 수도 있겠죠. 안 그래요?"

"하지만…… 다친 짐승이 더 위험하다던데……"

"동물도 사람처럼 고통과 공포에 자극을 받죠. 하지만 그놈요? 고통과 공포가 생존의 근거인걸요. 새삼스럽게 자극 따위 받지 않을 겁니다."

"우리를 멸종시키려 하고 있어."

"그 문제도 생각해봤습니다. 정말 인류를 없애려고 할까요? 그러니까…… 우린 그자의 먹이예요. 아침이자 점심이고 저녁이죠. 모조리 뱀파이어로 만들어버리면 식량 재고도 바닥나는 셈 아닌가요? 닭이 없으면 달걀도 없어요."

인상적인 추론이자 방역관다운 논리였다. "균형을 유지하려 들겠지? 너무 많은 인간을 뱀파이어로 만들어버리면 식사용 인간에 대한 수요가 급증할 테니까. 그야말로 피의 경제학이군."

"우리에게 다른 운명이 준비되어 있지 않는 한 그렇죠. 영감님이 해답을 갖고 있길 바랄 수밖에요. 영감님에게도 없으면……"

"그 누구한테도 없을 걸세."

그들은 터널의 음침한 갈림길에 다다랐다. 에프가 인광검출봉을 높이 들자 자외선에 뱀파이어의 배설물 흔적들이 너저분하게 드러났다. 얼룩은 약한 불빛 아래서 형광빛을 발했으나 전에 보았던 흔적만큼 선명하지 않았다. 빛이 바랬다면 최근에 이곳을 다시 찾은 뱀파이어가 없다는 뜻이었다. 에프, 페트, 세트라키안이 수백의 동료를 학살한 현장이다. 필시 이곳에 접근하지 말라는 경고를 텔레파시 같은 것을 통해 받았을 것이다.

페트는 쇠막대로 휴대폰 더미를 찔러보았다. 돌무덤처럼 쌓인 폐휴대폰들이 인간의 무용함을 나타내는 난잡한 기념비처럼 보였다. 뱀파이어들은 인간들의 생명을 모두 빨아먹고 쓸데없는 기계들만 남겨두었다.

페트가 조용히 말했다. "영감님 말을 생각해봤는데요, 서로 다른 문화와 시대의 신화에 인간의 원초적 두려움이 동일하게 드러난다고 했죠? 보편적 상징이었나?"

"원형原型 상징."

"맞아요, 그거요. 종족과 나라를 막론하고 어디에나 동일하게 존재하는 공포에 대한 것이었죠. 경계를 초월해 모든 인간의 내면에 깊이 파고든 질병, 역병, 전쟁, 탐욕에 대한 공포. 영감님이 하고 싶은 말은 이거였어요. 그런 믿음이 미신적인 게 아니라면? 그것들이 실제로 직접 연결되어 있다면? 별개의 사건들을 우리 잠재의식이 의도적으로 이어놓은 게 아니라, 실제로 우리 과거에 그 뿌리가 존재한다면? 다시 말해, 공통의 신화가 아니라 공통의 진실이라면?"

파괴된 도시의 뱃속에서 생각을 정리해나가기란 쉬운 일이 아니었다. "그러니까, 우리가 옛날부터 알고 있었다······?"

"네. 그리고 항상 두려워했죠. 인간의 피를 빨아먹고 몸을 빼앗는 뱀파이어 종족과 그들로 인한 위험은 언제나 있었고, 또 사람들도 알고 있었다는 겁니다. 하지만 그들이 지하나 어둠 속으로 물러나면서 진실은 신화로, 사실은 민담으로 적당히 변했죠. 그래도 그 공포의 우물이 너무 깊어서 어떤 민족이나 문화에서도 완전히 사라지지는 않았고요."

에프가 고개를 끄덕였다. 흥미로웠지만 동시에 혼란스럽기도 했다. 페트는 한 걸음 물러나 큰 그림을 감상할 수 있을지 몰라도, 에프의 상황은 정반대였다. 그의 아내…… 과거의 아내는 공격을 받고 변했다. 그리고 이제는 필사적으로 자신의 핏줄인 사랑하던 아들을 변화시키려 들었다. 악마의 열병이 개인적인 차원에서 괴롭히는 탓에 에프는 다른 문제에 집중하기 쉽지 않았다. 숙련된 역학조사자임에도 거시적인 관점에서 가설 정립에 매진할 수 없는 것은 그 때문이었다. 그런 식으로 내밀한 문제가 개인의 삶에 침투하면 고차원적인 사고는 전혀 작동하지 않는다.

오히려 엘드리치 파머를 생각하는 시간이 많아졌다. 스톤하트 그룹 회장이자 세계 삼대 갑부 중 한 명. 마스터의 공모자로 추정되는 인간. 하룻밤이 멀다 하고 공격의 강도가 배가하고 변종들이 기하급수적으로 늘어가는데도, 언론은 끈질기게 '단순 폭동'임을 고집했다. 혁명을 고립된 시위운동이라 부르는 것과 마찬가지다. 그들도 분명 알고 있을 것이다. 누군가 매체와 CDC를 틀어쥐고 있었다. 미국 사회는 물론 전 세계의 이목을 호도하는 데 관심이 지대한 자…… 당연히 파머일 것이다. 스톤하트 그룹만이 그토록 엄청난 자금과 권력을 무기로 엄폐에 대한 왜곡된 정보를 대규모로 퍼뜨릴 수 있다는 것이 에프의 결론이었다. 마스터를 파괴하기에는 아직 역부족이라 해도 파머만큼은 어떻게든 파괴할 수 있을 것이다. 그는 노쇠했을 뿐 아니라 병자라는 것도 널리 알려진 사실이었다. 다른 사람이라면 벌써 십 년 전에 죽었을 테지만 어마어마한 재산과 무한한 재원에 매달려 간신히 생명을 부지하고 있지 않은가. 그는 24시간 관리를 요하는 고물 자동차 같은 존재였다. 의사로서 에프가 보기에, 파머에게 생명은 맹목적 숭배의 대상이었다. 그런 그가 얼마나 버틸 수 있겠는가?

마스터를 향한 에프의 분노, 즉 켈리를 변화시키고 그동안 에프가 믿어온 모든 과학적, 의학적 사실을 전복해버린 데서 오는 분노는 정당하지만 동시에 무기력했다. 마치 죽음을 향해 주먹을 휘두르는 격이었다. 하지만 마스터의 인간 공모자이며 대리인인 파머를 저주함으로써 에프의 고통은 방향과 표적을 정할 수 있었다. 더욱이 개인적인 복수의 욕망까지 정당화해주었다.

그 늙은이는 에프의 아들의 삶과 마음을 산산조각내버렸다.

마침내 목적지에 다다랐다. 기다란 방의 모퉁이를 돌기 전 페트는 네일건을 준비했고 에프도 검을 빼들었다.

천장이 낮은 방 한쪽에는 흙과 쓰레기가 쌓여 있었다. 마스터의 관이 놓여 있던 불결한 제단. 마스터는 정교하게 조각된 관 속의 부드럽고 서늘한 흙 위에 누운 채 리지스 항공 753기의 차가운 아랫배에 실려 대서양을 건넜다.

관은 없었다. JFK 공항의 격납고에서처럼 또다시 사라진 것이다. 흙 무더기 위에는 관이 있었던 흔적이 아직 남아 있었다.

에프와 페트가 돌아와 마스터의 은식처를 파괴하기 전에 누군가, 아니 무언가 돌아와 되찾아간 것이다.

"그가 돌아왔어요." 페트가 두리번거리며 말했다.

에프는 크게 실망했다. 그 육중한 관을 파괴하고 싶었다. 뭐든 물리적으로 파괴해 분노를 달래고, 괴물의 서식지를 확실히 망가뜨림으로써 자신들이 포기하지 않았고 또 절대 물러나지 않을 것임을 경고하고 싶었다.

"여기요. 이걸 봐요." 페트가 말했다.

페트가 인광봉으로 측벽 아래쪽을 비추자 총천연색 물감이 튄 듯한 문양이 드러났다. 뱀파이어의 오줌 흔적으로 최근에 생긴 것이었다. 페트가 일반 플래시로 벽 전체를 비춰보았다.

거친 디자인의 그라피티가 돌벽 전체를 무질서하게 메우고 있었다. 좀더 자세히 들여다보니 대다수가 육각형을 모티프로 변형한 것들로 기본 형태에서 추상적인 것, 아예 난해한 것까지 종류도 다양했다. 단순한 별 모양도 있고 아메바 모양의 패턴도 보였다. 그라피티는 자기복제를 하는 생물처럼 퍼져나가 바닥에서 꼭대기까지 넓은 벽면을 빼곡히 메웠다. 가까이 가자 페인트 냄새가 났다.

"전에는 없던 거네요." 전체 모습을 보기 위해 뒤로 물러나며 페트가 말했다.

에프는 벽으로 다가가 그중 정교한 별 문양의 한가운데 그려진 상형문자를 살폈다. 갈고리나 발톱, 아니면……

"초승달이군." 에프는 암광 램프로 복잡한 무늬들을 쭉 비췄다. 육안으로는 볼 수 없었던 동일한 형상 두 개가 그물무늬 사이에 숨어 있었다. 그리고 건너편 터널을 가리키는 화살표 하나.

"이주라도 하려는 걸까요? 저쪽을 가리키는데……?" 페트가 물었다.

에프는 고개를 끄덕이며 페트의 시선을 좇았다. 남동쪽이었다.

"아버지한테서 이런 표식에 대해 들은 적이 있어요. 호보* 사인이라는 건데요, 전쟁이 끝나고 아버지가 이 나라에 처음 왔을 때랍니다. 친절한 집과 그렇지 않은 집을 분필로 표시하는 거죠. 그걸 보고 먹을 것과 잘 곳을 구하기도 하고, 심통 사나운 주인을 피하는 겁니다. 지금껏 이런 기호들을 여러 번 봤어요. 창고, 터널, 지하실……" 페트가 말했다.

"저건 무슨 뜻일까?"

"저도 모르겠어요." 그는 주변을 둘러보았다. "어쨌든 저쪽을 가리키

---

* 화물열차에 무임승차해 각지를 돌아다니며 날품팔이를 하는 노동자.

는 것 같군요. 휴대폰 중에 배터리가 남은 게 있는지 보죠. 카메라 기능이 있는 놈으로."

에프는 휴대폰 더미 꼭대기부터 하나씩 켜보고 죽은 것들을 내던졌다. 헬로키티 야광 장식이 달린 핑크색 노키아가 깜빡이며 켜졌다. 에프는 기계를 페트에게 던져주었다.

페트는 휴대폰을 이리저리 살폈다. "이 빌어먹을 고양이는 도무지 이해가 안 가요. 머리가 너무 크잖아요. 이게 어떻게 고양이죠? 잘 보면, 무슨 병이라도 걸린 거 같지 않나요? 머리에 물이 가득차는……"

"뇌수종 말인가?" 에프는 그림의 정체가 무엇일지 생각하며 대꾸했다.

페트가 고양이 장식을 떼어내 던져버렸다. "징크스가 있어서요. 망할 고양이. 고양이는 질색이에요."

그는 남색 빛의 초승달 문양을 사진으로 찍고 조증 환자가 그린 듯한 벽화 전체를 동영상으로 촬영했다. 이런 음침한 공간에 벽화가 있는 것도 이상하고, 무단으로 그려놓았다는 사실도 꺼림칙했다. 게다가 그 의미는 도대체 무엇일까?

밖으로 나왔을 때는 한낮이었다. 에프는 검을 비롯한 장비를 야구 가방에 넣고 어깨에 멨다. 페트는 방역기구와 독극물을 넣어 다니는 바퀴 달린 소형 케이스에 무기들을 챙겼다. 둘 다 작업복 차림에 그라운드제로 지하의 터널을 뒤진 터라 매우 지저분했다.

월 스트리트는 기이할 정도로 고요했다. 인도는 텅 비었고, 멀리서 경보음들이 오지 않을 구조대를 간절히 불러댔다. 검은 연기는 가실 줄 모른 채 도시 하늘의 일부가 되어가고 있었다.

행인 몇이 고개인사를 하는 둥 마는 둥 재빨리 두 사람 옆을 지나쳐

갔다. 마스크를 쓴 사람도 있고 스카프로 코와 입을 막은 사람도 있었다. 불가사의한 '바이러스'에 대한 그릇된 정보 탓이다. 상점은 대부분 문을 닫았다. 약탈을 당하거나 전기가 끊어진 탓이었다. 불은 켜져 있지만 직원이 없는 한 슈퍼마켓에서는 사람들이 가판대의 뭉개진 과일이나 뒤쪽 선반의 얼마 남지 않은 통조림을 챙기느라 여념이 없었다. 먹을 수 있다면 뭐든 상관없었다. 음료수 냉장고는 냉장 음식 코너와 마찬가지로 사람들이 쓸어간 지 오래였다. 지금까지 재난 상황에 그래왔듯 금전등록기도 깨끗이 비어 있었다. 하지만 곧 화폐가치는 소멸하고 물과 식량 가치만 치솟을 것이다.

"미쳤군." 에프가 중얼거렸다.

"최소한 아직 전력은 남아 있습니다. 머지않아 전화와 컴퓨터가 꺼지고 충전마저 할 수 없다는 걸 깨달으면 그때부터 비명이 시작되겠죠." 페트가 말했다.

횡단보도 신호가 빨간 손에서 하얀 보행인으로 바뀌었지만 건너는 사람은 아무도 없었다. 행인 없는 맨해튼은 맨해튼이 아니었다. 대로에서는 자동차 경적도 들려왔지만 주변 골목에는 어쩌다 택시가 한 대씩 지나갈 뿐이었다. 잔뜩 웅크린 채 운전대를 잡은 운전사. 초조하게 뒷좌석에 앉아 있는 승객.

둘은 다음 횡단보도에서 신호등이 빨간불로 변하자 습관적으로 멈춰섰다. "왜 지금이지? 수 세기 동안 이곳에 있었으면서…… 이제 와서 들쑤시는 이유가 뭘까?" 에프가 물었다.

페트가 말했다. "시간개념이 우리와 다른 거죠. 우리는 달력의 날짜와 햇수로 생의 시간을 재지만, 그자는 암흑의 존재잖아요. 중요한 건 하늘뿐인걸요."

"개기일식. 바로 그걸 기다린 거야." 에프가 불쑥 말했다.

"의미가 있을 수도 있겠죠. 그자에게 아주 특별한……" 페트가 중얼 댔다.

역에서 나오던 교통경찰 하나가 두 사람을 보았다. 에프와는 눈까지 마주쳤다.

"망할." 에프는 얼른 고개를 돌렸지만 빠르지도 자연스럽지도 못했 다. 아무리 경찰력이 무너졌다 한들 그의 얼굴은 텔레비전에 자주 등장 했고, 사람들은 대처 방안을 알 수 있을까 싶어 하나같이 텔레비전에 매달려 지냈다.

그들이 움직이자 경찰은 다른 방향으로 돌아섰다. 신경과민일 뿐이야. 에프가 생각했다.

경찰은 모퉁이를 돌자마자 지시받은 대로 전화를 걸었다.

페트의 블로그

안녕, 전 세계 여러분.

남아 있는 여러분이라 해야 하나?

예전엔 블로그에 글 쓰는 것보다 부질없는 짓은 없다고 생각했는데.

그게 무슨 시간 낭비냔 말이야.

내가 뭐라고 하든 누가 신경이나 쓰겠어?

그래서 블로그가 뭔지 아직 잘 몰라.

하지만 지금은 이게 필요해졌지.

두 가지 이유가 있어.

하나는 생각을 정리하기 위해서야. 컴퓨터 모니터에 지금의 상황을 써놓고 들여다보면서 이해를 해보려는 거지. 지난 며칠 사이 벌어진 일 때문에 난 완전히 다른 사람이 되었거든. 말 그대로 다른 사람이. 그래서 지금의 내가 누구인지 고민해봐야겠어.

두번째 이유?

간단해. 진실을 전하는 거지. 지금 일어나는 일들의 진실 말이야.

내가 누구냐고? 직업은 방역관이야. 만일 당신이 뉴욕 시의 다섯 개 자치구 중 한곳에 살고 있는데 욕조에 쥐가 나타나서 방역청에 전화를 걸면……

맞아. 이 주 후에 나타나는 친구가 바로 나라고.

예전엔 그 더러운 일을 내게 맡겨둘 수 있었지. 해수를 죽이고, 해충을 박멸하는 일.

하지만 더는 안 돼.

완전히 새로운 감염체가 온 도시를 휩쓸고 세상으로 번져가고 있거든. 새로운 차원의 침략자이자 전 인류를 위협하는 역병이.

괴물들이 바로 당신 집 지하실에 있어.

당신 집 다락에.

당신 집 벽 속에.

자, 여기 문제가 있어.

쥐나 바퀴벌레라면, 확산을 막는 최적의 방법은 바로 식량원을 없애는 거야.

좋아.

그럼 작금의 문제도 새 종족의 식량원만 해결하면 될까?

맞아.

그게 바로 우리야.

당신과 나.

자, 아직 문제가 뭔지 모르고 있다면, 잘 들어…… 우리 진짜 큰일난 거야.

페어필드 카운티, 코네티컷

건물은 무너져가는 거리에 있었다. 불경기가 닥치기 전부터 이미 붕괴가 진행된 상업 지구 끄트머리 십여 개의 건물 가운데 하나였다. 낮은 건물에는 여전히 이전 세입자인 R.L.산업의 명패가 붙어 있으며, 방탄차의 배차 관리소 및 차고로 쓰인 까닭에 지금도 4미터 높이의 튼튼한 철망으로 둘러싸여 있었다. 전자식 문을 출입하려면 카드키가 필요했다.

부지 절반을 차고가 차지했는데, 지금은 의사의 크림색 재규어와 고위 관료의 카퍼레이드에 어울릴 듯한 검은 승용차들이 주차되어 있었다. 나머지 사무 공간은 개조를 거쳐 오직 한 명의 환자를 위한 개인 병원으로 이용되었다.

엘드리치 파머는 회복실에 누워 있던 중 흔히 있는 수술 후 통증 때문에 눈을 떴다. 그는 천천히, 하지만 완전히 깨어났다. 의식을 회복하기까지 어두운 통로를 지나는 듯한 이런 기분은 전에도 여러 번 느꼈다. 진정제와 마취제의 적절한 배합률을 잘 아는 파머의 수술팀은 그를 깊은 잠에 빠뜨리는 법이 없었다. 노령의 파머에게 위험 부담이 큰데다, 마취가 약할수록 회복이 빠르기 때문이었다.

그는 새 간肝의 기능을 점검하는 기계들에 연결되어 있었다. 기증자는 엘살바도르 출신의 십대 가출 소년으로 조사 결과 질병, 마약, 알코올과 무관했다. 젊고 건강한 기관은 분홍빛이 감도는 갈색이었고 삼각형에 럭비공만한 크기였다. 간은 제트기로 도착하자마자 이식했는데, 적출한 지 채 열네 시간이 되지 않았다. 이식은 파머가 알기로도 벌써 일곱번째였다. 그의 몸은 커피 머신의 필터를 교체하듯 간을 바꿔주어야 했다.

간은 인간의 몸에서 가장 커다란 내장 기관이자 가장 커다란 분비샘이고, 신진대사, 글리코겐 저장, 플라스마 합성, 호르몬 생산, 해독 등을 포함해 수많은 생체 기능을 수행한다. 현재로서는 간의 부재를 대체할 만한 의료기술은 없다. 원치 않게 자신의 간을 기증해야 했으니, 엘살바도르 소년에게는 매우 불행한 일이다.

파머의 간호사이자 보디가드이며 충직한 벗인 피츠윌리엄이 한구석에 서 있었다. 해병 출신답게 한순간도 경계를 게을리하지 않았다. 의사가 들어왔다. 여전히 마스크를 썼고 장갑은 새것으로 착용했다. 그 또한 까다롭고 야심이 많은데다 의사치고는 상상을 초월하는 부자였다.

그가 시트를 젖혔다. 새로 봉합한 부분은 과거의 이식 때 절개했던 자리를 다시 짼 것이었다. 겉에서 보자면 파머의 가슴은 말 그대로 흉물스러운 흉터의 경연장이고 몸통 안쪽은 시들어가는 조직들을 담은 딱딱한 바구니 꼴이었다. "회장님 몸으로는 더이상 조직이나 장기 이식수술이 불가능합니다. 이번이 마지막입니다, 회장님." 의사가 말했다.

파머는 미소지었다. 그의 몸안은 타인의 장기가 우글거렸고, 그 점에서는 마스터와 다르지 않았다. 마스터는 그 자체로 죽지 않은 영혼들이 우글거리는 집결지였다.

"고맙네, 박사. 이해해. 사실, 자네가 이번 수술을 딱 잘라 못 하겠다할 줄 알았어. 장기 적출이 의사회에 알려질까봐 불안해한다는 얘기를 들었거든. 그래, 자네를 풀어주지. 아쉽지만 이번 수술로 받는 돈이 자네의 마지막 급료가 되겠군그래. 나도 더는 의학의 도움을 받는 일은 없을 거야…… 영원히." 호흡 튜브를 낀 파머가 갈라진 목소리로 말했다.

의사는 못 믿겠다는 눈빛이었다. 거의 평생을 환자로 지낸 엘드리치 파머의 생존 의지는 상상을 초월할 정도였다. 그토록 맹렬하고 비정상적인 생존 본능은 본 적이 없었다. 그런 그가 운명에 굴복하기로 했다고?

상관없었다. 의사는 풀려났다는 사실만이 고마울 따름이었다. 한동안 은퇴를 계획하며 만반의 준비를 해두었다. 이런 혼란기에 의무에서 풀려나는 건 축복이 아닐 수 없었다. 온두라스행 비행기가 아직 있어야 할 텐데. 건물은 불태울 생각이었다. 어차피 폭동이 난무하니 의심 살 일도 없으리라.

의사는 공손히 미소지으며 상황을 받아들이고 피츠윌리엄의 차가운 시선으로부터 물러났다.

파머는 눈을 감고 마스터의 태양광 노출 사건을 곱씹어보았다. 멍청한 세트라키안 영감이 저지른 짓이었다. 파머는 그가 아는 유일한 기준으로 이 새로운 상황을 평가했다. 내게 어떤 의미가 있는가?

시간이 앞당겨졌을 뿐이야. 해방의 순간이 더 가까워졌어.

마침내 그의 시대가 오고 있었다.

세트라키안. 패배의 맛은 정말 썼을까? 아니면 재처럼 떨떠름했을까?

파머는 지금껏 패배를 몰랐다. 앞으로도 절대 모를 것이다. 이 세상에 그렇게 말할 수 있는 사람이 또 누가 있겠는가?

세트라키안은 급류를 막는 암초 같은 존재였다. 어리석은 고집불통 영감은 스스로 흐름을 바꿀 수 있다고 굳게 믿고 있다. 하지만 강은 그를 에둘러 예정대로 힘차게 흘러갈 뿐이었다.

무가치한 인간들. 이 모든 것이 그 전제에서 비롯했다. 그리고 모두 예상대로 끝나는 거야.

그는 파머 재단을 떠올렸다. 갑부들 사이에서는 세계 제일의 부자가 자기 이름으로 된 자선단체에 기부하는 것이 그야말로 당연한 일이다. 그의 유일한 자선단체 파머 재단 역시 최근 관측된 엄폐로 고통받는 아이들을 버스 두 대에 가득 태워 데려가 치료하는 일에 대규모의 재원을 투입했다. 아이들은 그 진귀한 우주쇼가 벌어지는 와중에 시력을 잃었다. 적절한 보호책 없이 맨눈으로 태양을 봤거나 운이 없게도 렌즈에 결함이 있는 아동용 보안경을 썼기 때문이었다. 문제의 안경은 추적 결과 중국 제품으로 확인되었지만, 자취는 타이베이의 어느 공터에서 끊기고 말았다.

이 불쌍한 영혼들의 사회 복귀와 재교육을 위해 지원을 아끼지 않겠다고 재단은 약속했다. 파머도 정말 그렇게 할 생각이었다.

그것이 마스터의 요구였다.

필 스트리트

길을 건너며 에프는 미행당하고 있다는 느낌이 들었다. 한편 페트는 쥐 생각에 골몰했다. 지하에서 쫓겨난 설치류들은 이 집 저 집 햇살이 비치는 지붕의 홈통 위를 돌아다녔다. 공황과 혼란 상태에 빠져 있다는 증거였다.

"저길 봐요." 페트가 말했다.

에프는 처음에 처마 위에 있는 것이 비둘기인 줄 알았는데 사실은 쥐였다. 놈들은 감시라도 하듯 에프와 페트를 내려다보고 있었다. 뱀파이어들이 지하를 점령하고 쥐들을 보금자리에서 몰아내고 있다는 뜻이었다. 스트리고이들이 내뿜는 동물적인 기운 혹은 그들의 사악한 존재 자체가 다른 생명체들을 내몰고 있었다.

"근처에 서식지가 있을 겁니다." 페트가 말했다.

한 술집을 지나쳤을 때 에프는 목구멍 깊은 곳에서 갈증을 느꼈다. 그는 휙 돌아서서 문손잡이를 당겨보았다. 문은 열려 있었다. 백오십 년도 더 전에 문을 열었다는, 뉴욕 시에서 가장 오래된 맥줏집이지만 지금은 주인도 바텐더도 보이지 않았다. 정적을 깨는 유일한 존재는 모퉁이 높이 매달린 텔레비전이었다. 뉴스가 나오고 있었다.

둘은 안쪽 카운터로 이동했다. 좀더 어두웠고 역시 아무도 없었다. 자리마다 마시다 만 맥주잔이 놓여 있고 의자 몇 개에는 코트까지 걸쳐져 있었다. 파티가 느닷없이, 순식간에 끝났다는 뜻이었다.

에프는 화장실을 확인했다. 남자 화장실에는 크고 낡은 소변기들이 줄지어 있었다. 바닥에 오줌받이를 심은 구형이었다. 역시나 아무도 없었다.

다시 밖으로 나왔다. 바닥에 깔린 톱밥이 부츠에 쓸렸다. 페트는 들고 있던 케이스를 내려놓고 의자 하나를 끌어내 다리를 쉬고 있었다.

에프가 카운터 뒤쪽으로 들어갔다. 독주도 믹서도 얼음통도 없고 오로지 생맥주 탭뿐이었다. 아래 선반에는 300시시들이 맥주잔이 몇 개 있었다. 에프는 독주를 원했지만, 이 술집에는 맥주가 전부였다. 그것도 자체 주조한 저알코올 맥주와 흑맥주 두 종류뿐. 낡은 탭은 장식용이었다. 다행히 새 탭들에서는 맥주가 졸졸 흘러나왔다. 에프는 흑맥주를 두 잔 따랐다. "뭘 위해 건배하지?"

페트가 카운터로 와서 술잔을 받아들었다. "당연히 흡혈귀 소탕이죠."

에프는 반 잔을 비웠다. "사람들이 급히 빠져나간 모양이군."

"마지막 주문인 셈이죠. 이 도시 역사상 마지막 주문." 페트가 두툼한 윗입술에서 거품을 훔치며 말했다.

텔레비전에서 들려오는 뉴스 소리에 두 사람은 앞쪽으로 자리를 옮겼다. 브롱스빌 인근 마을에서 보내는 생방송으로, 753기의 네 생존자 중 한 명이 살던 지역이었다. 기자 뒤쪽으로 연기에 뒤덮여 어두워진 하늘이 보이고 화면 하단에는 자막이 흘렀다. 걷잡을 수 없이 번지는 브롱스빌 폭동.

페트가 손을 뻗어 채널을 돌렸다. 월 스트리트가 투자자들의 공포로 요동치고 있었다. 신종플루를 능가하는 전염병의 출몰과 중개인들의 잇따른 실종 역시 원인이었다. 증권업자들은 곤두박질치는 주가지수를 멍하니 구경만 하고 앉아 있었다.

NY1 채널은 교통 상황을 다루었다. 맨해튼이 격리될 것이라는 소문 때문에 관문은 어디나 섬을 탈출하려는 사람들로 인산인해였다. 비행기와 기차는 예약이 초과되었고, 공항과 기차역은 아수라장을 방불케 했다.

건물 위에서 헬기 소리가 들렸다. 지금으로서는 헬리콥터가 맨해튼을 손쉽게 드나들 수 있는 유일한 수단이었다. 자기 소유의 헬기 발착장만 있다면 말이다. 엘드리치 파머처럼.

에프는 카운터 뒤에서 구식 유선전화를 찾아냈다. 수화기를 귀에 대니 지직대는 발신음이 들렸다. 그는 끈기 있게 회전식 다이얼을 돌려 세트라키안의 집에 전화를 걸었다.

신호가 갔고 노라가 전화를 받았다. "잭은 어때?" 그녀가 말하기 전에 에프가 먼저 물었다.

"좋아졌어요. 한참을 정말로 성질만 부렸거든요."

"켈리가 돌아온 적은 없고?"

"아뇨. 교수님이 옥상에서 쫓아냈어요."

"옥상에서? 맙소사!" 에프는 소름이 끼쳤다. 깨끗한 잔을 잡고 술을 따르는데 속도가 영 더뎠다. "잭은 지금 어디 있지?"

"2층에요. 바꿔줄까요?"

"아냐. 돌아가서 직접 이야기하는 게 좋겠어."

"내 생각도 그래요. 관은 파괴했어요?"

"아니, 사라졌어." 에프가 말했다.

"사라지다뇨?" 그녀가 되물었다.

"놈에게는 심각한 부상이 아니었나봐. 딱히 힘이 약해진 것 같지 않아. 그보다 기이한 건…… 벽에 이상한 그림이 그려져 있더라고. 스프레이로……"

"그러니까, 누군가 그라피티를 그려놓았다는 건가요?"

에프는 주머니의 휴대폰을 톡톡 두드렸다. 핑크빛 휴대폰은 아직 그대로 있었다. "동영상을 찍어놨어. 무슨 의미인지 도무지 모르겠더군." 그는 수화기를 잠시 떼어놓고 맥주를 조금 마셨다. "아무리 그래도, 도시가 섬뜩할 만큼 조용해."

"여긴 아니에요. 새벽이라 조용한 편이긴 하지만 오래가진 않을 거예요. 놈들이 전만큼 햇빛을 무서워하는 것 같지 않거든요. 점점 대담해지는 모양이에요." 노라가 말했다.

"사실이 그래. 놈들은 학습을 통해 영리해지고 있어. 아무래도 떠야겠어. 오늘." 에프가 말했다.

"교수님도 그렇게 얘기하더군요. 켈리 때문에."

"우리가 있는 곳을 아니까?"

"그녀가 알면…… 마스터도 안다는 얘기니까요."

에프가 감은 두 눈을 손으로 눌렀다. 머리가 지끈거렸다. "오케이."

"지금 어디에요?"

"파이낸셜 디스트릭트. 페리 역 근처야." 술집에 있다는 말은 하지 않았다. "페트가 대형차를 좀 안다니까 한 대 구해서 돌아가지."

"그냥…… 무사히만 와요."

"우리도 그럴 생각이야."

그는 전화를 끊고 카운터 밑을 뒤졌다. 맥주를 더 담아갈 통을 찾아보았다. 지하에 다시 다녀왔더니 알코올이 필요했다. 유리잔이 아닌 무언가. 그는 가죽으로 겉을 감싼 낡은 휴대용 위스키병을 찾아냈다. 뚜껑의 먼지를 털어내다 그 뒤에 있는 고급 빈티지 브랜디도 보았다. 병은 먼지 없이 깨끗했다. 맥주만 마시기도 지겨우니 한 모금씩 홀짝거리려고 바텐더가 보관해둔 모양이었다. 그는 작은 개수대에서 위스키병을 씻은 다음 조심스럽게 술을 채웠다. 노크 소리가 들린 건 그때였다.

그는 재빨리 카운터를 돌아나가 무기 가방을 향하다 깨달았다. 뱀파이어는 노크하는 법이 없다. 페트를 지나 문 쪽으로 다가간 그는 조심스럽게 창밖을 엿보았다. 에버릿 반스 박사. 질병관리센터 본부장. 늙은 공무원 의사는 언제나 입던 장교복이 아니라(CDC의 뿌리는 미 해군이다) 흰색 바탕에 아이보리색 무늬가 들어간 정장 차림이었다. 재킷 단추를 채우지 않은 탓에 늦은 아침을 먹다 말고 부랴부랴 달려나온 사람처럼 보였다.

에프는 얼른 반스 뒤쪽의 거리를 둘러보았지만 분명 그 혼자였다. 적어도 지금은. 에프가 문을 열어주었다.

"이프리엄." 반스가 먼저 인사했다.

에프는 그의 옷깃을 잡아 재빨리 안으로 들이고 다시 문을 걸어 잠갔다. "나머지는 어디 있죠?" 그가 다시 거리를 살피며 물었다.

반스 본부장은 에프에게서 물러나 재킷 매무새를 가다듬었다. "물러나 있으라고 했네. 하지만 곧 이곳에 나타날 테니 조심하는 게 좋을 거야. 자네와 단둘이 할 말이 있다고 고집 좀 부렸지."

에프는 맞은편 건물들의 옥상까지 확인한 다음에야 창가에서 물러섰다. "맙소사, 어떻게 이렇게 빨리 온 겁니까?"

"자네와의 대화가 최우선이니까. 자넬 해치려는 사람은 아무도 없어. 여기 온 것도 다 내가 요청해서야."

에프는 반스에게서 돌아서서 카운터로 향했다. "본부장님만의 생각이겠죠."

"돌아와주게. 우리한텐 자네가 필요해. 이젠 나도 상황을 알고 있네." 그를 따라가며 반스가 말했다.

에프는 카운터에 다다르자마자 몸을 돌렸다. "이봐요, 에버릿. 뭐가 어떻게 되어가는지 이해할 수도 있고 아닐 수도 있을 겁니다. 어쩌면 한통속일지도 모를 일이죠. 본부장님 본인조차 모를 겁니다. 하지만 이 사건 뒤엔 누군가 있어요. 엄청난 힘을 가진 누군가가 말입니다. 내가 당신을 따라간다면, 그게 어디든 난 무장해제 되거나 처형되고 말 겁니다. 아니, 그 이상일 수도 있겠군요."

"자네 말을 듣겠네, 이프리엄. 자네가 무슨 말을 하든 자네 편이 되겠어. 내 잘못도 있으니까. 우리가 뭔가 파괴적이고 비현실적인 힘에 휘둘리고 있다는 걸 지금에야 깨달았네."

"비현실적인 게 아닙니다. 지금 현실에서 일어나고 있는 일이니까요." 에프는 위스키병의 뚜껑을 열었다.

페트는 반스 뒤에 있었다. "나머지 사람들이 들어오기까지 얼마나 남았죠?" 그가 물었다.

"오래 걸리지 않을 거요." 반스가 대답했다. 더러운 작업복 차림의 덩치 큰 방역관까지 신경쓰고 싶지는 않았다. 그는 다시 에프에게, 그리고 그가 든 위스키병에 관심을 돌렸다. "이런 상황에도 술을 마시나?"

"이런 상황에 안 마시면 언제 마십니까. 원하면 드세요. 흑맥주가 괜찮더군요." 에프가 말했다.

"이봐, 자네가 얼마나 큰 고통을 겪었는지 잘 알아……"

"나한테 무슨 일이 있었는지는 상관없습니다, 에버릿. 이건 내 문제가 아니고, 그러니 나한테 매달려봐야 소용없어요. 정작 내가 걱정하는 건, 이 반쪽짜리 진실들입니다. 아니, 철두철미한 거짓이라고 해야 할까요? CDC의 지원하에 발표되는. 이제 더는 대중에게 봉사할 생각이 없는 겁니까, 에버릿? 정부만 섬기기로 한 거냐고요."

반스 본부장이 움찔했다. "물론 둘 다를 위해 일하지."

"나약하고 무능하군요. 이건 범죄입니다." 에프가 말했다.

"자네가 필요한 이유는 따로 있네, 이프리엄. 자네의 목격담과 전문 지식이……"

"이미 늦었습니다! 아직 그 정도도 모르십니까?"

반스가 페트에게 시선을 고정한 채 한 걸음 뒤로 물러섰다. 신경에 거슬리는 자였다.

"브롱스빌은 자네가 옳았네. 우린 그곳을 봉쇄했어."

"봉쇄해요? 어떻게?" 페트가 물었다.

"철망으로."

에프는 씁쓸히 웃었다. "철망? 맙소사, 에버릿. 진심으로 하는 얘깁니다만, 지금 본부장님은 바이러스에 대한 대중의 인식에 따라 반응하고 있어요. 위험 자체가 아니라. 철망을 쳐서 사람들을 안심시키겠다고요? 그런 상징적 조치로? 그들은 철망을 뜯어내고 말 겁니다."

"그럼 말해보게. 어떻게 하면 되겠나? 자네는 어떻게 하고 싶지?"

"시체들부터 파괴하세요. 그게 시작입니다."

"뭘 파괴해? 그럴 수 없다는 걸 알잖나."

"그것 말고는 아무 의미 없습니다. 군대를 보내서 그 지역을 싹 쓸어버리고 감염자를 모조리 제거하세요. 그리고 작전을 남쪽으로 확대해요. 이곳 시내도 사정은 마찬가지니까. 브루클린, 브롱크스 모두……"

"대량 학살을 하라는 건가. 그 참상을 생각이나……"

"현실을 직시하세요, 에버릿. 나도 의사입니다. 지금은 세상이 달라졌어요."

페트는 다시 입구 쪽으로 돌아가 거리를 지켜보았다. 에프가 말을 이었다. "그자들이 날 데려오라고 한 이유는 도움이 필요해서가 아닙니다. 나와 내가 아는 사람들을 무력화하기 위해서죠." 그가 무기 가방 쪽으로 가서 은검을 끄집어냈다. "지금은 이게 내 메스예요. 괴물들을 치료하는 유일한 방법은 그들을 해방하는 겁니다. 네, 바로 대량 학살이죠. 의료 행위가 아니란 말입니다. 그들을 구하고 싶어요? 진짜 도와주고 싶습니까? 그럼 텔레비전 프로그램에 나가서 말하세요. 진실이 뭔지."

반스는 입구의 페트를 보았다. "도대체 저 친구는 누구야? 나는 자네가 마르티네스 박사와 함께 있을 줄 알았는데."

노라의 이름을 거론하는 태도가 이상했지만 그 자리에서 따져 물을 수는 없었다. 페트가 창가에서 물러나 달려왔다.

"놈들이 옵니다." 페트가 말했다.

에프는 위험을 무릅쓰고 창가로 갔다. 밴 두 대가 다가와 거리를 봉쇄하고 있었다. 페트가 그를 지나치더니 반스의 어깨를 잡고 뒤쪽 모퉁이로 데려가 테이블에 앉혔다. 에프는 야구 가방을 어깨에 메고 페트에게도 무기 케이스를 건넸다.

"제발, 부탁하네. 두 사람 모두. 내가 자네들을 지킬 수 있어." 반스가 애원했다.

"잘 들어요. 당신은 방금 공식적으로 인질이 되었수다. 그러니 입 닥치쇼." 페트가 대답한 뒤 에프에게 말했다. "어쩔 셈입니까? 저들을 어떻게 막죠? FBI는 UVC로 막을 수 없어요."

에프는 해답을 찾으려는 듯 낡은 맥줏집을 둘러보았다. 사방의 벽과 카운터 뒤쪽 선반은 백오십 년 동안 모았을 사진과 자질구레한 소품으로 빼곡했다. 링컨, 가필드, 매킨리의 초상화와 JFK의 흉상. 모두 암살당한 대통령이다. 가까이의 구식 소총, 면도크림통, 사망기사를 넣은 액자 등 골동품들 사이에 작은 단검도 보였다.

그리고 그 옆에 판자가 있었다. 네가 태어나기도 전에 우리는 이곳에 있었다.

카운터 뒤로 달려가 낡은 마룻바닥에서 톱밥을 걷어내자 소코뚜레 모양의 둥근 문고리가 드러났다.

페트가 다가와 에프와 함께 문을 열었다.

냄새만으로도 상황이 어떤지 명백히 알 수 있었다. 암모니아. 이제 막 뿌려진 자극적인 냄새.

"곧 자네를 쫓아갈 거야." 반스 본부장이 모퉁이에 앉은 채로 말했다.

"냄새로 판단하건대…… 별로 권하고 싶지 않구려." 페트가 대꾸하고는 먼저 아래로 내려갔다.

에프는 내려가기 전에 인광봉을 켰다. "에버릿, 혹시 오해할까봐 다시 확실하게 말씀드리죠. 전 손뗐습니다."

에프도 페트를 따라 내려갔다. 램프 때문에 술집의 지하 저장고는 비현실적으로 푸르게 빛났다. 페트가 머리 위의 문을 닫으려고 손을 뻗었다.

"그냥 둬. 내 생각만큼 더러운 자라면 벌써 바깥으로 달려나갔을 테니까." 에프가 중얼거렸다.

페트는 그의 말대로 문을 열어두었다.

창고는 천장이 낮은데다 수십 년 동안 쌓인 쓰레기 탓에 통로도 좁았다. 크고 작은 낡은 맥주통, 망가진 의자, 텅 빈 컵 선반, 낡은 공업용 식기세척기 등등. 페트는 발목과 재킷 소매에 두꺼운 고무밴드를 찼다. 바퀴벌레가 들끓는 집들을 뒤지던 시절 고생하며 얻은 노하우로, 에프에게도 몇 개 건넸다. "벌레 때문에요." 그가 재킷을 단단히 여미며 말했다.

에프가 돌바닥을 지나 옆문을 열자 낡고 따뜻한 얼음 창고가 나왔다.

창고는 텅 비어 있었다.

다음은 타원형의 낡은 문고리가 달린 나무문이었다. 문 앞의 부채꼴 공간에는 먼지가 흩어져 있었다. 페트가 그에게 고개를 끄덕였다. 에프는 문을 활짝 열었다.

절대 망설이지 말 것. 생각하고 있을 틈이 없다. 에프가 얻은 교훈이었다. 놈들이 무리를 이뤄 선제공격을 할 틈을 줘선 안 된다. 하나를 희생양으로 만들어 교란시킨 다음 무리의 다른 놈들에게 공격 기회를 주려고 들 것이다. 1.5미터에서 2미터에 달하는 놈들의 촉수와 뛰어난 야간 시력에 맞서 마지막 놈을 파괴할 때까지 계속 움직여야 한다.

놈들의 약점은 그들의 먹이와 마찬가지로 목이었다. 척추를 끊어내고 육신과 그 육신을 점령한 존재를 파괴할 것. 흰 피를 상당량 흘리게 해도 동일한 효과를 낼 수 있으나, 훨씬 위험하다. 모세혈관에서 탈출한 애벌레들이 죽지 않고 새 인간의 육신을 찾아 침투하려 들기 때문이다. 페트가 소맷부리에 밴드를 차는 이유도 그 때문이었다.

에프는 현재까지 검증된 가장 효과적인 방식으로 두 놈을 처치했다. UVC 램프를 횃불처럼 이용해 벽에 몰아붙인 다음 검으로 최후의 일격을 가한 것이다. 은으로 만든 무기만이 뱀파이어에게 부상을 입히고 인간의 통증에 필적하는 고통을 줄 수 있다. 자외선은 불처럼 DNA를 태워버린다.

페트는 네일건을 이용했다. 얼굴에 박힌 은못은 놈들의 눈을 멀게 하거나 방향감각을 없앤 다음 확장된 식도를 타고 내려갔다. 풀려나온 벌레들이 젖은 바닥 위를 기어다녔다. 에프의 자외선에 일부가 죽고 나머지는 페트의 단단한 부츠에 밟혀 죽었다. 페트는 케이스에서 병을 꺼내 그중 몇 마리를 담았다. "영감님 드릴 선물이에요." 그가 싱긋 웃으며 다시 살상을 계속했다.

머리 위 술집에서 수많은 발소리와 목소리가 들려와 에프와 페트는 옆방으로 들어갔다.

뱀파이어 하나가 에프 옆에서 공격해들어왔다. 아직 바텐더 앞치마를 두르고 있는 놈이었는데, 크게 부릅뜬 눈이 잔뜩 굶주려 있었다. 에프는 몸 바깥쪽으로 칼을 휘둘러 놈을 베고 자외선으로 밀어붙였다. 그는 의사의 자비심을 포기하는 방법을 배우고 있었다. 구석에 몰린 뱀파이어는 측은할 정도로 씩씩거렸다. 에프는 일을 마무리지었다.

두세 놈은 이미 남색 빛이 다가오는 걸 보자마자 옆방으로 달아났고, 남은 몇몇이 망가진 선반 아래 웅크리고 앉아 공격 태세를 갖추고 있었다.

페트도 램프를 들고 에프에게 다가갔다. 그리고 뱀파이어들을 향해 돌격하려는 에프의 팔을 잡았다. 숨을 몰아쉬는 에프와 달리 방역관은 지극히 사무적인 태도였다. 고뇌 따위는 없었다.

"잠깐. 놈들은 반스의 FBI 친구들을 위해 남겨두죠." 페트가 말했다.

에프도 그게 좋겠다는 생각에 뒤로 물러섰다. 램프는 여전히 놈들을 향하고 있었다. "그럼 이제 어떻게 하지?"

"놈들이 저기로 달아났으니 나가는 길이 있겠죠."

에프가 옆방을 보았다. "그 말이 맞길 빌겠네."

지하에서는 페트가 앞장섰다. 두 사람은 자외선을 받아 형광빛으로 반짝이는 오줌 자국을 따라갔다. 방 몇 개를 지나자 사람이 직접 판 듯한 오래된 터널들로 이어진 일련의 저장고가 나왔다. 암모니아 흔적은 여러 갈래로 흩어졌는데 페트가 그중 하나를 골라 꺾어들어갔다.

"맘에 들어요. 쥐 사냥처럼 흔적을 쫓아가는 게. 자외선이 쓸모가 있네요." 페트가 발을 굴러 부츠에서 배설물을 떨어내며 말했다.

"그런데 놈들이 이 통로를 어떻게 알지?"

"그만큼 부지런했다는 얘기죠. 탐사하고 뒤지고. 볼스테드 그리드라고 들어본 적 없습니까?"

"볼스테드? 볼스테드법 말인가? 금주법?"

"그때 레스토랑, 주점, 주류 밀매업자는 결국 지하 저장고를 열어 영업을 해야 했죠. 여긴 지하 세계를 기반으로 만들어진 하나의 도시예요. 터널, 수로, 공공 파이프 따위로 가정집과 지하 영업점을 연결했죠. 집이면 집, 동네면 동네, 이 도시 안이라면 어디든 지하로만 이동할 수 있다고 주장하는 사람도 있을 정도예요."

"볼리바의 집이 그랬지." 에프가 말했다. 록스타 볼리바는 753기의 생존자 네 명 가운데 하나였다. 그의 집도 주류 밀매업자가 살았던 터라 비밀스러운 저장고가 지하철 터널과 연결되어 있었다. 에프는 보조 터널을 지나며 뒤돌아보았다. "어디로 가는지는 어떻게 알지?"

페트가 돌에 새겨진 호보 사인을 가리켰다. 놈들이 단단한 손톱으로 새긴 것처럼 보였다. "여기 뭔가 있어요. 확실한 건 그뿐이지만, 페리 역이 여기서 한두 블록 거리라는 정도는 장담할 수 있습니다." 그가 말했다.

나자레스, 펜실베이니아

_어거스틴……

어거스틴 엘리살데가 일어섰다. 절대 암흑의 지대. 손에 묻어날 듯 칠흑 같은 어둠이었다. 별이 없는 우주가 이럴까? 그는 자기가 눈을 뜨고 있는지 확인하기 위해 눈을 깜빡였다. 눈은 분명 뜨고 있었다. 달라진 건 없었다.

이런 게 죽음인가? 죽었으니까 이렇게 어둡겠지?

분명해. 니미, 난 죽은 거야.

아니면…… 놈들이 뱀파이어로 만들었는지도 모르지. 그럼 이제 난 뱀파이어인가? 몸을 빼앗기고 예전의 나는 머릿속 암흑에 갇힌 거야? 다락방 포로처럼? 그럼 이 서늘한 기운과 발밑으로 딱딱한 바닥이 느껴지는 것도 결국 뇌의 보상심리에 따른 환각이라는 뜻이겠군. 난 영원히 머릿속에 갇혀 있을 테니……

그는 몸을 조금 웅크렸다. 몸을 움직여 느껴지는 감각으로 자신의 존재를 확인하기 위해서였다. 눈으로 초점을 맞출 수 없으니 어지러워서

다리를 좀더 넓게 벌려야 했다. 손을 위로 뻗은 채 풀쩍 뛰어봤지만 아무것도 닿지 않았다.

이따금 미풍이 불어와 셔츠 자락이 펄럭였다. 바람에서 흙냄새가 났다. 무덤 냄새.

지하야. 생매장을 당해서.

_어거스틴……

또다시 들리는 소리. 꿈결처럼 엄마의 목소리가 그를 불렀다.

"엄마?"

놀랍게도 목소리는 메아리로 되돌아왔다. 집을 떠나올 때 본 엄마의 모습이 떠올랐다. 엄마는 옷들을 잔뜩 뒤집어쓴 채 침실 벽장에 앉아 있었다. 이제 막 놈들처럼 변해 굶주린 눈으로 그를 노려보았다. 그녀의 시선에 얼마나 놀랐던가.

뱀파이어. 영감탱이가 그랬지.

거스는 돌아섰다. 어느 방향에서 들려왔을까? 지금으로서는 목소리를 따라가는 수밖에 없었다.

처음에 맞닥뜨린 장애물은 돌벽이었다. 그는 부드럽게 휘어진 벽면을 더듬더듬 따라갔다. 손의 상처가 아직도 쓰라렸다. 뱀파이어 형을 죽이기 위해, 아니 파괴하기 위해 유리 조각을 휘둘렀을 때 생긴 상처. 그는 걸음을 멈추고 손목을 만져보았다. 경찰차에서 탈출할 때 차고 있던 수갑은 사라지고 없었다. 사냥꾼들이 사슬을 끊어준 기억은 있는데……

사냥꾼. 모닝사이드 하이츠의 거리에 나타난 그들 역시 알고 보니 뱀파이어였고, 마치 조폭 전쟁이라도 벌이듯 다른 뱀파이어들을 사냥했다. 하지만 사냥꾼들은 완전 무장을 하고 있었다. 무기를 갖춘데다 서로 협력도 했고 심지어 운전까지 했다. 거스가 마주치고 파괴한, 피에 굶주린 괴물들과는 분명 차원이 달랐다.

그들이 나를 SUV 뒷좌석에 집어던진 것까지는 기억나는데…… 그런데 왜 하필 나지?

대자연의 마지막 숨결 같은 바람이 또다시 얼굴을 쓰다듬었다. 그는 바람을 따라갔다. 이 방향이 맞을까? 벽이 급히 꺾이며 끝났다. 왼손을 뻗어보니 그쪽도 마찬가지였다. 벽이 급히 꺾이며 끝이 났다. 벽과 벽 사이의 공간은 출입구 같았다.

거스는 그곳을 통과했다. 발소리의 울림을 들어보면 다른 방보다 넓고 천장도 높은 모양이었다. 게다가 이곳에서 나는 희미한 냄새는 어딘가 익숙했다. 무슨 냄새지?

그래, 알았다. 구치소에서 청소 일을 할 때 사용한 적이 있었다. 암모니아 냄새. 그래도 지금은 코 안쪽이 타들어갈 만큼 독하지는 않았다.

그때 무슨 일이 생기기 시작했다. 처음에는 환각이라고 생각했지만, 분명 빛이 접근하고 있었다. 느린 속도와 불확실한 상황에 덜컥 겁이 났다. 저쪽 벽 가까이에서 서로 멀리 떨어진 삼각대 조명 두 개가 서서히 다가오고 있었다. 짙은 어둠이 조금씩 묽어졌다.

거스는 두 팔을 몸에 바짝 붙였다. 인터넷에서 본 종합격투기 파이터들의 자세가 그랬다. 조명은 점점 더 밝아졌는데 그 속도가 너무 느려 변화를 감지하기 어려울 정도였다. 하지만 어둠 속에서 동공이 잔뜩 확장되어 망막이 무방비 상태로 노출된 탓에 약한 빛으로도 반응이 일어났다.

처음에는 알아보지 못했으나 그 존재가 정면에 있었다. 불과 3미터에서 5미터 떨어진 곳에. 하지만 머리와 팔다리가 핏기도, 미동도, 굴곡도 없이 어찌나 매끈한지 그는 돌벽의 일부인 줄 알았다.

눈에 보이는 것이라곤 똑같은 모양의 어두운 구멍 두 개뿐이었다. 완전히 검지는 않아도 어쨌든 검은색에 가까웠다.

짙은 암적색. 피의 색.

눈인지는 모르겠으나 깜빡거리지는 않았다. 뚫어져라 노려보지도 않았다. 거스를 향한 시선은 감정이 철저히 배제되어 있었다. 붉은 돌만큼이나 무심한 두 눈은 피에 흠뻑 젖은 채 모든 것을 안다고 말하는 듯했다.

거스는 그자가 걸친 로브의 윤곽을 보았다. 마치 공동空洞 안의 공동처럼 어둠 속에 스며 있었다. 큰 키를 시위라도 하듯 허리를 곧추세우고 있었으나, 아무 움직임이 없어서 마치 죽은 듯 보였다. 거스도 움직이지 않았다.

"뭐야? 오늘밤 멕시코놈 하나 잡아먹으려고? 다시 생각하지 그러셔? 잡아먹고 목메기 싫으면, 이 씹새끼야." 하지만 목소리는 우습고 두려움까지 묻어났다.

상대는 너무나 조용하고 미동 하나 없었다. 거스는 어쩌면 옷을 걸친 조각상일지도 모른다고 생각했다. 머리는 민둥산처럼 머리카락 한 올 없고 귀도 보이지 않았다. 이윽고 거스의 귀에 무언가 소리가 들리기 시작했다. 아니, 느낀 건가? 이 윙윙거리는 진동을……

"어? 원하는 게 뭔데? 처먹기 전에 갖고 놀겠다는 거냐? 내가 찰루파*냐, 이 송장놈아?" 그는 무표정한 눈을 향해 투덜거리며 두 주먹을 얼굴 가까이로 가져갔다.

순간 기이한 기척에 오른쪽으로 시선을 돌렸다. 그곳에 또하나가 있었다. 돌벽의 일부처럼 서 있는 괴물. 첫번째 놈보다는 키가 작고, 눈 모양도 조금 달랐으나 표정이 없기는 마찬가지였다.

그리고 왼쪽에 있는 또하나가 천천히 거스의 눈에 들어왔다.

---

* 배 모양으로 튀긴 옥수수 전병 안에 고기와 야채 등을 넣은 멕시코 요리.

법원을 제집처럼 들락거렸던 거스로서는 지금 돌로 만든 법정에서 세 명의 외계인 판사 앞에 선 기분이었다. 마음속으로야 백 번도 넘게 미쳐버릴 것 같은데도 입에서는 계속 욕설만 나왔다. 빌어먹을 양아치 본성이라니. 지금껏 만난 판사들은 그의 욕설을 '법정 모독'이라고 했다. 거스는 '항변'이라고 했다. 누군가 자기를 얕잡아보거나 인간쓰레기 또는 거치적거리는 귀찮은 존재로 여긴다는 기분이 들 때마다 거스는 '항변'을 했다.

_간단히 끝내마.

거스가 두 손을 얼른 관자놀이로 가져갔다. 귀가 아니었다. 어찌된 일인지 목소리가 곧바로 머릿속에서 들려왔다. 내면의 독백이 흘러나오는 바로 그 부분인데…… 마치 어느 해적방송국이 그의 머리를 통해 라디오 방송을 내보내기 시작한 것 같았다.

_어거스틴 엘리살데.

머리를 감쌌지만 목소리는 머릿속을 가득 채웠다. 스위치를 눌러 끌 수도 없다.

"그래, 내가 누군지는 나도 안다. 네놈들은 누구야? 대체 뭐냐고? 어떻게 내 머릿속에……"

_넌 이곳에 먹이로 온 게 아니다. 눈 내리는 계절을 대비한 가축은 얼마든지 있다.

가축? "아, 사람들 말이냐?" 비명소리를 듣기는 했다. 고통스러운 비명들이 동굴 속에 메아리쳤지만 그는 꿈을 꾸고 있다고 생각했었다.

_수천 년 동안 방목을 효율적으로 활용했다. 식량이 될 아둔한 동물들은 얼마든지 있더군. 이따금 아주 특별한 목장이 나타나기도 하고.

거스는 무슨 말인지 알아들을 수 없었다. 본론부터 얘기할 일이지……
"그래서…… 날 네놈들처럼 만들지 않겠다는 얘기야, 뭐야?"

_우리 혈통은 순수하고 특별하다. 종족에의 편입은 축복이자, 특별하고도 아주아주 값진 선물이다.

거스는 도무지 이해할 수 없었다. "내 피를 빨아먹지 않겠다면……그럼 원하는 게 뭐야?"

_제안을 하나 하겠다.

거스가 주먹으로 머리 한쪽을 때렸다. 고장난 기계가 된 기분이었다. "제안? 그건 솔깃한 얘기군. 어차피 선택의 여지도 없잖아?"

_낮 동안 일을 봐줄 노예가 필요하다. 사냥꾼 말이야. 우린 야행성이고 너흰 주행성이다.

"주행성?"

_너희 체내의 일주日週 리듬은 너희가 하루라고 부르는 24시간의 빛-어둠의 주기와 정확히 일치한다. 네 종족이 타고난 생체 시계는 이 행성의 움직임에 적응되어 있기 때문이지. 우리와 달리, 너희는 태양빛을 받고 사는 종족이다.

"망할, 뭐라고?"

_낮 동안 자유롭게 돌아다닐 대리인이 필요하다. 태양빛을 견딜 뿐아니라, 그 빛의 위력을 다른 무기와 마찬가지로 자유자재로 활용해 불순한 존재들을 처리할 수 있는 자.

"불순한 존재들을 처리해? 네놈들, 뱀파이어 맞지? 지금 나더러 네놈들 동족을 죽이라는 얘기냐?"

_우리는 동족이 아니다. 그 불순한 종족이 너무 난잡하게 너희 종족사이에 퍼지고 있다…… 그건 통제 불능의 재앙이야.

"원하는 게 도대체 뭐야?"

_우리는 이번 일과 상관없다. 네 앞에 서 있는 우리는 명예와 분별력을 중시하는 위대한 종족이다. 이번 감염은 조약 위반이자, 수 세기 동

안 유지해온 평화의 파괴를 뜻한다. 이건 모독이야.

거스는 뒤로 조금 물러났다. 이제 이해가 될 것도 같았다. "그러니까, 어떤 병신이 너희 텃밭에 들어왔다는 뜻이군."

_우리는 너희처럼 마구잡이로 종족을 번식시키지 않는다. 우리의 번식은 철저한 숙고의 과정을 거치지.

"까다로우시군."

_우린 원하는 것만 먹는다. 식량은 식량일 뿐이다. 배가 부르면 나머지는 처분해버린다.

거스가 웃음을 터뜨렸다. 우스워서 숨이 막힐 지경이었다. 사람을 마치 모퉁이 가판대에서 1달러에 세 개씩 파는 것처럼 말하지 않는가.

_재미있나?

"아니, 그 반대야. 그래서 웃는 거라고."

_사과를 먹고 나서 심은 던져버리나? 아니면 나무를 더 심기 위해 씨를 남겨두나?

"그야 던져버리겠지."

_일회용 그릇은? 음식을 다 먹고 나선?

"좋아, 감 잡았다. 그러니까 피를 몇 컵 마시곤 인간 그릇은 내버린다? 좋아, 내가 궁금한 건 이거야. 왜 나지?"

_능력이 있어 보였다.

"그걸 어떻게 아는데?"

_우선 전과 기록. 우리가 관심을 가진 계기는 맨해튼에서 살인으로 체포되었을 때였다.

타임스스퀘어에서 미쳐 날뛰던 알몸의 돼지. 그자가 어떤 가족을 습격했을 때 거스는 겁도 없이 뛰어들었다. "어이, 친구, 우리 동네에서 그럼 곤란하지." 물론 지금이야 다른 사람들처럼 구경이나 할걸 하고 후회막심이다.

　_경찰 호송차를 탈출하는 과정에서 불순한 존재들을 더 죽였더군.

거스가 인상을 찌푸렸다. "그 '불순한 존재'가 바로 내 단짝이다. 그런데 어떻게 다 알지? 이따위 똥통에 살면서?"

　_우리가 인간 세계의 최상위 그룹과 연결되어 있음을 알아둬라. 하지만 균형 때문에라도 표면에 나설 수는 없다. 지금 불순한 종족들은 바로 이 점을 이용해 우리를 위협하고 있지. 너를 여기 데려온 것은 그래서다.

"조폭 전쟁이군. 그건 알겠는데, 무지 중요한 내용을 빼먹었잖아. 그러니까…… 내가 왜 당신네를 도와야 하지?"

　_세 가지 이유다.

"내가 세지. 이유가 확실한 게 좋을 거다."

　_첫째, 이 방에서 살아서 나갈 수 있다.

"좋아, 그건 인정한다."

　_둘째, 이 일에 성공하면 넌 상상을 초월하는 부자가 된다.

"흠, 애매하군. 어쨌든 점수는 후하게 쳐주지."

　_세번째 이유는…… 바로 네 뒤에 있다.

거스가 돌아섰다. 맨 처음 눈에 들어온 건 사냥꾼이었다. 그를 거리에서 납치한 뱀파이어 가운데 하나로, 머리는 검은 후드 속에 숨어 있고 두 눈이 붉게 이글거렸다.

사냥꾼 옆에도 뱀파이어가 하나 있었다. 이제 허기만 남은 아득한 표정은 거스에게도 낯이 익었다. 땅딸막한 체구에 마구 헝클어진 흑발, 찢어진 잠옷 차림. 목 위는 안쪽의 뱀파이어 촉수 기관 때문에 크게 부풀어올랐다.

자수가 놓인 깃 사이로 무척 세련된 십자가가 보였다. 검은색과 붉은

색의 문신을 두고 그녀는 늘 철없던 시절의 실수였다며 후회했지만 당시엔 끝내줬을 것이다. 게다가 그녀가 뭐라든 거스는 어렸을 때부터 그 문신을 좋아했다.

엄마. 그녀의 눈은 검은 넝마로 가려져 있고, 굶주린 촉수 탓에 목이 꿈틀거렸다.

_그녀는 널 감지하고 있다. 하지만 눈을 가려야 해. 그녀의 내면에 적의 의지가 존재하기 때문이다. 그자는 그녀를 통해 본다. 그녀를 통해 듣는다. 따라서 이 방에 오랫동안 둘 수도 없다.

거스의 눈에 분노의 눈물이 차올랐다. 슬픔이 내면을 휩쓸고 화가 치밀어올랐다. 열한 살 이후로 줄곧 엄마를 괴롭혀왔건만. 이제 언데드 괴물이 되어 만나다니.

거스는 돌아서서 뱀파이어들을 마주보았다. 걷잡을 수 없는 분노가 솟구쳤지만 달리 방법이 없었다. 그는 자신의 무력함을 알고 있었다.

_셋째, 네가 그녀를 해방시켜줄 수 있다.

마른 흐느낌이 쏟아져나왔다. 지금의 상황이 역겹고 또 소름 끼쳤다. 하지만……

거스는 다시 돌아보았다. 엄마는 납치된 것이나 마찬가지였다. 저들이 말하는 이른바 불순한 뱀파이어의 볼모가 된 것이다.

"엄마." 그가 불렀다. 그녀가 그의 목소리를 들었는지는 몰라도 표정 변화는 없었다.

형 크리스핀을 죽이는 건 쉬웠다. 둘 사이에 해묵은 앙금이 있는데다 거스보다 더한 인생 낙오자에 마약 중독자여서 깨진 유리로 목을 찔렀을 땐 오히려 신이 날 정도였다. 가족의 골칫거리를 없애고 인간쓰레기까지 처리했으니 그야말로 일거양득이 아니겠는가. 유리를 휘두를 때마다 오랜 세월 누적된 분노가 증발하는 기분이었다.

하지만 엄마를 저주에서 풀어주는 일은 사랑의 행위일 것이다.

거스의 엄마는 방에서 끌려나갔으나 사냥꾼은 그대로 그의 뒤에 남았다. 거스는 세 뱀파이어를 돌아보았다. 이제 좀더 잘 보였다. 저 소름 끼치는 부동자세. 그들은 말 그대로 미동도 하지 않았다.

_임무를 완수하는 데 필요한 것이라면 뭐든 제공하겠다. 지금은 얼마가 들어도 상관없다. 오랜 세월 인간의 보물을 막대하게 축적해뒀으니까.

영원한 삶을 누리는 고대 종족들은 수 세기에 걸쳐 돈으로 대가를 치러왔다. 동굴에 메소포타미아의 은고리, 비잔티움의 동전과 금화, 독일의 마르크 등을 확보해두었으나 화폐는 아무 의미도 없었다. 원주민들과 교역하기 위한 조개껍데기에 불과할 뿐. "그래서…… 내가 너희를 위해 일하길 바란다?"

_미스터 퀸란이 필요한 건 뭐든 제공해줄 것이다. 뭐든. 유능하고 충실한 최고의 사냥꾼이지. 여러모로 특별하다. 네게 유일한 제약이라면, 비밀은 반드시 지켜야 한다는 거다. 무슨 일이 있어도 우리 존재를 발설하지 말 것. 사냥꾼 모집은 네게 맡기겠다. 눈에 띄지도 않고 알려지지도 않았지만, 살상에 능한 자들을 구해라.

거스는 등뒤에서 그를 끌어당기는 어머니의 존재를 느끼며 고개를 치켜들었다. 분노의 배출구가 필요했다. 어쩌면 이 일이 최적일 수 있었다.

그가 입술을 삐죽 내밀고 씁쓸한 미소를 지었다. 사람들이 필요했다. 최강의 살인자들이.

어디로 가야 할지는 정확히 알고 있었다.

IRT 루프선 사우스 페리 내선 역

페트는 딱 한 번 길을 잘못 들었을 뿐 정확히 폐쇄된 루프선 사우스 페리 역으로 통하는 터널로 에프를 데려갔다. IRT, IND, BMT* 노선에는 유령 지하철역들이 산재해 있다. 이제 지도에는 나오지 않지만, 지하철을 타고 가면서도 창밖으로 그 흔적들을 언뜻언뜻 볼 수 있다. 언제 어디를 봐야 하는지 안다면 말이다.

여기는 지하에서도 더욱 습한 곳이라 바닥의 흙은 축축했고 벽은 물이 흘러 미끈거렸다.

스트리고이 오물의 형광빛 흔적은 점점 줄어들었다. 페트는 당황해서 주변을 둘러보았다. 브로드웨이까지 통하는 노선은 초기 지하철 계획의 일부였다. 이곳 사우스 페리 역은 통근자들을 위해 1905년 개통되었다. 브루클린으로 통하는 수중 터널은 삼 년 후에 개통되었다.

벽 높은 곳에 역의 이니셜 'SF'를 그린 모자이크 타일은 아직 그대로

---

* 모두 초기 뉴욕 지하철을 운영하던 기업이다.

였다. 그 옆에는 누군가 실수라도 한 듯 전혀 어울리지 않는 현대식 경고판이 박혀 있었다.

이곳에 정차하지 않음

에프는 작은 관리창고로 들어가 내부를 인광봉으로 훑었다.

어둠 속에서 목소리가 들렸다. "IRT 사람이오?"

에프가 돌아보기도 전에 냄새부터 풍겼다. 늙은이는 다 뜯기고 더러운 매트리스가 가득한 가까운 벽감에서 나왔다. 셔츠, 코트, 바지를 잔뜩 껴입고, 비쩍 마른데다 이가 몽땅 빠졌으며 몸에서는 오랜 세월 증류되고 숙성된 악취가 뿜어져나왔다.

"아닙니다. 누구를 밀어내려고 온 게 아니에요." 페트가 말했다.

남자는 두 사람을 훑어보았다. 나름대로 에프와 페트의 속셈을 가늠해보려는 것이다. "크레이지라고 부르쇼. 위에서 왔나?" 그가 말했다.

"그렇습니다." 에프가 대답했다.

"거긴 좀 어떤가? 여긴 몇 사람 안 남았는데."

"안 남아요?" 그러고 보니 텐트 몇 개와 마분지로 만든 잠자리 비슷한 물건들이 여기저기 눈에 띄었다. 잠시 후 유령 같은 사람들이 몇 나타났다. 도시의 밑바닥에 사는 이른바 '두더지족'이었다. 낙오자, 패배자, 비선거권자…… 이곳은 줄리아니 시대 '깨진 유리창'*들의 종착역인 셈이었다. 도시의 지하. 혹한의 겨울에도 7도에서 24도를 유지하는 곳. 재수가 좋고 요령만 있으면 반년 이상 한곳에 머물 수도 있다. 붐비

---

* 깨진 유리창 하나를 방치하면 그 지점을 중심으로 범죄가 확산된다는 '깨진 유리창 이론'. 1994년 2001년까지 뉴욕 시장으로 재임했던 루돌프 줄리아니가 이 이론을 적용해 범죄로 번질 수 있는 위험 요소들을 강력하게 단속했다.

는 역에서 멀리 떨어진 곳에 자리를 잡고 관리 인력과 부딪치는 일 없이 같은 곳에서 몇 년씩 지내는 경우도 있었다.

크레이지가 성한 눈으로 에프를 돌아보았다. 다른 쪽은 백내장으로 혼탁했다. "그렇수다. 거의 다 사라졌지. 쥐들처럼 말이야. 그래. 꽤 쓸 만한 귀중품도 놔두고 갔다 이거야."

그가 버려진 쓰레기 더미들을 가리켰다. 걸레나 다를 바 없는 침낭, 진흙투성이 구두, 코트 몇 벌. 페트는 가슴이 아렸다. 최근에 떠난 이들이 남긴 유품은 그 물건들이 전부였다.

크레이지가 공허한 미소를 지었다. "희한하지, 응? 정말 으스스하다니까."

페트는 문득 한 이야기가 떠올랐다. 『내셔널 지오그래픽』인지 히스토리 채널에서 보았는데, 미국이라는 나라가 생기기 전 로어노크 섬에서 발생한 정착민 실종 사건이다. 백 명도 넘는 사람들이 재산을 고스란히 두고 사라졌는데, 그들의 갑작스럽고 기이한 실종에 대해 그 어떤 실마리도 찾지 못했다. 다만 수수께끼 같은 흔적이 두 개 남아 있을 뿐이었다. 'CROATOAN'이라는 단어가 요새의 기둥에 적혀 있고, 그 근처 나무도 껍질에 'CRO'라고 새겨져 있었다.

페트는 벽에 모자이크 타일로 그린 'SF'를 올려다보았다.

"영감님을 압니다. 근처에서, 그러니까 저 위에서 본 적이 있어요." 에프가 위쪽을 가리키며 말했다. "'신께서 지켜보신다'라고 쓴 피켓을 들고 다니지 않았습니까?" 크레이지에게서 풍기는 악취 탓에 에프는 그의 기분이 상하지 않는 한에서 거리를 유지하려 애썼다.

크레이지는 이가 거의 없는 잇몸을 드러내며 웃더니 플래카드를 끄집어냈다. 자신의 유명세에 우쭐한 모양이었다. '신께서 지켜보신다!!!' 손으로 직접 쓴 붉은 문장에는 느낌표도 세 개나 붙어 있었다.

사실상 크레이지는 광신도에다 반쯤 과대망상에 사로잡혔으나 이 아래에서는 부랑자 중의 부랑자였다. 누구보다도 지하 생활을 오래한 터라 주장이 맞다면 지상으로 나가지 않고도 도시 어디든 갈 수 있었다. 문제는 정신 상태가 기껏 오줌을 눌 때마다 신발 끝에 튀기는 수준이라는 점이었다.

크레이지는 에프와 페트에게 따라오라고 손짓하며 선로를 따라 이동했다. 그가 들어간 곳은 방수포와 짚으로 만든 오두막이었다. 쥐가 갉아놓은 낡은 전선이 둘둘 감겨올라가 지붕 밑으로 들어가 있었다. 모르긴 해도 광대한 도시 배전망 어딘가에서 전기를 끌어다 쓸 것이다.

터널 안에는 물이 조금씩 떨어지고 있었다. 천장 파이프에서 새어나와 흙을 적시고 크레이지의 방수포에 떨어진 물은 미리 받쳐둔 게토레이 병 안으로 흘러들었다.

크레이지는 전 뉴욕 시장 에드 코치의 선전 포스터를 들고 나와 어떠나는 특유의 미소를 지어 보였다. "이거 들고 있으쇼." 그가 실물 크기의 사진을 에프에게 건넸다.

그러고는 그들을 꽤 떨어져 있는 터널로 데려가 선로를 가리켰다.

"바로 저 안이오. 다들 사라진 곳이." 그가 말했다.

"누구? 사람들? 저 터널로 들어갔다는 거요?" 에프가 되물었다. 에드 코치는 옆에 내려놓았다.

크레이지가 웃었다. "아니, 터널이 아니라 그 아래. 저 모퉁이에 보이는 파이프들이 이스트 강 아래로 해서 거버너스 아일랜드를 지나 브루클린 본토의 레드 후크까지 이어지거든. 거기로 데려갔다 이거야."

"데려가요? 누가…… 누가 데려갔죠?" 에프가 황급히 물었다. 소름이 척추를 훑고 내려갔다.

바로 그때 가까운 선로의 신호등이 켜지는 바람에 에프가 펄쩍 뛰었다. "이 선로가 아직 살아 있나?"

"5호선은 아직 루프선 내선으로 회차를 하죠."

크레이지가 선로 위에 침을 뱉었다. "이 친구 지하철 좀 아는구먼."

지하철이 다가오며 내부가 점점 밝아졌다. 한때 플랫폼이었던 곳도 환하게 드러났다. 마치 역사驛舍가 잠시 살아나는 듯했다. 코치 시장이 에프의 손 밑에서 펄럭였다.

"잘 봐, 눈 깜빡하지 말고!" 크레이지가 보이지 않는 한쪽 눈을 가리고 잇몸을 드러내며 웃음을 흘렸다.

지하철이 천둥소리를 내며 그들을 지나쳐 회차했다. 평소보다 빠른 속도였다. 거의 모든 칸이 텅 비어 있었고, 드물게 보이는 한두 사람은 모두 서로 떨어져 손잡이를 잡고 서 있었다. 지하 세계를 통과하는 지상족.

마지막 차량이 다가오자 크레이지가 에프의 팔뚝을 잡았다. "저기⋯⋯ 바로 저기야⋯⋯"

깜빡이는 불빛 속에, 에프와 페트는 마지막 차량의 외벽에서 뭔가를 보았다. 그림자. 사람 그림자 몇 개가 차량 바깥에 바짝 달라붙어 있지 않은가! 마치 강철 상어에 올라탄 빨판상어 같았다.

"봤지? 다 봤지? 별종 인간들." 크레이지가 의기양양하게 말했다.

에프는 크레이지의 손을 뿌리치고 그와 코치 시장을 뒤로한 채 몇 발짝 앞으로 나갔다. 지하철은 마지막 차량까지 굽잇길을 지나 어둠 속으로 사라졌다. 빛이 세면대를 빠져나가는 물처럼 터널을 떠나고 있었다.

크레이지는 부랴부랴 오두막으로 돌아갔다. "누군가 뭐든 해야 해, 그렇지? 당신들은 선택한 거고. 저들은 종말을 알리는 어둠의 천사들이니, 그냥 놔뒀다간 우리 모두 잡혀갈 거라고!"

페트가 멀어지는 열차를 따라 비척비척 몇 걸음 가다가 멈춰 서서 에프를 돌아보았다. "터널이에요. 터널을 통해 넘어가고 있어요. 흐르는 물을 건너지 못하니까. 그렇죠? 도움 없이는 못 건넌다고 했죠?"

"하지만 물 아래로 간다면 문제될 게 없겠지." 에프가 그의 옆으로 다가가 중얼거렸다.

"진화하고 있어요. 우리한테야 골치 아픈 진화죠. 뭐라고 하죠? 도저히 규칙을 알 수 없는 개떡같은 일을 맡았을 때 말이에요." 페트가 말했다.

"똥 밟았다고 하지." 에프가 말했다.

"바로 그거예요. 딱 여기 아니에요?" 페트는 두 팔을 벌려 주변을 가리켜 보였다. "우린 막 거대한 똥통에 빠진 겁니다."

관광버스

이른 오후, 호화로운 관광버스는 뉴저지의 세인트 루시아 시각장애
인의 집을 떠나 업스테이트 뉴욕의 한 특수학교로 향했다.

운전사는 시시껄렁한 얘기들과 온갖 농담 따먹기식 말장난으로 육십
여 명의 긴장한 승객을 즐겁게 해주었다. 뉴욕, 뉴저지, 코네티컷 세 개
주의 응급실 사례보고를 통해 선발한 일곱 살에서 열두 살까지의 아이
들로, 모두 최근 시각장애가 생겼다. 얼마 전의 엄폐 때문이었는데 부
모 없이 여행하는 것도 대부분 이번이 처음이었다.

파머 재단이 학비는 물론 이 오리엔테이션 성격의 야외 캠프 비용까지
모두 지원했다. 이제 막 시력을 잃은 아이들은 초기 환자를 위한 전면적
인 적응 훈련을 할 것이었다. 세인트 루시아의 졸업생들로 이루어진 아
홉 명의 조교 또한 중심시력이 20/200 이하인 법적 맹인*이었다. 그나

---

* 시력이 매우 나빠 법률상 맹인으로 인정하는 시각장애인. 20/200이란 정상인이 200피트
(약 60미터) 떨어진 곳에서 식별 가능한 사물을 20피트 거리에서 교정 렌즈를 착용하고 간
신히 볼 수 있는 시력을 뜻한다.

마 미미하게라도 빛을 감지할 수 있었지만 그들이 돌보는 아이들은 모두 임상적으로 NLP, 즉 어떠한 빛도 감지할 수 없는no light perception 완전한 맹인들이었다. 버스에서 눈이 성한 사람은 운전사뿐이었다.

뉴욕 시 일대의 교통 체증으로 버스는 가다 서다를 반복했으나 운전사는 수수께끼와 우스갯소리로 아이들을 지루하지 않게 해주었다. 여정에 대해 설명하고 창밖으로 보이는 흥미로운 광경을 묘사하는가 하면, 평범한 장면이라도 세부적인 부분을 재미있게 지어내 들려주기도 했다. 세인트 루시아에서 오래 일해온 터라 광대 노릇도 서슴지 않았다. 상상력의 세계를 열어주고 그 안으로 이끌기. 그렇게 해야 상처받은 아이들이 잠재력을 키우고 닥쳐올 과제를 향해 마음을 연다는 사실을 잘 알고 있던 것이다.

"나무는 나무인데 거꾸로 자라는 나무는?"

소나무!

"물구나무!"

"얼음이 죽으면 뭐가 되게?"

물!

"다이빙!"

맥도날드에서의 중간 휴식은 그럭저럭 괜찮았다. 문제라면 해피밀 장난감이 홀로그램 카드였다는 것 정도였다. 운전사는 조금 떨어져 앉아 아이들이 더듬더듬 프렌치프라이를 찾는 광경을 지켜보았다. 아이들은 음식량을 적당히 '조절'하는 법을 아직 배우지 못했다. 동시에 대다수의 선천성 시각장애아들과 달리 이 아이들에게 맥도날드는 시각적 의미가 있었다. 실제로도 부드러운 플라스틱 회전의자와 기다란 빨대에서 위안을 찾는 것처럼 보였다.

버스는 다시 길을 출발했다. 세 시간으로 예상했던 여행은 여섯 시간째로 접어들었다. 조교들이 아이들에게 차례로 노래를 시켰고 그러고 나서는 머리 위 비디오 스크린으로 오디오북을 틀어주었다. 아이들 대부분이 시력을 잃으면서 생체 시계까지 고장난 탓에 졸다 깨다를 반복했다.

조교들은 차창을 통해 들어오는 빛의 강도로 바깥에 어둠이 내리고 있음을 알아차렸다. 뉴욕 주에 진입하면서부터 빨리 달리기 시작한 버스가 갑자기 봉제인형과 컵이 바닥에 떨어질 정도로 급하게 속도를 줄였다.

버스는 갓길로 빠진 후 멈춰 섰다.

"무슨 일이에요?" 조교장이 물었다. 조니라는 스물네 살의 그 보조교사는 운전사와 가장 가까운 앞자리에 앉아 있었다.

"모르겠다…… 뭔가 이상해. 가만히 앉아 있어. 곧 돌아올 테니."

운전사가 떠난 후 조교들은 너무 바빠 그를 신경쓸 틈도 없었다. 버스가 서기만 하면 아이들이 뒤쪽에 있는 화장실에 데려가달라며 너도 나도 손을 들었기 때문이다.

십 분쯤 지나 운전사가 돌아오더니 말 한 마디 없이 버스를 출발시켰다. 아직 화장실 줄을 서 있는 터라 조니가 잠깐 기다려달라고 했지만 운전사는 아랑곳하지 않았다. 다행히 아이들은 조교의 도움을 받아 제자리에 앉았고, 모두 무사했다.

버스는 그때부터 천천히 움직였다. 오디오 프로그램이 꺼지고 운전사도 농담을 그쳤다. 조니가 바로 뒷자리에 앉아 아무리 질문해도 그는 입 한 번 뻥긋하지 않았다. 그녀는 점점 불안해졌지만 다른 아이들까지 걱정시킬 수는 없었다. 조니는 버스가 적정 속도로 움직이고 있으며 목적지에 거의 다 왔을 거라고 속으로 되뇌었다.

한참 뒤, 버스가 비포장도로로 접어드는 바람에 모두 잠에서 깼다. 길은 점점 험해졌다. 다들 손잡이를 꽉 붙잡았고, 음료가 무릎 위로 쏟아지기도 했다. 버스는 일 분 가까이 덜컹거리며 달리다 급정거했다.

운전사가 시동을 껐다. 쉭 소리를 내며 문이 열리자 그는 아무 말 없이 버스에서 내렸다. 짤랑거리는 열쇠 소리가 아련히 멀어지고 있었다.

조니는 조교들에게 대기하라고 지시했다. 학교에 도착했다면 교직원들이 나와 환영해줄 것이다. 적어도 조니는 그러길 바랐다. 버스 운전사의 침묵에 대해서는 적당히 때를 봐서 따지면 그만이다.

불행하게도 상황은 정반대인 것 같았다. 환영해주는 사람은 없었다.

조니는 의자 등받이를 잡고 일어나서 더듬더듬 열린 문 쪽으로 다가가 어둠을 향해 소리쳤다.

"아저씨?"

돌아오는 대답이라고는 엔진이 식으며 푸식대는 소음과 새들의 날갯소리뿐이었다.

그녀는 아이들에게 돌아갔다. 탈진한 아이들이 불안해했기 때문이다. 이 긴 여행이 어떻게 끝날지 이제 알 수 없었다. 뒤쪽의 아이들 몇이 울기 시작했다.

조니가 조교들을 앞으로 소집했다. 흥분한 목소리들이 나지막이 오갔지만 해결책은 나오지 않았다.

"통화권을 이탈했습니다." 조니의 휴대폰이 기막힐 만큼 사무적인 목소리로 내뱉었다.

조교 한 명이 무전기를 찾으려고 커다란 계기판을 더듬었으나 어디에도 없었다. 푹신한 운전석은 아직 따뜻하기만 했다.

결국 조엘이라는 열아홉 살의 성급한 조교가 지팡이를 펴고 더듬대며 버스 계단을 내려갔다.

"풀밭이네. 이봐요! 아무도 없어요?" 그가 소리쳤다. 운전사든 누구든 불러야 했다.

"정말 이상해. 도대체 무슨 일이지?" 조니가 중얼거렸다. 아무리 조교
장이라지만 속수무책이기는 그녀가 돌보는 아이들과 다를 바 없었다.

"잠깐. 저 소리 들려?" 조엘이 그녀의 말을 끊었다.

모두 입을 다물고 귀를 기울였다.

"들려." 누군가 말했다.

조니에게는 아득히 올빼미가 꾹꾹거리는 소리가 들릴 뿐이었다. "무
슨 소리?"

"모르겠어. 어…… 웅웅거리는 소린데?"

"뭐? 기계음이야?"

"그런 것도 같고. 잘 모르겠어. 그보다는…… 꼭 요가 시간에 들었던
만트라 같아. 신성한 주문이랬잖아."

조니도 좀더 귀를 기울여보았다. "난 아무 소리도 안 들려. 어쨌든……
좋아. 자 봐, 우리는 둘 중 하나를 선택해야 해. 하나는 문을 닫고 무작
정 기다리는 거야. 또하나는 다들 밖으로 나가 도움을 구해보는 거고."

버스에서 기다리고 싶어하는 사람은 아무도 없었다. 그러기엔 버스
에 너무 오래 갇혀 있었다.

"무슨 테스트가 아닐까? 왜, 주말에 하는 것처럼." 조엘이 추측했다.

조엘의 말에 누군가 동의를 표했다.

그 말에 조니는 기지를 발휘하기로 했다. "좋아. 테스트라면 멋지게
통과해 보이자고."

조교들은 아이들을 차례로 내리게 한 후 빈틈없이 줄을 세우기 시작
했다. 한 손으로 앞쪽 아이의 어깨를 잡도록 하는 식이었다. 어떤 아이
들도 '웅웅거리는 소리'를 들었다며 옆 아이에게 흉내를 냈다. 소리는
아이들을 진정시켜주는 듯 보였다. 그래서 소리가 어디서 나는지 함께

찾아보기로 했다.

조교 셋이 지팡이로 길을 두드리며 앞장서 나아갔다. 땅은 울퉁불퉁했지만 바위 같은 위험한 장애물은 없어 보였다.

잠시 후 멀리서 동물 울음소리가 들렸다. 당나귀라고 하는 아이들도 있었지만, 대부분의 귀에는 돼지 소리로 들렸다.

농장? 그럼 저건 대형 발전기 소리인가? 밤에 자동 사료공급 기계를 돌리는?

일행은 걸음을 재촉해 마침내 낮은 나무 울타리에 다다랐다. 선두 둘이 좌우로 갈라져 입구를 찾아내 무리는 함께 안으로 들어갔다. 발밑의 풀밭은 어느새 진창으로 바뀌어 있었다. 돼지 소리도 점점 가까이서 크게 들렸다. 그들은 널따란 길을 따라갔다. 조교들은 아이들을 서로 더 바짝 붙어서게 했다. 이윽고 다다른 곳은 어떤 건물이었다. 길은 열려 있는 커다란 문으로 곧장 이어졌고 그들은 안으로 들어갔다. 큰 소리로 사람을 불렀지만 역시 대답은 없었다.

널따란 안쪽 공간은 다양한 소음으로 가득했다. 돼지들이 일행을 보고 호기심에 꽥꽥거리는 바람에 아이들이 겁을 먹었다. 돼지들은 단단한 우리를 들이받거나 발굽으로 밀짚이 깔린 바닥을 긁어댔다. 조니는 양쪽으로 이어진 우리를 더듬어보았다. 악취의 정체는 짐승들의 배설물 냄새였지만…… 더 역겨운 냄새도 있었다. 송장이 썩을 때 날 법한.

도축장의 돼지우리 건물 안이 분명했지만 아무도 그 사실을 입 밖에 내려 하지 않았다.

소음을 사람 목소리로 알아들은 아이 몇몇이 대열에서 벗어나려 했다. 뭔가 낯익은 기운을 느꼈기 때문이다. 그 바람에 조교들이 아이들을 에워싸고 몇 명은 억지로 끌고 와야 했다. 이탈자가 있는지 확인하기 위해 머릿수를 세기도 했다.

조니도 목소리를 들었다. 기분이 이상했다. 그건 분명 자신의 목소리였다. 목소리가 머릿속에서 그녀를 부르고 있었다. 마치 꿈결처럼.

그들은 목소리를 따라갔다. 폭이 넓은 경사로를 따라 내려가자 납골당 냄새가 짙게 풍기는 공간이 나왔다.

"여보세요? 누구 도와줄 분 없나요?" 조니가 떨리는 목소리로 외쳤다. 촌스러운 운전사라도 대답해주었으면 하는 심정이었다.

그런 그들을 어떤 존재가 기다리고 있었다. 엄폐에 가까운 그림자. 아이들은 그림자의 열기와 막강한 위력을 느꼈다. 웅웅거리는 소리가 점점 커져 머릿속을 가득 채우더니 그들에게 남은 감각 중 가장 예민한 청각을 덮어버리고 거의 가사 상태에 빠뜨렸다.

마스터가 움직이기 시작했으나 불에 탄 살갗이 바스락거리는 소리는 아무도 듣지 못했다.

막간극 1
1944년 가을

우마차는 풀이 덥수룩이 자란 시골의 흙길을 고집스레 덜컹대며 달렸다. 거세된 역축이 다 그렇듯 마차를 끄는 소들은 순했다. 가느다랗게 땋아내린 꼬리가 걸음에 맞춰 시계추처럼 흔들렸다.

고삐를 잡은 마부의 손은 가죽으로 감쌌다. 마부 옆에 앉은 남자는 검은 바지에 검고 긴 가운을 걸치고 목에는 폴란드 성직자 특유의 긴 목걸이를 걸었다.

하지만 사제복 차림의 이 젊은이는 신부가 아니었다. 심지어 가톨릭 교도도 아니었다.

그는 위장한 유대인이었다.

바큇자국이 팬 길 뒤쪽으로 자동차 한 대가 가까워지더니 그들을 따라잡았다. 러시아 병사들을 수송하는 군용차량. 차는 왼쪽으로 마차를 앞질러갔다. 마부는 답례의 표시로 손을 흔들지도 고개인사를 하지도 않고, 기다란 막대기로 속도가 느려진 소들을 찌르며 디젤엔진이 뿜어낸 배기가스를 헤치고 나갔다. "빠르면 뭐합니까? 결국 같은 곳에 도착할 텐데요. 안 그렇습니까, 신부님?" 자욱한 연기가 가시자 그가 말했다.

아브라함 세트라키안은 대답하지 않았다. 이제는 마부의 말이 맞는지도 확신할 수 없었다.

목에 두꺼운 붕대를 두른 것은 다 계략이었다. 웬만한 것은 이해할 만큼 폴란드어를 공부하기는 했지만, 폴란드인으로 통할 만큼 말이 유창하지는 않았다.

"그 손은 놈들이 그런 거죠? 망할 놈들." 마부가 투덜댔다.

세트라키안은 망가진 젊은 두 손을 보았다. 도망다니는 동안 박살난 관절들이 어긋난 채로 붙어버렸다. 시골 외과의가 그를 가엾게 여겨 중간 마디를 모두 다시 부러뜨려 맞춰준 덕분에 뼈가 갈리는 통증은 어느 정도 완화되었다. 움직임도 기대 이상으로 부드러워졌으나 의사는 나이가 들면서 조금씩 악화될 거라고 했다. 세트라키안은 하루종일 손가락을 움직여 관절의 유연성을 키우고 통증의 한계도 극복했다. 전쟁은 오래오래 생산적으로 살고 싶다는 인간의 희망에 검은 그림자를 드리웠다. 그래도 세트라키안은 스스로 다짐했다. 시간이 얼마나 남았든 절대 불구자 취급을 받지는 않겠다고.

초행이 아닌데도 주변의 풍경은 전혀 기억에 없었다. 어찌 기억하겠는가? 처음 올 때는 창문 없는 기차를 타고 있었으니. 그가 수용소를 탈출할 수 있었던 건 폭동 덕분이었다. 탈출한 뒤에는 깊은 숲속으로 달아났었다. 세트라키안은 당시의 선로를 찾아보았다. 이미 제거된 후였으나 흔적은 상처처럼 농지를 가로질렀다. 일 년이라는 세월은 악행의 흔적을 지워버리기엔 턱없이 짧았다.

세트라키안은 마지막 굽잇길 근처에서 우마차를 내려 농군 마부에게 축복을 빌어주었다. "오래 머물지는 마십시오, 신부님. 이곳은 일찍 해가 저물거든요." 마부는 그렇게 말하고 소에게 채찍질을 했다.

느릿느릿 떠나가는 우마차를 지켜본 후 세트라키안은 다져진 길을 따라 올라갔다. 도착한 곳은 벽돌로 지은 지극히 평범한 농가로, 잡초가 무성한 옆 들판에서는 인부 몇이 개간을 하고 있었다. 트레블린카라고 알려진 말살 수용소는 한시적 시설로 지어졌다. 최고의 효율성을 발휘해서 목표를 완수한 다음에는 흔적도 없이 사라질 수 있도록 설계한 임시 인간도살장. 아우슈비츠와 달리 팔뚝에 문신을 새기는 일도 없고 서류도 거의 작성하지 않았다. 수용소는 기차역으로 위장해 가짜 매표소는 물론, '오베르마이단'이라는 가짜 이름에 가짜 연결역 목록까지 갖추었다. 작전명 라인하르트*에 쓰였던 죽음의 수용소를 설계한 이들은 대량 학살의 완전범죄를 기획했다.

1943년 가을 죄수들의 폭동이 일어난 직후 트레블린카는 완전히 해체되었다. 갈아엎은 부지에는 농장이 들어섰다. 고장 사람들이 멋대로 들어와 여기저기 뒤지지 못하도록 하기 위해서였다. 가스실 건물에서 수거한 벽돌로 농가를 지어놓고 우크라이나인 간수 스트레벨과 그의 가족을 주인으로 들어앉혔다. 수용소에서 일하던 우크라이나인들은 모두 소비에트 포로였으나 수용소의 작업, 즉 대량 학살로 예외 없이 괴물로 변해버렸다. 말살 수용소의 부패에, 착복과 가학의 유혹에 굴복하고 만 것이다. 그중에서도 분대장급의 막강한 책임을 맡았던 독일계 우크라이나인들은 특히 더했다.

스트레벨이라는 이름만으로 얼굴이 떠오르지는 않았으나 세트라키안은 우크라이나인들의 검은 제복과 카빈총, 그들의 잔혹한 행위까지 정확히 기억했다. 사람들은 스트레벨과 그의 가족이 최근 붉은 군대의 진군에 앞서 농장을 버리고 떠났다고 했다. 하지만 백 킬로미터 떨어진

---

* 2차 세계대전중 자행된 유대인 대량 학살 작전.

시골에서 신부 노릇을 한 세트라키안은 악마의 역병이 과거 말살 수용소가 있던 지역 주변을 장악했다는 소식을 은밀히 전해들을 수 있었다. 어느 날 밤 스트레벨 가족이 재산에는 손도 대지 않은 채 말없이 사라졌다는 얘기도 있었다.

세트라키안의 흥미를 끈 건 마지막 내용이었다.

말살 수용소에 있을 때는 자신이 미쳤다고 생각했다. 완전히는 아니더라도 분명 미쳤다. 거인 뱀파이어가 유대인 죄수들을 포식하는 장면을 정말 봤을까? 아니면 그저 상상의 산물에 불과한 걸까? 도를 넘어선 나치의 잔혹행위에 맞서기 위한 방어기제 같은 것?

이제야 그는 답을 찾을 만큼 강해졌음을 느꼈다. 그는 벽돌집 저편에서 들판을 갈고 있는 인부들에게 다가갔다. 가까이서 보니 인부가 아니라 근처 주민들이었다. 집에서 연장을 가져와 대량 학살중 유대인들이 잃어버린 금과 보석을 찾고 있던 것이다. 그래봐야 걸려나오는 것이라고는 철조망과 뼛조각뿐이었다.

그들은 의아하다는 눈초리로 그를 올려다보았다. 장물을 모아도 원칙은 있다고, 상관하지 않을 테니 원한다면 당신도 한자리 차지하라는 식의 표정이었다. 정복 차림의 사제를 보고도 땅 파는 손을 늦추지도, 양심의 가책을 느끼지도 않았다. 손길을 늦추고 고개를 숙이는 사람들이 있기는 했지만, 수치심 때문이라기보다는 쓸데없이 눈을 마주치고 싶지 않아서였다. 그들 역시 신부가 지나가기를 기다렸다가 도굴을 재개했다.

세트라키안은 수용소가 있던 자리를 지나 숲속으로 들어갔다. 당시의 탈출 경로였다. 그는 여러 번 길을 잘못 든 후에야 간신히 로마시대의 폐허에 도착했다. 특별히 달라진 건 없어 보였다. 그는 동굴로 들어갔다. 그곳에서 나치스트 치머를 만나 파괴했다. 다 망가진 손으로 괴물을 밖으로 끌어내 햇빛이 요리하는 과정도 지켜보았다.

그는 내부를 둘러보고 이상한 낌새를 챘다. 바닥의 긁힌 자국, 입구 안쪽의 반들거리는 통로. 적어도 최근까지 누군가 있었다는 뜻이다.

세트라키안은 재빨리 그곳을 빠져나갔다. 악취를 피해 폐허 밖으로 나서자 가슴이 옥죄었다. 그곳에는 분명 악마가 있다. 태양이 서쪽에 낮게 걸려 있으니 이제 곧 어둠이 이곳을 지배할 것이다.

기도하듯 눈을 감았다. 그렇다고 천상의 존재에게 호소하는 건 아니었다. 그보다는 마음을 다스리고 싶었다. 두려움을 밀어내고 자신에게 주어진 임무를 받아들여야 했다.

농가로 돌아왔을 때는 동네 사람들도 집으로 간 후였다. 잿빛 들판이 공동묘지만큼이나 음울하고 고요했다.

세트라키안은 농가로 들어가 잠시 이곳저곳을 둘러보며 집안에 정말 자기뿐인지 확인했다. 그리고 응접실에 들어선 순간 소스라치게 놀랐다. 응접실에서 가장 좋은 의자 옆 작은 독서테이블 한쪽에 정교하게 조각한 나무 파이프가 놓여 있던 것이다. 세트라키안은 굽은 손으로 파이프를 집어들었다. 한눈에 알아보았다.

직접 세공했으니 어련하겠는가. 그가 만든 파이프는 총 네 개였다. 1942년 크리스마스, 우크라이나인 대위의 명령으로 그가 제작한 파이프는 모두 선물로 나갔다고 들었다.

바로 이 방에서 스트레벨이 가족과 함께 앉아, 파이프를 빨며 천장으로 올라가는 담배 연기를 흐뭇하게 지켜보았다고 생각하니 손이 떨렸다. 말살 수용소의 벽돌로 지은 집이 아닌가. 바로 이곳에서 불구덩이가 타오르고 인간 제물의 악취가 무심한 하늘을 향해 비명처럼 치솟지 않았던가.

세트라키안은 파이프를 두 동강으로 부러뜨려 바닥에 내던지고 그래도 성이 차지 않아 발뒤꿈치로 짓밟았다. 몇 달 동안 잊고 지내던 분노가 되살아나 온몸이 사시나무처럼 떨렸다.

그러다 광기는 올 때처럼 급작스레 사라졌고, 세트라키안은 냉정을 되찾았다.

그는 수수한 부엌으로 돌아가 하나뿐인 초에 불을 붙여 숲을 마주한 창가에 올려놓고 테이블에 앉았다.

집에서 홀로 기다리며 손가락 운동을 하는 동안 그 마을의 교회를 발견했던 날을 떠올렸다. 당시는 도망자 신세였다. 먹을 것을 구해 돌아다니던 중 교회를 찾아냈는데 안에는 아무도 없었다. 가톨릭 신부들이 모두 체포되어 끌려갔던 것이다. 세트라키안은 교회 옆 작은 사제관에서 따뜻해 보이는 사제복을 찾아내 몸에 걸쳤다. 딱히 계획이 있어서라기보다는 부득이 그럴 수밖에 없었다. 그가 입은 옷은 수선이 불가능할 정도로 해진데다 어쨌든 도망자라는 표가 났다. 밤도 너무 추웠다. 위장을 위해 목에 붕대도 둘렀지만 전쟁중인지라 이상하게 여기는 사람은 없었다. 비록 그는 침묵을 지켰으나, 암흑의 시대에 종교가 주는 위안에 굶주렸을 마을 사람들은 사제복 차림의 이 젊은이에게 고해성사를 올렸다. 그가 할 수 있는 일은 망가진 손으로 가호를 빌어주는 것뿐이었다.

세트라키안은 가족의 바람과 달리 랍비가 되지 못했다. 이제 완전히 다른 존재가 된 셈이지만 묘하게 비슷하다는 생각도 들었다.

자신의 기억과 씨름한 것도 바로 그 버려진 교회에서였다. 이따금 그 모든 것이 꿈이라는 생각도 들었다. 나치의 사디즘부터 거인 뱀파이어와의 조우까지 모든 것이. 증거라고 해봐야 망가진 손뿐이지 않은가. 그는 '자신의' 교회를 피난처로 만들고, 폴란드 국내군을 피해 도망다니는 농부들, 나치 독일군이나 게슈타포에서 이탈한 자들을 받아주었다. 그리고 그들에게서 수용소가 이미 철거되어 지상에서 완전히 소멸했다는 소식을 전해들었다.

땅거미가 지고 어두운 밤이 찾아들자 섬뜩한 침묵이 농장을 지배했다. 본디 시골의 밤은 소란스럽지만 말살 수용소가 있던 부지 주변은 적막하기 그지없었다. 마치 밤이 숨을 죽인 것만 같았다.

머지않아 누군가 찾아왔다. 얇고 허술한 유리창 너머 초췌하고 창백한 얼굴이 촛불에 깜빡거렸다. 문을 잠가두지 않은 터라 쉽게 안으로 들어왔는데 이제 막 중병에서 회복한 듯 몸놀림이 뻣뻣했다.

세트라키안은 몸서리를 치며 남자를 돌아보았다. 도무지 믿기지가 않았다. SS* 본부원사 하우프트만. 수용소에 있던 당시 세트라키안의 감독관으로, 목공예 팀, 그리고 SS와 우크라이나 간부들 개개인에게 전문 서비스를 제공하던 '유대인' 모두를 책임지던 남자였다. 언제나 새것 같던 특유의 검은 친위대 복장은 넝마가 되어서 찢어진 소매 사이로 털이 뽑혀나간 팔뚝의 'SS' 문신이 보였다. 반질거리던 단추들도, 벨트와 검은 모자도 간데없었다. SS 해골단**의 해골 기장은 낡은 검정 칼라에 아직 붙어 있었으나 검은 가죽 부츠는 윤기를 잃은 채 갈라지고 오물이 묻어 더러웠다. 두 손과 입, 목에는 희생자들의 피가 덕지덕지 검게 말라붙었고, 파리떼가 머리 주변을 구름처럼 감싸고 있었다.

긴 손에는 삼베 자루 몇 개가 들려 있었다. SS의 전직 간부가 트레블린카 수용소가 있던 자리의 흙을 모으러 오다니? 대량 학살이 남긴 가스와 재로 비옥해진 이 흙을? 도대체 이유가 뭐지?

뱀파이어가 핏빛 눈으로 그를 내려다보았다. 아득한 시선.

---

* Schutzstaffel의 약자로 나치 친위대를 가리킨다.
** 강제수용소를 담당하던 부대.

_아브라함 세트라키안.

목소리는 뱀파이어의 입이 아닌 다른 곳에서 흘러나왔다. 피에 물든 입술은 움직이지도 않았다.

_구덩이를 탈출했군.

머릿속 목소리는 굵고 우렁차 척추를 소리굽쇠처럼 울려댔다. 수많은 겹으로 이루어진 바로 그 목소리.

거인 뱀파이어. 수용소에서 마주쳤던 자였다. 그가 지금 하우프트만을 통해 말하고 있었다.

"사르두." 세트라키안은 악마가 취한 인간의 이름으로 그를 불렀다. 전설의 거인 귀족. 유세프 사르두.

_사제복을 입고 있군. 언젠가 너의 신에 대해 말했었지. 그가 너를 불구덩이에서 구해주었느냐?

"아니다." 세트라키안이 말했다.

_아직도 나를 파괴하고 싶나?

세트라키안은 잠자코 있었다. 하지만 대답은 그렇다, 였다.

놈도 그의 생각을 읽은 듯했다. 즐거운지 킬킬거리며 웃었다.

_상당히 회복이 빠른 인간이로군, 아브라함 세트라키안. 떨어지길 거부하는 이파리 같아.

"이번엔 또 뭐지? 왜 아직 여기 있는 건가?"

_하우프트만 말인가? 이 친구 덕분에 수용소에 깊이 관여할 수 있었다. 내가 그렇게 만들었지. 결국에는 그를 변화시켰는데, 자신이 총애했던 젊은 장교들을 잡아먹더군. 순수 아리아인의 피를 좋아하지.

"그럼…… 또 있다는 뜻인가?"

_수용소장. 그리고 수용소 닥터.

아이히호르스트. 그리고 드레버하벤 박사. 그래, 둘 다 기억난다.

"스트레벨과 그의 가족들은?"

_스트레벨은 식량이었을 뿐 그 이상의 관심은 없었다. 그런 자들은 먹고 난 다음 변화하기 전에 처리해버리지. 알다시피, 이곳엔 식량이 부족해졌다. 너희 전쟁 때문에. 이런 상황에서 왜 굳이 입을 늘리겠는가?

"그러면…… 여기 왜 온 거지?"

하우프트만의 고개가 기이한 각도로 기울더니 불룩한 그의 목에서 개구리 울음소리 같은 것이 들렸다.

_향수 때문이라고 해두지. 수용소의 효율성이 그립거든. 편안한 인간 뷔페에 중독되고 만 거야. 그리고…… 이제 네 질문에 대답하는 것도 귀찮다.

세트라키안은 하우프트만의 손에 들린 흙자루를 보았다. "하나만 더. 폭동 한 달 전, 하우프트만이 커다란 궤짝을 만들라고 한 적이 있다. 나무까지 가져다주었는데, 아주 두꺼운 수입 흑단이었지. 뚜껑에 새길 그림도 받았다."

_그래. 솜씨가 좋더군, 유대인.

'특별 프로젝트.' 하우프트만은 그렇게 불렀다. 당시 세트라키안에겐 선택의 여지가 없었다. 베를린의 SS 장교를 위한 가구를 만드는 건 아닐까 두려웠을 뿐이었다. 어쩌면, 히틀러가 쓸 가구일 수도 있었다.

하지만 아니었다. 그보다 훨씬 나빴다.

_수용소가 오래가지 않으리라는 것 정도는 경험으로 알고 있었다. 위대한 실험은 늘 그랬으니까. 연회는 끝나고 나도 곧 떠나야 했지. 연합군의 폭탄 하나가 의도치 않게 목표물에 맞았는데, 바로 내 침대였다. 그래서 새 침대가 필요했다. 이젠 절대 잃어버리지 않을 생각이다.

세트라키안은 두려움이 아니라 분노로 몸을 떨었다.

그가 만든 건 거인 뱀파이어의 관이었다.

_그리고 슬슬 하우프트만도 배가 고픈 모양이야. 아무튼 네가 이곳에 돌아왔다는 사실도 전혀 놀랍지 않다. 아브라함 세트라키안. 우리 둘 다 이곳에 대한 감상이 남다르니 말이야.

하우프트만은 흙자루를 떨어뜨렸다. 뱀파이어가 테이블로 다가오기 시작해 세트라키안은 자리에서 일어나 벽에 등을 기댔다.

_걱정 마라, 아브라함 세트라키안. 널 짐승들에게 던져주지는 않을 테니. 넌 우리 종족이 될 자격이 있어. 강한 기질의 소유자니까. 이제 뼈는 아물고 두 손은 다시 우리를 위해 봉사하게 될 것이다.

하우프트만이 접근하자 기이한 고열이 전해졌다. 뱀파이어는 열을 발산하며 흙냄새를 풍겼다. 흙은 수용소 터에서 모았을 터였다. 놈이 입술 없는 입을 벌렸다. 세트라키안은 그 안에서 꿈틀거리는 촉수의 끝을 보았다.

뱀파이어 하우프트만의 붉은 눈을 바라보며 그 시선이 사르두 본인의 것이기를 바랐다.

하우프트만의 더러운 손이 세트라키안의 목 붕대를 잡았다. 그대로 잡아채자 은판이 드러났다. 하우프트만은 눈을 동그랗게 뜨고 비척비척 뒷걸음쳤다. 식도와 주요 대동맥을 보호할 양으로 마을 대장장이에게 부탁해 만든 장구였다.

하우프트만은 맞은편 벽에 등을 기댄 채 끙끙거렸다. 혼란스러운데다 기운도 꺾인 모양이었다. 그래봐야 세트라키안도 겨우 다음 공격에 대비할 시간을 벌었을 뿐이었다.

_마지막까지 끈질긴 친구로군.

하우프트만이 달려들자 세트라키안은 사제복 주름 사이에서 은십자가를 꺼내들었다. 아랫부분을 날카롭게 깎은 십자가에 뱀파이어가 주춤했다.

결국 세트라키안은 나치 뱀파이어를 죽였다. 그 행위는 그에게 순수한 해방감을 안겨주었다. 거인 뱀파이어와 그의 불가사의한 행위에 치명타를 입혔을 뿐 아니라 트레블린카 땅에 대한 복수를 할 수 있었기 때문이다. 하지만 무엇보다도, 이로써 그가 미치지 않았음이 증명되었다.

그렇다. 그가 수용소에서 본 건 헛것이 아니었다.

그렇다. 신화는 진실이었다.

그리고, 진실은 끔찍했다.

뱀파이어 살해는 세트라키안의 운명을 결정지었다. 그후로 그는 일생을 스트리고이 연구와 추적에 쏟아부었다.

그날 밤 그는 사제복을 벗고 평범한 농부의 옷으로 갈아입었다. 십자가 단검의 희끄무레한 피를 불로 소독하고, 나가는 길에 사제복과 누더기 위로 초를 던졌다. 밖으로 나오자 등뒤 저주받은 농가에서 불길이 지옥불처럼 타올랐다.

찬바람이 분다

COLD WIND BLOWING

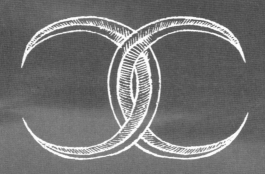

니커보커 전당포, 스패니시할렘 118번가

세트라키안은 전당포 문을 열고 보안문을 올렸다. 페트는 전당포 손님인 양 밖에서 기다리며 이 노인이 지난 삼십오 년 동안 매일같이 이런 일상을 반복했으리라 생각했다. 가게 주인이 햇살이 비치는 밖으로 나왔다. 한순간 모든 것이 평범해 보였다. 뉴욕 거리에 서서 눈을 가늘게 뜨고 태양을 올려다보는 노인. 찰나의 그 순간은 페트에게 의욕이 아닌 향수를 불러일으켰다. '평범한' 시간이 얼마 남지 않았다는 불안감 때문일 터였다.

세트라키안은 재킷 없이 트위드 조끼만 입고 흰 셔츠의 소매를 팔목까지 접어올렸다. 그가 대형 밴을 보았다. 문과 옆면에 '맨해튼 공공사업부'라고 쓰여 있었다.

"빌렸어요." 페트가 말했다.

노교수는 만족감과 호기심을 드러냈다. "한 대 더 빌릴 수 있겠나?"

"왜요? 어디 갑니까?"

"더는 여기 못 있겠어."

에프는 세트라키안의 집 꼭대기층, 기이하게 각이 진 창고 안의 운동용 매트에 앉아 있었다. 옆에는 잭이 한쪽 다리를 굽혀 허벅지를 끌어안고 무릎에 뺨을 댄 채 앉아 있었다. 잭은 지쳐 보였다. 며칠 캠프에 갔다가 어딘지 나쁜 쪽으로 변해서 돌아온 아이 같았다. 두 사람을 에워싼 은거울들이 흡사 둘을 감시하는 눈처럼 보였다. 쇠창살을 댄 창은 황급히 널빤지로 막았는데, 그야말로 상처보다 상처를 감싼 붕대가 더 흉한 꼴이었다.

에프는 아들의 표정을 읽으려 애썼다. 아이의 정신 상태가 염려되었다. 물론 자신의 정신도 위태롭기는 마찬가지였다. 그는 말을 꺼내기 위해 먼저 입을 문질렀다. 입가와 턱이 까칠했다. 면도를 못 한 지도 벌써 며칠째였다.

"육아 교본을 열심히 뒤져봤지만, 안타깝게도 뱀파이어에 관한 내용은 없더구나." 그가 운을 떼었다.

미소를 지어보려 했지만 효과가 있을지는 의문이었다. 그의 미소는 설득력을 잃지 않았나. 아니, 지금 미소지을 사람이 남아 있기는 할까?

"좋아, 이상하게 들릴지 모르겠다. 사실, 이상한 얘기가 맞지. 그래도 해야겠구나. 엄마는 널 사랑했다, 잭. 네가 아는 것보다 훨씬 더. 어머니의 사랑은 원래 그런 거야. 엄마와 내가 그런 소란을 피운 것도 그래서야. 너한테는 싸우는 걸로 보였겠지만…… 우리 둘 다 너와 떨어질 수 없었어. 널 사랑하니까. 아이들이 이따금 부모의 결별이 자기 때문이라고 자책한다는 거 안다. 하지만 우리를 묶어둔 장본인이 바로 너야. 그래서 미친듯이 싸운 거고."

"아빠, 이럴 필요……"

"알아, 알아. 듣기 싫지? 하지만 안 돼. 꼭 들어야 해. 그것도 지금 당장. 어쩌면 나도 들어야 하고, 응? 우린 서로 솔직해져야 한단다. 그래서 있는 그대로를 보자는 거야. 엄마의 사랑은…… 그건 물리적인 힘 같은 거란다. 단순한 인간적 애정을 넘어서지. 영혼 깊숙한 곳에서 나오니까. 아빠의 사랑, 그러니까 잭 너를 향한 내 사랑은…… 내 삶에서 가장 절실한 감정이란다. 정말로. 하지만 이번 일로 깨달은 건, 모성애에는 뭔가 특별한 게 있다는 사실이었어. 그러니까 인간의 유대감 중 가장 강력한 게 모성애더구나."

에프는 잭이 알아듣는지 살폈지만 알 도리가 없었다.

"이번 일, 이 역병, 이 끔찍한…… 그래, 지금의 현실이 엄마의 본질을 앗아갔구나. 엄마의 좋은 면을 모두 불태워버렸어. 올바르고 진실한 모든 것, 인간적인 모든 것을 말이다. 네 엄마는…… 아름답고 사랑이 많은 여자였어. 또…… 미쳐 있기도 했지. 헌신적인 엄마들은 다 그러니까. 그런 엄마가 세상에 내놓은 가장 고귀한 선물이 바로 너였어. 엄마도 너를 그렇게 대했고, 그건 지금도 마찬가지란다. 그 부분만큼은 살아 있으니까. 하지만 이제…… 더는 예전의 그 사람이 아니야. 켈리 굿웨더도, 엄마도 아니야…… 우리 둘 다 받아들이기 어려운 부분이지. 내가 아는 한, 엄마에게 남은 거라곤 오직 너와의 유대감뿐이다. 신성하기 때문에 결코 죽지 않는 감정이지. 우리가 흔히 감상적으로 사랑이라 부르는 감정은, 우리 인간들이 실제 상상하는 것보다 훨씬 심오해. 너를 향한 엄마의 인간적인 사랑은…… 이제 이런 집착과 갈망으로 변질됐어. 지금 엄마는 자기가 어디 있든 널 그곳으로 데려가려 하는구나. 지금의 엄마한테야 나쁜 곳도, 악하거나 위험한 곳도 아니겠지. 그게 어디든 엄마는 너와 함께 있고 싶어해. 네가 알아야 할 건, 이게 다 엄마가 널 너무도 온전하게 사랑했기 때문이라는 사실이야."

잭은 고개를 끄덕였다. 어떤 말도 할 수 없었고 하고 싶지도 않았다.

"자, 그래서 우린 널 엄마한테서 안전하게 지켜야 해. 지금은 엄마의 겉모습도 달라졌잖아, 응? 이제 정말 다른 존재란다. 본질적으로 다른 존재야…… 받아들이긴 어렵지만. 내가 할 수 있는 일이라곤 널 엄마한테서 지키는 일뿐이구나. 지금은 완전히 달라진 엄마한테서 말이야. 그게 내 임무다. 부모로서의, 아버지로서의 임무. 엄마라면, 그러니까 예전의 엄마라면 네 건강과 안전을 지키기 위해…… 어떻게 했을까? 자, 대답해봐. 어떻게 하려고 할까?"

잭은 고개를 끄덕이며 바로 대답했다. "날 숨기려 하겠죠."

"그래, 널 데리고 달아날 거다. 널 위험에서 구해 안전한 곳으로 데려가는 거야." 에프는 자신의 말에 귀를 기울였다. "그냥 널 안고…… 도망가는 거야. 그렇지?"

"맞아요." 잭이 대답했다.

"그래. 바로 그거야…… 과잉보호하는 엄마. 이제 그게 내 임무란다."

브루클린

에릭 잭슨은 각기 다른 세 각도에서 창유리의 부식 자국을 촬영했다. 근무중에는 항상 총과 신분증 외에 소형 캐논 디지털카메라도 지참했다.

갑자기 산酸 부식이 유행이었다. 공예품점에서 파는 부식용액을 구두약과 섞어 유리나 플렉시글라스*에 바르면, 효과가 바로 나타나지는 않아도 그 부분이 몇 시간 동안 천천히 타들어간다. 산으로 부식한 태그**가 오래 남을수록 불후의 명작이 된다.

그는 뒤로 물러나 모양을 살펴보았다. 붉은 덩어리 가운데서 검은색 가지 여섯 개가 뻗어나와 있었다. 그는 카메라에 저장된 사진을 넘겨보았다. 또다른 산 부식 그라피티. 어제 베이리지에서 찍은 것인데 꼭 집어 어떤 모양이라고는 말할 수 없었다. 커나시에서 찍은 사진도 있었다. 거대한 별표 같기도 했지만 단호히 뻗은 선들을 보면 확실했다.

---

* 유리 대용으로 쓰는 투명한 합성수지.
** 일종의 그라피티 낙관. 주로 자신의 이름이나 소속 팀 이름을 독특한 필체로 남긴다. 그라피티 예술가를 태거라 부르는 것은 그 때문이다.

페이드의 솜씨는 어디서나 알아볼 수 있었다. 물론 지금은 그의 여타 그라피티와는 달랐다. 전에 비해 분명 서툴렀기 때문이지만 흠잡을 데 없는 활꼴과 손으로 그려낸 완벽한 균형은 틀림없이 그의 솜씨였다.

놈이 온 도시를 누비고 있었다. 하룻밤 사이에 그럴 때도 있었다. 그런데 어떻게 그런 일이 가능하지?

에릭 잭슨은 NYPD, 즉 뉴욕 경찰청 산하의 공공기물 파괴 전담반 소속으로, 공공시설물 파괴 행위를 추적하고 예방하는 임무를 맡고 있었다. 그라피티에 관한 한 그는 NYPD의 신조에 따랐다. 아무리 아름답게 채색한 정교한 작품이라 해도 공공질서에 대한 모독이다. 그건 도시 환경을 제멋대로 유린해도 좋다는, 타인을 향한 초대장이나 마찬가지였다. 범법자들은 언제나 표현의 자유를 구실로 빠져나가려 하지만 그렇게 따지자면 쓰레기 투척도 다를 바 없다. 후자의 경우에는 벌금이라도 내지 않는가. 질서는 깨지기 쉽고 혼돈은 늘 몇 발짝 앞서간다.

이 도시가 지금, 그 사실을 직접 목도하고 있다.

폭동이 사우스 브롱크스의 블록을 모조리 휩쓸었는데 밤이 되면 그마저 최고조에 달했다. 잭슨은 지서장의 지시를 기다렸다. 명령이 떨어지는 대로 낡은 정복을 입고 거리로 출동할 참이었으나 기이하게 너무도 잠잠했다. 차 안에서 몇 번이고 무전기를 켜봤지만 어떤 목소리도 잡히지 않았다. 그래서 기존 근무 수칙대로 일을 해나가던 중이었다.

주지사는 주방위군을 투입하라는 요청을 거부했다. 결국 자신의 향후 정치적 입지나 저울질하는 올버니 뺀질이에 불과했다. 보아하니 아직도 이라크와 아프가니스탄에 주둔하는 부대가 많은 탓에 군대라고 해봐야 병력에 장비까지 부족하겠지만, 하늘을 가득 뒤덮은 검은 연기를 보자면 어떤 식으로든 도움이 절실한 시점이었다.

잭슨은 다섯 개 자치구의 기물 파괴를 담당했는데, 페이드만큼 도시의 외관을 망가뜨리는 인간은 없었다. 그놈은 말 그대로 신출귀몰했다. 낮에는 자고 밤새도록 돌아다니는 모양인데, 나이는 열다섯이나 열여섯 살이고 분명 열두 살 때부터 이 짓거리를 하고 다녔을 것이다. 태거들은 보통 그때부터 그라피티에 관심을 갖는다. 학교 담벼락이나 마분지 상자 등에 낙서를 시작하는 나이. 감시 카메라에 찍힌 페이드는 늘 얼굴을 알아보기 어려웠다. 양키스 야구모자를 깊이 눌러쓴 채 스웨트셔츠 후드를 뒤집어쓰고 이따금 방진마스크까지 착용했기 때문이다. 태거들의 전형적인 차림이었다. 주머니가 잔뜩 달린 통바지, 스프레이 페인트와 농구화를 넣기 위한 백팩.

대부분의 파괴범들은 그라피티 팀에 속해 활동하지만 페이드는 아니었다. 그는 아무런 제재 없이 이 동네 저 동네를 누비는 젊은 전설이었다. 들리는 바에 의하면 대중교통의 열쇠 꾸러미를 훔쳐 사용중이었고 그중에는 지하철 차량 문을 여는 만능키도 있었다. 그의 그라피티는 명성이 높았다. 어린 태거들의 전형적인 특성이라면 자부심 결여, 동년배의 인정을 향한 갈망, 명예에 대한 일그러진 관점 등이지만 페이드에게는 그 무엇도 해당되지 않았다. 태거들은 보통 별명이나 일정한 모티프를 이용해 태그를 남기지만, 페이드에게는 그의 스타일 자체가 서명이었다. 그의 작품은 벽의 한계를 초월했다. 잭슨은 한 가지 의심이 들었다. 지금은 어림짐작을 넘어 확신으로 굳어졌지만, 페이드는 강박장애 환자이며, 아스퍼거 증후군 혹은 최악의 자폐 증세를 보일 것이다.

잭슨이 그렇게 확신하는 이유는, 어느 정도는 그 역시 강박증이 있기 때문이었다. 그는 페이드에 대한 종합안내서를 들고 다녔다. 외형상으로는 태거들이 들고 다니는 '작품집', 즉 그들의 그라피티 도안이 담긴 검은 커버의 스케치북과 매우 유사했다. 공공기물 파괴 전담반 소속의 GHOST, 즉 상습 그라피티 범죄 방지팀에 배정되었을 때 잭슨은 그라피티 범죄 데이터베이스를 관리하는 일을 맡았는데, 그 안에는 태그와 주소가 딸린 그라피티들이 해당 범죄자에게 연결되어 있었다. 그라피티를 '거리 예술'로 여기는 자들은 그것을 건물 벽과 지하철 차량에 거품 모양 글씨를 밝은색으로 거칠게 휘갈겨놓는 행위 정도로 치부한다. 하지만 그들이 가게 진열장을 산으로 부식시키고, 세간의 이목을 끌긴 해도 때로는 위험한 '이권'을 위해 경쟁한다는 생각은 하지 못한다. 자신들의 영역을 표시해 다른 팀에 이름을 알리고 경고하는 행위는 더 빈번하다.

GHOST의 다른 경찰 넷은 교대시간이 되어도 나타나지 않았다. 라디오 뉴스에서는 카트리나 태풍 때 뉴올리언스 경찰들이 그랬듯 뉴욕 경찰들도 도시를 버리고 달아났다지만, 잭슨은 그렇게 생각하지 않았다. 뭔가 다른 게 있었다. 자치구들을 휩쓴 이 역병을 능가하는 뭔가가. 몸이 아프면 결근 보고를 해야 한다. 그래야 다른 동료가 대신 일을 맡아줄 게 아닌가. 이런 식의 근무 태만과 비겁함은 새로 칠한 벽을 더럽힌 삼류 태거의 서툰 사인만큼이나 그를 화나게 했다. 동료들이 꼬리를 말고 저지로 달아났다는 사실을 인정하느니 차라리 뱀파이어 운운하는 개소리를 믿는 게 나았다.

그는 위장 순찰차를 타고 조용한 거리를 따라 코니아일랜드로 향했다. 일주일에 적어도 사흘은 그곳에 갔다. 어린 시절 코니아일랜드를 그토록 좋아했지만 부모님은 거의 데리고 가지 않았다. 어른이 되면 매일 가겠다는 다짐을 비록 저버리긴 했지만 그곳에서 자주 점심을 먹는 것으로 위안을 삼았다.

놀이공원의 산책로는 예상대로 휑뎅그렁했다. 분명 따뜻한 가을날이었지만, 저 광란의 인플루엔자 소동의 와중에 놀이공원이 사람들 눈에 들어올 리 없었다. 그는 네이슨 페이머스*에 도착했다. 아무도 없었지만 문은 잠겨 있지 않았다. 여기도 버리고 달아난 모양이군. 고등학교를 졸업하고 이 핫도그 가게에서 아르바이트를 한 적이 있었던 그는 곧장 카운터 뒤로 돌아가 주방으로 들어갔다. 그리고 쥐 두 마리를 쫓아내고서 조리대를 꼼꼼히 닦았다. 아직 작동중인 냉장고 안에서 비프 소시지 두 개를 꺼내고, 빵과 셀로판으로 포장한 적양파 통조림도 찾아냈다. 그는 양파를 좋아했다. 특히 점심식사 후 파괴분자들의 면전에 대고 소리를 지를 때 그들이 움찔하면 더더욱.

그는 후다닥 핫도그를 만들어 밖에서 먹으려고 가져나갔다. 사이클론 롤러코스터와 원더휠 관람차는 멈춘 채 갈매기 몇 마리만 꼭대기 난간에 앉아 있었다. 다른 갈매기 한 마리가 이쪽으로 날아오다 관람차 꼭대기를 아슬아슬하게 스치고 다른 곳으로 사라졌다. 자세히 보니 놀이기구 위에 앉아 있는 놈들은 새가 아니었다.

쥐였다. 수많은 쥐. 놀이기구 꼭대기에 점점이 앉아 새들을 잡으려 들었다. 도대체 무슨 일이지?

그는 산책로를 따라 계속 걸었다. 코니아일랜드의 명물 중 하나인 페인트총 사격대도 지났다. 카운터 난간에서 내려다보니 장애물이 어수선히 널려 있는 뒷골목 스타일의 사격장, 페인트가 얼룩진 드럼통, 연습 사격을 위해 녹슨 받침대 위에 놓아둔 온갖 마네킹 머리와 볼링핀이 눈에 들어왔다. 카운터를 따라 페인트총 여섯 정이 테이블에 사슬로 묶여 있었다. 그리고 가격표와 '살아 있는 인간 타깃'이라고 적힌 간판.

양쪽의 벽돌담도 그라피티로 장식해 분위기가 더욱 살았다. 그런데 흰색 스프레이 페인트로 그린 가짜 태그와 빈약한 거품 모양 낙서들 사이에서 페이드의 흔적이 보였다. 여섯 개의 가지가 달린 페이드 특유의

---

* 핫도그 전문 체인점.

문양. 다만 이번에는 검은색과 오렌지색이었다. 그 옆에 선과 점으로 이루어진 같은 색의 도안도 있었다. 시내 어디서나 볼 수 있는 부호와 비슷했다.

그때 그 괴짜가 보였다. 폭동 진압군처럼 무거운 검은색 갑옷으로 온몸을 감싸고, 보안경에 마스크까지 달린 일체형 헬멧으로 얼굴을 가렸다. 페인트탄환 방어용 오렌지색 방패는 철망 울타리 밑에 기대놓았다.

타깃은 사격장 안쪽 구석에서 장갑 낀 손으로 스프레이 페인트를 들고 벽에 칠을 하고 있었다.

"이봐!" 잭슨이 그를 불렀다.

그는 들은 척도 않고 계속 그라피티를 그려나갔다.

"이봐! 뉴욕 경찰이다! 잠깐 얘기 좀 하지그래!" 잭슨이 더 큰 소리로 외쳤다.

여전히 아무런 대답도 반응도 없었다.

잭슨은 혹시 탄환이 남은 총이 있을까 싶어 카빈 모양의 페인트총을 하나씩 들춰보고 마침내 불투명한 플라스틱 탄창에 오렌지색 볼이 몇 개 남아 있는 총을 찾아냈다. 그는 총을 어깨에 메고 아래쪽을 겨냥했다. 총을 쏘자 부츠를 신은 괴짜의 발치에서 페인트볼이 터졌다.

그래도 놈은 꿈쩍하지 않다가 마침내 태그를 완성하고 나서야 빈 통을 버리고 잭슨이 서 있는 카운터 아래쪽을 향해 다가오기 시작했다.

"야, 인마, 얘기 좀 하자니까!"

그는 걸음을 멈추지 않았다. 잭슨이 그의 가슴에 세 발을 쏘았다. 붉은 페인트볼이 터졌다. 놈은 잭슨의 사격권을 벗어나 발밑의 통로를 향해 계속 움직였다.

잭슨은 난간을 훌쩍 넘어 아래로 뛰어내렸다. 그곳에서는 놈의 솜씨가 좀더 잘 보였다.

페이드였다. 의심의 여지가 없었다. 잭슨은 빨라진 맥박을 느끼며 하나밖에 없는 문을 향해 곧장 달려갔다.

안쪽은 작은 탈의실로 바닥 여기저기에 페인트가 묻어 있었다. 그 너머는 좁은 복도였는데, 놈의 헬멧, 장갑, 보안경, 갑옷 등의 장비가 버려져 있었다. 순간 잭슨은 지금껏 막연히 의심해왔던 사실 하나를 깨달았다. 페이드는 자신의 태그로 도시를 뒤덮기 위해 폭동을 이용하는 기회주의자가 절대 아니다. 그는 어떤 식으로든 도시의 소요와 연계되어 있다. 그의 태그, 그의 그라피티…… 페이드는 이 재난의 일부다.

복도 끝에서 잭슨은 작은 방으로 꺾어들어갔다. 카운터와 전화기 한 대, 페인트볼을 담은 달걀판 모양의 용기, 고장난 카빈총 등이 보였다.

회전의자 위에 백팩이 지퍼가 열린 채 놓여 있었다. 스프레이 페인트 캔과 싸구려 마커가 가득했다. 페이드의 장비였다.

그때 뒤쪽에서 들리는 소리에 잭슨은 재빨리 몸을 돌렸다. 그였다. 예상보다 키가 작았고, 페인트로 얼룩진 후드티, 검은색 바탕에 은색 무늬가 들어간 양키스 야구모자, 방진마스크 차림이었다.

"이봐, 그냥 얘기 좀 하자는 거야." 잭슨이 말했다. 달리 할말이 떠오르지 않았다. 그토록 오랫동안 추적해온 그를 이런 식으로 갑자기 맞닥뜨리다니.

페이드는 아무 말도 하지 않았다. 야구모자 챙 아래 깊숙이 감춘 눈으로 그를 응시할 뿐이었다. 잭슨은 페이드가 백팩을 버리고 도망갈 경우에 대비해 옆으로 움직였다.

"정말 미꾸라지처럼 잘도 빠져나가더군. 아무튼, 이봐, 마스크랑 모자부터 벗어. 친구를 만났으면 미소쯤은 지어줘야지." 잭슨은 재킷 주머니의 카메라를 확인했다. 언제나처럼 그곳에 있었다.

페이드가 천천히 움직였다. 꼼짝도 않던 그는 페인트로 얼룩진 두 손을 들어 후드를 젖히고, 야구모자를 벗고, 방진마스크를 끌어내렸다.

잭슨은 카메라를 눈에 댔지만 셔터를 누를 수가 없었다. 렌즈를 통해 드러난 광경에 경악했기 때문이다. 온몸이 그대로 굳어버렸다.

페이드가 아니었다. 맙소사. 저 아이는 푸에르토리코 소녀가 아닌가.

소녀의 입가에는 붉은 페인트가 묻어 있었다. 페인트를 흡입하고 환각에 빠진 듯한 표정. 아니, 아니다. 페인트 자국이라면 훨씬 더 엷을 것이다. 소녀의 입가는 암적색 물질로 흠뻑 젖었고, 턱 밑에도 조금 말라 붙어 있었다. 그때 그녀의 턱이 떨어지며 촉수가 쏟아져나왔다. 그리고 뱀파이어 예술가는 잭슨의 가슴과 어깨로 뛰어올라 그를 카운터에 밀어붙인 다음 피를 전부 빨아마셨다.

플래틀랜즈

플래틀랜즈는 브루클린의 남부 해안 인근으로 커나시와 마린파크 해안 사이에 있다. 뉴욕 대부분 지역과 마찬가지로, 이곳 역시 20세기 내내 인구구성의 현저한 변화를 여러 차례 겪어야 했다. 도서관에는 현재 아이티 출신 거주민과 그 밖의 카리브해 연안국에서 온 이민자들을 위해 프랑스 크레올어* 도서가 비치되어 있었으며, 정통 유대교 자녀들을 위해 지역 예시바**와 연계한 독서 프로그램도 운영되었다.

플래틀랜즈 애비뉴에서 모퉁이를 꺾어들어가면 상점가가 나오고 그곳에 페트의 작은 가게가 있었다. 전기가 이미 끊겼는데도 낡은 전화에서는 아직 신호음이 들렸다. 지나가다 우연히 들어오는 손님을 위한 장사가 아니라서 가게 앞 공간은 주로 물건을 쌓아두는 용도로 활용했

---

* 크레올은 본래 식민지역에서 태어난 유럽인을 부르는 말이었지만 오늘날에는 유럽계와 해당 지역 현지인의 혼혈, 혹은 유럽어와 현지어가 섞여 생겨난 언어를 가리킨다. 프랑스 크레올어는 프랑스어에 바탕을 둔 크레올어로 카리브해 일대에서 많이 쓰인다.
** 탈무드 학원, 또는 유대교의 초등학교.

다. 사실 문 위의 쥐 간판도 구경만 하며 지나가는 손님들을 몰아낼 목적으로 마련한 장치였다. 작업장과 차고는 뒤쪽에 있고 세트라키안의 지하 무기고에서 가져온 책, 무기, 여타 장비 등 중요한 물건들도 그곳에 쌓아두었다.

에프가 보기에 세트라키안의 지하 무기고와 페트의 작업장은 유사한 점이 많았다. 페트의 적은 설치류와 벌레였고 그래서 작업장은 케이지, 확장식 장대 주사, 암광봉, 야간 사냥을 위한 광산 헬멧 등으로 가득했다. 뱀 집게, 동물 통제용 장대, 탈취제, 마취총, 심지어 투망과 화약, 체포용 장갑도 보였다. 작은 싱크대 위 실험대에는 포획한 동물의 혈액을 채취하거나 표본을 추출하기 위한 기본적인 수의학 장비들이 비치되어 있었다.

어울리지 않는 물건이라면 낡아빠진 레이지보이 안락의자 주변에 뒹구는 『리얼 이스테이트』* 잡지들이었다. 다른 사람들 같으면 작업장에 포르노 잡지를 감춰두었을 것이다. "저런 사진을 좋아해요. 황혼녘에 따뜻한 불을 켜놓은 집들 사진이요. 정말 아름답잖아요. 그런 데 사는 사람들의 삶을 상상해보곤 하죠. 행복할 거예요."

노라가 짐 정리를 하다가 들어와 한 손을 엉덩이에 댄 채 생수를 마셨다. 페트는 에프에게 묵직한 열쇠고리를 건넸다.

"자물쇠 셋은 현관문, 셋은 뒷문. 이건 캐비닛 열쇠들인데 왼쪽에서 오른쪽 순이에요." 페트가 고리에 끼워진 순서대로 열쇠의 용도를 하나하나 알려주었다.

"어디 가나?" 문으로 향하는 페트에게 에프가 물었다.

"영감님이 시킬 일이 있다네요."

---

* 부동산 매매에 대한 내용을 다루는 잡지.

"돌아오는 길에 먹을 것 좀 사다줘요." 노라가 말했다.

"옛날이 좋았죠." 페트가 두번째 밴으로 걸어가며 말했다.

세트라키안은 맨해튼에서부터 무릎에 올려놓고 가져온 물건을 페트에게 건넸다. 작은 헝겊 뭉치였는데, 그 안에 뭔가 있었다.

"지하로 돌아가서 본토와 연결된 도관들을 찾아 막아줬으면 해." 세트라키안이 말했다.

페트는 고개를 끄덕였다. 노인의 부탁은 명령이나 마찬가지였다. "왜 저 혼자죠?"

"자네가 누구보다 터널을 잘 알잖아. 에프는 잭과 시간을 좀더 보낼 필요가 있고."

페트가 다시 고개를 끄덕였다. "아이는 좀 어떻습니까?"

세트라키안은 한숨을 쉬었다. "상황이 상황이니 절망적인 공포가 먼저겠지. 새로운 현실에 대한 공포 말이야. 그다음엔 운하임리히,* 즉 괴이함이 밀려들 테고. 아이 엄마 얘길세. 친숙하면서도 낯선 존재고, 그래서 불안감이 들겠지. 아이를 끌어당기는 동시에 밀어내니까."

"그건 에프도 마찬가지 아닙니까?"

"그래, 맞는 말이야. 자, 아무튼 서두르게. 시한폭탄은 삼 분의 여유밖에 없어. 딱 삼 분이라고." 그가 뭉치를 가리키며 말했다.

페트는 기름이 얼룩진 헝겊을 살짝 들춰보았다. 다이너마이트 세 개와 작은 기계식 타이머 하나. "맙소사…… 이거 에그타이머 아닙니까?"

"그래. 1950년대에 나온 아날로그식이지. 알겠지만 아날로그가 실수는 적다네. 태엽을 오른쪽 끝까지 돌린 다음 죽어라 뛰라고. 아래 작은 상자에서 불꽃이 일고 다이너마이트가 폭발할 거야. 딱 삼 분이야. 달

---

* '친밀한 존재이기에 더욱 낯선 느낌'을 나타내는 심리학의 개념.

같이 반숙으로 익을 시간이지. 그 시간 내에 숨을 곳을 찾을 수 있겠나?"

페트가 고개를 끄덕였다. "못 할 거야 없죠. 그런데 이 물건, 언제 조립한 거죠?"

"좀 됐어. 그래도 작동은 할 걸세." 세트라키안이 말했다.

"그런데 이걸…… 지하실에 보관하신 겁니까?"

"민감한 폭발물은 지하 저장고 뒤쪽에 두었네. 밀폐된 작은 창고인데 콘크리트 벽을 석면으로 마감해서 시청 조사관에게 들킬 염려는 없었지. 물론 말 많은 방역관들한테도."

페트가 고개를 끄덕이고는 폭발물을 조심스럽게 싸 겨드랑이에 꼈다. 그리고 세트라키안에게 다가가 조용히 말했다. "솔직히 말씀해주세요, 교수님. 도대체 우리가 뭘 하는 거죠? 제가 아는 게 전부라면…… 이 사태를 멈출 방법은 없습니다. 뭐, 방해할 수는 있겠죠. 하지만 놈들을 하나씩 파괴하는 건 맨손으로 도시의 쥐를 모조리 죽이겠다는 거나 마찬가지예요. 너무 빨리 퍼지고 있어요."

"맞는 말일세. 보다 효율적인 방법이 필요하겠지. 하지만 마스터도 기하급수적인 번식을 원하진 않을 거야." 세트라키안이 말했다.

페트는 그의 말을 곱씹어보고 고개를 끄덕였다. "질병도 맹렬해지면 스스로 사그라지니까. 박사가 그러더군요. 아마 숙주가 바닥날 거라고."

"그래. 분명 더 큰 음모가 진행중이야. 그게 뭔지 알아내야 할 때가 오기 전에 이 상황이 끝나길 바랄 뿐이네." 세트라키안이 지친 목소리로 말했다.

"음모가 뭐든, 전 교수님 곁에 있겠습니다." 페트가 겨드랑이 사이의 헝겊을 두드리며 말했다.

세트라키안은 페트가 밴을 타고 떠날 때까지 지켜보았다. 노인도 그 러시아인이 꽤나 맘에 들었다. 살상을 즐기는 경향이 있긴 했지만. 혼란기에 더욱 빛을 발하는 이들이 있다. 영웅인지 악당인지는 어느 쪽이 이기느냐에 따라 달라지겠지만, 전쟁의 부름을 받기 전까지 그들은 뭐든 하고 싶어 안달난, 고치 같은 일상의 굴레를 벗어던지고 자신의 진짜 모습을 찾을 기회만을 갈망하는 평범한 사람에 불과하다. 자기 자신보다 더 거대한 운명의 존재를 느끼고는 있지만 실제로 전사가 되는 것은 주변의 삶이 모두 붕괴될 때뿐이다.

페트도 그중 한 명이었다. 이프리엄과 달리 페트는 자신의 소명이나 행위에 대해 어떤 의문도 품지 않았다. 어리석거나 둔감해서가 아니라 오히려 그 반대이기 때문이었다. 그는 예리하고 본능적인 지성의 소유자이며 타고난 책략가였다. 일단 궤도에 오르면 주저하지도, 포기하지도 않았다.

마스터의 최후를 준비하는 데 더할나위없는 동맹군이다.

세트라키안은 안으로 들어가 빛바랜 신문으로 가득한 작은 상자에서 화학실험 도구들을 조심스레 꺼냈다. 과학 실험실보다는 연금술사의 부엌에나 어울릴 법한 유리 기구들이었다. 곁에서는 잭이 마지막 남은 그래놀라바를 씹고 있었다. 아이는 은검을 보고는 조심스레 들어올려 무게를 가늠해보았다. 놀랄 만큼 무거웠다. 가장자리가 다 해진 흉갑도 만져보았다. 두꺼운 동물 가죽과 말총, 수액으로 만든 물건이었다.

"14세기 물건이다." 세트라키안이 말했다. "오스만제국 초기 때야. 흑사병의 시대였지. 거기 목가리개 보이지?" 그가 턱까지 올라오는 전면 보호 장비를 가리켰다. "14세기의 뱀파이어 사냥꾼이 주인이란다. 이름은 역사 속에 묻혔지만. 요즘 같은 시대야 박물관에나 필요한 물건이지만 남에게 맡길 수가 없었지."

"칠백 년 전에도 뱀파이어가 있었어요?" 부서질 것만 같은 흉갑을 손끝으로 훑어내리며 잭이 말했다. "세상에! 그렇게 옛날부터 있었고 또 그렇게 막강한데 왜 숨어 지내는 거죠?"

"힘이 노출되면 도전을 받게 마련이지. 정말로 강한 자는 아무도 모르게 영향력을 행사한단다. 보이는 존재야말로 가장 나약하다고 말하는 사람도 있잖니?"

잭은 흉갑의 옆구리를 살펴보았다. 가죽에 무두질로 십자가가 새겨져 있다. "그들은 악마예요?"

세트라키안은 어떻게 대답해야 할지 몰랐다. "네 생각은 어떠냐?"

"관점에 따라 다를 것 같아요."

"어떻게?"

"기독교 신자라면 악마라고 생각하겠죠."

세트라키안이 고개를 끄덕였다. "그래, 그 말이 맞을지도 모르겠다."

"그럼, 할아버지는요? 하느님을 믿으세요?" 잭이 말했다.

세트라키안은 움찔했다. 소년이 그 모습을 보지 않았길 바랐다. "늙은이가 뭘 믿는지는 의미가 없단다. 난 과거고, 네가 미래지. 그래, 네 종교는 뭐냐?"

잭은 순은을 바른 손거울 쪽으로 갔다. "엄마는 하느님이 하느님 자신의 모습으로 우리를 만들었다고 했어요. 그리고 세상 만물도 창조했대요."

세트라키안이 고개를 끄덕였다. 아이의 대답이 암시하는 의문을 이해한 것이다. "그런 걸 역설이라고 한단다. 모순되는 두 전제가 모두 타당해 보이지만, 대개는 한쪽이 틀리지."

"하지만 그분은 왜 우리를 그러니까…… 저렇게 변하도록 둔 거죠?"

"그분께 직접 물어보렴."

"이미 물어본걸요." 아이가 조용히 대답했다.

세트라키안은 고개를 끄덕이며 아이의 어깨를 두드렸다. "그분은 내게도 대답하지 않았단다. 대답을 찾아내는 일이 우리 몫일 때도 있어. 영원히 못 찾을 수도 있겠지만."

어색한 상황. 하지만 세트라키안은 잭이 좋았다. 건강한 호기심도 있고 진지해서 그 또래 아이들에게까지 호감이 갔다.

"네 또래 소년들은 칼을 좋아한다며?" 세트라키안이 칼 하나를 찾아 아이에게 건넸다. 10센티미터 길이의 접이식 은칼에 갈색 뼈로 된 자루가 달려 있었다.

"와." 잭은 잠금장치를 이용해 칼을 접었다가 다시 펼쳐보았다. "아빠한테 물어봐야 해요. 가져도 괜찮은지."

"네 주머니에 딱 맞을 거야. 한번 넣어보려무나." 세트라키안은 잭이 칼을 자루에 접어 바지 주머니에 넣는 모습을 지켜보았다. "좋아. 소년이라면 누구나 칼이 있어야 해. 이름을 붙여줘라. 그럼 영원히 네 것이 될 테니."

"이름이요?" 잭이 물었다.

"무기엔 이름이 있어야지. 이름도 없는 무기를 어떻게 믿겠니?"

잭은 먼 곳을 바라보며 주머니를 토닥였다. "생각 좀 해봐야겠어요."

에프가 다가와 잭과 세트라키안을 보았다. 둘 사이에 뭔가 사적인 교감이 있었음을 직감했다.

잭은 주머니 깊숙이 손을 넣어 칼을 만졌지만 아무 말도 하지 않았다.

"밴 앞좌석 종이봉투에 샌드위치가 있단다. 체력이 무기야." 세트라키안이 말했다.

"이제 볼로냐소시지는 지겨워요." 잭이 불평했다.

"미안하다. 지난번 장을 보러 갔을 때 소시지가 특별 세일중이더구

나. 그래도 이번이 마지막이야. 대신 좋은 머스터드를 발랐다. 그리고 봉투 안에 괜찮은 드레이크스* 케이크도 두 개 있는데, 하나는 네가 먹고 하나는 내게 갖다주렴." 세트라키안이 말했다.

잭이 고개를 끄덕이며 뒷문으로 나갈 때 에프가 그의 머리를 헝클어뜨렸다. "밴에 들어가서 문을 잠가라, 알지?"

"알아……"

에프는 바로 밖에 세워둔 밴의 조수석에 오르는 아들을 보았다. 그리고 세트라키안에게 물었다. "괜찮으십니까?"

"괜찮아. 자, 여기 자네한테 줄 게 있네."

에프는 옻칠한 나무상자를 받아 뚜껑을 열었다. 일련번호가 떨어져나가긴 했지만 무척 깨끗한 글로크**였다. 총 주위의 회색 완충재에는 탄창도 다섯 개나 박혀 있었다.

"엄청난 불법 무기로 보이는데요?" 에프가 말했다.

"엄청나게 유용한 무기이기도 하지. 은 탄환이야. 특별 제작했어."

에프는 잭이 못 보게 등을 돌리고 상자에서 권총을 꺼냈다. "론 레인저***라도 된 기분입니다."

"그 친구도 생각은 똑바로 박혔지. 하지만 아쉽게도 산탄이 없었어. 이 탄환들은 체내에서 산산조각난다네. 그야말로 폭발이지. 스트리고이의 몸통 아무데나 맞아도 효과가 있다는 얘기야."

무기 전달은 일종의 의식처럼 이루어졌다. "페트도 하나 있어야 하지 않습니까?" 에프가 말했다.

"바실리는 네일건을 좋아해. 손으로 하는 걸 좋아하는 친구잖아."

---

* 스낵류를 제조하는 회사.

** 권총의 일종.

*** 법의 테두리 밖에서 보안관과 같은 역할을 하는 TV 시리즈 주인공.

"그리고 교수님은 검을 좋아하죠."

"이런 난국엔 익숙한 무기가 좋다네." 그때 노라가 다가왔다. 총을 본 모양이었다. "나한테 중간 길이의 은검이 있는데 자네한테 적당할 것 같군, 마르티네스 박사."

그녀는 두 손을 주머니에 넣은 채 고개를 끄덕였다. "지금 갖고 싶은 보석이 바로 그런 종류예요."

에프는 무기를 상자에 넣고 뚜껑을 덮었다. 노라가 온 김에 짚고 넘어갈 문제가 있었다. 그가 세트라키안에게 물었다. "옥상에선 어떻게 된 거죠? 마스터는 햇빛 속에서도 살아남았어요. 그가 다른 놈들과는 다르다는 뜻입니까?"

"물론 다르지. 뱀파이어의 시조니까."

노라가 말했다. "좋아요. 어쨌든 그다음 세대 뱀파이어들이 어떻게 만들어지는지는 아프도록 잘 알고 있어요. 촉수 감염이나 뭐, 그걸로 생겼겠죠. 하지만 첫 놈은 누가 만들었죠? 어떻게?"

"그러게요. 어떻게 달걀 없이 닭이 생기겠어요?" 에프도 거들었다.

세트라키안은 벽에 세워둔 늑대머리 지팡이를 가져와 몸을 기대며 대답했다. "그래, 이 모든 비밀도 마스터의 탄생에 달려 있을 것 같아."

"무슨 비밀이요?" 노라가 물었다.

"그의 소멸을 위한 열쇠."

두 사람은 그 말을 이해하느라 잠시 침묵을 지켰다. 에프가 먼저 입을 열었다. "그럼…… 뭔가 아시는군요."

"가설은 있지. 그 옥상 사건으로 부분적으로나마 입증도 된 것 같고. 그래도 실수하고 싶지는 않네. 그러다 옆길로 샐 수도 있거든. 우리 모두 알다시피 시간이 모래처럼 빠져나가고 있어. 이젠 모래시계를 인간의 손으로 돌릴 수도 없게 됐지만." 세트라키안이 말했다.

"태양으로 파괴하지 못한다면 은도 소용없겠군요." 노라가 말했다.

"숙주라면 상처를 입힐 수 있고 죽일 수도 있네. 이프리엄도 칼로 베었잖나. 하지만, 그래, 자네 말이 맞아. 은으로 충분할지는 확신할 수 없군." 세트라키안이 대답했다.

"전에 다른 존재 얘기를 하셨죠. 고대의 존재 일곱에 대한 얘기요. 마스터 말고도 여섯이 더 있고, 그중 셋이 구세계, 셋이 신세계에 있다고 하셨잖아요. 그럼 이 난국에 다들 어디 있답니까?" 에프가 말했다.

"그거라면 나도 궁금한 문제일세."

"그들도 마스터와 한편이겠죠? 당연한 소리겠지만."

"그 반대야. 철저히 반대 입장이지. 그건 장담할 수 있어." 세트라키안이 대답했다.

"그럼 그들은 어떻게 생겨났습니까? 그 존재들도 동시에 나타난 겁니까? 같은 방식으로?"

"내가 아는 한은 그래. 달리 생각할 여지는 없을 것 같군."

"설화에는 최초의 뱀파이어들이 어떻게 나오죠?" 노라가 물었다.

"사실 거의 언급이 안 돼. 유다나 릴리스*와 연결하려는 시도도 있었지만 개작한 허구일 뿐이지. 그런데…… 책이 하나 있긴 해. 유일한 자료야."

에프가 주변을 둘러보았다. "어느 상자에 있죠? 가져오겠습니다."

"아직 못 구했네. 평생 손에 넣으려고 애쓰긴 했네만."

"어디 보자, 『세상을 구하려는 뱀파이어 사냥꾼을 위한 지침서』 아닙니까?" 에프가 말했다.

"비슷해. 『오키도 루멘』이라는 책인데, 직역하자면 '나는 빛을 죽인

---

* 유대 전설에 나오는 인류 최초의 여자이자 악마적 존재.

다'이고, 의역하면 '영락한 빛' 정도가 되겠군." 세트라키안은 소더비 경매 카탈로그를 꺼내 접어놓은 페이지를 펼쳐 보였다.

그 책은 목록에 있었지만 사진이 있어야 할 자리에는 '화보 없음'이라고 쓰여 있었다.

"어떤 내용입니까?" 에프가 물었다.

"설명하기가 쉽지 않네. 게다가 받아들이긴 더 어려워. 빈 대학에 있을 때 필요에 의해 다양한 비학을 좀 깊이 알게 됐지. 타로, 카발라,* 에노키안 마법……** 직면한 문제의 본질을 이해하는 데 도움이 된다면 뭐든 연구했으니까. 교육과정에 넣기엔 어려움이 있는 주제였지만 대학 당국도 연구를 크게 지원해주었어. 아직 이유는 밝힐 수 없지만 말이네. '루멘'에 대해 들은 건 그때쯤이네. 한번은 라이프치히의 서적상이 찾아왔는데, 그 책의 몇 페이지를 찍은 흐릿한 흑백사진 몇 장을 보여주더군. 그의 요구는 터무니없을 정도였네. 전에도 그 서적상한테서 마법서를 좀 구한 적이 있고 그중 몇 권은 가격이 상당했네만, 이 책은…… 정말 말도 안 됐어. 나름대로 조사해보니 책 내용은 학자들 사이에서도 꾸며낸 이야기에 사기, 날조 취급을 받더군. 도시괴담의 문학 버전이랄까. 어쨌든 그 책엔 모든 스트리고이의 정확한 본질과 근원이, 그리고 무엇보다 일곱 고대 존재의 이름이 기록되어 있다고 했네. 삼 주 후에 난 그자의 책방에 갔어. 날레브스키 거리의 그리 크지 않은 가게였는데 닫혀 있더군. 그후로는 소식을 못 들었지."

"그 일곱 이름 중에 사르두의 것도 있었을까요?" 노라가 물었다.

"물론. 그리고 그의 이름, 그러니까 본명을 알면 우리도 그를 지배할

---

* 유대교 신비주의 사상.
** 다양한 영을 불러내 부리는 마법.

수 있어."

"요컨대 세상에서 가장 비싼 전화번호부라는 얘기군요." 에프가 투덜거렸다.

세트라키안은 가볍게 미소짓고는 카탈로그를 에프에게 건넸다. "자네의 불신은 이해하네. 진심으로. 현대 과학자인데다 이런 지독한 일까지 겪었으니 자네 같은 사람에게 고대 지식이 고루해 보이는 건 당연하겠지. 신기하기는 해도 아귀가 안 맞을 테고. 하지만 이것만은 명심하게. 이름은 사물의 본질을 담고 있다네. 그래, 전화번호부에 등재된 이름들도 마찬가지야. 이름, 직함, 전화번호, 다 그렇네. 거기 깃든 본질을 안다면 엄청난 힘을 발휘할 수 있지. 우주의 모든 것은 암호화되어 있어. 어떤 암호를 안다는 건 그 존재를 안다는 뜻이고, 그 존재를 알면 지배도 가능하다네. 언젠가 어떤 현인을 만났는데, 단지 여섯 음절의 단어를 소리내 말하는 것으로 즉사를 명할 수 있었네. 단 한 단어였어, 에프. 하지만 그 단어를 아는 사람은 거의 없네. 자, 이제 그 책에 뭐가 담겨 있을지 상상해보게나……"

노라가 에프의 어깨 너머로 카탈로그를 보았다. "그런데 이틀 후 이 책이 경매에 나온다?"

"믿기 어려운 우연의 일치 아닌가, 응?" 세트라키안이 되물었다.

에프가 그를 보았다. "냄새가 나는데요."

"그래. 이 모두가 퍼즐의 일부야. 이 책의 기원은 매우 어둡고 복잡하다네. 이 책이 저주를 받았다면, 이걸 읽고 누군가 병에 걸려서가 아냐. 책이 수면 위로 떠오를 때마다 끔찍한 일들이 일어나기 때문이라네. 이 물건을 등재해놓고 경매를 시작하기도 전에 완전히 타버린 경매장만도 벌써 두 곳이라네. 세번째는 물건을 철수하고 영원히 문을 닫았지. 지금은 1,500만에서 2,500만 달러를 호가하더군."

노라가 뺨을 부풀렸다. "1,500, 2,500…… 우리가 지금 그런 책에 대해 얘기하는 거예요?"

"보통 책이 아니니까. 어떻게든 손에 넣어야 하네. 대안은 없어." 세트라키안이 카탈로그를 돌려받았다.

"개인수표도 받아주나요?" 노라가 투덜댔다.

"그게 문제야. 이 가격이라면 합법적인 방법으로 손에 넣을 기회는 없다고 봐야 해."

에프의 안색이 어두워졌다. "엘드리치 파머라면 가능합니다." 그가 말했다.

"맞아. 사르두, 즉 마스터가 그를 통해 사려고 하겠지." 세트라키안은 가볍게 고개를 끄덕였다.

페트의 블로그

다시 왔어. 아직 문제를 해결하려고 애쓰는 중이야.

있지, 내가 생각할 때 문제는, 사람들이 불신 탓에 무감해진 데 있다고 생각해.

뱀파이어는 창백한 분장에 머리를 완전히 뒤로 넘기고 새틴 망토를 둘렀다지? 희한한 말투를 쓰는데다 목에 구멍 두 개를 뚫어놓고 박쥐로 변신해서 달아나고.

영화에서 봤다고? 뭐, 그랬겠지.

좋아, 이제 주머니벌레를 찾아봐.

멍청이. 지금 인터넷에 접속해 있잖아.

어서 해. 난 찾았어.

벌써 다 했어? 좋아.

이제 주머니벌레가 게를 공격하는 따개비류라는 사실을 알았지?

사실 아무럼 어때. 바쁜 사람 똥개 훈련시키고 있다고?

암컷 유충이 허물을 벗은 다음 하는 일은 게의 갑옷 사이 무르고 연약한 관절을 뚫고 안으로 파고드는 거야. 그 자리에 딱 붙어서 게의 온몸에 뿌리처럼 생긴 가지를 뻗기 시작하지. 심지어 눈자루 주변까지 말이야.

자, 일단 게의 몸을 장악하면 암놈은 주머니처럼 부풀어오르고, 거기 수놈이 결합해. 그래, 짝짓기를 한다는 얘기야.

놈들의 알은 볼모가 된 게의 몸에서 부화하고 자라지. 불쌍한 게는 자기 몸을 장악한 기생충 가족을 위해 에너지를 모조리 바쳐야 하고.

게는 숙주이자 노예야. 이 다른 종족에게 완전히 사로잡혀서 놈의 알을 자기 것처럼 돌봐야 하거든.

사실, 알 게 뭐야? 따개비든 게든.

내가 하고 싶은 말은 자연에 이런 예가 부지기수라는 거야.

자기와 완전히 이질적인 종의 몸에 침투해 본원적인 기능을 바꿔버리는 생물들.

이미 입증된 얘기야. 다들 알고 있기도 하고.

그런데도 우리는 우리가 안전하다고 믿고 있어. 인간이니까. 그렇지? 먹이사슬의 꼭대기. 잡아먹되 잡아먹히지 않으며, 빼앗되 빼앗기지 않지.

코페르니쿠스가 지구를 우주의 중심에서 빼냈다고들 하잖아. (그건 갈릴레오가 한 일이라고 생각하는 사람이 나 혼자는 아니겠지?)

다윈은 인간을 생물 세계의 중심에서 끌어내렸고.

그런데 왜 아직도 우리가 동물 이상의 존재라고 고집부리는 거야?

우리를 좀 봐. 본질은 화학적 신호에 따라 움직이는 세포의 집합체 아닌가?

어떤 생물체가 우리 안에 침투해 그 신호를 통제한다면? 그래서 우리를 하나씩 정복하기 시작한다면? 우리 본질을 재조정하고 그들의 목적에 맞게 개조한다면?

불가능하다고?

왜? 그러기엔 인간 종족이 '지나치게 위대하니까'?

좋아. 오늘은 여기까지. 인터넷 뒤져서 답을 찾는 건 그만두고, 당장 밖으로 나가. 은으로 무장하고 놈들한테 대항하라고. 너무 늦기 전에 말이야.

블랙 포레스트 솔루션스 공장

리지스 항공 753기의 '생존자' 네 명 중 유일하게 남은 가브리엘 볼리바는 제3도축동 배수구역 아래, 더러운 벽으로 둘러싸인 공간 깊숙이 숨어서 기다렸다. 블랙 포레스트 솔루션스 정육 공장 두 층 아래였다.

마스터의 대형 관은 지하 공간의 절대 암흑 속, 바위와 흙으로 만든 기둥 꼭대기에 있었다. 그럼에도 관의 열 신호가 어찌나 강하고 뚜렷한지 볼리바의 눈에는 관이 흡사 안에서부터 타오르는 것처럼 빛나 보였다. 이중 경첩이 달린 뚜껑 주변에 새긴 무늬도 세세히 보일 정도였다.

마스터의 몸에서 뿜어져나오는 강렬한 체온이 그의 영광을 드러내고 있었다.

볼리바는 뱀파이어 진화의 두번째 단계를 거치는 중이었다. 변화의 고통은 매일 공급되는 식사로 거의 사라졌다. 단백질과 수분이 인간의 근육을 다지듯 붉은 피가 그의 몸을 만들어주었다.

새로운 순환계는 완벽했다. 동맥은 이제 몸통 구석구석에 자양분을 공급했다. 소화기관이 단순해져 노폐물은 단 하나의 구멍을 통해 몸 밖으로 배출되었고, 체모가 완전히 제거된 피부는 유리처럼 매끄러웠다. 길고 굵어진 가운뎃손가락은 돌 같은 발톱의 야수 발가락처럼 변한 반면 나머지 손가락의 손톱은 모조리 떨어져나갔다. 이제는 털과 성기만큼이나 불필요하기 때문이다. 인간의 흰자위를 덮었던 붉은 고리 부분을 빼면 두 눈은 동공만 남아, 이제 무채색으로 비치는 열기를 감지했다. 매끄러운 머리통 양쪽에 달린 무용한 연골 대신 내장 기관이 청각 기능을 담당했는데 기능이 크게 향상되어 더러운 벽에서 꿈틀거리는 벌레 소리도 들을 수 있었다.

그는 이제 결함이 있는 인간의 감각이 아니라 동물적 본능에 의존했다. 지구 표면 아래 깊이 숨어 있기는 하지만, 밤낮의 주기만큼은 확실하게 감지했다. 잠시 후면 저 위에도 어둠이 찾아오리라. 그의 체온은 323켈빈,* 즉 섭씨 50도, 화씨 120도에 달했다. 지표면 바로 아래서 밀실공포증을 느꼈지만, 지금은 어둠과 습기가 친숙하고 밀폐된 공간과도 동화하는 느낌이었다. 지하에 들어서야 비로소 편안해졌다. 인간이 따뜻한 담요를 덮듯, 낮 동안 몸 위에 차가운 흙을 덮는 셈이다.

무엇보다도 마스터와의 강한 교감을 경험했다. 그건 마스터의 자식들이 향유하는 영적 유대를 능가하는 교감이었다. 볼리바는 기하급수적으로 증식하는 개체들 가운데 자신이 마스터의 뜻에 따라 보다 큰 목적을 위해 준비하고 있다고 생각했다. 예를 들어 오직 그만이 마스터의 보금자리가 어디 있는지 알고 있었다. 자신의 의식이 다른 개체들보다 넓고 깊다는 것도 알았다. 주변 상황에 대해 정서적으로 반응하거나 독자적인 견해를 갖고 있어서가 아니라 그저 이해했다.

그냥 아는 것이다.

---

* 절대온도의 단위. 섭씨 -273.15도를 기준으로 삼는다.

그래서 부활의 시기에 마스터의 옆으로 소환된 것이다.

관 뚜껑이 양쪽으로 열렸다. 거대한 두 손의 손가락들이 차례차례 관 옆을 움켜쥐었다. 거미 다리만큼이나 부드럽고 우아한 동작이었다. 그리고 마스터는 상체를 일으켰다. 거대한 상체에서 흙덩어리들이 흙침대로 떨어져내렸다.

마스터가 눈을 떴다. 물론 눈을 뜨기 전에도 이 어두운 지하의 관 너머 수많은 일을 보고 있었다.

뱀파이어 사냥꾼 세트라키안, 굿웨더 박사, 방역관 페트와의 충돌에 이어 태양에까지 노출된 탓에 마스터는 물리적으로나 정신적으로나 어두워졌다. 맑고 투명했던 피부도 거칠고 딱딱해져서 움직일 때마다 흉하게 구겨지고 갈라지는 것도 모자라 벗어지기까지 했다. 털갈이를 하며 검은 깃털을 벗는 새처럼 마스터는 제 몸에서 살 몇 점을 뜯어냈다. 이미 살의 40퍼센트 이상이 벗어진 터라, 마치 부서져내리는 검은 석고 허물 속에서 흉측한 괴물이 나오는 것처럼 보였다. 살이 재생되는 대신 외피가 떨어져나가기만 하는 탓에 그 아래 혈관이 드러났고, 피하조직까지 벗어져 얇은 근막이 보이는 곳도 군데군데 있었다. 색으로 말하자면 붉은 피와 노란 지방이 섞여서, 사탕무 커스터드 반죽처럼 빛을 발했다. 곳곳의 모세선충도 훨씬 또렷하게 보였는데, 얼굴 쪽은 특히 심했다. 표피 바로 밑을 질주하는 벌레들 때문에 얼굴 표면이 파도가 치듯 일렁이고 꿈틀거렸다.

마스터는 부관 볼리바의 존재를 느끼고 있었다. 그는 바스락거리며 거대한 다리를 낡은 관 밖으로 내밀고 이내 더러운 바닥에 내려섰다. 침대 흙 일부가 마스터의 몸에 붙어 있다가 살점들과 함께 바닥에 떨어졌다. 뱀파이어는 대개 피부가 매끄럽기 때문에 인간이 물이 담긴 욕조를 빠져나오듯 흙속에서 깨끗하게 미끄러져나왔다.

마스터는 상체에서 커다란 살점 몇 개를 더 뜯어냈다. 움직임이 자유롭고 빨라지면서 더러운 껍질도 더 심하게 벗어졌다. 숙주의 수명이 다했다는 뜻이다. 볼리바는 방의 출구에 해당하는 낮은 토굴 근처에 서 있었다. 그도 그런대로 괜찮은 선택지였다. 위대한 영광을 위해 쓰일 단기간의 신체 제공자. 사랑하던 존재, 즉 집착할 대상이 없다는 사실도 숙주로서 조건을 충족했다. 하지만 이제 겨우 진화의 두번째 단계를 거치고 있을 뿐이었다. 완전히 성숙하려면 아직 시간이 필요했다.

기다릴 수 있었다. 기다려야 했다. 마스터는 아직 할 일이 많았다.

앞장서서 방을 빠져나간 마스터가 허리를 숙이고 손톱으로 바닥을 긁으며 좁고 구불거리는 터널을 재빨리 기어갔다. 볼리바가 바로 뒤따랐다. 터널 끝에서 지표면 좀더 가까이 보다 큰 방이 나왔다. 널찍한 바닥에는 텅 빈, 완벽한 정원처럼 축축한 흙이 깔려 있어 푹신한 침대로 쓸 만했다. 천장이 높아 마스터도 똑바로 설 수 있었다.

저 밖에 해가 지고 어둠이 밤의 법칙을 따르기 시작하면 마스터를 둘러싼 흙이 들썩거리기 시작할 것이다. 그럼 땅에서 식물의 싹이 자라나듯 여기서 작은 손이, 저기서 가느다란 다리가 나오고 아직 머리카락이 남은 어린 머리들이 조금씩 돋아날 것이다. 그중엔 멍한 아이도, 밤의 부활에 따른 고통으로 잔뜩 인상을 쓰는 아이도 있으리라.

모두 버스의 맹인 아이들이었다. 갓 태어난 유충처럼 눈멀고 배고픈 아이들. 태양의 저주를 두 번이나 받은 존재들이다. 엄폐 광선으로 먼저 눈이 멀고, 이제 치명적인 자외 광선 때문에 유형에 처해졌다. 그들은 확장되어가는 마스터의 군대에서 '감지자'가 될 존재이자, 종족의 다른 개체들보다 지각능력이 크게 진화한 존재다. 특별히 예리한 그 능력으로 그들은 사냥꾼이자 암살자로서 없어서는 안 될 존재가 될 것이다.

_보아라.

마스터가 볼리바에게 명령했다. 그는 볼리바의 머릿속에 얼마 전 스패니시할렘의 옥상에서 노교수와 대면했을 때 켈리 굿웨더의 눈에 비쳤던 장면을 주입했다.

노인의 열 신호는 잿빛이고 차가웠으나, 손에 든 검은 볼리바의 눈꺼풀이 떨려 감길 정도로 밝게 빛났다.

켈리는 옥상을 가로질러 달아나다 뛰어내려 건물 벽을 타고 아래로 내려가기 시작했다. 볼리바는 이 모든 장면을 켈리의 눈을 통해 보았다.

이윽고 마스터는 볼리바가 건물의 위치를 파악하도록 머리에 동물적인 감각을 심어주었다. 건물은 종족의 지하 교통수단을 표시한 지도의 영역 내에 있었으며, 영역은 끊임없이 확장하는 중이었다.

_저 노인이다. 네게 맡기겠다.

IRT 루프선 사우스 페리 내선 역

땅거미가 지기 전 페트는 노숙자촌에 다다랐다. 더플백에는 에그타이머 폭탄과 네일건이 들어 있었다. 그는 볼링그린 역에서 아래로 내려가 선로를 따라 사우스 페리의 노숙자촌을 향해 움직였다.

도착해서는 크레이지의 오두막부터 찾아보았다. 남은 물건은 몇 개 없었다. 그의 침상에서 나온 나뭇조각 몇 개, 코치 시장의 웃는 얼굴. 어쨌든 그것으로 확인은 끝났다. 그는 돌아서서 대충 도관들이 지나는 방향으로 움직였다.

터널을 통해 어떤 소리가 메아리치며 들려왔다. 금속성의 굉음. 멀리서 웅웅거리는 목소리들.

그는 네일건을 꺼내들고 만곡부를 향해 움직였다. 크레이지는 그곳에 있었다. 더러운 속옷만 남기고 다 벗은 터라 갈색 피부가 터널의 물과 땀으로 번들거렸다. 낑낑거리며 지저분한 소파를 끌어당길 때마다 누더기 같은 머리카락이 등뒤에서 나풀댔다.

그의 오두막은 거기 있었다. 자재들은 해체되어, 다른 이들이 버리고

간 오두막의 잔해와 함께 선로 위에 쌓여 바리케이드를 이루었다. 쓰레기 더미는 제일 높은 곳이 무려 1.5미터나 되었고, 게다가 그곳에 부서진 침목까지 얹혀 있었다.

"이봐요, 영감! 도대체 여기서 뭘 하는 거요?" 페트가 소리쳤다.

크레이지가 쓰레기 더미 위에서 돌아서는데 마치 광기의 격통에 휩싸인 예술가처럼 보였다. 그가 짧은 쇠파이프를 휘두르며 산꼭대기를 정복한 사람처럼 외쳤다. "드디어 때가 됐다! 누군가 뭐든 해야 한다고!"

말문이 막힌 페트가 잠시 후에 말했다. "이런 망할, 열차를 전복시킬 참이군!"

"자네도 뭔가 계획을 갖고 내려왔군그래!" 크레이지가 대답했다.

남은 두더지족 중 몇 명이 어슬렁거리며 다가와 크레이지의 창조물을 보았다. "무슨 짓이야?" 누군가 따져 물었다. 케이버 칼이라는 전직 선로공인데 은퇴한 뒤에도 익숙한 터널을 떠날 수 없어 결국 바다로 돌아가는 선원처럼 다시 돌아왔다. 헤드램프를 쓰고 있어서 그가 머리를 흔들 때마다 빛이 요동쳤다.

크레이지는 빛줄기를 성가셔하며 바리케이드 꼭대기에서 함성을 내질렀다. "나는 하느님의 사자다. 놈들한테 절대 당할 수 없다!"

케이버 칼과 몇 명이 앞으로 나섰다. 바리케이드를 허물 생각이었다. "열차가 전복되면 우린 당장 쫓겨나!"

그 순간 크레이지가 페트 옆으로 뛰어내렸다. 페트는 상황을 진정시킬 생각으로 두 팔을 내밀고 그에게 다가갔다. 어쩌면 그들의 도움을 받을 수도 있었다. "이봐요, 다들 진정……"

크레이지는 대화할 기분이 아니었다. 그가 페트에게 쇠파이프를 휘둘렀다. 페트는 본능적으로 왼쪽 팔을 내밀어 막았는데 뼈가 부러지는 듯한 고통을 느꼈다.

페트는 울부짖으며 묵직한 네일건으로 크레이지의 관자놀이를 가격했다. 광인이 비틀거렸지만 페트는 멈추지 않았다. 그는 크레이지의 갈빗대를 부러뜨리고 오른쪽 장딴지를 걷어찬 후 왼쪽 무릎마저 탈골시켜 마침내 쓰러뜨렸다.

"이 소리 들어봐!" 케이버 칼이 외쳤다.

페트는 손을 멈추고 시키는 대로 했다.

우르릉거리는 소리. 돌아보니 저 아래 커브 지점의 터널 벽에 빛이 어른거리고 있었다.

5호선 전철이 유턴 지점을 향해 접근중이었다.

다른 노숙자들이 쓰레기 더미를 해체하려고 했지만 소용없었다. 크레이지는 파이프를 짚고 일어나 성한 한쪽 다리로 깡충깡충 뛰었다.

"추악한 죄인 놈들! 다들 눈이 멀었어? 놈들이 오고 있잖아. 이제 싸울 수밖에 없다고. 목숨을 걸고 싸우란 말이야!" 그가 울부짖었다.

열차가 돌진해 들어왔다. 페트도 이제 시간이 없음을 깨달았다. 그는 임박해오는 참사로부터 물러섰다. 열차의 불빛이 점점 밝아지며 춤추는 크레이지를 비추었다. 미치광이의 안짱다리 춤.

열차가 지나갈 때 페트는 재빨리 기관사의 얼굴을 보았다. 그녀는 표정 없이 앞만 바라보고 있었다. 분명히 쓰레기 더미를 봤을 텐데 브레이크를 밟기는커녕 어떤 조치도 취하지 않았다.

이제 막 변태를 겪은 뱀파이어의 공허한 시선.

쾅! 열차가 장애물과 충돌했다. 바퀴가 헛돌고 흙탕물이 마구 튀었다. 쓰레기 더미는 선두 차량에 받혀 폭발하듯 흩어지고, 부피가 큰 것들은 산산조각나거나 10미터 가까이 날아갔다. 열차의 차량들이 오른쪽으로 기울며 만곡부 앞쪽 플랫폼 모서리에 부딪혔고, 그대로 미끄러지면서 스파크가 혜성처럼 꼬리를 물었다. 그때 선두 차량이 반대편으로 기우뚱하면서 뒤따르는 차량들도 꺾이기 시작했다. 좁은 선로 공간에서 열차는 잭나이프처럼 구부러졌다.

금속이 갈리는 소리는 인간의 분노와 고통을 닮았다. 게다가 병목처럼 좁은 터널 안이라 열차가 멈추고도 한참 동안이나 끔찍한 메아리가 귀를 고문했다.

승객은 열차의 외부에 더 많았는데 일부는 그 자리에서 즉사했다. 플랫폼 모서리에 갈려 곤죽이 되어버린 것이다. 나머지는 열차가 완전히 멈춘 후에야 사람 몸에서 떨어지는 거머리처럼 열차에서 떨어져나왔다. 그들은 바닥에 내려 상황을 파악했다.

그러고는 아직도 믿을 수 없다는 듯 멍하니 선 부랑자들을 향해 천천히 돌아섰다.

재앙이 일으킨 먼지와 연기 사이로 승객들이 걸어나왔다. 당황한 표정은 전혀 아니었으나 기이할 정도로 살금살금 움직였다. 움직일 때마다 관절에서 딱, 딱 나지막한 소리가 들렸다.

페트는 재빨리 더플백을 뒤져 세트라키안의 시한폭탄을 꺼냈다. 오른쪽 종아리가 타는 듯 아파 내려다보니 바늘 모양의 길고 가느다란 파편이 다리에 깊숙이 박혀 있었다. 뽑아내면 출혈이 걷잡을 수 없을 것이다. 지금은 피냄새를 맡고 싶지 않았다. 고통스럽지만 그대로 남겨두기로.

선로 가까이 있던 크레이지도 놀란 표정이었다. 어떻게 저렇게 많은 놈이 살아남을 수 있지?

승객들이 가까이 다가오자 크레이지조차 어딘가 이상하다는 사실을 눈치챘다. 얼굴에서 인간의 흔적을 느낄 수 있었지만 그게 전부였다. 흔적. 굶주린 개의 눈에서 보이는, 인간과 유사한 지적 존재의 탐욕스러운 시선.

크레이지가 아는 자들도 있었다. 지하세계의 동료 두더지들. 하나만 빼고. 호리호리한 체구에 창백한 맨가슴이 마치 상아를 깎아 만든 조각상 같은 자였다. 머리카락 몇 올이 미남형의 여윈 얼굴을 장식했으나 표정은 완전히 넋이 나간 채였다.

가브리엘 볼리바. 지하 시민들이 그의 음악을 들어봤을 리 없건만 사람들은 모두 그만을 쳐다보았다. 볼리바는 그만큼 다른 자들과 달랐다. 평생을 지녀온 흥행사 기질이 언데드의 삶으로까지 이어진 셈이었다. 그는 검은 가죽 바지에 카우보이 부츠를 신고 셔츠는 입지 않았다. 부드럽고 투명한 살갗 아래 상체의 혈관과 근육, 힘줄이 죄다 비쳐 보였다.

그의 양옆에 망가진 여자가 둘 있었다. 한 여자의 팔은 살, 근육, 뼈까지 깊이 베여 몸통에 간신히 매달려 있었다. 피는 흐르지 않고 조금씩 새어나오는 정도였다. 붉은 피도 아니었다. 우유보다 끈적하고 크림보다 묽은 백색의 물질.

케이버 칼이 기도하기 시작했다. 겁에 질려 어찌나 높은 소리로 흐느끼는지 페트는 소년의 목소리인 줄 알았다.

볼리바가 넋 잃은 부랑자들을 가리키자, 승객들은 즉시 그들을 공격했다.

여자 괴물이 케이버 칼에게 달려들더니 발을 걸어 넘어뜨리고 가슴에 올라타 꼼짝 못하게 바닥에 내리눌렀다. 그녀에게서 썩은 오렌지 껍질과 상한 고기 냄새가 났다. 그가 밀쳐내려 했으나 여자는 그의 팔을 잡고 관절에서 딱 소리가 나도록 꺾어버렸다.

그녀의 뜨거운 손이 엄청난 힘으로 턱을 밀어젖히자 칼의 고개가 부러질 정도로 꺾였다. 이제 그의 목이 훤히 드러났다. 칼의 눈에 들어오는 것이라곤 헤드램프에 비친 다리와 끈 풀린 신발, 황급히 달아나는 맨발 들뿐이었고, 그마저도 위아래가 뒤집혀 보였다. 터널을 빠져나온 수많은 괴물이 합세해 그들을 덮쳤다. 침략군이 노숙자촌을 짓밟고 씰룩거리는 몸뚱이들 위로 몰려들었다.

두번째 괴물이 케이버 칼을 깔고 앉은 여자와 합류해 그의 셔츠를 미친듯이 뜯어냈다. 그는 목에 뜨거운 통증을 느꼈다. 물리는 게 아니라 찔리는 느낌이었는데, 바로 뒤이어 무언가에 빨리는 듯한 압력이 느껴졌다. 다른 놈은 바지 자락의 솔기를 잡아 사타구니 아래까지 뜯어내고 허벅지 안쪽을 공략했다.

불에 덴 듯한 처음의 예리한 통증. 그리고 조금 시간이 지나자…… 무감각해졌다. 피스톤이 근육과 살을 쿵쿵 때리는 느낌이 이럴까?

피가 빨려나가고 있었다. 칼은 비명을 지르려고 입을 벌렸지만, 목소리가 나오는 대신 네 개의 길고 뜨거운 손가락이 들어왔다. 괴물은 입 안쪽부터 그의 뺨을 꽉 붙들고 갈고리 모양 손톱으로 턱뼈가 드러날 때까지 잇몸을 도려냈다. 살에서 톡 쏘는 짠맛이 났으나 이내 피의 구리향에 묻혔다.

페트는 충돌 직후 일찌감치 후퇴했다. 어차피 승산 없는 싸움이었다. 비명소리는 참기 어려울 정도였지만 그에게는 완수해야 할 임무가 있었고 그것만이 관심사였다.

그는 도관 하나를 골라 엉덩이부터 밀고 들어갔다. 몸을 움직이기 힘들 만큼 비좁았다. 공포가 주는 이점이 있다면, 온몸을 헤집는 아드레날린 덕분에 동공이 확장되어 주변이 부자연스러우리만치 또렷하게 보인다는 것이다.

그는 헝겊 뭉치를 풀고 타이머를 끝까지 돌렸다. 삼 분. 백팔십 초. 달걀 반숙.

이제야 깨달았지만 재수도 더럽게 없었다. 터널에서 뱀파이어 전쟁이 한창인 와중에, 뱀파이어들이 강을 건널 때 이용하는 도관 안으로 깊숙이 들어가야 했다. 그것도 뒷걸음질로 말이다. 팔은 심하게 멍들고 다리에서도 계속 피가 흘렀다.

타이머를 작동하려는데 부랑자들이 바닥에 널브러진 채 뱀파이어 무리에게 피를 빨리며 꿈틀거리는 광경이 보였다. 이미 모두 감염되어 가망이 없었다. 크레이지는 예외였다. 그는 콘크리트 기둥 옆에 서서 바보처럼 황홀한 표정으로 모든 광경을 지켜보았다. 그런데도 놈들은 그를 건드리지 않았다. 미쳐 날뛰는 와중에도 그만은 내버려두었다.

그때 가브리엘 볼리바가 크레이지에게 다가갔다. 노숙자는 여윈 가수 앞에 무릎을 꿇었다. 연기와 흐릿한 불빛 속에서 두 그림자는 마치 성서 우표 속 인물들처럼 보였다.

볼리바가 크레이지의 머리에 손을 얹자 늙은 광인이 절을 했다. 그러고는 기도하며 그 손에 입을 맞추었다.

그 정도면 충분히 봤다. 페트는 도관 틈에 장치를 내려놓고 다이얼에서 손을 뗐다. 일…… 이…… 삼…… 그는 더플백을 들고 뒤로 물러나며 초를 셌다.

그렇게 한참을 가자 움직이기가 조금 수월해지는 듯했다. 흘린 피가 윤활유 역할을 한 덕분이었다.

……사십…… 사십일…… 사십이……

괴물 한 무리가 페트의 감미로운 피냄새에 이끌려 도관 입구로 접근했다. 그들이 좁은 구멍 안으로 들어오는 것을 보고 페트는 절망했다.

……칠십삼…… 칠십사…… 칠십오……

그는 최대한 빨리 미끄러지며 더플백을 열고 네일건을 꺼냈다. 그러고는 적진에 뛰어들어 기관총을 쏴대는 병사처럼 비명을 지르며 은못을 발사했다.

은못은 맨 앞에서 돌진해오는 뱀파이어의 광대뼈와 이마에 박혔다. 고급 정장 차림의 육십대 남자였다. 다시 한번 발사하자 남자의 눈알이 터지고 목에 박힌 은이 부드러운 살을 파고들었다.

괴물은 깩깩거리며 움츠러들었다. 다른 놈들이 쓰러진 동료를 타넘고 뱀처럼 꿈틀대며 도관 안으로 빠르게 다가왔다. 이번엔 조깅복 차림의 날씬한 여자였다. 쇄골이 드러난 다친 어깨가 도관 벽을 긁었다.

……백오십…… 백오십일…… 백오십이……

페트는 다가오는 괴물을 향해 은못을 발사했다. 얼굴이 은못으로 뒤덮였는데도 여자는 계속 기어왔다. 바늘꽂이 같은 얼굴에서 빌어먹을 촉수가 쏟아져나와 페트에게 거의 닿을 뻔했다. 그는 자신이 흘린 피 위로 더욱 빨리 미끄러져 달아났다. 그다음 쏜 못은 맨 앞의 뱀파이어를 스치고 뒤따라오던 괴물의 목에 박혔다.

얼마나 온 거지? 폭발 지점에서 15미터쯤 떨어졌나? 30미터?

아직 더 가야 해.

어차피 다이너마이트 세 개와 망할 반숙 달걀이 터지면 알게 되겠지.

비명을 지르며 네일건을 쏴대는 내내 잡지의 집 사진들을 떠올렸다. 창문마다 불빛이 새어나오는 집들. 방역관이 전혀 필요 없을 집들. 만에 하나 여기서 살아 나간다면 집의 불을 모두 밝혀놓고 밖으로 나가 그저 바라보겠다고 결심했다.

……백칠십육…… 백칠십칠…… 백칠십……

괴물들 뒤에서 폭음이 일었다. 뜨거운 바람이 바실리를 강하게 때렸다. 엄청난 후폭풍에 몸이 뒤로 밀려났다. 뒤이어 불탄 뱀파이어의 사체 하나가 날아와 부딪혔고…… 페트는 의식을 잃었다.

그가 고요한 공동空洞으로 서서히 사라져가는 사이 마음속 심연에서 빠져나온 단어 하나가 머릿속 숫자의 리듬을 밀어냈다.

크로…… 크로……

크로아토안.

알링턴 파크, 저지시티

밤 열시 반.

알폰소 크림은 이미 한 시간 전에 주차장에 도착해 전략상 유리한 위치를 확보했다.

그런 점에서 그는 까다롭기 그지없었다.

이 장소에 마음에 들지 않는 점이 있다면, 단 하나, 머리 위에서 쏟아지는 오렌지색 보안등 불빛이었다. 그래서 그는 이름처럼 위풍당당한 오른팔 로열을 시켜 바닥의 자물쇠를 부수고 전기판을 뜯어낸 다음, 타이어를 떼어낼 때 쓰는 지렛대를 쑤셔넣었다. 문제 해결. 불이 깜박거리다가 꺼졌다. 크림은 흡족하게 고개를 끄덕였다.

이제 그의 모습은 어둠에 묻혔다. 근육질의 팔은 너무 굵은 탓에 가슴 앞에서 팔짱을 끼는 대신 양쪽에 늘어뜨렸다. 넓은 몸통은 정사각형에 가까웠다. 저지 사파이어의 대장 알폰소 크림은 콜롬비아 출신 흑인으로 영국인 아버지와 콜롬비아인 어머니 사이에서 태어났다. 저지 사파이어는 알링턴 파크와 인접한 블록을 모두 관리했다. 원한다면 알링턴 파크도 접수할 수 있었지만 그곳에서 일어나는 말썽까지 감당해가며 그럴 가치는 없었다. 밤의 공원은 범죄 시장이었다. 그 청소는 당연히 경찰과 훌륭한 시민들의 일이지, 저지 사파이어의 일은 아니다. 사실 이 죽음의 영역이 저지시티 중심에 있는 것은 크림에게 이득이었다. 그가 관리하는 블록에서 개자식들을 끌어들이는 공중변소이기 때문이다.

크림은 온전히 힘만으로 길목들을 장악했다. 셔먼 탱크처럼 밀고 들어가 상대방의 무릎을 꿇리고 길목을 손에 넣을 때마다 자축의 표시로 이를 하나씩 은으로 덮어씌웠다. 그래서 크림의 미소는 화려하면서도 위협적이었다. 손가락도 은으로 장식했다. 목걸이도 있지만 오늘밤에는 집에 두고 왔다. 죽음을 직감한 놈들이 제일 먼저 움켜쥐는 게 목걸이이기 때문이다.

로열은 크림 옆에 섰다. 크림은 스페이드 에이스를 수놓은 검은 털모자를 쓰고 털가죽 안감의 파카를 입은 터라 온몸이 땀범벅이었다. "그놈이 혼자 만나겠다고 한 건 아니지?" 로열이 물었다.

"그냥 도박을 하고 싶다고만 했어." 크림이 대답했다.

"흠. 그래서 어떻게 할 건데?"

"그 새끼? 알 게 뭐냐. 나? 그냥 그어버리지." 크림이 두꺼운 엄지를 면도칼처럼 로열의 얼굴 깊숙이 그었다. "멕시코 새끼들이 원래 재수가 없지만, 이 새끼는 최악이야."

"근데 왜 하필 공원이지?"

공원에서 일어난 살인사건은 늘 미제다. 비명소리가 없기 때문이다. 어두워지고 나서 알링턴 파크에 들어올 만큼 뱃심이 두둑하다는 건 죽을 만큼 멍청하다는 뜻이다. 크림은 만약의 경우에 대비해 손끝에 강력 접착제를 발라 지문을 없앴고, 면도칼 손잡이에도 권총 손잡이처럼 바셀린과 표백제를 발라 DNA 흔적이 남지 않도록 했다.

기다란 검은색 차가 길을 따라 내려왔다. 리무진까지는 아니지만 최고급으로 개조한 캐딜락보다 화려했다. 차는 인도 가까이서 천천히 멈춰 섰다. 코팅 창문은 닫힌 채였고 운전사도 나오지 않았다.

로열이 크림을 보았다. 크림도 로열을 보았다.

그때 인도 쪽의 뒷문이 열리며 누군가 나왔다. 선글라스를 쓰고 흰색 탱크톱에 앞을 여미지 않은 체크무늬 셔츠, 헐렁한 바지 차림이었다. 검은색 부츠는 새것이었다. 그가 모자를 벗어 자동차 시트에 던져넣자 머리에 단단히 맨 붉은 스카프가 드러났다.

"저 새끼, 뭐하자는 거야?" 로열이 나지막이 중얼거렸다.

놈은 인도를 가로질러 울타리 입구로 들어와 잔디와 흙바닥을 건너 왔다. 흰색 탱크톱은 야광 재질로 만들었는지 밝게 빛났다.

크림은 자신의 눈을 믿을 수 없었다. 상대는 쇄골의 문신이 선명하게 보일 만큼 가까이 다가왔다.

'SOY COMO SOY.' 나는 나다.

"내가 감동 먹어야 하는 거냐?" 크림이 투덜댔다.

스패니시할렘의 갱단 라 무그레의 거스 엘리살데가 말없이 미소지 었다.

인도 옆 자동차는 엔진을 켜둔 채였다.

"뭐야? 설마 복권에 당첨됐다고 으스댈 수작은 아니겠지?" 크림이 물었다.

"비슷해."

크림은 대꾸하는 대신 그를 위아래로 훑어보았다.

거스가 다시 말했다. "사실, 여기 온 이유는 대박 사업을 제안하기 위해서다."

크림은 으르렁거리면서 멕시코인의 꿍꿍이를 알아내려 애썼다. "씨발, 뭔 지랄이야? 저걸 타고 내 구역이라도 휩쓸겠다는 거냐?"

"만사를 색안경을 쓰고 보면 쓰나. 그러니까 기껏 저지시티에나 처박혀 있는 거다, 크림." 거스가 빈정거렸다.

"지금 저지시티 왕한테 뭐라는 거냐? 저 깡통 안에 패거리라도 몰고 왔나보지?"

"당연히 궁금하시겠지." 거스가 뒤를 돌아보고 턱짓을 했다. 그러자 운전석 문이 열리더니, 챙모자 운전사가 아니라 후드 차림의 거구가 나타났다. 얼굴은 어둠에 가려 보이지 않았다. 그는 차를 빙 돌아 앞바퀴 앞에 서서 고개를 숙인 채 대기했다.

"그래서, 공항 앞에서 차라도 쌔빈 거냐, 떡대?" 크림이 물었다.

"옛날 방식은 끝났어, 크림. 내가 봤어, 새끼야. 빌어먹을 끝을 봤다 이거야. 패싸움? 그런 식의 밥그릇 싸움은 다 헛지랄이야. 좆도 아니라고. 진짜 패싸움은 이제 도 아니면 모다. 우리냐, 놈들이냐."

"놈들이라니?"

"너도 무슨 일이 있다는 것 정도는 알겠지. 그건 강 건너 큰 섬 얘기만이 아니야."

"큰 섬? 그건 네 문제고."

"이 공원을 봐라. 네 똘마니들은 다 어디 있지? 마약에 찌든 창녀들은? 싸움은? 여긴 완전히 죽었어. 이미 밤손님들이 한번 쓸었거든."

크림은 이를 갈았다. 거스의 말이 맞기 때문에 더 기분이 나빴다. "사업이 예전 같지는 않지."

"이미 끝난 사업이야, 크림. 거리에는 새로운 마약이 등장했다. 확인해봐라. 바로 사람의 피다. 게다가 일단 맛을 보기만 하면 얼마든지 공짜로 제공되지."

"병신, 너도 뱀파이어 신봉자냐?" 로열이 말했다.

"놈들이 엄마하고 형을 데려갔다. 크리스핀 알지?"

거스의 쓰레기 형. 크림이 말했다. "알지."

"이제 공원 근처에서 못 볼 거다. 유감은 없어, 크림. 이젠 아니야. 지금은 새 시대니까, 당연히 개인적인 감정은 접어야겠지. 내가 원하는 건, 지상 최대의 막강 팀을 만드는 거다."

"지금 이 아수라장을 틈타 은행이라도 털겠다는 개소리라면, 그건 이미……"

"약탈은 아마추어나 하는 짓이다. 그래서야 일당이나 건지겠냐? 이건 진짜야. 보수도 죽이지. 애들 불러. 한꺼번에 얘기할 테니까."

"애들?"

"크림, 오늘밤 날 조지려던 애들 말이야. 이제 나오라고 해."

크림은 잠시 거스를 노려보다가 휘파람을 불었다. 그는 휘파람의 달인이었다. 이를 덮은 은이 소리를 날카롭게 해주었기 때문이다.

사파이어 단원 셋이 숲에서 나왔다. 모두 손은 주머니에 찔러넣은 채였다. 거스는 내내 그들에게 자기 손을 내보이고 있었다.

"좋아, 빨리 말해라, 멕시코 촌놈." 크림이 말했다.

"천천히 얘기한다. 귀 깨끗이 닦고 들어."

그는 그들에게 차근차근 설명했다. 고대 존재들과 배신자 마스터 간의 영역 싸움.

"약 먹었냐?" 크림이 비웃었다.

하지만 거스는 그의 눈에서 불꽃을 보았다. 흥분의 도화선이 이미 타들어가고 있었다. "너희가 마약 거래로 챙길 수 있는 것보다 더 많은 돈, 닥치는 대로 짓밟고 죽일 기회를 주마. 그런다고 교도소에 갈 일도 없어. 잘 생각해봐. 다섯 개 자치구에서 꼴리는 대로 개자식들을 날려버릴 일생일대의 기회라고. 게다가 제대로 해내면 평생 늘어지게 사는 거야."

"제대로 못 해내면?"

"그러면 돈은 전부 날아가겠지. 그래도 신나게 흔들어댈 수는 있잖아. 이봐, 다른 건 몰라도, 크게 한바탕할 수 있다고. 어때?"

"너무 그럴듯해서 실감이 안 나는군. 먼저 초록이부터 봐야겠다." 크림이 말했다.

거스는 싱긋 웃었다. "내가 어떻게 할 것 같냐? 지금부터 세 가지 색을 보여주겠다, 크림. 은색, 초록색, 흰색."

그가 후드 운전사에게 손을 들어 신호를 보냈다. 운전사는 트렁크를 열고 가방 두 개를 꺼냈다. 그리고 울타리 입구를 통과해 회합 장소에 내려놓았다.

하나는 커다란 검은 더플백, 다른 하나는 손잡이가 두 개 달린 중간 크기의 가죽가방이었다.

"저 친구는 뭐냐?" 크림이 물었다. 거한의 운전사는 닥터마틴 부츠에 청바지와 큰 후드티를 입었다. 후드 때문에 얼굴은 볼 수 없지만 가까이서 보니 완전히 비정상이 분명했다.

"미스터 퀸란이라고 부르면 돼." 거스가 대답했다.

공원 저편에서 비명소리가 들렸다. 남자의 비명. 남자의 비명은 늘 여자보다 훨씬 더 끔찍했다. 다른 단원들이 고개를 돌렸다.

"서둘러. 먼저, 은색부터." 거스가 말했다.

그는 무릎을 꿇고 더플백의 지퍼를 열었다. 주변은 어둑어둑했다. 거스가 장총을 꺼내들자 사파이어들도 저마다 무기에 손을 가져갔다. 거스가 총구 위에 달린 램프 스위치를 켰다. 일반 백열구라고 생각했지만 천만의 말씀. 물론 자외선이었다.

그는 어두운 보랏빛을 이용해 나머지 무기를 보여주었다. 화살촉을 은으로 마무리한 석궁, 굽은 나무 손잡이에 평평한 부채꼴 은날이 달린 칼. 거친 가죽 손잡이에 넓은 날이 부드러운 곡선을 그리는 언월도.*

"크림, 너 은 좋아하지, 응?" 거스가 말했다.

이국적인 무기에 혹하기는 했지만 크림은 여전히 운전사 퀸란에게 신경이 쓰였다. "좋아. 그럼 초록이는?"

퀸란이 가죽가방의 손잡이를 잡고 벌렸다. 현찰 다발이 가득했다. 거스의 자외선 암광에 위조방지선들이 선명하게 드러났다.

크림은 가방 안에 손을 넣으려다 움찔했다. 가방 손잡이를 잡고 있는 퀸란의 손가락은 대부분 손톱이 없고 살이 기이할 정도로 매끄러웠다. 제일 좆같은 건 가운뎃손가락이었다. 다른 손가락보다 두 배나 길고, 휘어 있는 끝이 손목까지 내려와 손 옆면에 닿을 정도였다.

또다시 비명이 밤하늘을 찢더니 으르렁거리는 소리가 뒤를 이었다. 퀸란이 가방을 닫고 나무들이 있는 쪽을 노려보았다. 그러고는 돈 가방을 거스에게 넘기고 대신 장총을 받아들더니, 순간 불가해한 힘과 속력으로 나무들 사이로 뛰어들어갔다.

크림이 중얼거렸다. "도대체……?"

퀸란은 길마저 무시했다. 건달들의 귀에 나뭇가지들이 꺾여나가는 소리가 들렸다.

거스는 무기 가방을 어깨에 짊어졌다. "가자. 이런 죽이는 구경거리를 놓칠 수 없지."

따라가는 건 쉬웠다. 퀸란이 만들어놓은 길로 가면 되니까. 그들은 나무 기둥을 피해가며 곧게 난 길을 서둘러 따라갔다. 퀸란을 찾아낸 것은 반대편 공터에서였다. 그는 총을 가슴에 대고 가만히 서 있었다.

---

* 초승달 모양 칼.

후드는 뒤로 젖힌 채였다. 크림은 운전사의 매끄러운 뒤통수를 보고 숨을 크게 몰아쉬었다. 어두워서인지 귀가 없는 것처럼 보였다. 그 얼굴을 좀더 자세히 보려고 옆으로 돌아갔다. 순간 인간 탱크 크림이 태풍 속 한 송이 꽃처럼 파르르 몸서리를 쳤다.

퀸란이라는 존재는 귀도 없고 코도 거의 남아 있지 않았다. 두꺼운 목. 각도에 따라 색이 달리 보이는 반투명한 피부. 창백하고 매끄러운 머리와 그 안에 깊숙이 박힌 피처럼 붉은 눈…… 지금껏 만난 어떤 눈보다도 빛났다.

바로 그때 그림자 하나가 나뭇가지 위에서 튀어나와 땅 위에 사뿐히 내려앉더니, 성큼성큼 공터를 가로지르기 시작했다. 퀸란도 쏜살같이 달려가 퓨마가 영양을 잡듯 놈을 가로막았다. 그리고 미식축구를 하듯 어깨를 잔뜩 낮춘 채 그림자와 부딪쳤다.

상대가 꽥 소리를 지르며 넘어지더니 곧바로 다시 일어났다.

퀸란은 즉시 총구의 빛을 들이댔다. 상대는 쉭쉭 소리를 내며 몸부림쳤다. 멀리서 봐도 얼굴에 고통이 가득했다. 퀸란이 방아쇠를 당기자 밝은 은색 산탄이 상대의 머리를 날려버렸다.

그자가 죽는 모습은 인간과는 확연히 달랐다. 목에서 하얀 액체를 뿜어내더니 두 팔로 몸을 단단히 끌어안고는 땅바닥으로 고꾸라진 것이다.

퀸란은 재빨리 고개를 돌렸다. 다음 상대가 숲에서 뛰쳐나오기도 전이었다. 이번엔 여자였다. 그녀는 퀸란을 피해 다른 사람들 쪽으로 달려왔다. 정확히 그들을 노리고. 거스가 가방에서 언월도를 꺼냈다. 여자는 넝마 차림에 세상에서 가장 추악한 마약 중독자 창녀처럼 보였다. 그럼에도 동작이 빠르고 눈은 붉게 빛났다. 그녀가 무기를 보고 비틀비틀 뒷걸음쳤을 때는 이미 늦었다. 거스는 단 한 번의 깔끔한 동작으로 그녀의 어깨와 목 사이를 베었다. 여자의 머리와 몸통이 각각 다른 쪽으로 떨어졌다. 한바탕 소란이 끝나자 여자의 상처에서 끈적거리는 액체가 흘러나왔다.

"자, 저게 흰색이다." 거스가 말했다.

퀸란이 장총 레버를 당겼다 놓고는 두꺼운 면 후드를 머리 위로 뒤집어쓰며 그들에게 돌아왔다.

"좋아. 니미럴, 우리도 한다." 크림이 대답했다. 그는 크리스마스 아침 화장실이 급한 아이처럼 좌우로 뛰며 춤을 추었다.

플래틀랜즈

전당포에서 가져온 면도칼로 수염을 반쯤 깎다가 에프는 맥이 풀렸다. 그는 멍하니 거울을 보았다. 세면기에 우윳빛 물이 찰랑거리고 오른쪽 뺨은 거품으로 덮여 있었다.

그는 『오키도 루멘』을 생각하고 있었다. 모든 게 불리했다. 파머와 그의 재산이 우리 앞길을 완전히 막고 있지 않은가. 실패하면 우리는 어떻게 되는 거지? 잭은?

면도날 끝이 얼굴에 작은 상처를 냈다. 가느다란 상처 부위가 빨개지고 피가 흐르기 시작했다. 피 묻은 면도날을 보다가 저도 모르게 십일 년 전 잭이 태어나던 때로 되돌아갔다.

한 번의 유산과 29주 만의 사산을 겪은 뒤라, 켈리는 이번에는 분만 두 달 전부터 침대에서 요양을 했다. 그녀에게는 특별한 출산 계획이 있었다. 그래서 어떤 종류의 경막외마취도, 약도, 제왕절개도 거부했지만, 열 시간이 지나도 진전이 거의 없었다. 의사가 분만을 촉진시키는 피토신을 권했으나 켈리는 원래 계획을 고수했다. 하지만 그후 여덟 시간 동안 진통이 이어지자 그녀도 굴복했고 피토신 투여가 시작되었다. 그리고 두 시간 후, 그러니까 꼬박 하루 가까이 괴로운 산통을 견딘 다음에야 결국 경막외마취마저 받아들였다. 피토신 투여량도 태아의 심장 박동수가 허락하는 최대 수준까지 서서히 늘렸다.

스물일곱 시간째, 의사가 제왕절개를 권했지만 거절했다. 다른 건 모두 양보해도 자연분만만큼은 절대 포기할 수 없었다. 태아의 심장은 정상이고 그녀의 자궁경부는 8센티미터까지 확장됐다. 켈리는 아기를 세상으로 밀어낼 준비를 모두 끝냈다.

하지만 다섯 시간 후 노련한 간호사가 열심히 배를 마사지했음에도 아기는 고집스럽게 버텼다. 자궁경부도 더이상 벌어지지 않았다. 경막외마취를 했는데도 고통은 계속되었다. 담당 의사가 침대 곁으로 의자를 밀고 와 다시 한번 제왕절개를 제안하자 이번에는 켈리도 수용했다.

에프는 가운을 입고 그녀를 따라 쌍여닫이문 몇 개를 통과해 복도 끝 하얗게 불을 밝힌 수술실로 들어갔다. 태아의 심장 모니터가 뱉어내는 빠르고 규칙적인 톡, 톡, 톡 소리에 마음이 차분해졌다. 담당 간호사들이 황갈색 소독제로 켈리의 부푼 배를 닦아내자 산과의가 자신만만하게 그녀의 배를 왼쪽에서 오른쪽으로 절개했다. 근막이 갈라지고 통통한 직복근 두 다발과 얇은 복막이 차례로 벌어지며 자색의 두툼한 자궁벽이 드러났다. 의사는 태아에게 최대한 상처를 입히지 않기 위해 붕대 가위로 바꿔 들고 최종 절개를 시도했다.

장갑 낀 손이 들어가 갓 생겨난 인간을 끄집어냈다. 하지만 잭은 아직 태어나지 않았다. 병원에서는 그애가 "양막 안"에 있다고 했다. 아직 얇은 양수 주머니에 완전히 갇혀 있다는 뜻이다. 주머니는 풍선처럼 부풀었고, 태아를 감싼 불투명한 막은 나일론으로 만든 달걀처럼 보였다. 아직도 잭은 탯줄을 통해 켈리에게서 영양분과 산소를 공급받아 연명하고 있었다. 의사와 간호사들은 전문가적 태도를 유지하려 애썼으나 켈리와 에프는 그들의 긴장을 느낄 수 있었다. 나중에 안 사실이지만, 태아가 양막을 쓰고 태어날 확률은 천분의 일도 안 되며, 조산이 아닌 경우라면 확률은 수만분의 일로 치솟는다.

기묘한 순간은 계속 이어졌다. 아기는 여전히 지친 엄마에게 묶여 있었다. 밖으로 나왔으되 아직 태어나지 않은 채. 그런데 갑자기 막이 머리 쪽에서 터지더니 잭이 번들거리는 얼굴을 드러냈다. 또다시 긴장의 순간…… 드디어 아기가 울음을 터뜨렸다. 의사는 양수로 흠뻑 젖은 아기를 켈리의 가슴에 안겨주었다.

수술실 분위기는 분명 밝아졌지만 긴장감은 한동안 가시지 않았다. 켈리는 잭의 두 발과 손을 잡고 손가락, 발가락 수를 세었다. 기형의 징후는 없는지 꼼꼼히 살펴보았지만 다행히 발견되지 않았다. 아기는 3.6킬로그램에, 머리는 털 하나 없이 밀가루 반죽 같았고 그만큼 창백했다. 아프가 점수*는 이 분 후에 8, 오 분 후에는 9였다.

건강한 사내아이.

하지만 켈리는 지독한 산후 슬럼프에 시달려야 했다. 진짜 우울증만큼 우울하거나 무기력하지는 않아도 암울한 공황 상태는 그에 못지않았다. 장기간의 진통에 탈진할 대로 탈진한 터라 모유도 나오지 않았다. 그 사실은 지키지 못한 출산 계획과 더불어 그녀의 감정을 마구 난도질했다. 한번은 에프에게 그를 실망시켜 미안하다는 말을 해 어리둥절하게 만든 적도 있었다. 그녀는 안에서부터 무너지고 있었다. 그전까지만 해도 두 사람에게 삶은 만만했다.

---

* 출생 직후 신생아 상태를 피부색, 심박수, 자극에 대한 반응, 근육긴장, 호흡의 다섯 가지 항목으로 평가하며 10점 만점으로 한다.

상태가 나아진 뒤 잭을 안아들자 켈리는 이제 막 태어난 특별한 아이를 떼어놓지 못했다. 한동안은 양막 출산에 몰두해 열심히 그 의미를 찾아보았다. 어떤 자료는 행운의 징조라고 주장하며 아이가 장차 위대한 인물이 될 거라고 장담하기까지 했다. 몇몇 전설에서는 양막을 쓰고 태어난 아기들이 천리안을 가졌고 물에서도 호흡하며 천사들에게 보호받는 영혼으로 나오기도 했다. 그녀는 데이비드 코퍼필드*나 『샤이닝』**의 소년 등등 소설 속 양막 태아의 사례를 인용하며 문학적 의미도 찾아냈다. 현실세계의 유명인들도 있었다. 지그문트 프로이트, 바이런, 나폴레옹 보나파르트. 동시에 부정적인 의미들은 전부 모르는 척했다. 실제로 몇몇 유럽 국가에서는 양막을 뒤집어쓰고 태어난 아이를 저주받은 존재로 여기지만, 자신의 아이도 혹시 그렇지 않을까 하는 불길한 생각들은 완전히 무시해버렸다.

시간이 흐르면서 에프와의 관계를 망치고, 그가 원치 않는 이혼에 급기야 양육소송까지 초래한 것도 바로 이러한 충동들이었다. 그녀가 변해버린 이후 갈등은 생사를 건 전쟁으로 발전했다. 켈리는 에프처럼 엄격한 남자에게 완벽한 아내가 되어주지 못할 바에야 아무런 의미도 없다고 판단했다. 에프의 개인적 몰락, 즉 음주 습관을 두려워하는 동시에 은밀하고도 짜릿한 전율을 느낀 것도 그 때문이었다. 마침내 그녀의 섬뜩한 소망은 이루어졌다. 이프리엄 굿웨더조차 스스로 세운 엄격한 기준에 맞춰 살 수 없다는 사실을 증명한 것이다.

에프는 반만 면도한 자신의 모습을 보고 실소했다. 그리고 살구 슈냅스***병을 들어 자신의 빌어먹을 완벽주의에 건배하고는 두 번 연이어 벌

---

* 찰스 디킨스가 지은 동명 소설의 주인공 소년.
** 스티븐 킹의 소설로 스탠리 큐브릭 감독이 영화화하기도 했다.
*** 독주의 일종.

컥벌컥 들이켰다.

"그러지 마요."

노라가 들어와 욕실 문을 조용히 닫았다. 맨발이었다. 새 청바지와 헐렁한 티셔츠로 갈아입고 짙은 색 머리는 틀어올려 뒤에서 핀으로 고정했다.

에프는 거울에 비친 그녀를 보며 말했다. "당신도 알다시피 우린 한물갔어. 우리 시대는 지났다고. 20세기는 바이러스였지만, 21세기? 위대한 뱀파이어 시대 만세!" 그가 다시 술을 마셨다. 아무리 마셔도 끄떡없다고 증명이라도 하는 듯, 어떤 논리적인 말로 말려도 소용없다고 시위라도 하는 듯했다. "나는 당신이 어떻게 술 없이 버티는지 모르겠어. 이러라고 술이 있는 거 아냐? 이 새로운 현실을 받아들이는 유일한 방법은 좋은 술로 쓸어내버리는 것뿐이잖아." 다시 한 잔. 그는 술병의 라벨을 보았다. "좋은 술이 아니라 안타깝긴 하지만."

"그런 모습, 좋지 않아요."

"전문가들이 말하는 이른바 '고도 적응형 알코올중독자'가 바로 나야. 하지만 당신이 원한다면 아닌 척할 수도 있지."

노라가 팔짱을 끼고 벽에 어깨를 기댄 채 그의 등을 바라보았다. 지금은 뭘 해도 소용이 없겠다. "알겠지만, 결국 시간문제예요. 이제 피를 향한 갈망이 켈리를 이곳으로 불러들일 거예요. 잭이 여기 있으니까. 그럼 그녀를 통해 마스터도 곧바로 세트라키안을 찾아내겠죠."

술병이 비어 있었다면 에프는 벽에 던져 깨버렸을 것이다. "미친 소리 같아도 그게 현실이겠지. 평생 비슷한 악몽도 꾼 적이 없는데."

"내 말은, 잭을 다른 곳으로 보내야 해요."

에프가 고개를 끄덕이고 두 손으로 세면기 양끝을 움켜쥐었다. "알아. 그래야 맞다는 생각을 이제야 하게 됐네."

"당신이 잭을 데리고 함께 갔으면 해요."

에프는 잠시 그 말을 곱씹어보다가 뒤돌아서서 그녀를 마주보았다. "지금 부관이 중대장에게 임무 수행 능력이 없다고 통보하는 상황인가?"

"누군가 당신을 너무 아끼는 나머지 당신이 스스로를 다치게 할까 걱정하는 상황이죠. 아이한테 최선이에요…… 당신한테도요." 노라가 말했다.

그 말에 에프는 마음이 누그러졌다. "당신을 여기 남기고 내 책임을 떠넘길 순 없어, 노라. 이 도시가 무너지는 걸 우리 둘 다 아는데. 뉴욕은 이미 끝났어. 차라리 내 위로 무너지는 게 나아. 당신이 아니라."

"그런 말은 술집에서나 해요."

"한 가지 면에서는 당신이 옳아. 잭이 여기 있는 한 내가 혼신을 다해 싸울 수는 없겠지. 잭은 떠나야 해. 물론 안전한 곳으로. 그런 곳이 하나 있어. 버몬트에……"

"난 안 가요."

에프가 한숨을 내쉬었다. "그냥 들어."

"난 안 가요, 에프. 기사도 흉내를 내고 싶겠지만 그래봐야 나에 대한 모독이에요. 여긴 당신 도시일 뿐만 아니라 내 도시이기도 해요. 나도 잭이 훌륭한 아이라고 생각해요. 당신도 알죠? 하지만 기껏 아이들 돌보고 당신 옷이나 정리하려고 여기 있는 건 아니에요. 나도 당신처럼 과학자라고요."

"알아. 믿어줘. 난 당신 어머님을 생각해서 그런 거야."

노라는 할말을 잃었다. 여전히 입을 벌린 채 반격을 준비했으나 그가 한발 빨랐다.

"편찮으시다는 거 알아. 치매 초기 단계잖아. 잭이 내 마음을 무겁게 하듯, 어머님이 늘 당신에게 부담이라는 것도 알고. 이건 당신 어머니를 피신시킬 기회이기도 해. 그래서 내 말은 켈리 친척들이 버몬트의 산에 살고 있으니까……"

"난 여기서 더 쓸모 있어요."

"물론 그렇겠지. 하지만…… 나는? 나도 그럴까? 솔직히, 모르겠어. 지금 제일 중요한 게 뭐지? 생존 아닌가? 우리가 바랄 수 있는 절대적 최선일 테니까. 이런 식으로 하면 최소한 우리 중 하나는 무사하겠지. 하지만 그런 걸 바라는 건 아니잖아? 그래, 당신 말이 옳아. 일반적인 바이러스성 전염병이라면 당신과 난 이 도시에서 가장 중요한 사람이 됐을 거야. 상황을 완벽하게 통제했을 테고 그럴 이유와 자격도 충분하지. 하지만 지금은 어때? 이 변종은 우리의 전문성을 훌쩍 뛰어넘고, 세상은 우리를 필요로 하지 않아. 노라. 의사나 과학자가 아니라 무당을 필요로 한다고. 아브라함 세트라키안 말이야." 에프는 그녀에게 다가섰다. "내가 어설프게 아는 지식으로는 오히려 방해가 될 수 있어. 그래…… 분명 방해가 되겠지."

그 말에 그녀도 벽에서 떨어져 앞으로 나왔다. "정확히 무슨 뜻이죠?"

"난 소모품이야. 물론 그다음 사람도 마찬가지겠지. 그게 심장병이 있는 늙은 전당포 주인이 아니라면야. 빌어먹을, 이 싸움에선 페트가 나보다 훨씬 더 쓸모 있어. 그 영감에게 나보다 더 가치 있다고."

"그런 식으로 말하지 마요."

그는 그녀가 어떻게든 자기와 똑같은 방식으로 현실을 받아들이길, 자신을 이해하길 바랐다. "난 싸우고 싶어. 혼신을 다해서. 하지만 그럴 수가 없어. 내가 사랑하는 사람들을 켈리가 쫓는 한은 안 돼. 먼저 그들이 안전해야 하니까. 잭이 안전하고, 당신이 안전해야 하니까."

그가 그녀의 손을 잡았다. 두 사람의 손가락이 얽히자 강렬한 감정이 전해졌다. 에프는 문득 생각했다. 타인과 평범한 신체 접촉을 한 지가 도대체 얼마나 됐지?

"어떻게 할 생각인데요?" 노라가 물었다.

그는 노라의 손을 세게 맞잡으며 머릿속의 계획을 재확인했다. 위험하고 극단적이지만 효과적인 계획이다. 어쩌면 판도를 바꿀 수도.

"그냥 도움이 되려는 것뿐이야." 그가 대답했다.

그가 세면기 가장자리의 술병을 향해 손을 뻗자 그녀가 자기 쪽으로 바짝 끌어당겼다. "그냥 둬요, 제발. 마실 필요 없잖아요." 그녀가 말했다. 그녀의 갈색 눈은 정말 아름답고, 슬펐다. 그리고…… 진정 인간적이었다.

"그래도 원해. 술도 나를 원하고."

그는 술병을 원했지만 그녀가 놓아주지 않았다. "켈리도 결국 당신을 말릴 수 없었죠?"

에프가 잠시 생각했다. "글쎄, 진심으로 말려본 적은 있었는지 모르겠네."

노라가 한 손으로 그의 얼굴을 어루만졌다. 먼저 면도하지 않은 거칠거칠한 뺨을 쓰다듬고는 부드러운 쪽은 손등으로 가볍게 다독였다. 접촉은 둘의 마음을 가라앉혔다.

"난 말릴 수 있어요." 그녀가 그의 얼굴 가까이 다가오며 속삭였다.

그녀는 먼저 거친 뺨에 입술을 댔다. 그러자 그가 그녀에게 입을 맞추었다. 순간 처음 하는 포옹이기라도 하듯 두 사람 사이에 아주 강렬한 희망과 열정이 샘솟았다. 과거 두 차례의 섹스로 경험했던 모든 정념이 뜨겁고도 맹렬하게 되살아났으나 두 사람을 더욱 달군 것은 분명 인간과 인간 사이의 근본적인 접촉이었다. 이제껏 잊고 지냈지만…… 지금은 강렬히 원했다.

두 사람은 지치고 탈진한 채 서로에게 매달렸다. 예기치 못한 일이었다. 에프는 노라를 타일 벽에 밀어붙이고 그녀의 맨살을 탐욕스럽게 더듬었다. 지독한 두려움과 비인간화에 맞선 상황에서는 인간적인 열정 자체가 저항 행위였다.

막간극 2
『오키도 루멘』이야기

갈색 피부의 브로커는 검정 벨벳의 네루 재킷* 차림이었다. 운하 옆을 걸으며 그는 새끼손가락의 파란 오팔 반지를 뱅뱅 돌렸다. "저도 블라크 씨는 한 번도 뵌 적이 없습니다. 뭐랄까, 원래 그런 식으로 일하시는 분이죠."

세트라키안은 브로커 옆에서 나란히 걸었다. 로알트 피르크 명의의 벨기에 여권으로 돌아다니는 중이었다. 직업란에는 '고서적상'으로 기록되어 있었다. 물론 전문 위조범의 작품이었다.

1972년. 세트라키안은 마흔여섯 살이었다.

"그래도 대단한 부자라는 건 보장할 수 있습니다. 돈 좋아하십니까, 피르크 선생님?" 브로커가 물었다.

"물론입니다."

"그럼 블라크 씨가 맘에 드실 겁니다. 그분이 원하던 책이니 값은 두

---

* 칼라를 세운 긴 재킷.

둑이 치르시겠죠. 제게도 선생님께서 부르는 가격에 맞춰드릴 계획이라 말씀드리라고 지시하셨지만, 장담하죠. 선생님 기대를 훌쩍 뛰어넘을 겁니다. 어떻게, 맘에 드십니까?"

"예."

"좋습니다. 그렇게 귀한 책을 손에 넣으셨다니 정말 운이 좋으시군요. 책의 기원에 대해서는 알고 계시겠죠? 미신을 믿으십니까?"

"사실, 그런 편입니다. 이런 사업을 하다보니."

"아. 책을 내놓으시는 것도 그런 이유 때문인가요? 저로 말하자면 그걸 '병 속의 도깨비'의 책 버전으로 보고 있습니다. 그 얘기는 잘 아시죠?"

"스티븐슨* 말입니까?"

"그렇죠. 아, 선생님의 신원을 확인하려고 문학 지식을 시험한다는 오해는 안 하셨으면 좋겠군요. 스티븐슨 얘기를 꺼낸 이유는 최근에 『밸런트레이 경』의 희귀 판본을 중개했기 때문입니다. 기억하시겠지만 「병 속의 도깨비」에서 저주받은 병을 손에 넣은 사람은 살 때 가격보다 싸게 팔아야 하죠. 하지만 이 책은 다릅니다. 아니, 그 반대죠."

나란히 불을 밝힌 쇼윈도들을 지나가는데, 그중 하나가 브로커의 시선을 끌어당겼다. 암스테르담의 홍등가 드발렌 거리의 다른 쇼윈도와 달리 그 너머에는 평범한 창녀가 아니라 여장 남자가 있었다.

브로커는 콧수염을 어루만지며 벽돌로 포장한 거리로 시선을 다시 돌렸다. "아무튼, 그 책은 골칫거리죠. 제가 직접 다루지는 않을 예정입니다. 블라크 씨는 정열적인 수집가이자 최고의 감정가이시죠. 높은 안목을 필요로 하는 책, 세상에 잘 알려지지 않은 작품을 좋아하십니다.

---

* 『지킬 박사와 하이드 씨』 『보물섬』 『밸런트레이 경』 등을 지은 로버트 루이스 스티븐슨. 「병 속의 도깨비」는 아일랜드 전설을 바탕으로 그가 지은 짧은 이야기다.

물건 확인도 확실하게 하시고요. 미리 경고해드리자면, 사기를 치려고 한 자들도 몇몇 있었습니다."

"그렇겠죠."

"물론 저야 그 야비한 서적상들의 운명에 책임이 없습니다만, 그 책에 대한 블라크 씨의 관심이 지대하다는 말씀은 드려야겠군요. 거래에 실패했는데도 매번 제게 약속된 수수료의 절반을 지불하실 정도였으니까요. 말하자면 조사를 멈추지 말고 잠재적 거래인을 계속 데려오라는 뜻이었겠죠."

브로커는 무심히 고급 흰색 면장갑을 꺼내 잘 관리한 두 손에 끼었다.

세트라키안이 말했다. "죄송하지만 제가 암스테르담에 온 이유는 이 아름다운 운하를 산책하기 위해서가 아닙니다. 말씀드렸다시피 미신을 믿는 편이고, 가능하면 빨리 이런 귀한 책의 부담에서 해방되고 싶을 따름입니다. 솔직히 저주보다 강도들이 더 신경쓰이긴 합니다만."

"아, 예, 알겠습니다. 무척 실리적인 분이시군요."

"언제 어디서 블라크 씨와 만나 거래할 수 있습니까?"

"그럼 책은 지금 가지고 계십니까?"

세트라키안이 고개를 끄덕였다. "여기 있습니다."

브로커는 세트라키안이 들고 있는 검은색 가죽가방을 가리켰다. 손잡이와 버클이 두 개씩 달린 대형 슈트케이스였다. "그 안에 말입니까?"

"아뇨, 그건 너무 위험하죠. 어쨌든 이곳 암스테르담에 있는 것만은 분명합니다. 이 근처입니다." 세트라키안은 가방을 다른 손으로 옮겨 들었다. 브로커의 주의를 다른 곳으로 돌리기 위해서였다.

"아, 제가 쓸데없는 질문을 드렸군요. 아무튼 정말 '루멘'을 갖고 있다면 그 내용도 잘 아시겠군요. 그 책의 존재 이유랄까요?"

세트라키안은 걸음을 멈추었다. 혼잡한 거리에서 멀리 벗어났다는 사실을 비로소 깨달은 것이다. 인적이 전혀 없는 좁은 골목이었다. 브로커는 가벼운 대화를 하듯 뒷짐을 지고 있었다.

"알고 있긴 합니다만, 함부로 발설할 내용은 아닌 듯합니다." 세트라키안이 말했다.

"물론이죠. 당연히 알려달라는 뜻으로 드린 말씀은 아니랍니다. 하지만…… 짧게라도 그 책에 대한 인상을 말씀해주실 수는 있겠죠? 다만 몇 마디라도." 브로커가 말했다.

브로커의 등뒤에서 문득 금속성의 빛이 번쩍했다. 아니, 면장갑을 잘못 보았을까? 어느 쪽이든 세트라키안이 두려워할 일은 없다. 이미 준비는 완벽했다.

"말라크 엘로힘. 신의 사자. 천사. 대천사. 여기선 추락 천사들 얘기죠. 그리고 그들이 이 지상에 남긴 타락한 혈통들."

순간 브로커의 눈이 반짝였다가 바로 고요해졌다. "놀랍군요. 그럼, 블라크 씨도 몹시 만나고 싶어하실 테니 곧 연락이 닿을 겁니다."

브로커가 세트라키안에게 흰 장갑의 손을 내밀었다. 세트라키안은 검은 장갑을 끼었다. 악수를 하면서 브로커도 그의 굽은 손가락을 느꼈을 것이다. 하지만 살짝 움찔하는 정도의 결례를 범했을 뿐 그 이상의 반응은 없었다. 세트라키안이 물었다. "제가 머무는 곳 주소를 드릴까요?"

브로커는 딱딱하게 손을 저었다. "전 아무것도 알면 안 됩니다. 선생님의 성공을 빌겠습니다." 그가 왔던 길로 돌아가기 시작했다.

"그럼 어떻게 제게 연락을 취하죠?" 세트라키안이 쫓아가며 물었다.

"그분이 연락하실 겁니다. 저도 더이상은 모른답니다. 좋은 저녁 보내시길 바랍니다, 피르크 선생님." 벨벳 옷을 입은 브로커가 어깨 너머로 말했다.

세트라키안은 브로커의 말쑥한 뒷모습을 한참 동안 지켜보았다. 브로커는 방금 지나쳐온 쇼윈도로 가 경쾌하게 유리를 두드렸다. 세트라키안은 재킷 칼라를 세우고 서쪽으로 걷기 시작했다. 어두운 물이 흐르는 이 운하를 벗어나 담 광장으로 갈 생각이었다.

운하의 도시 암스테르담이 스트리고이의 거주지라니 매우 이례적이었다. 선천적으로 흐르는 물을 건너지 못하는 존재들이 아닌가? 그런데 트레블린카 수용소의 의사이자 나치 박사 베르너 드레버하벤을 지난 몇 년간 추적한 결과 세트라키안은 지하 고서적상들의 네트워크는 물론, 드레버하벤의 머릿속을 가득 채운 집념의 대상에까지 이르렀다. 바로 난해한 메소포타미아 텍스트를 라틴어로 번역한 희귀본이었다.

드발렌은 마약, 커피숍, 섹스 클럽, 사창가가 뒤섞인 섬뜩한 지역으로 더 유명했다. 쇼윈도에는 소년 소녀가 나와 있었다. 하지만 이 항구 도시의 좁은 뒷골목들과 운하들은 국제적으로 서적을 거래하는 가장 영향력 있는 소규모 고서적상들의 본거지이기도 했다.

세트라키안이 알아낸 바에 따르면, 드레버하벤은 전쟁이 끝나고 얀 피트 블라크라는 서적 수집가로 위장해 저지대*로 달아났다. 1950년대 초까지 벨기에 전역을 돌아다니다 1955년 네덜란드로 건너가 암스테르담에 정착한 것이다. 밤이면 수로 안쪽 길을 따라 드발렌 거리를 자유롭게 돌아다니고 낮 동안에는 토굴에 숨어 지냈다. 운하가 거슬리긴 했지만 분명 서적 거래, 특히 『오키도 루멘』의 유혹이 너무 강렬해 그곳에 둥지를 틀고 영구 거처로 삼았으리라.

마을은 담 광장을 중심으로 방사상으로 뻗어 있었다. 운하에 둘러싸여 섬 같았지만 바깥과 완벽하게 분리된 건 아니었다. 세트라키안은 삼백 년 된 박공지붕 건물들을 지나쳤다. 해시시 연기 냄새가 미국 민요

---

* 유럽 북해 연안의 지대가 낮은 지역. 벨기에, 네덜란드, 룩셈부르크가 포함된다.

와 함께 창밖으로 새어나왔다. 젊은 여자가 망가진 구두를 신고 절룩거리며 황급히 지나갔다. 야간근무에 늦은 모양이었다. 모조 밍크코트 밑자락 아래로 다리에 찬 가터벨트와 망사스타킹이 보였다.

자갈길 위에 비둘기 두 마리가 앉아 있었는데 그가 다가가도 날아가지 않았다. 그는 걸음을 늦추고 놈들이 무엇에 빠져 있는지 살펴보았다.

비둘기들은 시궁쥐를 쪼고 있었다.

"'루멘'을 갖고 있다고 들었소."

세트라키안의 몸이 뻣뻣해졌다. 상대가 가까이 있었다. 아니, 바로 뒤였다. 하지만 목소리는 자신의 머릿속에서 들려왔다.

세트라키안이 겁에 질려 반쯤 돌아섰다. "블라크 씨?"

오판이었다. 등뒤에는 아무도 없었다.

"피르크 선생이시겠군."

세트라키안은 오른쪽으로 홱 돌아섰다. 어두운 골목 입구에 풍채 좋은 인물이 서 있었다. 롱코트에 실크해트로 격식을 갖추고 끝이 금속으로 된 얇은 지팡이에 체중을 싣고 있었다.

세트라키안은 아드레날린과 기대감과 두려움을 모두 꿀꺽 삼켰다. "절 어떻게 찾으셨습니까?"

"책. 중요한 건 그뿐이오. 지금 갖고 있소, 피르크 선생?"

"그…… 근처에 있습니다."

"호텔이 어디요?"

"역 근처에 아파트를 빌렸습니다. 괜찮으시다면, 거기서 거래를……"

"안타깝게도 그리 멀리까지 갈 형편이 못 되오. 통풍이 심해서."

세트라키안은 그림자에 가린 존재를 향해 조금 더 돌아섰다. 광장에 사람이 몇 명 나와 있어서, 그는 짐짓 아무렇지도 않은 척 과감하게 드레버하벤을 향해 한 발짝 다가섰다. 해시시 연기 냄새가 향수처럼 풍기는 밤이라 스트리고이 특유의 흙냄새가 섞인 머스크 향은 맡지 못했다.

"그럼 어떻게 하면 좋겠습니까? 오늘 저녁에 거래를 마무리하고 싶습니다만."

"그런데, 일단 아파트에 돌아가야 한다?"

"예, 아무래도요."

"음." 그자도 지팡이 끝으로 자갈길을 두드리며 한 걸음 앞으로 나왔다. 세트라키안의 등뒤에서 비둘기들이 날개를 푸드덕거리며 하늘 높이 달아났다. "낯선 도시를 여행하는 사람이 그런 귀한 물건을 아파트에 두고 온단 말이오? 직접 지니고 있는 게 안전할 텐데?"

세트라키안은 가방을 다른 손으로 옮겨 들었다. "무슨 말씀이신지?"

"진정한 수집가라면 보물은 눈에서는 물론 손에서도 떼어놓지 않는 법이오."

"도둑이 많이 돌아다녀서요." 세트라키안이 말했다.

"내면의 도둑도 있겠지. 그 저주받은 물건을 고가에 팔아넘기고 한시라도 빨리 부담에서 벗어나고 싶으면 지금 나를 따라오시오, 피르크 선생. 내 집이 여기서 멀지 않소이다."

드레버하벤은 돌아서서 골목으로 들어갔다. 지팡이를 짚긴 했지만 온전히 몸을 맡기지는 않았다. 세트라키안은 마음을 가다듬고, 입술을 핥고, 가짜 턱수염을 만져본 다음, 언데드 전범을 따라 어두운 뒷골목으로 들어갔다.

세트라키안이 트레블린카의 위장 철망 밖으로 나가도록 허락된 시간은 드레버하벤의 서재에 작업을 하러 갈 때가 유일했다. 박사의 집은 수용소에서 차로 불과 몇 분 거리에 있었고, 우크라이나 무장 간수 세

명이 한 번에 인부 한 명씩을 그곳에 데려다주었다. 세트라키안이 그 집에서 드레버하벤과 마주칠 기회는 거의 없었다. 훨씬 더 다행이라면, 수용소 진료실에서 만난 적도 없었다. 홀로 벌레를 반으로 자르고 나비 날개를 떼어내 불에 태우며 노는 아이처럼 드레버하벤은 진료실 안에서 자신의 의학적, 과학적 호기심에 탐닉했다.

당시에도 드레버하벤은 고서 수집가였다. 산송장들에게서 훔친 금과 다이아몬드로 폴란드, 프랑스, 영국, 이탈리아 등지의 희귀 서적들을 고가에 사들이고 전시하 암시장의 혼란스러운 상황을 이용해 출처가 의심스러운 물건들에 돈을 쏟아부었다. 한번은 세트라키안도 불려가 고급 오크로 꾸민 두 칸짜리 서재의 마무리 작업을 한 적이 있었다. 이동식 쇠사다리가 있고 창문의 스테인드글라스에 아스클레피오스*의 지팡이를 그려넣은 방이었다. 종종 카두세우스**와 헷갈리지만, 뱀 혹은 그와 비슷한 동물이 한 마리만 감긴 아스클레피오스의 지팡이는 의술과 의사의 상징으로 여겨진다. 다만 그 방 스테인드글라스의 지팡이는 머리에 나치 친위대의 상징인 해골이 있었다.

한번은 드레버하벤이 직접 세트라키안의 작업을 시찰한 적이 있었다. 그는 손가락으로 책장 바닥의 먼지를 훑듯 투명하고 차가운 푸른 눈으로 거친 부분은 없는지 살펴보았고, 결국 고개를 끄덕이며 젊은 유대인 장인을 칭찬하고 풀어주었다.

그들은 그후 한번 더 마주쳤다. 세트라키안이 '불구덩이' 앞에 있을 때 박사는 특유의 차가운 눈으로 학살을 내려다보고 있었다. 그때 그는 세트라키안을 알아보지 못했다. 얼굴이 수없이 많아서 그놈이 그놈일

---

* 그리스신화에 나오는 의술의 신.
** 신의 사자 헤르메스의 지팡이. 두 마리의 뱀이 감겨 있고 꼭대기에 날개가 달렸다.

뿐이었다. 그때도 박사는 실험으로 바빴다. 조수 한 명이 희생자의 뒤통수에 총알이 박히고 얼마가 지나야 고통스러운 최후의 경련이 일어나는지 시간을 재고 있었다.

민속학과 뱀파이어의 불가사의한 역사에 대한 세트라키안의 연구는, 『오키도 루멘』이라는 고서를 추적한다는 점에서 수용소에 있던 나치 당원을 찾아내는 작업이기도 했다.

세트라키안은 세 발짝 정도 뒤에서 '블라크'를 따라갔다. 촉수의 사정거리를 아슬아슬하게 벗어난 거리였다. 드레버하벤은 계속 지팡이를 짚으며 걸었다. 등뒤에 이방인을 두고도 아무렇지 않은 듯 보였다. 아마 드발렌의 밤거리를 배회하는 행인들 때문에라도 함부로 공격하지 못하리라 믿는 것 같았다. 아니면 그저 자신의 무고함을 보여주고 싶었는지도 모를 일이었다.

요컨대, 고양이가 쥐 흉내를 내는 격이다.

드레버하벤은 어느 건물의 문을 열고 들어갔는데 양옆의 쇼윈도에 여자들이 붉은빛을 받고 있었다. 세트라키안도 그를 따라가 붉은 카펫이 깔린 계단을 올라갔다. 그는 꼭대기 두 층을 사용했다. 생활하기에 편하지 않을지는 몰라도 훌륭하게 꾸며놓은 곳이었다. 백열등의 조도는 낮고, 램프들이 여린 빛으로 푹신한 카펫을 내리비추었다. 동쪽으로 난 앞창에는 두꺼운 블라인드 같은 것도 없었으며 뒤창은 보이지 않았다. 세트라키안은 방의 크기를 가늠해보고 공간이 원래보다 상당히 작다는 사실을 알아냈다. 그러고 보니 트레블린카 인근의 저택에서도 그런 느낌을 받았었다. 드레버하벤의 집에 비밀 실험실, 또는 숨겨진 수술실이 있다는 소문이 만들어낸 의심이었다.

드레버하벤은 불 켜진 테이블로 가 지팡이를 올려놓았다. 사기로 된 서류함에 세트라키안이 브로커에게 건넨 서류들이 놓여 있었다. 1911년 마르세유 경매와 관련된 그럴듯한 설명들…… 모두 값비싼 위조문서였다.

드레버하벤은 모자를 벗어 테이블 위에 두었으나 여전히 돌아서지는 않았다. "아페리티프* 한잔 하시겠소?"

"아쉽지만 사양하겠습니다. 여행중에는 소화가 잘 안 돼서요." 세트라키안이 대답했다. 그는 가방의 버클 두 개를 풀고 위쪽 걸쇠는 그대로 두었다.

"아, 난 위장만큼은 철벽이오."

"저는 신경쓰지 마시고 마음껏 드시죠."

드레버하벤이 돌아섰다. 천천히. 어둠 속에서. "안 될 말이오, 피르크 선생. 혼자 마시는 술은 삼가고 있다오."

세월에 찌든 스트리고이를 예상했지만 드레버하벤은 수십 년 전 모습 그대로였다. 수정같이 투명한 눈, 목덜미까지 흘러내린 까만 머리카락. 세트라키안은 경악했지만 애써 감정을 숨겼다. 속이 쓰렸으나 그렇다고 두려워할 이유는 없었다. 구덩이 앞에 있을 때도 알아보지 못했는데 사반세기가 훌쩍 지난 지금이라고 알아보겠는가.

"자 그럼, 우리의 행복한 거래를 시작해봅시다." 드레버하벤이 말했다.

세트라키안의 의지력이 가장 크게 시험받았던 부분은 말을 하는, 아니 더 정확하게는 말하는 시늉을 하는 뱀파이어를 보고 아무것도 모르는 체하는 것이었다. 뱀파이어는 특유의 텔레파시를 이용해 곧바로 세트라키안의 머릿속에 '말'을 했지만, 쓸모없는 입술을 움직여 인간의

---

* 식욕을 돋우기 위해 식전에 마시는 술.

입 모양을 따라하는 요령을 터득했다. 세트라키안은 이제 '얀 피트 블라크'가 어떻게 남들의 의심을 사지 않고 암스테르담의 밤거리를 누비고 다녔는지 알 수 있었다.

세트라키안은 다른 출구가 있는지 살펴보았다. 스트리고이에게 달려들기 전 확실히 가둘 수 있는지부터 확인해야 했다. 여기까지 와서 드레버하벤이 빠져나가도록 내버려둘 수는 없었다.

"책을 소유한 사람은 불행한 일을 겪는다는데, 블라크 씨는 걱정 안 되십니까?" 세트라키안이 물었다.

드레버하벤은 뒷짐을 졌다. "난 저주를 포용하는 사람이라오, 피르크 선생. 게다가 아직 선생께도 불행이 일어나지 않았잖소."

"예…… 아직은." 거짓말이었다. "그런데, 왜 이 책을 원하는지 여쭤봐도 되겠습니까?"

"학문적인 관심 정도로 말해두겠소. 사실 나도 브로커 역할이지. 이해관계가 있는 누군가를 위해 이 나라 저 나라를 뒤지며 이 책을 찾았소. 정말 희귀한 책이지. 무려 오십 년 넘게 사라진 상태였으니까. 유일하게 남은 판본마저 없어져버렸다는 게 통설이오만, 선생의 보고서를 보니 아무래도 아직 존재하는 것 같구려. 아니면 다른 판본이든지. 자, 이제 보여줄 준비가 됐소?"

"물론입니다. 하지만 먼저 지불금을 좀 보고 싶군요."

"아, 물론 그렇게 해야지. 그 뒤쪽 의자에 케이스가 하나 있소."

세트라키안은 옆걸음으로 다가가 짐짓 무심하게 손가락으로 더듬어서 걸쇠를 찾아 뚜껑을 열었다. 길더* 다발이 가득했다.

"좋습니다." 세트라키안이 말했다.

---

* 유로 이전에 쓰던 네덜란드의 화폐 단위.

"그만큼 값어치가 있는 물건이니까. 자, 피르크 선생, 이제 교환하시겠소?"

세트라키안은 케이스를 열어둔 채 가방이 있는 곳으로 돌아갔다. 그리고 걸쇠를 푸는 내내 드레버하벤을 지켜보았다. "아시겠지만 장정이 매우 특별하답니다."

"아, 물론 알고 있소."

"하지만 엄청난 책값을 생각하면 이 정도 장정은 약소하죠."

"다시 한번 말하지만, 선생이 부르는 대로 드리겠소. 그리고 껍데기로 책을 평가하면 안 되지. 대부분의 흔해빠진 교훈과 마찬가지로 사람들이 종종 잊는 진리라오."

세트라키안은 서류가 놓여 있는 테이블로 가방을 가져가 흐린 램프 불빛 아래 열어놓고 뒤로 물러섰다. "확인하시죠."

"미안하지만, 직접 꺼내줬으면 좋겠구려." 뱀파이어가 말했다.

"알겠습니다."

세트라키안은 가방으로 돌아가 검은 장갑을 낀 손을 넣어 책을 꺼냈다. 앞뒤 모두 매끄러운 은판으로 덮여 있었다.

그는 책을 드레버하벤에게 내밀었다. 뱀파이어의 눈이 가늘어지며 빛났다.

세트라키안이 그에게 한 발짝 다가섰다. "물론, 직접 확인해보셔야겠죠."

"저 테이블에 내려놓으시오, 선생."

"저 테이블에요? 하지만 빛이 있어서 이쪽이 좋을 것 같은데요."

"저 테이블에 내려놓으시오."

세트라키안도 바로 그 말에 따르지는 않았다. 그는 무거운 은빛 책을 두 손에 든 채 가만히 서 있었다. "하지만 직접 보셔야 하지 않습니까?"

드레버하벤이 두꺼운 책의 은 커버에서 세트라키안의 얼굴로 시선을 돌렸다. "피르크 선생, 당신 수염. 수염 때문에 선생이 어떻게 생겼는지 잘 모르겠군. 꼭 히브리 사람처럼 보여."

"그렇습니까? 유대인을 싫어하시는 모양이군요."

"그들이 날 싫어하오. 그러고 보니 피르크, 당신 냄새…… 어딘가 익숙하군그래."

"왜 책을 가까이서 살피시지 않는 겁니까?"

"그럴 필요가 없지. 가짜 책이니까."

"아, 그럴 수도 있겠군요. 하지만 은은, 장담컨대 은은 진짜랍니다."

세트라키안은 드레버하벤에게 다가가며 그의 눈앞에 책을 내밀었다. 뱀파이어가 뒷걸음치다가 움찔했다. "네 손." 그가 말했다. "완전히 망가졌군." 드레버하벤의 눈이 다시 세트라키안의 얼굴로 향했다. "목공. 그래, 바로 그 목공이야."

세트라키안이 코트를 열어젖히며 그리 크지 않은 은검을 꺼냈다. "나 태해졌군, 박사."

드레버하벤은 촉수로 공격해왔다. 끝까지 뻗지 않고 시늉뿐인 공격이었다. 그러고는 뒤로 껑충 뛰어 벽에 기대며 재빨리 촉수를 거두어들였다.

세트라키안도 예상했던 꼼수였다. 실제로 박사는 세트라키안이 만난 수많은 뱀파이어 중에서도 꽤 느린 편이었다. 세트라키안은 재빨리 창을 등지고 섰다. 그 창문이 뱀파이어의 유일한 탈출구였다.

"너무 느리군, 박사. 이곳에서의 사냥이 지나치게 쉬웠던 거야." 세트라키안이 이죽거렸다.

드레버하벤은 쉭쉭 소리를 냈다. 야수의 눈에 근심이 어렸고 갑작스러운 몸놀림으로 열이 난 탓에 얼굴 화장이 녹아내리기 시작했다.

그가 문을 흘끗 보았지만 세트라키안은 속지 않았다. 이 괴물들은 늘 비상 탈출구를 마련해두었다. 드레버하벤 같은 비대한 진드기조차도.

세트라키안은 공격하는 체하며 스트리고이의 균형을 흩뜨리고 반응을 유도했다. 드레버하벤이 촉수를 쏘았으나 이번에도 속임수였다. 세트라키안은 재빨리 검을 휘둘러 대응했다. 뱀파이어의 촉수가 완전히 뻗어나왔다면 그 검에 날아가고 말았을 것이다.

순간 드레버하벤이 도주를 시도했다. 뒤쪽 책장들을 향해 달아나려 했지만 세트라키안도 그 못지않게 빨랐다. 그는 한 손에 들고 있던 은장정 책을 살진 뱀파이어에게 집어던졌다. 놈이 치명적인 은을 피해 몸을 움츠리는 순간 세트라키안이 덮쳤다.

그는 드레버하벤의 목 위쪽에 은검 끝을 갖다댔다. 뱀파이어가 고개를 젖히자 정수리가 책장 윗단, 값비싼 책들의 책등에 닿았다. 그가 세트라키안을 노려보았다.

은은 그를 무력화시켰다. 촉수도 움직일 수 없었다. 세트라키안은 안쪽에 납을 댄 코트 주머니에서 철망으로 감싼 굵은 은목걸이를 꺼내 길게 늘어뜨렸다.

뱀파이어는 눈이 휘둥그레졌으나 세트라키안이 그에게 목걸이를 거는 내내 꼼짝하지 못했다.

은목걸이는 마치 수백 킬로그램의 돌사슬처럼 스트리고이를 무겁게 짓눌렀다. 세트라키안은 드레버하벤이 바닥이 쓰러지지 않도록 재빨리 의자를 당겨와 그 위에 앉혔다. 놈의 머리는 한쪽으로 기울었다. 두 손은 무릎 위에서 하릴없이 떨렸다.

세트라키안이 책을 집어 가방에 던져넣었다. 그 책은 사실 브리타니아 은*으로 장정한 다윈의 『종의 기원』 제6판이었다. 그는 검을 들고 책장으로 갔다. 드레버하벤이 궁지에 몰렸을 때 달아나려던 방향이다.

부비트랩을 조심하며 여기저기 뒤진 끝에 세트라키안은 마침내 스위치용 책을 찾아냈다. 어느 순간 딸깍 소리가 들리더니 책장이 움직인 것이다. 책장을 거칠게 밀자 벽이 회전축을 중심으로 빙 돌며 열렸다.

처음 그를 맞이한 것은 냄새였다. 드레버하벤의 비밀 공간은 창문이 없는 탓에 환기가 되지 않았고 버려진 책들과 쓰레기, 냄새나는 누더기로 가득했다. 하지만 가장 문제가 되는 악취의 원인은 따로 있었다. 냄새는 위층에서 새어나왔다. 그는 피로 얼룩진 계단을 통해 그곳으로 올라갔다.

수술실. 검은 타일 바닥에 놓인 스테인리스 테이블은 인간의 피를 발라 말려놓은 듯 보였다. 수십 년 동안 쌓였을 더께와 피가 사방을 덮었고, 모퉁이의 피로 얼룩진 고기 냉장고 주변에는 파리들이 미친듯이 윙윙거렸다.

세트라키안은 숨을 멈추고 냉장고를 열었다. 그래야만 했다. 안에는 잔혹행위의 결과물뿐 관심을 끌 만한 것은 없었다. 그의 계획에 도움이 되는 정보를 제공하는 대신, 스스로가 점점 도착과 도살에 면역이 되고 있음을 확인시켜줄 뿐이었다.

그는 의자에서 고통스러워하는 뱀파이어에게 돌아갔다. 드레버하벤의 얼굴은 완전히 녹아내려 스트리고이의 맨얼굴을 드러냈다. 창가로 다가가자 마침 동이 트기 시작했다. 이제 곧 햇빛이 밀고 들어와 어둠과 뱀파이어를 쓸어낼 것이다.

"수용소에선 새벽이 올 때마다 두려웠다. 죽음의 농장에서 맞는 또다른 하루의 시작이라니…… 죽음이 두렵지는 않았지만 구태여 죽음을 선택하지도 않았지. 나는 생존을 택했다. 그리고 그 때문에 끊임없이

---

* 순도 95.83퍼센트의 은.

두려워해야 했다."

_어서 죽여다오.

세트라키안이 드레버하벤을 보았다. 스트리고이는 이제 입술을 움직이지 않고 말했다.

_내 욕망은 모두 오래전에 충족됐다. 인간으로서든 짐승으로서든 살아서 할 수 있는 모든 것을 누렸으니 이제 바랄 게 없다. 반복은 기껏해야 즐거움을 깨뜨릴 뿐이더군.

"그 책은 이제 존재하지 않는다." 세트라키안이 드레버하벤에게 다가가며 말했다.

_아니, 존재해. 하지만 책을 노리는 건 바보짓이다. 『오키도 루멘』을 추적하는 건 곧 마스터를 쫓는 일이니까. 나처럼 지친 졸개들을 잡을 수야 있겠지. 하지만 마스터의 신경을 건드리는 순간 네 운명은 곤두박질치고 말아. 그래, 네가 아끼던 아내처럼.

사실 뱀파이어 드레버하벤에게는 아직 도착 심리가 남아 있었다. 비록 미미하고 공허하나마 여전히 병적인 쾌락을 추구할 기운이 있었다. 뱀파이어는 끈질기게 세트라키안을 노려보았다.

창문 너머로 아침해가 비스듬히 둘을 덮쳤다. 그때 세트라키안이 벌떡 일어나 드레버하벤의 의자 등받이를 잡아 뒤로 기울이더니 책장 너머 안쪽의 비밀 공간으로 질질 끌고 갔다. 마룻바닥에 꼬리처럼 줄 두 개가 생겼다.

"너한테 햇빛은 너무 자비롭다, 박사." 세트라키안이 말했다.

스트리고이가 그를 바라보았다. 기대감으로 가득찬 눈빛. 이런 죽음은 전혀 예상하지 못했다. 드레버하벤은 스스로가 도착 행위의 일부이기를 원했다. 역할이 무엇이든 상관없었다.

세트라키안은 분노를 단단히 갈무리했다.

"너 같은 변태 도착자에겐 불멸이 달갑지 않겠지? 이제부터 불멸을 즐기게 해주마." 세트라키안이 어깨로 책장을 닫아 햇빛을 막았다.

_바로 그거야, 목공. 네게도 그런 열정이 있었어, 유대인. 그래서, 어쩔 셈인가?

계획을 이행하는 데는 사흘이 걸렸다. 세트라키안은 일흔두 시간 동안 무아지경으로 작업을 했다. 드레버하벤의 수술대에서 그의 사지를 절단하고 잘라낸 부위를 지지는 공정이 제일 위험했다. 그다음에는 납 소재의 튤립 화분들을 어렵게 구해 스트리고이가 들어갈 관을 만들어 마스터와의 교통을 봉쇄했다. 물론 흙은 담지 않았다. 그는 놈의 끔찍한 몸통과 잘린 사지를 관에 집어넣고, 작은 배를 빌려 실었다. 그러고는 혼자 배를 저어 북해로 나가 한참을 씨름한 끝에 겨우 배를 뒤집지 않고 관을 배 밖으로 밀어냈다. 두 개의 광활한 땅덩어리 사이에 놈을 좌초시킴으로써 햇빛의 위협 없는 안전한, 동시에 무기력한 영생을 누리도록 한 것이다.

관이 해저에 가라앉은 뒤에야 드레버하벤의 비아냥대는 목소리가 세트라키안의 머릿속을 떠났다. 말 그대로 광기가 걷힌 기분이었다. 세트라키안은 구부러진 손가락들을 보았다. 긁히고 피가 나는데다 바닷물 때문에 따갑기까지 했다. 그는 주먹을 불끈 쥐었다.

그는 실제로 미쳐가고 있었다. 이제 스트리고이들이 그랬던 것처럼 지하로 내려갈 때가 되었다. 은밀한 작업을 계속하기 위해, 그리고 기회를 노리기 위해.

책을 손에 넣고, 마스터를 죽일 기회.

이제 미국으로 건너갈 때였다.

마스터—2부

마스터는 무엇보다 생각과 실행의 욕구를 억제하기 어려웠다. 이미 이 계획에서 가능한 모든 순서의 조합을 고려해보았다. 이번 계획이 결실을 맺을지 막연한 불안감이 없지는 않았지만, 그래도 자신이 있었다.

고대 존재들은 한순간에 몰살될 것이다. 그것도 몇 시간 안에.

그들은 자신의 종말이 멀지 않았다는 사실조차 모르고 있으리라. 어떻게 알겠는가? 결국 몇 년 전에도 그들 중 하나가 마스터의 은밀한 계획으로 불가리아 소피아에서 노예 여섯과 함께 소멸되지 않았던가? 바로 그 순간 마스터 자신도 죽음의 고통을 공유했다. 어둠의 소용돌이 안으로 빨려드는 듯한 참을 수 없는 고통…… 하지만 그마저 즐길 수 있었다.

1986년 4월 26일이었다. 불가리아의 도심 지하 수백 미터에 5미터 두께 콘크리트 벽으로 에워싸인 지하 납골당에서 태양빛이 번쩍였다. 태양에 준하는 위력으로 발생한 핵분열이었다. 그로 인해 지상의 도시마저 우르릉거리는 낮은 굉음과 함께 흔들렸다. 진원지는 피로츠카 거리로 밝혀졌으나 인명 피해는 없었고 재산 피해도 미미했다.

그 사건은 뉴스에서 잠깐 언급되었을 뿐, 뒤이어 발생한 체르노빌 원전사고에 완전히 묻혀버렸다. 물론 아무도 모르지만 체르노빌 사고 역시 그 사건과 밀접한 연관이 있었다.

고대 존재 일곱 가운데 마스터는 가장 야심이 많고 탐욕스러웠다. 그리고 어떤 의미에서는 가장 젊다고 할 수 있었다. 당연하다. 가장 마지막에 깨어난 마스터는 창조되는 순간부터 입이 있고 목이 있고 또 갈증이 있었다.

이 갈증으로 인해 다른 존재들은 흩어져 숨어버렸다. 자취를 감췄지만, 동시에 연결되어 있었다.

이런 상념들이 마스터의 위대한 의식 안에서 웅성거렸다. 생각은 다시 마스터가 이 땅의 아마겟돈*을 처음 찾았던 시절로 흘러들었다. 오랫동안 잊힌, 설화석고 기둥들이 서 있고 바닥에 윤이 나는 줄마노가 깔려 있던 도시.

그곳에서 처음으로 피맛을 보았다.

마스터는 재빨리 그 생각을 억눌렀다. 기억은 위험하다. 기억은 마스터의 정신을 개별화하고, 그러면 이렇게 안전한 환경에 있다 해도 다른 고대 존재들이 엿듣고 만다. 기억이 또렷한 순간이면 그들의 정신이 하나로 통일되기 때문이다. 한때 하나였던, 그리고 영원히 하나일 수밖에 없는 존재들.

그들은 모두 하나의 존재로 창조되었다. 마스터에게 자신만의 이름이 없는 것도 그 때문이다. 하나의 본성과 하나의 목표를 지녔기에 그들은 모두 하나의 이름, 사리엘로 불렸다. 마스터가 이미 만들어낸, 그

---

* 세상의 종말에 선과 악이 최후의 결전을 벌인다는 장소로 요한계시록에 언급된다.

리고 앞으로 만들어낼 자식들과 감정과 생각을 공유하듯 고대 존재들은 처음부터 서로 이어져 있었다. 그들의 유대는 막을 수는 있어도 결코 끊을 수는 없었다. 본능과 사고 또한 당연히 연결되길 갈망했다.

성공을 위해서는, 그 존재 방식을 전복해야만 한다.

낙엽

F A L L E N   L E A V E S

하수도

의식을 회복했을 때 바실리는 더러운 웅덩이에 반쯤 잠겨 있었다. 사방에 깨진 파이프들이 울컥울컥 오수를 내뿜어 웅덩이가 점점 깊어지고 있었다. 페트는 몸을 일으키려다 다친 팔로 바닥을 짚는 바람에 신음을 흘려야 했다. 무슨 일이 있었는지 떠올랐다. 폭발. 스트리고이. 살이 타는 역겨운 냄새와 유독가스 냄새가 진하게 풍겨왔다. 위인지 아래인지 모를 먼 곳 어딘가에서 사이렌 소리와 경찰 무전기의 잡음이 들렸다. 앞쪽으로는 희미한 불빛에 멀리 도관 입구의 윤곽이 보였다.

다친 발은 물에 잠겨 있었다. 여전히 피가 흘러 물이 갈수록 탁해졌다. 양쪽 귀에서는 아직 웅웅거리는 소리가 들렸다. 아니, 한쪽만일 수도 있겠다. 그쪽 귀에 손을 대자 피딱지가 떨어져나왔다. 문득 고막이 찢어졌을까봐 불안했다.

이곳이 어디인지, 어떻게 빠져나갈 수 있을지 아무 생각도 나지 않았다. 하지만 폭발 때문에 분명 상당한 거리를 날아온데다 지금은 주변에 공간적 여유가 조금이나마 있었다.

주위를 돌아보니 가까운 곳에 하수구 격자 덮개가 헐겁게 덮여 있었다. 손을 대자 녹슨 철근과 나사가 덜커덕거렸다. 조금 당겨놓기만 했는데도 벌써 시원한 공기가 밀려들어왔다. 자유가 코앞에 있었지만 불행하게도 지금은 덮개를 맨손으로 뜯어낼 형편이 못 되었다.

지렛대로 쓸 도구가 없는지 더듬거리다 뒤틀린 쇠막대 하나를 찾아냈다. 그리고 그때 숯덩이가 된 채 얼굴을 바닥에 처박고 쓰러진 스트리고이가 보였다.

다 타버린 뱀파이어의 잔해를 바라보는데 불현듯 공포가 밀려들었다. 혈충. 벌써 숙주를 빠져나온 놈들이 또다른 몸뚱이를 찾아 이 축축한 구멍 안을 돌아다니지는 않았을까? 그렇다면…… 그럼…… 벌써 내 몸속에? 다리의 상처를 통해서? 감염이 되면 뭔가 다른 느낌이 드나?

그때, 뱀파이어의 몸이 움직였다.

씰룩.

아주 조금.

놈은 아직 기능하고 있었다. 살아 있었다. 살아 있다고 표현해도 된다면.

벌레가 기어나오지 않은 건 그 때문이었다.

놈은 잠시 꿈틀거리다 웅덩이에서 일어나 앉았다. 등은 숯덩이였지만 앞쪽은 멀쩡했다. 그 눈이 뭔가 이상하다 싶었는데 순간 놈이 더는 앞을 볼 수 없다는 사실을 알아차렸다. 몸놀림도 어정쩡하기 짝이 없었다. 근육조직은 무사했지만 대부분의 뼈가 탈골되었기 때문이다. 폭발로 턱이 날아가 촉수는 버들가지처럼 축 늘어진 채 천천히 흔들렸다.

그럼에도 놈은 위협적이었다. 눈먼 약탈자가 공격 태세를 취했다. 페트는 노출된 촉수를 보고 잔뜩 몸이 굳어버렸다. 제대로 본 건 처음이었다. 촉수는 목 아래쪽과 입천장 뒤쪽에 붙었는데, 뿌리가 피로 얼룩져 있고 근육 표면에 잔물결이 일었다. 목구멍 안쪽에 괄약근 같은 구멍이 열려 먹을 것을 요구하고 있었다. 전에 저 비슷한 구조를 본 적이 있는데…… 어디였더라?

희미한 빛 속에서 페트는 더듬더듬 네일건을 찾았다. 물소리에 괴물이 고개를 돌렸다. 상황을 파악하려고 애쓰는 듯했다. 페트가 막 포기하려는 순간 네일건이 손에 닿았다. 네일건은 물에 푹 잠겨 있었다. 망할. 되는 일이 하나도 없군.

놈이 그의 위치를 파악했는지 재빨리 덤벼들었다. 페트도 최대한 빨리 움직였으나 뱀파이어는 눈이 안 보이는 대로 주변 도관의 구조와 망가진 수족에 적응하고는, 본능적으로 발 디딜 곳을 찾아 기괴하리만큼 안정된 자세로 움직였다.

페트는 행운을 바라며 네일건을 들어 두 번 방아쇠를 당겼다. 실탄이 하나도 없었다. 의식을 잃기 전 탄창을 모두 비워버린 모양이다. 손에 든 건 기계 껍데기에 불과했다.

놈은 순식간에 달려들어 페트를 넘어뜨리고 내리눌렀다.

페트는 놈의 몸에 깔리고 말았다. 놈이 흔적만 남은 입을 흔들자 촉수가 튕기듯 돌아왔다. 당장이라도 목에 구멍을 뚫을 기세였다.

페트는 반사적으로 시궁쥐를 상대하듯 촉수를 잡고, 있는 힘껏 잡아당겼다. 목구멍에서 완전히 뽑아버릴 참이었다. 놈이 몸을 비틀며 비명을 질렀으나, 탈골된 두 팔로는 페트의 손힘을 당해낼 수 없었다. 촉수는 근육질의 미끄러운 뱀처럼 벗어나려고 몸부림을 쳤으나, 페트도 화가 단단히 나 있었다. 놈이 달아나려 할수록 페트는 더 강하게 잡아당겼다. 절대 놓지 않으리라.

페트의 힘은 엄청났다.

페트는 마지막으로 힘껏 촉수를 잡아당겨 스트리고이를 제압한 뒤

촉수는 물론 샘 조직, 기도까지 모조리 목에서 뽑아내버렸다.

촉수는 뽑힌 후에도 마치 별개의 생물체처럼 손에서 꿈틀거렸다. 숙주는 뒤로 나동그라져 산발적으로 경련을 일으켰다.

퉁퉁한 혈충 하나가 놈의 몸안에서 빠져나와 재빨리 페트의 손 위로 기어오르더니 손목을 지나자마자 살 속으로 파고들기 시작했다. 순식간의 일이었다. 놈은 바로 팔뚝 혈관을 노렸다. 페트는 촉수 덩어리를 던져버리고 팔 속으로 침입하는 기생충을 지켜보았다. 반쯤 파고들었을 때 그는 꿈틀거리는 나머지 반쪽을 잡고 고통과 혐오의 비명을 지르며 힘껏 잡아당겼다. 이번에도 역겨운 기생충을 반사적으로 둘로 끊어버렸다.

그런데, 반쪽으로 잘린 벌레가 바로 눈앞에서, 그의 손안에서 마치 마술을 부리듯 온전한 기생충으로 다시 살아나는 것이 아닌가.

페트는 놈들을 던져버렸다. 뱀파이어의 몸에서 수십 마리의 벌레가 기어나오더니 악취가 진동하는 오수 웅덩이를 지나 그를 향해 미끄러져오고 있었다.

뒤틀린 쇠막대는 어디론가 사라졌다. 페트는 욕설을 내뱉고는 맨손으로 하수구 덮개를 잡아당겼다. 아드레날린이 치솟으며 창살이 뜯겼다. 페트는 속이 빈 네일건을 들고 도관에서 뛰쳐나가 자유를 향해 달렸다.

실버 엔젤

그는 저지시티의 임대아파트에서 혼자 살았다. 저널 광장에서 두 블록 떨어진 곳으로, 그 일대에서 고급 주택지로 바뀌지 않은 몇 안 되는 구역 중 하나였다. 나머지는 모두 여피들이 장악했다. 그자들은 도대체 어디서 온 거지? 어떻게 그렇게 끝도 없이 들이닥치는 거야?

4층의 집으로 가기 위해 계단을 오르는데 오른쪽 무릎이 삐걱거렸다. 오른발을 디딜 때마다 말 그대로 삐걱삐걱 소리가 났다. 통증 부위가 내지르는 비명소리에 몇 번이고 움찔거려야 했다.

그의 이름은 앙헬 구스만 우르타도, 과거에는 큰 인물이었다. 물론 몸집은 지금도 크지만, 예순다섯 살이나 먹은 탓에 아무리 치료를 받아도 무릎은 내내 쑤셨다. 한때 위협적이던 풍모도 지방에 묻힌 지 오래였다. 그를 담당하는 미국인 의사야 BMI*라는 그럴듯한 용어를 쓰지만 멕시코 친구놈들은 간단히 똥배라고 부른다. 단단했던 근육은 축 처지고,

---

* 체질량지수.

반대로 유연했던 부분은 단단하게 굳어버렸다. 큰 덩치? 앙헬은 언제나 큰 존재였다. 인간으로서도, 스타로서도. 적어도 과거에는 그랬다.

멕시코시티에 있을 때 앙헬은 레슬러, 그것도 유명 레슬러였다. 엘 앙헬 데 플라타. 실버 엔젤.

그는 1960년대에 레슬러로서 첫발을 내디뎠다. 출발은 거친 레슬러(이른바 '악당')였던 그는 얼마 되지 않아 트레이드마크인 은 마스크를 쓰고 수많은 팬에게 둘러싸이면서 결국 스타일을 바꿔 기술 중심의 '영웅'으로 거듭났다. 몇 년 동안은 여기저기서 짭짤한 수익을 올리기도 했다. 만화, 포토노벨라(그의 기이하고도 다소 엉뚱한 업적을 소개하는 진부한 화보 잡지), 영화, TV 촬영 등등. 체육관도 두 군데나 열고 멕시코시티 도처에서 임대아파트도 여섯 채나 사들였다. 그는 당당히 슈퍼히어로가 되어갔다. 영화는 서부극, 호러, 공상과학, 첩보물 등 모든 장르를 섭렵했고 하나의 캐릭터로 여러 속편을 만들기도 했다. 하나같이 진부한 장면만 가득하고 스튜디오 음향효과만 요란한 영화들, 그 속에서 상대역이 파충류 괴물이든 소련 첩보원이든 그는 언제나 진지했다. 영화는 항상 '엔젤 키스'로 알려진 트레이드마크 강펀치로 끝났다.

그가 진정한 활약을 보인 건 뱀파이어를 상대할 때였다. 은 마스크의 영웅은 온갖 뱀파이어들과 싸웠다. 남자, 여자, 빼빼, 뚱보…… 심지어 알몸의 뱀파이어까지 있었다. 비록 해외에서만 상영하는 특별판이긴 했지만.

하지만 결국 높이 올라간 만큼 추락했다. 그의 이름을 내건 브랜드 제국이 커질수록 훈련 시간은 줄고, 레슬링은 억지로 견뎌야 하는 성가신 일이 되었다. 아직 출연작이 흥행 리스트에 올라가 있고 인기도 괜찮았을 때는 시합이 일 년에 불과 한두 번뿐이었다. 그의 영화 〈엔젤 대 뱀파이어의 귀환〉(어법에도 맞지 않지만 그의 영화 세계를 완벽하게 보여주는 제목이 아닌가!)은 케이블방송에서나 우려먹는 신세로 전락하고 있었다. 앙헬은 시들어가는 명성 때문에라도, 성공의 발판을 만들어준 망토 차림의 송곳니 괴물들과 스크린 속에서 다시 대결을 벌여야 했다.

어느 맑은 아침, 그는 일단의 젊은 레슬러들과 얼굴을 마주했다. 싸구려 크림과 고무 이빨로 분장한 뱀파이어들이었다. 앙헬은 그들에게 수정된 격투 동작을 몸소 보여주었다. 원래 계획대로라면 촬영은 세 시간 전에 끝났어야 했다. 사실 영화는 이미 안중에 없었다. 그보다는 인터컨티넨탈 호텔로 돌아가 오후의 마티니를 즐기고 싶다는 생각이 더 간절했다.

이번 장면에서 앙헬은 마스크를 벗기려는 뱀파이어에게 손바닥 가격, 즉 트레이드마크인 '엔젤 키스'를 구사해 기적적으로 위기를 모면해야 했다.

그런데 땀을 뻘뻘 흘리는 기술자들과 함께 추루부스코 스튜디오의 갑갑한 무대에서 촬영을 할 때였다. 젊은 뱀파이어 배우 한 명이 영화 데뷔에 흥분했던지 필요 이상의 힘을 가해 중년의 레슬러를 패대기쳤는데, 그러다 자신도 존경해 마지않는 대선배의 다리 위로 자빠지고 말았다. 꼴사납고 비참한 모습이었다.

앙헬의 무릎은 딱 소리와 함께 부러져 거의 완벽하게 L자 모양으로 꺾였다. 레슬러의 고통스러운 비명소리가 찢어진 은 마스크에 막혀 탁하게 들렸다.

그는 몇 시간 뒤 멕시코의 최고급 병원 특실에서 깨어났다. 사방에 꽃들이 즐비하고 거리에서는 쾌유를 비는 팬들의 목소리가 메아리쳤다.

하지만 그의 다리는 산산조각났다. 회복 불능의 수준으로.

의사는 차분한 목소리로 앙헬에게 모든 사실을 설명했다. 그와는 스튜디오 맞은편 컨트리클럽에서 몇 번 만나 농담 따먹기를 하던 사이였다.

그후 몇 년 몇 달 동안 앙헬은 부러진 다리를 고치는 데 재산 대부분을 쏟아부었다. 산산조각난 명예와 기량을 되찾겠다는 바람이었으나, 무릎 위를 이리저리 가로지르는 수많은 상처 탓에 피부만 딱딱하게 굳었을 뿐 뼈는 끈질기게 회복을 거부했다.

결국 한 신문이 그의 실체를 대중에게 폭로했다. 은 마스크가 부여한 익명성과 신비감이 걷히자 보통사람 앙헬은 어찌나 처참하던지 그간의 숭배보다는 동정이 어울리는 존재가 되었다.

이후 일들은 그야말로 일사천리였다. 그간의 사업들이 비틀거리는 사이 직업도 트레이너, 보디가드를 거쳐 나이트클럽 문지기에까지 이르렀다. 이제는 자존심만 남은 늙은 거한에 불과했다. 누구도 그를 두려워하지 않았다. 십오 년 전 한 여자를 따라 뉴욕 시로 건너왔다가 비자 체류 기한을 넘기고 말았다. 임대아파트에서 인생을 마치는 대부분의 사람들처럼, 그 역시 어쩌다 그곳에 흘러들었는지 도무지 이해할 수 없었다. 하지만 임대아파트에서, 그것도 기껏 과거 그의 소유였던 여섯 채의 임대아파트와 아주 비슷한 수준의 공간에서 지낸다는 사실만큼은 분명했다.

하지만 과거를 떠올리는 건 위험하고 고통스러운 일이었다.

저녁 시간이면 그는 바로 옆 건물 1층 탄두리 팰리스에서 접시닦이로 일했다. 몇 시간이고 서 있으려면 무릎 양쪽에 넓은 부목을 대고 박스테이프를 두른 뒤 바지를 내려서 가려야 했다. 식당은 거의 매일 바빴고, 그는 굽타*들에게 쫓겨나지 않기 위해 이따금 변기도 닦고 가게 앞까지 청소했다. 요컨대 카스트제도의 밑바닥까지 추락한 것이다. 가진 것 가운데 가장 가치 있는 것이라면 고작 익명성 정도일 테다. 아무도

---

* 중동 출신을 낮춰 부르는 단어.

과거의 그를 몰라야 했다. 어떤 의미에서는 다시 마스크를 쓴 셈이다.

탄두리 팰리스는 이틀째 문을 닫았다. 그 옆의 식료품점도 마찬가지였다. 결국 굽타들이 소유한 이른바 벵골 상점 두 곳이 다 문을 닫았는데, 들려오는 말소리도 인기척도 없고 물론 전화를 걸어도 받지 않았다. 앙헬은 걱정이 되었다. 솔직히 그들이 아니라 급료 때문이었다. 라디오에서는 격리 얘기를 하는데 그야 보건에는 좋겠지만 장사엔 개떡이다. 굽타들이 도시를 탈출한 건가? 어쩌면 요즘 시끌벅적한 폭동에 당했을지도 모르겠다. 이런 혼란 속에서는 총에 맞았다 한들 어찌 알겠는가.

석 달 전 앙헬은 두 가게의 열쇠를 복사해오는 심부름을 했는데 그때 한 벌을 더 만들었다. 무슨 귀신에 씌어 그랬을까. 아마도 나쁜 마음을 먹어서가 아니라 살면서 깨달은 교훈 때문이었을 것이다. 만사에 대비하라.

오늘밤 그는 안을 살펴볼 생각이었다. 알아야 했다. 땅거미가 지기 직전 앙헬은 굽타의 식료품점으로 내려갔다. 고요한 거리에서 건너편 인도의 개 한 마리가 그를 향해 짖어댔다. 검은색 허스키. 이 근방에선 처음 보는 개였는데 웬일인지 길을 건너오지는 않았다.

가게는 한때 타지마할이라고 불렸다. 그러나 수십 년 동안 벽 위의 그라피티와 광고지를 제거하는 사이 페인트로 그린 로고까지 지워져갔고, 지금은 겨우 인도판 세계 불가사의의* 장밋빛 일러스트만 남아 있었다. 건물은 기이할 정도로 첨탑이 많았다.

지금은 로고가 한층 더 상해 있었다. 누군가 오렌지색 형광 스프레이로 선과 점으로 된 기이한 도안을 그려놓았다. 그린 지 얼마 되지 않았

---

* 타지마할은 세계 7대 불가사의 가운데 하나다.

는지 페인트가 아직 번들거리고 가장자리에서는 조금씩 흘러내리기까지 했다.

기물 파괴범들. 여기 왔다. 하지만 자물쇠는 그대로였고 문도 부서진 데가 없었다.

앙헬은 열쇠를 넣고 돌렸다. 빗장 두 개가 미끄러지며 열렸다. 그는 절룩이며 안으로 들어갔다.

실내는 고요했다. 전력이 끊기고 냉장고도 꺼져 그 안의 고기와 생선은 쓰레기가 되었다. 금속 덧창 사이로 들어오는 하루의 마지막 햇살이 마치 황금빛 안개 같았다. 가게 안쪽은 어두웠다. 앙헬은 망가진 휴대폰 두 개를 미리 챙겨뒀다. 통화는 안 되지만 화면과 배터리는 문제없었다. 대낮에 자기 방의 흰 벽을 촬영한 사진 덕분에 휴대폰을 벨트에 끼우면 화면이 썩 괜찮은 조명이 되었다. 머리에 끈으로 동여매면 정밀한 작업도 가능했다.

가게는 난장판이었다. 엎어진 그릇에서 쏟아진 쌀과 렌틸콩이 바닥에 뒤덮여 있었다. 굽타들이 봤다면 길길이 날뛰었을 일이다.

뭔가 크게 잘못된 게 분명해.

무엇보다 암모니아 악취가 신경쓰였다. 화장실을 닦을 때 쓰던, 맡기만 해도 눈물이 나는 일반 세척제보다 훨씬 역겨운 종류였다. 화학약품처럼 청결하지 않고 더러운, 유기물에서 나는 듯한 냄새. 휴대폰 화면의 불빛이 바닥의 기다란 오렌지빛 흔적 몇 개를 비추었다. 아직 마르지 않아 끈적거리는 흔적들은 모두 지하실 문으로 이어졌다.

식료품점의 지하는 식당으로 연결되고, 더 들어가면 마지막에는 그가 사는 임대아파트 지하가 나왔다.

앙헬은 어깨로 굽타의 사무실 문을 밀었다. 책상 서랍에 낡은 권총이 있음을 알고 있었다. 그는 권총을 찾아냈다. 묵직하고 매끈한 느낌. 과거 영화에서 휘두르던 소품과는 차원이 달랐다. 그는 휴대폰 하나를 벨트에 끼우고 지하실 문으로 돌아왔다.

늙은 레슬러는 아픈 다리로 반질거리는 계단을 내려가기 시작했다. 계단 밑에 문이 하나 있었으나 부서져 있었다. 그것도 안쪽에서부터. 누군가 지하를 통해 가게에 침입했다는 뜻이었다.

지하 저장실 안쪽에서 쓱쓱 소리가 들렸다. 단조롭게 이어지는 소리. 그는 총과 휴대폰을 앞으로 내민 채 안으로 들어갔다.

벽에 그림이 또하나 있었다. 꽃잎 여섯 개 같기도 하고 잉크 얼룩처럼 보이기도 했는데, 중심은 금색이고 꽃잎은 검은색이었다. 페인트는 아직 번들거렸다. 그는 휴대폰 빛으로 그림을 훑어보았다. 꽃이 아니라 벌레일지 모르겠군. 통로를 비집고 나가서는 다음 방으로 들어갔다.

방은 천장이 낮고, 일정한 간격을 두고 나무 기둥이 박혀 지지대 역할을 하고 있었다. 구조는 앙헬도 잘 알았다. 통로 하나는 좁은 계단으로 이어져 바깥의 인도와 통했다. 그곳으로 일주일에 세 번 채소가 들어왔다. 다른 통로는 그의 아파트 건물과 연결되었다. 아파트 쪽으로 가려는데 발끝에 뭔가가 걸렸다.

그는 휴대폰 불빛으로 바닥을 비춰보았다. 처음엔 이해가 되지 않았다. 사람이었다. 그것도 잠을 자는. 그리고 또 한 명. 의자 더미 근처에도 둘.

잠든 게 아니었다. 코 고는 소리도, 깊은 숨소리도 없지 않은가. 그렇다고 죽은 것도 아니었다. 죽음의 냄새가 나지 않았다.

바로 그 순간, 바깥의 이스트코스트 하늘에 남아 있던 직사광선이 사라졌다. 밤이 도시를 덮친 것이다. 그러자 새로 변한 뱀파이어들, 이제 막 새 밤을 맞이한 그들이 말 그대로 일몰과 일출의 우주적 칙령에 응답했다.

나무토막처럼 널브러져 있던 뱀파이어들이 움직이기 시작했다. 그는 자신도 모르는 사이 언데드의 거대한 보금자리에 들어서고 만 것이다. 이 어두운 지하실 바닥에서 떼로 일어서는 저 괴물들이 그가 되고 싶거나 함께 지내고 싶은 존재는 아니라는 사실을 확인하기 위해 일일이 얼굴을 확인해볼 필요조차 없었다.

그는 집에 돌아갈 생각으로 벽 사이로 난 좁은 공간 쪽으로 움직였다. 이제껏 양끝의 입구만 보았을 뿐 한 번도 실제로 이용해본 적이 없는 통로였다. 하지만 또다른 그림자들이 일어나 그를 가로막았다.

비명을 지르지도, 경고를 하지도 않고 총부터 발사했다. 폐쇄된 공간에서 빛과 소리가 얼마나 강할지 따질 겨를이 없었다.

목표물들도 무방비 상태이기는 마찬가지였다. 그들은 몸을 꿰뚫은 납탄보다 총소리와 밝은 섬광에 더 놀란 듯 보였다. 세 발을 더 쏘았으나 효과는 같았다. 그는 뒤에서 기척을 느끼고 그쪽으로 두 발을 쏘았다.

탄창이 비고 방아쇠 소리만 찰칵거렸다.

그는 총을 집어던졌다. 이제 선택은 하나뿐이었다. 낡은 문. 이제껏 한 번도 열어본 적 없는 문이다. 문고리도 손잡이도 없이 돌벽으로 둘러싸인 압축 목재의 문틀에 꽉 끼어 있어서 열 수가 없던 것이다.

앙헬은 그 문짝을 그저 소품이라고, 발사balsa 나무로 만든 탈출구라고 생각했다. 그래야 했다. 그는 휴대폰을 단단히 쥐고 자세를 낮춘 후 전력으로 돌진했다.

낡은 나무문이 문틀에서 떨어져나갔다. 먼지와 흙이 튀고 자물쇠가 부서지며 활짝 열렸다. 앙헬은 말을 듣지 않는 다리를 끌고 달아나다 하마터면 문 너머의 펑크족들과 부딪칠 뻔했다.

건달들도 앙헬의 몸집에 깜짝 놀라 총과 은검을 들어 그를 처치하려 했다.

"오, 마드레 산티시마!" 앙헬이 외쳤다. 아, 거룩한 성모여!

거스가 무리의 선두에서 뱀파이어를 베려다가 그 말을 들었다. 스페인어였다. 거스가 움찔하자 뱀파이어 사냥팀으로 변한 사파이어 단원들도 무기를 내렸다.

"메 예바 라 칭가다…… 케 아세스 투 아카, 무차촌?" 거스가 물었다. 도대체 여기서 뭐하는 거요, 덩치 아저씨?

앙헬은 아무 말도 하지 않았다. 다만 돌아서서 등뒤를 가리키며 인상을 잔뜩 일그러뜨릴 뿐이었다.

"뱀파이어군. 우리가 온 게 그 때문이지." 거스가 바로 알아채고 말했다. 그는 거한을 살펴보았다. 어딘가 귀티가 나는데다 무척 낯이 익었다.

"테 코노스코?" 거스가 물었다. 혹시 내가 아는 사람이요? 레슬러는 아무 말 없이 재빨리 어깨만 으쓱했다.

알폰소 크림이 문 안으로 돌진했다. 혈충으로부터 손을 보호하기 위해 자루를 둥근 컵처럼 만든 두꺼운 은검으로 무장한 채였다. 왼손에는 보호 장구 없이 큐빅으로 'C-R-E-E-M'이라고 새긴 은 너클링*을 끼고 있었다.

그는 미친듯이 은검과 주먹을 휘두르며 뱀파이어들을 추적했다. 거스도 한 손에는 UV램프를, 다른 손에는 은검을 들고 곧바로 뒤쫓았다. 다른 사파이어 멤버들도 바짝 따라붙었다.

절대 지하에서 싸우지 말 것. 패싸움이든 전쟁이든 철칙과도 같은 얘기지만 뱀파이어 사냥에서는 어쩔 수 없는 노릇이다. 몰살을 확신할 수 있다면 거스는 건물 전체를 폭탄으로 날려버리고 싶었다. 하지만 이 뱀

---

* 여러 손가락에 끼우도록 구멍이 여러 개인 반지.

파이어들은 늘 빠져나갈 탈출구를 확보하는 모양이었다.

뱀파이어는 예상보다 많았다. 놈들은 상한 우유처럼 끈적거리는 흰 피를 쏟아냈다. 사냥꾼들은 닥치는 대로 베며 길을 열어나갔고, 일을 마친 뒤 여전히 부서진 문 너머에 서 있는 앙헬에게 돌아왔다.

앙헬은 반쯤 넋이 나가 있었다. 크림에게 희생된 자들 중에는 굽타들도 있었지만 그 언데드들의 얼굴도, 울부짖음도, 콜롬비아인이 그들의 목을 벨 때 흘러내린 흰 피도 뭐가 뭔지 알 수 없었다.

그가 영화에서 두들겨패던 뱀파이어들이 정말 존재한다니! "케 칭가도스 파사?" 이게 다 무슨 일이지?

"세상의 종말이지. 아저씨는 누구요?" 거스가 물었다.

"난…… 아무도 아니야. 여기서 일했지. 그리고 저기서 살았고." 앙헬이 정신을 차리고 한쪽을 가리키며 대답했다.

"아저씨 살던 건물 전체가 감염된 거요."

"감염? 그럼 저것들이 정말로……"

"뱀파이어냐고? 두말하면 잔소리지."

앙헬은 현기증을 느꼈다. 혼란스러웠다. 어떻게 이런 일이. 온갖 감정이 소용돌이치며 그를 휘감았다. 그리고 그중 오래전 그를 떠났던 감정 하나를 끄집어낼 수 있었다.

흥분.

크림이 은으로 무장한 손을 쥐었다 폈다 했다. "가자. 사방에서 저 씹새끼들이 막 깨어나고 있어. 더 죽여야 직성이 풀리겠다."

"아저씨는 어쩔 거요? 여긴 더 할 일이 없을 텐데." 거스가 동향인을 돌아보며 물었다.

"저 무릎으로 뭘 어쩌긴 어째? 거치적거리기만 하지. 괜히 그 영감 끌고 다니다가는 촉수 먹이 되기 십상이야." 크림이 말했다.

거스는 사파이어의 무기 가방에서 작은 검을 꺼내 앙헬에게 건넸다. "여긴 이 아저씨 구역이야. 밥값을 하는지 보자고."

뱀파이어에게만 들리는 경보라도 울렸는지, 앙헬의 건물에 살던 놈들은 싸울 태세가 되어 있었다. 언데드들은 사방의 출입문에서 기어나와 장애물과 계단을 가볍게 통과했다.

계단에서 싸우는 동안 앙헬은 옆집 할머니도 보았다. 일흔세 살의 노파는 보행기를 끌고 다녔건만 지금은 난간을 도약대 삼아 계단통을 획획 날아다녔다. 다른 자들의 몸놀림도 원숭이만큼이나 민첩했다.

영화를 찍을 때 적들은 쉽게 눈에 띄도록 몸에 빛나는 도료를 바르는데다 천천히 접근해 주인공이 준비할 수 있도록 도와주었다. 앙헬은 '밥값'을 제대로 하지는 못했지만 무지막지한 위력은 충분히 도움이 되었다. 움직임에 제약이 있기는 해도 근접전에서는 레슬링 기술도 쓸 만했다. 앙헬은 다시 액션 영웅으로 돌아온 기분이 들었다.

악령이 다 그렇듯 언데드는 끝없이 밀려들었다. 주변 건물에 소집령이 떨어지기라도 한 듯 창백한 얼굴에 미끌미끌한 혀를 단 괴물들이 아래층에서 파도처럼 끝도 없이 꾸역꾸역 기어올라와 아파트 벽을 금세 허옇게 물들였다. 사냥꾼들은 소방수가 불을 상대하듯 순간적으로 타오르는 불꽃들을 진압한 후 주요 지점을 공략해가며 놈들과 싸웠다. 돌처럼 냉혹한 살상팀이었다. 앙헬은 이번 공격이 팀을 구성한 후 최초로 벌인 야간 공습이라는 사실을 나중에 전해 듣고 크게 감탄했다. 촉수에 동료 둘을 잃었지만 일이 끝난 후에도 그들은 여전히 성이 차지 않는다는 표정이었으니 말이다.

이에 비하면 대낮의 사냥은 누워서 떡 먹기라고 했다.

한바탕 정리를 한 뒤, 무리 중 하나가 대마초 상자를 찾아내 다들 불을 붙였다. 앙헬은 몇 년간 손대지 않았지만, 그 맛과 향이 언데드의 악취를 가려주었다. 거스는 흩어지는 연기를 보며 죽은 동료들을 위해 묵념을 제안했다.

"맨해튼에 전당포를 하는 영감이 하나 있다. 나한테 이 뱀파이어들에 대해 처음 알려준 게 그 영감이야. 내 영혼을 구해준 셈이지." 거스가 말했다.

크림이 말했다. "허튼 생각 하지 마. 여기도 사냥감이 천지인데, 강을 건널 이유는 없지."

"일단 영감을 만나봐. 그럼 이유를 알게 될 테니까."

"아직 거기 있는지도 모르잖아."

"그러기를 바라야지. 해가 뜨자마자 우린 다리를 건넌다."

앙헬은 잠시 시간을 내 마지막으로 자기 집에 들렀다. 무릎이 시큰거렸다. 주변을 둘러보니 구석에 세탁하지 않은 옷가지들이 쌓여 있고 싱크대에는 더러운 그릇이 가득했다. 지저분하기 짝이 없었다. 자신의 생활수준에 만족해본 적은 없지만 불현듯 모든 게 수치스러웠다. 어쩌면 지금껏 뭔가 더 나은 운명을, 상상도 못 했던 운명을 기다리고 있었는지도 모르겠다. 그리고 비로소 때가 찾아왔다.

그는 무릎보호대를 비롯해 여벌의 옷을 쇼핑백에 챙겨넣고, 마지막으로 은 마스크를 움켜쥐었다. 사실 부끄러운 일이기는 했다. 마스크를 챙긴다는 건, 그가 가장 소중히 여기는 재산임을 인정하는 꼴이기 때문이었다. 과거를 향한 부질없는 미련.

그는 마스크를 접어 심장 옆 재킷 주머니에 집어넣었다. 뿌듯했다. 수십 년 만에 처음 느껴보는 기분이었다.

플래틀랜즈

에프는 바실리의 상처를 치료했다. 특히 벌레가 팔뚝에 뚫어놓은 구멍을 소독해야 했다. 부상이 심하기는 했지만 오른쪽 귀의 청력 손상과 이명증을 제외하면 다행히 치명상은 없었다. 다리에 박힌 금속 파편도 뽑아냈다. 방역관은 심하게 절뚝거리면서도 불평 한마디 없이, 용케 잘 참아냈다. 에프는 그 점이 부러웠다. 그의 옆에 있으면 아이비리그의 마마보이라도 된 기분이었다. 그 많은 교육과 학문적 성취에도 불구하고 페트에 비하면 하등 쓸모가 없으니.

하지만 이제 달라질 것이다.

방역관은 독약을 보관하는 벽장을 열어 세트라키안에게 다양한 종류의 미끼와 덫, 할로탄* 병과 청색의 유독성 가루를 보여주었다. 그의 설명에 따르면, 생리학적으로 쥐는 구토를 할 수 없다. 구토의 주기능이 몸에서 독성 물질을 배출하는 것이므로 쥐는 당연히 중독을 일으키기

---

* 흡입식 마취제의 일종.

쉬웠다. 이 약점을 보완하기 위해 여러 특성이 발달했는데, 그중 하나는 흙이나 콘크리트처럼 식량이 아닌 물질을 포함해 뭐든 닥치는 대로 먹는 것이다. 그럼으로써 체내의 독성 물질은 희석된 채로 존재하다가 노폐물로 배출된다. 또하나는 지능이었다. 놈들은 복잡한 먹이 회피 전략을 이용해 생존 능력을 키웠다.

"그 괴물 목을 뜯어냈을 때 재밌는 걸 알아냈는데, 뭔지 아십니까?" 페트가 물었다.

"응?" 세트라키안이 되물었다.

"기관의 모양으로 보건대 놈들도 구토를 못 한다는 겁니다."

세트라키안이 그 말을 곱씹어보다가 고개를 끄덕였다. "자네 말이 맞을 거야. 그런데 쥐약에 어떤 화학 성분이 들어가는지 알 수 있겠나?"

"경우에 따라 다릅니다. 이것들은 황산탈륨을 씁니다. 간, 뇌, 근육을 공격하는 중금속염이자 무향, 무색의 독극물이죠. 여기 이건 일반적인 포유류용 혈액 희석제를 사용합니다." 페트가 말했다.

"포유류? 뭐야, 그럼 쿠마딘* 비슷한 건가?"

"아뇨, 그 비슷한 게 아니라 정확히 그겁니다."

세트라키안이 병을 보았다. "그러니까 몇 년 동안 내가 쥐약을 먹고 살았다는 얘기로군그래."

"옙. 그런 사람이 수백만 명은 되죠."

"그런데 효과가 어떻다고?"

"교수님이 약을 과용하면 나타나는 바로 그 증상이죠. 항응고제는 내출혈을 일으키잖아요. 쥐가 피를 흘리는 겁니다. 별로 보기 좋은 모습은 아니죠."

---

* 혈액의 응고작용을 지연시키는 혈전용해제로 심장질환에 이용된다.

세트라키안은 병을 들어 라벨을 살피다가 선반 안쪽에서 뭔가를 발견했다. "놀라게 할 생각은 없네만, 바실리, 혹시 저거 쥐똥 아닌가?"

페트가 벽장 안으로 밀고 들어가 자세히 들여다보았다. "이런, 망할, 어떻게 이런 일이!"

"어쩌다 한 마리 들어왔겠지." 세트라키안이 말했다.

"한 마리, 두 마리 문제가 아닙니다. 여긴 포트녹스*여야 해요. 뱀파이어들이 은광을 터는 것과 마찬가지란 말입니다!" 페트는 좀더 살피기 위해 병 몇 개를 넘어뜨렸다.

페트가 강박적으로 벽장 안쪽을 뒤지는 동안, 세트라키안은 병 하나를 코트 주머니에 슬그머니 챙겨넣었다.

에프는 자리를 뜨는 세트라키안을 따라가 붙잡았다. "그걸로 뭘 하시게요?"

세트라키안은 도둑질을 하다 들켰지만 전혀 거리낄 게 없다는 눈치였다. 노인의 두 볼은 푹 꺼진데다 피부는 창백한 잿빛이었다. "본질적으로 항응고제지 않나. 약국이 모조리 약탈당한 판에 이대로 죽을 생각은 없네."

에프는 거짓말 뒤에 숨은 진실을 캐내기 위해 노인을 노려보았다.

세트라키안이 물었다. "노라와 잭은 버몬트로 떠날 준비가 끝난 건가?"

"거의 다요. 하지만 버몬트는 아닙니다. 노라가 좋은 지적을 했죠. 부모님이 사는 곳이라 켈리가 그곳에도 끌릴 수 있다는 겁니다. 노라가 아는 걸스카우트 캠프가 있어요. 필라델피아에서 자랐거든요. 호수 중

---

* 미 연방 금괴 보관소가 있는 켄터키주 북부의 군용지로, 흔히 철옹성을 의미하는 용어로 쓰인다.

앙의 작은 섬에 오두막 세 채가 있다더군요. 지금은 마침 한산할 때고."

"잘됐군. 물이 안전하게 지켜줄 테니. 언제 역으로 출발할 생각인가?" 세트라키안이 물었다.

"곧 떠납니다. 아직 시간은 있어요." 에프가 손목시계를 확인했다.

"차를 타도 될 거야. 자네도 우리가 태풍의 눈에서 벗어났다는 사실을 알겠지? 이 동네는 지하철역이 먼데, 확산 속도를 높일 만한 아파트 건물이 상대적으로 적어서 아직 완전히 먹히진 않았네. 그다지 나쁜 곳은 아니야."

에프가 고개를 저었다. "이 역병에서 달아나려면 기차가 제일 빠르고 확실합니다."

"페트한테서 전당포를 찾아왔던 비번 경찰들 얘기를 들었네. 가족들을 안전하게 도시에서 빼낸 다음 자경단을 꾸렸다더군. 자네도 그 비슷한 생각을 하는 거 아닌가?" 세트라키안이 물었다.

에프는 기가 막혔다. 노인이 계획을 눈치챈 걸까? 물어보려는 찰나에 노라가 뚜껑이 없는 상자를 들고 들어왔다. "이건 어디 쓰는 거죠? 암실을 만드시게요?" 그녀가 너구리 우리 옆에 상자를 내려놓으며 물었다. 안에는 화학약품과 트레이 몇 개가 들어 있었다.

세트라키안이 그녀를 돌아보았다. "은 감광유제 몇 종류로 혈충에 실험을 좀 해보려고 그러네. 은 안개를 발생시켜서 생각대로 조정할 수만 있다면 놈들을 대량으로 없애는 데 아주 효과적인 무기가 될 것 같아."

"하지만 어떻게 실험하죠? 혈충을 어떻게 구하시게요?" 노라가 다시 물었다.

세트라키안이 스티로폼 쿨러의 뚜껑을 열자 뱀파이어의 심장이 들어 있는 유리 용기가 보였다. 심장은 느리게 뛰고 있었다. "이 안의 벌레들을 자를 생각이네."

"위험하지 않을까요?" 에프가 물었다.

"실수만 안 하면 돼. 전에도 기생충을 분리한 적이 있어. 조각들이 모두 완벽한 벌레로 다시 살아나더군."

"예, 저도 봤습니다." 페트가 동의했다. 독약이 든 벽장 쪽에 있다 막 돌아온 터였다.

노라는 용기를 들어 노인이 자신의 피로 삼십여 년을 키워온 심장을 들여다보았다. "와, 그러고 보니 어떤 상징 같지 않아요?"

세트라키안이 관심 어린 시선으로 그녀를 보았다. "무슨 뜻인가?"

"유리 속에 갇힌 병든 심장이잖아요. 마치 우리가 몰락한 궁극적인 원인을 보여주는 것 같아서요. 잘은 모르겠지만."

"그게 뭔데?" 에프가 물었다.

노라는 슬픔과 동정이 한데 얽힌 표정으로 그를 보았다. "사랑이요." 그녀가 말했다.

"아." 세트라키안이 그녀의 통찰력에 짧게 감탄했다.

"사랑하던 존재에게 돌아가는 언데드. 뱀파이어의 흡혈 욕구로 변질된 인간의 사랑." 노라가 말했다.

"이 역병의 가장 교활한 측면이겠지. 자네들이 켈리를 파괴해야만 하는 이유도 거기 있고." 세트라키안이 말했다.

노라가 재빨리 동의했다. "마스터의 손아귀에서 그녀를 해방해야 해요. 잭도 해방하고, 우리도 모두 해방되는 거죠."

에프는 충격을 받았으나 그녀의 말이 옳다는 것은 너무나 잘 알았다. "알아." 그가 대답했다.

세트라키안이 말했다. "아는 것만으론 부족해. 자네한테 인간 본성에 반하는 행위를 하라고 주문하는 거니까. 그리고 사랑하는 사람을 해방하는 과정에서…… 변한다는 말의 의미를 진정으로 알게 될 걸세. 자신의 본질을 완전히 부정한다는 의미가 뭔지. 그런 행위는 한 사람을 영원히 바꿔버리지."

세트라키안의 말이 전하는 중압감에 다들 아무 말도 하지 못했다. 그때 잭이 밴에서 돌아와 모두 모여 이야기중인 것을 보았다. 에프가 찾아준 포켓용 게임이 지루해졌거나 아니면 결국 배터리가 다 된 모양이다. "무슨 일이에요?"

세트라키안이 상자 하나를 골라 앉아 다리를 쉬며 말했다. "아무것도 아니다, 얘야. 그냥 전략회의야. 바실리와 내가 맨해튼에서 볼일이 있는데, 아빠만 괜찮다면 널 다리 건너로 데려갈 생각이다."

"볼일이라뇨?" 에프가 물었다.

"소더비. 다음 경매를 위한 시연회가 있어."

"그 물건이 시연회에 나오진 않을 텐데요?"

"그럴 리야 없겠지. 어쨌든 시도는 해볼 참이네. 나한테는 마지막 기회야. 최소한 바실리가 그쪽 보안체계를 관찰할 기회는 되겠지."

"우리도 기차 타지 말고 제임스 본드 보안 놀이 하면 안 될까?" 잭이 아빠를 보며 애원했다.

"당연히 안 된다, 꼬마 닌자. 넌 떠나야 해." 에프가 잘라 말했다.

"하지만 그후엔 어떻게 연락하죠? 놈들이 자치구의 기지국을 모조리 파괴하는 바람에 지금은 이것도 카메라 신세예요." 노라가 자기 휴대폰을 꺼내 보였다.

"상황이 악화되면 언제든 이곳으로 돌아오기로 하자고. 자네 어머니께는 유선으로 연락하면 될 거야. 지금 간다고 전하게나." 세트라키안이 말했다.

노라는 전화를 걸러 가고, 페트도 밴의 시동을 걸겠다며 밖으로 나갔다. 이제 에프와 잭뿐이었다. 에프는 노인을 마주보고 아들의 어깨를 감쌌다.

세트라키안이 말했다. "잭, 전에 얘기해준 수용소에서 말이다, 어찌나 상황이 살벌했는지 바위나 망치, 아니면 삽 따위로 간수 한두 명을 죽일까 했단다. 그런 마음이 수도 없이 들었어. 물론 그랬다간 나도 죽었겠지. 하지만 선택의 순간 타오르는 격정 속에서 난 분명 뭔가를 이룰 수 있었을 거야. 최소한 내 삶, 내 죽음은 의미가 있었겠지."

세트라키안은 에프를 외면한 채 잭만 보았지만, 에프는 그것이 자신에게 하는 얘기라는 것을 알았다.

"그땐 그렇게 생각했단다. 그리고 행동에 옮기지 못하는 자신을 매일매일 경멸했지. 그런 식의 비인간적인 억압 앞에서는 우유부단한 순간마다 스스로가 겁쟁이처럼 느껴진단다. 살아 있다는 게 치욕스럽지. 하지만…… 늙은 지금은 다른 생각이 드는구나. 이따금 가장 어려운 결정은 누군가를 위해 자신을 희생하는 게 아니라, 그들을 위해, 또 그들 때문에 살기로 하는 거야."

그는 마침내 에프를 바라보았다.

"부디 내 말을 명심하도록."

블랙 포레스트 솔루션스 공장

업스테이트 뉴욕 블랙 포레스트 솔루션스 정육 공장의 차양 덮인 입구 앞, 주문 제작한 밴 한 대가 차량 두 대의 호위를 받으며 멈춰 섰다.

선두와 후미의 SUV에서 각각 수행원이 나와 커다란 검은색 우산을 펼쳤다. 이윽고 밴의 뒷문이 열리며 자동 경사로가 진입로에 내려왔다.

그리고 휠체어 한 대가 내려오자, 수행원들이 재빨리 우산을 받치고 황급히 안으로 밀고 들어갔다.

수행원들은 휠체어가 축사들 사이의 창문 없는 공간에 다다르고 나서야 우산을 거두었다. 휠체어의 주인은 태양을 싫어하는 인물로 부르카*를 두른 듯한 차림새였다.

엘드리치 파머는 안쪽에서 입구를 바라보다가 휠체어의 주인에게 인사도 하지 않고 그가 옷을 벗고 정체를 드러내기만 기다렸다. 원래 저역겨운 제3제국** 출신의 심부름꾼이 아니라 마스터와 만나기로 했지

---

* 눈만 내놓고 온몸을 가리는 이슬람 여성의 장옷.

만, 어둠의 존재는 어디에도 보이지 않았다. 그러고 보니 마스터가 세트라키안과 충돌한 후로는 목소리조차 듣지 못했다.

파머의 입가에 살짝 불경스러운 미소가 번졌다. 굴욕을 맛본 교수가 마스터에게 굴욕을 준 게 만족스러워서? 아니, 그렇지는 않았다. 아브라함 세트라키안 같은 퇴물에게 나눠줄 애정 따위는 없었다. 사실 마스터가 수치심을 맛보든 말든 대기업의 총수이자 최고경영자인 파머에게는 별 상관이 없었다.

하지만 곧바로 그는 자신을 책망했다. 어둠의 존재 앞에서라면 그런 생각은 절대 금물이었다.

나치가 한 꺼풀씩 옷을 벗기 시작했다. 토마스 아이히호르스트. 트레블린카 절멸 수용소를 총괄하던 나치. 그가 휠체어에서 일어나자 햇빛을 막아주는 검은 덮개들이 허물처럼 발밑에 쌓였다. 수십 년의 염산 같은 세월에 날이 무뎌지긴 했지만 얼굴에는 수용소장의 오만함이 그대로 남아 있었다. 살갗은 상아로 만든 가면만큼 매끈했다. 파머가 만난 여타 뱀파이어와 달리 아이히호르스트는 정장과 타이를 고집해 신사의 외양을 유지했다.

아이히호르스트를 향한 파머의 혐오감은 그가 저지른 반인륜적인 범죄와 아무 상관이 없었다. 파머 자신이 중심에 서서 인종 대학살을 감독하지 않았던가. 그보다는 질투 때문이었다. 나치 소장이 불사의 축복을 누리는 것이 분했다. 마스터의 위대한 선물…… 그가 너무도 갈망하는 축복.

파머는 마스터와 처음 만났을 때를 떠올렸다. 아이히호르스트가 주선한 모임에서였다. 삼십 년간의 조사와 연구 끝에, 신화와 전설이 역

** 히틀러가 권력을 장악한 시기의 독일.

사적 사실과 만나는 지점들을 끊임없이 파헤친 끝에 이뤄낸 일이었다. 파머는 고대 존재들을 추적하고 속임수까지 써서 소개장을 얻어냈으나, 그들은 자신을 불사의 종족에 넣어달라는 파머의 요구를 단칼에 거절했다. 그보다 훨씬 가치가 낮은 자들도 받아들였으면서. 오랜 세월의 갈망과 기대감 때문에라도 엘드리치 파머로서는 도저히 묵과할 수 없는 치욕이었다. 이런 식으로 숨을 거두어 이번 생에서 이룩한 위업을 모두 포기하라고? 재는 재로, 먼지는 먼지로? 그야말로 하찮은 미물들에게나 던져줄 개소리다. 파머에게는 해당사항이 없다. 그는 불사가 필요했다. 육신의 변질은 사소한 대가에 불과했다. 아니, 사실 이놈의 육신이 뭘 해주었단 말인가.

그래서 그는 다시 십 년을 조사했다. 이번에는 이단아, 즉 그 위력이 다른 여섯 고대 존재 못지않다는 일곱째를 찾기 위해서였다. 결국 그가 찾아낸 겁쟁이 아이히호르스트의 주선으로 두 거물은 만나게 되었다.

회담은 우크라이나의 체르노빌 원자력발전소 인근의 봉쇄 지구* 내에서 이루어졌다. 1986년 원자로 재앙 이후 십 년이 조금 더 지난 때였다. 그곳에 들어가기 위해 그는 언제나 대동하는 차량들, 즉 전용 앰뷸런스와 경호팀도 포기해야 했다. 차가 움직이면 세슘-137**이 포함된 방사성낙진이 일어날 수도 있기 때문이었다. 그러니 그 누가 움직이는 차 뒤를 따르고 싶어하겠는가. 그리하여 파머의 보디가드이자 간호사인 피츠윌리엄만이 그와 동행해 최대 속도로 차를 몰았다.

회담 시간은 물론 해가 진 후였다. 장소는 공장 주변의 이른바 죽음의 마을, 그러니까 지상에서 가장 황폐한 10제곱킬로미터의 지대 안에

---

* 체르노빌 원전사고 이후 봉쇄된 발전소 주변 반경 30킬로미터 이내의 지역.
** 세슘의 동위원소 중 하나. 체내에 들어가면 암 등 각종 질병의 원인이 된다.

군데군데 자리한 텅 빈 도시 가운데 한 곳이었다.

가장 규모가 큰 프리피야트가 건설된 것은 1970년, 공장 노동자들의 거처를 마련하기 위해서였다. 그후 인구가 점점 늘어나 방사능 노출사고 직전에는 오만 명에 달했으나, 사고 발생 사흘 후 도시 전체가 텅 비었다. 시내 공터에는 이동식 유원지가 설치되어 1986년 5월 1일 문을 열 예정이었는데, 그날은 참사가 일어난 지 닷새 후이자 도시가 완전히 비어버린 지 이틀 후였다.

파머는 한 번도 작동해보지 못한 대관람차 발치에서 마스터를 만났다. 관람차는 정지된 대형 시계처럼 멈춰 있었다. 그리고 그곳에서 거래가 이루어지고 십 년 계획이 착수되었다. 대륙 횡단의 시기는 지구가 엄폐될 때로 결정되었다.

그 보답으로 마스터는 파머에게 불사는 물론 자신의 오른팔 자리까지 약속했다. 파멸의 시대에 파머는 심부름꾼이 아니라 당당한 파트너가 되는 것이었다. 약속한 대로 머지않아 마스터가 인간 종족을 해방할 때까지.

회합이 끝나기 전 마스터는 파머의 팔을 잡고 대관람차 옆면을 달려 꼭대기까지 올라갔다. 파머는 잔뜩 겁에 질린 채 체르노빌을 내려다보았다. 멀리 원자로 4호기가 보였다. 백 톤의 불안정한 우라늄이 밀폐된 납과 철근의 관 위에서 붉은 경고등이 끊임없이 깜박거렸다.

그리고 드디어 십 년의 세월이 흘렀다. 그날 밤 병든 대륙에서 마스터에게 서약한 내용은 거의 다 지켰다. 역병은 빠르게 퍼져 미국 전역은 물론 전 세계로 번져나갔다. 그런데도 여전히 이 뱀파이어 관료의 무례를 참아내야 하는 신세라니.

축사를 짓고 최대한 효율적으로 도살장을 운영하는 일은 아이히호르스트가 전문이었다. 파머는 나라 곳곳의 정육 공장 수십여 곳을 '재건'

하는 데 자금을 쏟아부었다. 공장은 모두 아이히호르스트의 구체적인 지침에 따라 개조되었다.

_모든 것이 순조로운 것 같군.

"물론이오. 내가 알고 싶은 건, 마스터께서 거래를 마무리하실 시점이오." 파머가 상대에 대한 혐오감을 간신히 감추며 말했다.

_때가 되면. 때가 되면 모두 해결된다.

"내겐 지금이 바로 그때요. 당신도 내 건강 상태를 알잖소. 지금까지 모든 약속을 지켰고 기한도 엄수했소. 성심을 다해 마스터를 모셨다는 것도 알잖소. 이제 시간이 없소. 약속을 지켜야 할 때란 말이오." 파머가 말했다.

_주인께서는 모든 걸 보시고 아무것도 잊지 않으신다.

"당신은 물론 마스터도 그렇게 아끼던 죄수 세트라키안과의 악연이 끝나지 않았다는 것만 알아두시오."

_그가 저항할 수 있는 시간도 얼마 남지 않았다.

"물론, 그렇겠지. 하지만 그자의 작전과 고집이 당신 자신을 포함한 몇몇 인물에게 위협이 되고 있소. 나도 그렇고."

아이히호르스트는 그 말에 동의하는 듯 한동안 말이 없었다.

_마스터께서 조만간 유대인놈과의 일을 마무리하신다. 그건 그렇고, 난 한동안 굶주렸다. 내게 신선한 식사를 약속하지 않았나.

파머는 역겨움을 겨우 억눌렀다. 인간으로서 느끼는 혐오감은 머지않아 허기로, 욕구로 바뀔 것이고 철없던 어린 시절을 회상하는 어른처럼 지금 이곳에서의 순진한 감정을 비웃게 되리라. "준비해뒀소."

아이히호르스트는 대형 축사 안으로 물러나 있던 수행원 하나에게 손짓했다. 파머는 훌쩍거리는 소리를 들으며 시간을 확인했다. 이번이 마지막이면 좋으련만.

수행원은 농부가 새끼 돼지를 들어올리듯 목덜미를 잡고 먹이를 데려왔다. 기껏해야 열한 살 정도밖에 안 된 아이였다. 눈이 가려진 채 바들바들 떠는 아이는 허공에서 버둥거리고 발길질을 하며 눈을 가린 천 밑으로 바깥을 내다보려고 애썼다.

아이히호르스트가 먹이 냄새가 나는 곳으로 고개를 돌리더니 흡족한 듯 턱을 가볍게 두드렸다.

파머는 나치를 지켜보며 몸이 변하는 고통이 가시면 어떤 기분일까 생각해보았다. 인간을 먹는 존재로 살아간다는 건 어떤 의미일까?

그는 돌아서서 피츠윌리엄에게 차의 시동을 걸라고 지시했다. "난 가볼 테니 맘 편히 즐기시구려." 그는 뱀파이어와 그의 먹이를 남겨두고 자리를 떴다.

국제우주정거장

355킬로미터 상공. 밤낮의 구분이 의미 없는 곳이다. 한 시간 반마다 한 바퀴씩 지구 주위를 돌다보면 한 사람이 경험할 수 있는 모든 일출과 일몰을 보게 된다.

우주인 세일리어 찰스는 벽에 부착한 침낭에서 가볍게 코를 골고 있었다. 미국인 항공 엔지니어가 지구 저궤도에서 맞는 466번째 날이 시작하고 있었다. 세일리어를 지구로 돌려보내줄 우주왕복선이 도킹할 때까지는 이제 엿새밖에 남지 않았다.

그들의 취침 스케줄은 지상의 우주 비행 관제센터에서 정했는데, 오늘은 '일찍' 일어나는 날이었다. 국제우주정거장, 즉 ISS에서 인데버 호와 거기에 실려올 다음 탐사설비 모듈을 받을 준비를 해두어야 하기 때문이다. 그녀는 누군가 자신을 부르는 소리를 듣고서 비몽사몽간의 달콤한 순간을 만끽했다. 꿈속에서도 허공에 떠 있는 듯한 감각은 중력 제로 지대에서 일상이었다. 지구에 돌아간 뒤 머리가 베개에 어떻게 반응할지 상상이 되지 않았다. 다시 한번 지구의 자비로운 독재자, 중력의 지배를 받는 기분은 또 어떨까?

그녀는 수면안대와 목베개를 벗어 침낭에 넣고 고정 벨트를 풀고서 밖으로 빠져나왔다. 그러고는 고무줄을 풀어 길고 검은 머리를 흔들어 손가락으로 빗질을 하고, 반쯤 공중제비를 돌아 다시 머리카락을 모은 다음 고무줄로 두 번 돌려 묶었다.

휴스턴의 존슨 우주 비행 관제센터의 지시에 그녀는 유니티 모듈*의 랩톱컴퓨터 쪽으로 갔다. 화상회의를 하기 위해서였다. 이례적이긴 해도 그 자체로 긴장할 이유는 없었다. 하지만 우주 공간에서는 대역폭의 수요가 매우 높고, 따라서 결코 허투루 할당되지 않는다. 어쩌면 또 궤도 위에서 우주 쓰레기가 충돌을 일으켰는지도 모르겠다. 그 경우 파편은 거의 산탄총에서 발사된 총알의 힘으로 궤도를 따라 돌진해올 테지만, 그렇다고 비상탈출선 역할을 하는 소유스 TMA에 미리부터 숨고 싶지는 않았다. 두 달 전 비슷한 사고가 실제로 일어났을 때는 종 모양의 승무원 모듈에서 팔 일 동안 대기해야 했다. 우주 쓰레기의 공격은 ISS의 생존은 물론 승무원의 심리적 안정에도 가장 심대한 위협 요인이었다.

상황은 그때보다 훨씬 심각했다.

"당분간 인데버 발사를 포기해야겠네." 관제센터장 니콜 페얼리가 말했다.

"포기요? 연기한다는 말씀입니까?" 세일리어가 실망감을 지나치게 드러내지 않으려 노력하며 물었다.

"무기한 연기라고 해두지. 여기 지구에 일이 좀 생겼네. 문제가 확산되고 있어서 지금은 보낼 수가 없어."

"뭐죠? 추진엔진이 또 말썽인가요?"

---

*NASA의 핵심 모듈.

"아니, 기계 얘기가 아니야. 인데버는 무사하다네. 기술 외적인 문제 때문일세."

"그렇군요……"

"솔직히, 나도 잘 모르겠네. 자네도 지난 며칠간 새로운 소식을 못 받지 않았나?"

우주에서는 인터넷의 직접 연결이 불가능해서 우주인들은 Ku 주파수대역의 데이터링크를 통해 자료, 비디오, 이메일을 수신한다. "새로운 바이러스인가요?" ISS의 랩톱은 모두 중앙 컴퓨터와는 별개로 무선 인트라넷을 이용했다.

"컴퓨터 바이러스는 아냐."

세일리어는 핸들바를 잡고 스크린 앞에 얌전히 앉았다. "알았어요. 이제 질문은 그만하고 듣기만 할게요."

"현재 전 세계적 규모의 유행병이 퍼지고 있는데 아직 정체가 모호하네. 발원지는 맨해튼이 분명하고, 다른 도시에서도 나타나서 걷잡을 수 없이 번지고 있어. 명백히 그 병과 직접 관련해 실종 사건도 수없이 발생하고 있네. 거의 동시다발적으로. 처음엔 몸이 안 좋아서 출근하지 않고 집에서 쉬는 사람들과 병원을 찾은 사람들이 실종되더니, 지금은 사방에 폭동이 기승이야. 뉴욕 시 전역이 아수라장일세. 게다가 주 경계 너머로 확산중이야. 나흘 전엔 런던에서도 첫 폭동 보고가 들어왔네. 그다음은 일본 나리타 공항이고. 현재까지는 어디나 쉬쉬하는 분위기야. 왕래와 교역이 급감하는 걸 우려해서겠지만, 내가 생각하기로 맨먼저 막아야 할 게 왕래와 교역이네. 어제 세계보건기구가 베를린에서 기자회견을 했는데 거기도 임원 절반이 불참했더군. 어쨌든 공식적으로 전염병 경보 등급을 5단계에서 6단계로 올린다고 했네."

세일리어는 믿을 수가 없었다. "일식 때문인가요?"

"무슨 얘긴가?"

"지난번 엄폐 말이에요. 이 위에서 보니까…… 달 그림자 때문에 미국 북동부에 거대한 검은 얼룩이 생겼는데, 꼭 죽음의 지대처럼 보이더라고요…… 그때 왠지…… 뭔지 몰라도 좋지 않은 예감이 들었어요."

"음…… 어쨌든 그즈음부터 시작된 것 같긴 해."

"그냥, 그렇게 보였다는 얘기예요. 꽤 불길했거든요."

"여기 휴스턴에서도 몇 가지 대형사고가 있었지만 오스틴과 댈러스는 더 심하다더군. 관제센터는 지금 인력의 70퍼센트로 운영중인데 그마저도 매일 줄어들어. 비행요원들 수준도 못 미더운 터라 지금으로서는 발사를 늦출 수밖에 없군."

"네, 이해해요."

"두 달 전 러시아 수송기가 다녀갔으니까 식량과 배터리는 충분하겠지. 앞으로 일 년간은 보급 없이도 지낼 수 있을 걸세."

"일 년이요?" 세실리어는 저도 모르게 큰 소리를 냈다.

"정말로 만약의 경우야. 이삼 주쯤 뒤 이곳 상황이 안정되는 대로 데리러 가지."

"좋아요. 그때까지 냉동건조 보르시*나 더 먹어야겠군요."

"데미도프 지휘관과 엔지니어 메니에게도 담당 에이전시가 같은 내용을 알리고 있어. 자네 실망감은 충분히 이해하네, 세일리어."

"며칠 동안 남편한테서 이메일이 없었어요. 이메일도 묶어두고 있는 건가요?"

"아니, 그렇진 않은데. 며칠 동안 그랬다고?"

세일리어가 고개를 끄덕였다. 그녀는 언제나처럼 남편 빌리를 그려

---

* 토마토와 홍당무를 주재료로 만든 러시아식 수프.

보았다. 웨스트하트퍼드의 집 부엌에서 행주를 어깨에 걸치고 어마어마한 진수성찬을 만들던 남편. "연락 좀 해주세요. 남편도 귀환이 연기되는 걸 알아야죠."

"이미 시도했네만 연락이 안 돼. 집도, 레스토랑도 다."

세일리어가 침을 꿀꺽 삼키고, 애써 평정을 되찾았다.

괜찮을 거야. 우주선을 타고 지구를 도는 건 나야. 남편은 저 아래 땅바닥에 두 발을 붙이고 있는데 무슨 일이야 있겠어?

그녀는 관제센터에 그저 자신감과 투지를 내비쳤으나, 그 순간만큼 남편과 멀리 떨어져 있는 듯한 느낌을 받은 적은 한 번도 없었다.

니커보커 전당포, 스패니시할렘 118번가

거스가 사파이어 단원들과 앙헬을 끌고 도착했을 때 블록은 이미 불타고 있었다.

그들은 다리를 건너다가 연기를 보았다. 짙고 검은 연기가 사방에서 치솟아올랐다. 업타운과 다운타운, 할렘과 로어 이스트사이드. 그리고 그 사이 동네들. 도시가 융단폭격을 맞은 듯했다.

아침해가 머리 위에 있는데도 도시는 고요했다. 일행은 버려진 차량들 사이를 이리저리 누비며 리버사이드 드라이브를 들쑤셨다. 연기가 치솟는 동네가 마치 피 흘리는 사람처럼 느껴졌다. 무력감과 초조함이 번갈아 거스를 난타했다. 도시가 완전히 박살나고 있는데 시간은 너무나도 부족했다.

크림과 저지의 건달들은 다소 들뜬 마음으로 불타는 맨해튼을 내려다보았다. 그들에게는 재난 영화 속 한 장면과 다를 바 없는 광경이었다. 하지만 거스는 달랐다. 불길에 휩싸인 자기 집을 보는 듯했다.

이곳 블록은 업타운에서 가장 크게 화재가 발생했다. 전당포 주변의 거리는 온통 짙은 연기 장막에 휩싸여 마치 태풍이 오기 직전의 기이한 밤처럼 보였다.

"맙소사, 연기로 태양빛을 가렸군." 거스가 중얼거렸다.

거리 전체가 화염에 휩싸였다. 오직 모퉁이에 위치한 전당포만 예외였다. 하지만 넓은 앞창은 모두 박살나고, 보안문도 뜯겨서 덜렁거리거나 비틀린 채 인도에 버려져 있었다.

도시 전체가 추운 크리스마스 아침보다 더 조용했다. 다만 이 어두운 아침, 이곳 118번가 교차로만큼은 전당포를 포위한 뱀파이어들로 바글거렸다.

놈들이 영감을 쫓고 있었다.

전당포 위의 아파트. 가브리엘 볼리바가 이 방 저 방을 뒤지고 다녔다. 마치 이상한 마법이 미술작품을 거울로 바꿔놓은 듯 모든 벽이 그림 대신 은거울로 뒤덮여 있었다. 전직 록스타의 뿌연 형상이 세트라키안 영감과 패거리를 찾는 그를 방마다 따라다녔다.

볼리바는 소년의 엄마가 들어가려 했던 방안에서 멈췄다. 철창 안쪽에 널빤지를 대놓은 벽.

아무도 없었다.

모두 달아난 것이다. 아이의 엄마를 데려오지 않은 게 못내 아쉬웠다. 아이와의 혈연이 쓸모가 있었을 텐데. 하지만 마스터가 지시를 내린 이상 어떻게든 완수해야 한다.

블러드하운드* 역할은 이제 감지자, 즉 이제 막 변한 맹인 아이들에게

---

* 개의 한 품종. 후각이 발달해 추적용 경찰견으로 이용한다.

떨어졌다. 볼리바가 부엌으로 갔더니 그곳에 한 명이 있었다. 소년은 눈이 온통 검은색으로, 바닥에 엎드려 기며 초감각적 지각을 이용해 냄새를 맡고 창밖의 거리를 '내다보았다'.

_지하실에는?

_아무도 없습니다.

어쨌든 볼리바는 직접 확인하고 넘어가야 했다. 그는 아이를 지나쳐 계단으로 건너가 두 손과 두 맨발로 나선형 난간을 타고 1층으로 내려갔다. 그곳에서는 다른 감지자들이 가게를 뒤지고 있었다. 볼리바는 지하실의 잠긴 문으로 향했다.

볼리바의 병사들도 텔레파시로 명령을 받고 그곳에 와 있었다. 그들은 쇠 빗장으로 잠긴 문을 크고 강력한 손으로 열어놓았다. 딱딱한 가운데 손톱으로 문틀을 파내서 붙잡을 곳을 확보한 다음 아예 문짝을 뜯어내는 식이었다.

먼저 들어간 몇이 입구의 안쪽을 에워싼 자외선 불빛에 걸리고 말았다. 바이러스로 가득한 몸을 암광이 태우자 뱀파이어들은 비명을 지르며 먼지구름으로 소멸했다. 나머지는 빛에 놀라 눈을 가리고 주춤주춤 뒷걸음쳐서 나선형 계단에 기댔다. 문 안을 건너다보지도 못했다.

볼리바는 무리의 선두에서 간신히 두 손을 번갈아 짚어가며 계단 위로 피신했다. 노인이 아직 저 안에 있을지도 모른다.

다른 방법을 강구해야 한다.

문득 위층에서 감지자들의 긴장이 느껴졌다. 아이들의 얼굴이 냄새에 반응한 사냥개처럼 부서진 창들과 그 너머 거리로 향해 있었다. 이윽고 더러운 반바지와 런닝셔츠 차림의 소녀가 으르렁거리더니 깨진 유리창을 통과해 제일 먼저 거리로 뛰어나갔다.

소녀는 곧바로 앙헬을 노리고 달려들었다. 네 발로 뛰는 동작이 어린 사슴만큼이나 유연했다. 퇴물 레슬러는 거리 쪽으로 물러났다. 별로 상대하고 싶지 않았으나 소녀는 처음부터 가장 큰 목표물을 노려 그를 쓰러뜨리는 데만 정신이 팔려 있었다. 검은 눈, 벌어진 입. 마침내 아이가 뛰어올랐고, 앙헬도 할 수 없이 레슬링 자세를 취했다. 그는 링 코너에서 뛰어내리는 도전자를 상대하듯 그녀에게 엔젤 키스를 날렸다. 손바닥 가격은 멋지게 먹혀들어 아이의 작고 유연한 몸은 10미터 가까이 날아가 도로에 나동그라졌다.

순간 앙헬은 움찔했다. 그의 인생에서 가장 안타까운 것 가운데 하나는 제가 만든 아이를 한 명도 모른다는 사실이었다. 그런데 이 뱀파이어는 정말이지 인간처럼 보였다. 심지어 아직 어린아이가 아닌가. 그는 맨손을 뻗은 채 아이에게 접근했다. 뱀파이어 소녀도 돌아서서 씩씩거렸다. 두 눈이 두 개의 검은 새알처럼 보였다. 그때 소녀가 촉수를 쏘았다. 90센티미터 정도? 성인 뱀파이어보다는 한참 짧은 길이였는데 끄트머리가 악마의 꼬리처럼 눈앞에서 마구 움직였다. 앙헬은 그 자리에 얼어붙었다.

거스가 재빨리 끼어들어 거침없이 아이를 베었다. 검이 도로 표면을 긁자 불꽃이 튀었다.

그의 살상을 신호로, 다른 뱀파이어들이 미친듯이 공격해왔다. 야만적인 싸움이었다. 처음에는 거스와 사파이어 단원의 수가 세 배 더 많았으나, 전당포뿐 아니라 인근의 불타는 건물들에서 뱀파이어들이 밀려나오며 머릿수는 금세 사대일로 역전되었다. 텔레파시로 전달받은 것이 전투 명령인지 그저 저녁식사 종소리인지는 모르겠지만 어쨌든 놈들은 하나를 파괴하면 둘이 달려들었다.

그때 거스 옆에서 산탄총이 불을 뿜자 습격해오던 뱀파이어 하나가 두 동강으로 잘려나갔다. 미스터 퀸란, 고대 존재들의 수석 사냥꾼. 그는 군인같이 정교한 사격으로 뱀파이어들에게서 흰 피를 뽑아냈다. 그도 다른 뱀파이어들처럼 지하에서 나왔을 것이다. 어두운 땅밑에서 내내 거스와 사파이어 단원들을 그림자처럼 쫓아온 것이다.

그 순간 거스는 퀸란의 반투명한 피부 아래서는 혈충이 꿈틀거리지 않는다는 것을 깨달았다. 그것도 전투로 인해 아드레날린이 분비되고 감각이 예민해진 덕분에 알아차린 것이었다. 다른 사냥꾼을 비롯해 고대 뱀파이어들 모두 피부 아래 벌레들이 우글댔지만, 퀸란의 진줏빛 살갗은 푸딩 표면처럼 잔잔하고 매끄러웠다.

어쨌든 싸움은 계속되었고, 거스도 곧 그 사실을 잊어버렸다. 미스터 퀸란의 총격이 운신에 필요한 공간을 확보해준 덕분에 사파이어 단원들은 포위당할 위험을 벗어나 오히려 거리 한복판에서 전당포 쪽으로 전선을 밀어내기 시작했다. 아이들은 땅바닥에 무릎을 짚고 엎드린 채 전장의 외곽에서 대기했는데, 마치 힘없는 사슴을 노리는 새끼 늑대들 같았다. 퀸란이 그쪽으로 산탄총을 한 번 갈기자 눈먼 괴물들은 고음의 비명을 지르며 흩어졌다. 그는 산탄총을 다시 장전했다.

앙헬은 두 손을 돌려 뱀파이어의 목을 부러뜨리고 연이어 묵직한 팔꿈치로 다른 놈의 두개골을 벽에 짓이겼다. 나이는 물론 몸집에 비해서도 놀랄 만한 민첩성이었다.

거스는 기회를 노려 검을 들고 아수라장에서 떨어져나와 건물 안으로 달려들어갔다. 노인부터 찾아야 했다. 전당포에는 아무도 없었다. 그는 2층의 낡은 아파트로 올라갔다.

거울이 많은 것을 보아 틀림없이 이곳이었으나 노인은 없었다.

내려오는 길에 여자 뱀파이어 둘과 마주쳤다. 그는 먼저 발뒤꿈치 맛을 보여주고 은검으로 벤 다음, 계단에 흘러내리는 흰 피가 닿지 않도록 그들을 깡충 뛰어넘었다. 비명소리에 아드레날린이 치솟았다.

계단은 지하로 이어졌지만, 일단은 연기 자욱한 하늘 아래 목숨과 영혼을 걸고 싸우고 있을 동료들에게 돌아가야 했다.

밖으로 나가기 전 계단 근처의 깨져나간 벽이 문득 눈에 들어왔다. 그 안으로 낡은 동파이프가 똑바로 서 있었다. 급수관이었다. 그는 브로치와 카메오* 진열장 위에 검을 내려놓았다. 맨 먼저 눈에 띈 것은 척 노블록**의 배트였다. 친필 사인이 되어 있는 루이빌 슬러거 사社의 배트에는 39.99달러라는 가격표가 붙어 있었다. 그는 배트로 석고벽을 마구 부숴 가스관을 찾아냈다. 낡은 주철관. 배트로 세 번 내리치자 접합 부분이 분리되었다. 다행히 불꽃은 일어나지 않았다.

천연가스 냄새가 방을 채웠다. 깨진 파이프에서 가스가 쉭쉭대는 소리 대신 귀에 거슬리는 굉음을 내며 쏟아져나왔다.

감지자들이 볼리바 주변에 몰려들었다. 그에게도 그들의 불안감이 전해졌다.

산탄총을 든 파이터. 이자는 인간이 아니라 뱀파이어다.

그런데 달랐다.

감지자들이 그를 읽어내지 못했다. 아무리 다른 종족이라 해도, 정보를 읽어내 볼리바에게 전달할 수 있어야 했다. 그가 혈충을 지닌 존재라면 당연했다.

---

* 호박, 마노 등에 초상화 따위를 돋을새김한 작은 장신구.
** 은퇴한 메이저리그 야구 선수.

볼리바도 이 낯선 존재가 거슬렸다. 그래서 더욱 놈을 없애야 했다. 하지만 볼리바의 의도를 눈치챈 감지자들이 어찌된 일인지 그의 앞길을 막았다. 떨쳐내려 했지만 그들의 집요한 고집은 아무래도 신경이 쓰였다.

무슨 일이 일어나고 있었다. 조심할 필요가 있었다.

거스는 다시 검을 집어들고 밖으로 나와 옆 건물로 들어갔다. 도중에 의사 가운을 입은 뱀파이어 하나를 베고 불타는 나무 창턱을 뜯어낸 다음 격전장으로 돌아와 죽은 뱀파이어의 등에 날카로운 끄트머리를 박아넣었다. 나무는 횃불처럼 서 있었다.

"크림!" 그가 은반지 킬러를 불렀다. 무기 가방에서 석궁을 꺼내려면 엄호가 필요했다. 그는 은화살을 하나 찾아냈다. 그리고 쓰러진 뱀파이어의 셔츠 자락을 찢어 화살촉에 둘둘 말아 단단히 묶고 화살을 석궁에 장전한 다음, 촉에 불을 붙여 전당포를 조준했다.

피 묻은 운동복 차림의 뱀파이어가 달려들었으나 퀸란이 놈의 목을 간단히 날려버렸다. 거스는 인도 쪽으로 다가가며 외쳤다. "뒤로 물러나, 모두!" 그가 불화살을 발사했다. 깨진 창문을 통과한 화살은 전당포 안을 가로질러 뒷벽에 부딪혔다.

거스가 걸음아 날 살려라 달아나는데 건물이 폭발했다. 벽돌벽이 무너지며 거리로 쏟아져내리고 지붕과 그 아래의 버팀목들도 폭죽의 포장지처럼 산산이 조각났다.

충격파는 무방비 상태의 뱀파이어들을 거리로 날려보냈다. 폭발이 일어나며 산소가 순식간에 한 지점으로 빨려든 탓에 거리는 기이한 정적에 휩싸였고, 귓속은 미친듯이 웅웅 울렸다.

거스는 바닥에 무릎을 짚고서 몸을 일으켜 똑바로 섰다. 모퉁이에 있던 건물은 이제 없었다. 마치 거인의 발에 짓밟힌 듯했다. 먼지가 파도처럼 쏟아져나왔다. 뱀파이어들도 일어나기 시작했다. 극히 일부가 날아온 벽돌에 머리를 맞고 즉사했을 뿐, 대부분은 신속히 정신을 차리고 사파이어들을 향해 굶주린 눈을 돌렸다.

거스가 얼핏 보니 퀸란이 황급히 길 건너로 달아나 어느 건물 지하로 통하는 짧은 계단을 내려가고 있었다. 그의 갑작스러운 퇴장을 이해한 것은 뒤쪽의 파괴 현장을 확인하고 나서였다.

폭발의 위력이 주변 거리를 넘어 연기 장막에까지 영향을 미친 것이다. 공기가 빠르게 흘러가는 바람에 장막에 균열이 생기고, 밝고 맑은 태양빛이 어둠 사이로 쏟아져내리기 시작했다.

치명적인 빛줄기가 폭발 지점 바로 위에서 갈라진 연기 장막 사이로 내리쬐다가 살균력을 지닌 샛노란 원뿔 모양으로 점점 굵어졌다. 멍청한 뱀파이어들이 깨달았을 땐 이미 늦은 후였다.

거스 주변의 뱀파이어들이 소름 끼치는 비명과 함께 소멸했다. 그들은 쓰러지자마자 증기와 재로 변했다. 햇빛이 닿지 않는 곳에 있던 몇몇은 부랴부랴 가까운 건물로 달아났다.

지능적으로 반응한 놈들은 감지자뿐이었다. 빛이 퍼지리라 예감하고 볼리바부터 붙든 것이다. 어린 뱀파이어들은 힘을 합쳐 낑낑대며 그를 광선의 폭격에서 빼내 인도의 하수구 격자 덮개를 뜯어내고 아슬아슬하게 지하로 피신했다.

어느새 햇빛이 내려앉은 거리에는 사파이어 단원들과 앙헬, 거스뿐이었다. 손에는 여전히 무기가 들려 있었지만 적은 하나도 보이지 않았다.

특별할 것 하나 없는 이스트할렘의 맑은 날.

거스는 참사 현장으로 다가갔다. 전당포는 토대만 남고 완전히 날아가버렸다. 훤히 드러난 지하실에는 연기 나는 벽돌과 뿌연 먼지가 가득했다. 그는 앙헬을 불렀다. 앙헬이 절룩거리며 다가와 거스와 함께 거대한 모르타르 덩어리 몇 개를 들어내고 통로를 만들었다. 먼저 거스가 폐허 안으로 기어내려가고 앙헬이 그 뒤를 따랐다. 직직거리는 소리가 들렸으나 그저 끊어진 전선에 남아 있는 전기 때문이었다. 그는 벽돌 조각을 걷어차며 시체를 찾았다. 노인이 이곳에 숨어 있었을까 여전히 걱정스러웠다.

시체는 없었다. 사실 찾아낸 것 자체가 별로 없었다. 텅 빈 선반들만 잔뜩 있는 것으로 보아 노인이 최근에 싹 비운 모양이었다. 지하실 문을 문틀처럼 감싸고 있던 자외선램프에서 노란색 불꽃이 톡톡 튀었다. 아마도 일종의 벙커였을 것이다. 뱀파이어의 공습에 대비한 지하 대피소, 혹은 그 종족을 들어오지 못하게 막는 은신처.

거스는 필요 이상으로 오랫동안 배회하며 쓰레기 더미를 뒤졌다. 여기까지 헛걸음하지 않았음을 증명하고 싶었다. 뭐든 있어야 했다. 밖에서는 연기가 제자리를 찾으며 다시 태양을 가리기 시작했다.

무언가를 찾아낸 건 앙헬이었다. 무너진 서까래 아래 순은의 작은 보관함이 밀봉된 채 감춰져 있었다. 아름다운 물건이었다. 앙헬이 상자를 집어들어 갱들, 특히 거스에게 보여주었다.

거스는 상자를 받아들었다. "영감이야." 그가 그렇게 중얼거리며 미소지었다.

펜실베이니아 역

1910년 문을 열 당시 펜실베이니아 구舊 역사는 사치의 기념비로 여겨졌다. 아무리 대중교통의 화려한 신전이라지만, 백 년 전 이미 사치의 경향이 있던 뉴욕 시 전역에서도 가장 넓은 내부 공간을 자랑했다.

1963년부터 시작한 구 역사의 철거는 역사적으로 볼 때 근대사 보존 운동의 기폭제로 여겨진다. 기존의 건물을 부수고 미로 같은 터널과 통로를 짓는, 그야말로 실패한 '도시 재개발'의 최초이자 어쩌면 아직까지도 최악의 사례이기 때문이다.

펜 역은 여전히 미국에서 가장 붐비는 교통의 중심지로 매일 육십만 명의 승객을 실어나르는데 이는 그랜드센트럴 역보다 네 배나 큰 수치였다. 이 역에서는 앰트랙, 뉴욕도시교통국, 뉴저지트랜싯이 운영하는 노선을 이용할 수 있고 허드슨도시철도 노선이 지나는 역도 바로 한 블록 건너편에 있었다. 다만 한때 두 역을 연결해주던 지하 통로는 보안상의 이유로 수년째 폐쇄한 상태였다.

지금의 펜 역은 구 역사의 지하 플랫폼을 그대로 이용했다. 에프는 책, 노라, 노라 어머니의 키스톤 열차표를 예약해뒀다. 필라델피아를 거쳐 종착점인 주도州都 해리스버그로 이어지는 앰트랙 직통 노선이었다. 보통 네 시간이 걸리지만 훨씬 늦어질 수도 있다. 일단 그곳에 도착하는 대로 노라는 상황을 파악하고 걸스카우트 캠프로 가는 차편을 알아볼 것이다.

에프는 한 블록 떨어진 텅 빈 택시 승강장에 밴을 세우고 그들과 함께 조용한 거리를 지나 역으로 향했다. 온 도시에 먹구름이 끼어 있었다. 실제로도, 비유적으로도 그랬다. 텅 빈 상점가에 자욱한 연기도 불길하기 짝이 없었다. 가게마다 쇼윈도가 모두 깨졌지만 이제는 약탈자들도 거들떠보지 않았다. 이제 약탈자 대부분이 인간의 피를 노리기 때문이었다.

이렇게 큰 도시가 이토록 허무하게 몰락하다니.

몇 주 전, 그러니까 지난달 뉴욕의 모습을 조금이나마 볼 수 있었던 건 조 루이스 플라자 7번 애비뉴 쪽 출구, 매디슨스퀘어가든 간판 바로 아래에 다다라서였다. 경찰들과 오렌지색 조끼 차림의 항만관리청 직원들이 역사 안으로 들어가려는 피폐한 군중의 질서를 유지하려 애쓰고 있었다.

사람들은 멈춰 선 에스컬레이터를 통해 중앙홀로 걸어내려갔다. 지하와의 인접성에도 불구하고, 이 역은 사람들의 왕래가 끊이지 않아 뱀파이어의 도시에서도 인간성의 마지막 보루로 남을 수 있었다. 모르긴 해도 대부분의 열차가 연착이겠지만 아직 운행중이라는 것만도 다행이었다. 겁에 질린 인파를 보고 에프는 오히려 마음이 놓였다. 하지만 운행이 정지될 경우 이곳 역시 폭동의 현장으로 바뀔 것이다.

천장의 조명은 대부분 꺼져 있었고 문을 연 가게도 없었다. 가게 선반은 하나같이 텅 비었고 손으로 갈겨쓴 '무기한 휴업' 메모만 유리창에 테이프로 붙어 있었다.

지하 플랫폼으로 들어오는 기차의 신음이 에프의 마음을 달래주었다. 지금은 노라와 마르티네스 부인의 가방을 어깨에 짊어지고 있었다. 노라는 어머니가 넘어지지 않도록 돌보는 중이었다. 중앙홀은 발 디딜 틈이 없었지만 그래도 이렇게 밀고 밀리는 것이 싫지 않았다. 사람들에게 둘러싸여 있다는 기분을 느낀 게 얼마 만인지.

앞에서 대기중인 주방위군 병사들은 모두 지치고 힘든 표정이었지만 지나가는 사람들의 얼굴을 꾸준히 살폈다. 에프는 여전히 수배중이었다.

허리띠 뒤쪽 은 탄환을 장전한 세트라키안의 피스톨도 자꾸만 신경이 쓰였다. 결국 에프는 그들을 파란색 기둥까지만 바래다주기로 했다. 그곳에서 굽이만 돌면 곧바로 앰트랙 게이트다.

마리엘라 마르티네스 부인은 겁을 먹은데다 다소 화가 나 보였다. 사람이 너무 많아서였다. 노라의 어머니는 재택간병인으로 일했으나, 이년 전 조발성 알츠하이머 판정을 받았다. 이따금 노라를 열여섯 살로 착각하는 통에 누가 누굴 돌보느냐며 다투는 일도 적지 않았다. 하지만 오늘은 잠잠했다. 집을 떠나 낯선 곳에 있다는 사실에 당황해서 아예 내면 깊숙이 숨어버린 것이다. 죽은 남편을 위해 십자말풀이집을 사야 한다는 말도 하지 않았고, 파티복을 입겠다고 우기지도 않았다. 그녀는 샛노란 실내복 위에 긴 레인코트를 입고 숱이 많은 회색 머리는 땋아서 길게 늘어뜨렸다. 처음부터 잭이 맘에 들었는지 차에서부터 아이의 손을 꼭 잡고 있었다. 그 모습에는 에프도 기뻤지만 그만큼 마음이 무거웠다.

에프가 아들 앞에 무릎을 꿇었으나 소년은 시선을 돌려버렸다. 맘에 들지 않는다는 뜻이었다. 잭은 떠나고 싶지 않았다. "네가 노라와 마르티네스 부인을 도와줘야 해, 알았지?"

잭이 고개를 끄덕였다. "그런데 왜 하필 걸스카우트 캠프야?"

"노라가 걸스카우트였으니까. 지금 가면 너희 세 사람뿐일 거야."

"아빠는? 아빠는 언제 오는데?" 잭이 얼른 물었다.

"금방 갈게."

에프는 두 손으로 잭의 어깨를 짚었다. 잭도 에프의 팔뚝 위에 자기 손을 올렸다. "약속하는 거지?"

"최대한 금방 갈게."

"그건 약속이 아니잖아."

에프가 아이의 어깨를 주무르며 거짓말을 했다. "약속."

잭은 믿지 않았다. 에프도 알 수 있었다. 그런 두 사람을 노라가 내려 다보고 있었다.

"안아줄래?" 에프가 말했다.

"왜? 나중에 펜실베이니아에서 만나면 안아줄 거야." 잭이 조금 물러 나며 말했다.

에프는 활짝 웃어 보였다. "그때까지 아빠가 힘낼 수 있게 딱 한 번 만, 응?"

"그럴 이유가……"

에프는 아들을 당겨 꼭 끌어안았다. 사람들이 어지럽게 옆을 지나쳐 갔다. 잭이 빠져나오려고 바둥거렸지만 진심은 아니었다. 이윽고 에프 는 아들의 뺨에 키스를 하고 놓아주었다.

에프가 일어서자 노라가 그를 두 걸음 정도 뒤로 데려가더니 갈색 눈 을 부릅뜨고 노려보았다. "이제 말해요. 도대체 무슨 꿍꿍이죠?"

"당신한테 작별인사를 할 참이었어."

노라가 바짝 다가섰다. 마치 잘 있으라는 인사를 하려는 애인처럼 보였 지만 실제로는 손가락을 구부려 에프의 명치께를 꼬집고 힘껏 비틀었다.

"우리가 떠나면…… 무슨 짓을 하려는 거예요? 나도 알아야겠어요."

에프는 그녀의 어깨 너머로 잭을 보았다. 얌전히 노라 어머니의 손을 잡고 서 있었다. "이 일을 끝낼 참이야. 아님 뭐겠어?"

"그러기엔 너무 늦었어요. 당신도 알잖아요. 같이 가요. 교수님을 위해 일할 생각이라면…… 알아요. 그분에 대해서는 나도 같은 마음이니까. 하지만 끝났어요. 우리 둘 다 알잖아요. 함께 가요. 그곳에서 재정비를 하고 다음 계획을 세우면 돼요. 교수님도 이해할 거라고요."

그 말은 그녀가 명치에 가한 응징보다 더 에프를 괴롭혔다. "아직 여기도 기회가 있어. 난 그렇게 믿어." 그가 대답했다.

"우리한테도 기회는 있어요. 지금 함께 이곳을 빠져나간다면." 노라가 말하는 '우리'는 에프와 그녀 둘을 뜻했다.

에프는 어깨에 멘 가방을 끌어내려 노라의 어깨에 메주었다. "무기 가방이야. 혹시 문제가 생길지 모르니까."

그녀의 눈에 분노의 눈물이 맺혔다. "명심해요. 엉뚱한 일을 벌이다 잘못되기라도 하면, 당신을 영원히 미워할 테니까."

그는 고개를 한 번 끄덕였다.

그녀가 그의 입술에 키스하고 그를 껴안았다. 허리춤에 찬 피스톨 자루가 손에 닿자 그녀는 다시 어두운 눈으로 그의 얼굴을 올려다보았다. 총을 뺏을 거라는 에프의 생각과 달리 그저 그의 귀에 입을 바짝 갖다 댈 뿐이었다. 노라의 뺨은 눈물로 젖어 있었다.

그녀가 속삭였다. "아니, 이미 미워하고 있어요."

그녀는 포옹을 풀고는 잭과 어머니를 데리고 출발 안내 전광판 쪽으로 걸음을 재촉했다. 그를 돌아보지도 않았다.

에프는 잭이 떠나는 모습을 지켜보았다. 소년은 모퉁이쯤에서 고개를 돌려 아빠를 찾았다. 에프가 손을 높이 흔들었으나 아이는 보지 못했다. 벨트에 끼워둔 글로크가 문득 무겁게 느껴졌다.

11번가와 27번가의 교차점에 위치한 카나리아 프로젝트 본부, 이프리엄 굿웨더의 옛 사무실 안에는 CDC 본부장 에버릿 반스 박사가 앉아 꾸벅꾸벅 졸고 있었다. 전화벨 소리가 의식을 파고들었으나 잠에서 깨기에는 충분치 않았다. 결국 FBI 특수요원이 어깨를 흔들어 깨웠다.

반스가 일어나 머리를 흔들어 잠을 쫓았다. 정신이 들었다. "워싱턴인가?" 그가 물었다.

요원이 고개를 저었다. "굿웨더입니다."

반스는 책상의 깜빡이는 버튼을 누르고 수화기를 들었다. "이프리엄? 지금 어딘가?"

"펜 역 전화부스입니다."

"자네 괜찮나?"

"방금 막 아들을 도시 밖으로 나가는 기차에 태웠죠."

"그리고?"

"그쪽으로 갈 준비가 되었습니다."

반스가 요원을 보며 고개를 끄덕였다. "그야말로 기쁜 소식이군."

"단둘이 뵙고 싶습니다."

"꼼짝 말고 거기서 기다리게. 금방 갈 테니까."

전화를 끊자 요원이 코트를 건넸다. 반스는 해군 정복에 휘장을 잔뜩 단 차림이었다. 둘은 사무실 바깥 계단을 통해 거리로 나섰다. 반스 박사의 검은색 SUV가 주차되어 있었다. 반스가 조수석에 올라타자 요원이 시동을 걸었다.

그 순간 주먹이 날아왔다. 반스는 영문을 몰라 어리둥절했다. 당한 것은 그가 아니었다. 요원이었다. 요원이 앞으로 고꾸라지며 턱으로 경적을 눌렀다. 그가 손을 올리려 했으나 두번째 공격이 가해졌다. 뒷좌석이었다. 피스톨을 휘두르는 손. 요원을 기절시키는 데는 주먹 한 방이 더 필요했다. 요원은 차문 위로 축 늘어졌다.

공격자는 밖으로 나가 운전석 문을 열고 의식을 잃은 요원을 인도로 끌어내렸다. 그야말로 대형 세탁물 주머니를 처리하는 모양새였다.

이프리엄 굿웨더가 운전석으로 뛰어올라 문을 쾅 닫았다. 반스가 자기 쪽 문을 열었으나 에프가 그를 끌어앉히고 허벅지 안쪽에 총구를 바짝 갖다댔다. 머리나 목 부상으로는 살아남을 수 있어도, 대퇴부 동맥에 총 한 방이면 그대로 즉사라는 사실을 아는 사람은 군인이 아니면 의사뿐이었다.

"닫아요." 에프가 말했다.

반스는 시키는 대로 했다. 에프는 벌써 SUV를 몰고 27번가를 질주하고 있었다.

반스가 피스톨에서 허벅지를 빼내려 몸을 꿈틀거렸다. "제발, 이프리엄. 제발 말로……"

"좋아요. 먼저 말씀하시죠."

"안전벨트부터 매면 안 되겠나?"

에프가 급커브를 돌며 말했다. "안 됩니다."

에프가 그들 사이의 컵홀더에 뭔가를 던졌다. 방금 때려눕힌 FBI 요원의 신분증이었다. 총구로 여전히 반스의 허벅지를 누른 채 에프는 왼손만으로 핸들을 붙잡고 있었다. "제발, 이프리엄, 조심, 조심해서 몰게나……"

"말해요, 에버릿. 왜 아직 여기 있죠? 왜 떠나지 않는 겁니까? 콩고물이라도 떨어지길 기다립니까, 예?" 총이 반스의 허벅지를 강하게 찔렀다.

"무슨 얘기인지 모르겠군, 이프리엄. 여기 환자가 있지 않나."

"환자라." 에프가 빈정거리듯 되뇌었다.

"그래, 감염자."

"에버릿…… 계속 그런 식으로 나오면 이 총이 발사됩니다."

"아직도 술을 마시나보군."

"당신은 아직도 거짓말을 하고요. 그렇다면 그 빌어먹을 격리 조치는 도대체 언제 합니까? 감염 확산 방지를 위한 실질적인 조치도 없잖습니까? 왜 이런 식으로 계속 사태를 방치하죠? 대답해보세요!" 에프의 분노가 차 안을 가득 채웠다. 그는 약탈당해 박살난 용달차를 피하기 위해 오른쪽으로 핸들을 틀었다.

"완전히 내 손을 떠난 얘기야!" 반스가 문에 기댄 채 아이처럼 울먹였다.

"내가 알아맞혀볼까요? 당신은 지금 누군가의 지시를 받고 있어요."

"난…… 내 역할에 충실할 뿐이야, 이프리엄. 이제는 선택이 필요한 시점이고, 그래서 선택한 걸세. 이 세상, 우리가 알고 있다고 생각했던 세상은…… 벼랑 끝에 있어, 이프리엄."

"거참 놀라운 말이군요."

"유리한 패는 그들이 쥐고 있네. 절대 자네 신념대로 돈을 걸면 안 돼, 이프리엄. 주요 기관들도 모두 타협하고 있어. 직접적으로든 간접적으로든. 그러니까, 매수됐거나 아니면 완전히 뒤집혔네. 맨 윗선의 현실이 그래." 반스의 목소리는 점점 냉정을 찾아갔다.

에프가 고개를 끄덕였다. "엘드리치 파머군요."

"이 시점에서 그게 문제가 되나?"

"나한테는요."

"이프리엄, 환자가 죽어가는데 회복 가능성은 없다고 가정해보게. 진정한 의사라면 어떻게 하겠나?"

"계속 싸워야죠."

"기껏 며칠 더 연장하려고? 진심인가? 죽음은 돌이킬 수 없는 현실이고 이제 얼마 남지도 않았네. 구원의 가능성은 없어. 그런데도 고통 완화 치료를 하겠다고? 그래서 죽음을 미루겠다고? 그보다 순리에 따르는 쪽이 현명하지 않겠나?"

"순리라고요? 맙소사, 에버릿!"

"달리 부를 용어가 마땅치 않군."

"그건 안락사입니다. 인류 전체의 안락사죠. 그런데도 그놈의 해군 정복 차림으로 책상에 앉아 느긋하게 지켜보겠다는 말입니까?"

"개인의 문제로 몰아가지 말게, 이프리엄. 내가 의도한 일이 아니지 않나. 질병을 탓하게나. 의사가 아니라. 어떤 면에선 나도 자네처럼 두렵지만 난 현실주의자야. 안 되는 건 안 되는 거라고. 내가 이러는 이유도…… 선택의 여지가 없기 때문일세."

"선택의 여지는 언제나 있어요, 에버릿. 언제나! 빌어먹을…… 난 압니다. 하지만 당신…… 당신은 겁쟁이에 배신자죠. 아니면…… 얼간이 개자식이라고 해드릴까?"

"자넨 이 싸움에서 질 걸세, 이프리엄. 아니, 내 생각이 맞다면, 이미 졌네."

"두고 봅시다. 당신과 나. 둘이 함께 두고 보자고요." 자동차는 이미 시내를 반쯤 지나고 있었다.

소더비 경매장

소더비는 1744년에 세워진 경매 회사로 40개국에서 미술작품, 다이아몬드, 각국의 부동산을 중개하며 주요 지사는 런던, 홍콩, 파리, 모스크바, 뉴욕에 있다. 그중 뉴욕 지사는 요크 애비뉴 대로변의 71번가와 72번가 사이, FDR 드라이브와 이스트 강에서 한 블록 안쪽 공간을 차지했다. 앞면이 유리로 된 10층 건물에는 주택 전문 부서, 화랑, 경매장 등이 들어서 있고 그중 일부는 보통 일반인들에게도 개방했다.

물론 지금은 아니다. 사설 경비원들이 산소마스크를 착용하고 건물 바깥의 인도는 물론 회전문 안쪽까지 지켰다. 주변 지역이 아수라장이 되어가는데도 어퍼 이스트사이드만은 일종의 교양을 유지하려 애쓰는 듯 보였다.

세트라키안이 곧 있을 경매의 입찰자로 등록하고 싶다고 하자 그들은 그와 페트에게 마스크를 주고 입장을 허락했다.

정문 로비는 건물 꼭대기까지 탁 트여 있고 10층까지 각 층마다 난간 타입의 발코니가 나와 있었다. 세트라키안과 페트는 에스코트를 받으며 에스컬레이터를 타고 5층 접수실에 도착했다.

두 사람이 들어서자 여자 접수원은 종이 마스크부터 착용했다. 책상 앞으로 나올 생각도 없어 보였으며 악수도 비위생적이라는 이유로 생략했다. 세트라키안이 다시 한번 찾아온 목적을 말하자 여자가 고개를 끄덕이고는 양식 한 다발을 내밀었다.

"고객님의 중개인 이름과 전화번호, 그리고 증권계좌 목록이 필요합니다. 이번 경매에는 입찰 의향을 증명할 기본 공탁금이 필요한데, 100만 달러 지급보증수표로 제출하셔야 합니다."

세트라키안은 굽은 손으로 펜을 만지작거리며 페트를 보았다. "유감스럽게도 아직 중개인을 정하지 못했소. 하지만 내게도 흥미로운 골동품들이 있으니 그 물건들을 담보로 하고 싶소만."

"죄송합니다." 그녀는 양식을 회수해 서랍에 집어넣었다.

"그럼, 카탈로그를 먼저 보고 결정해도 되겠소? 부탁하리다." 세트라키안이 펜을 돌려주었으나 그녀는 건드릴 생각도 하지 않았다.

"유감스럽게도 입찰하시는 분들만 가능합니다. 아시겠지만 보안이 굉장히 엄격합니다. 경매에 나오는 물품 일부가……"

"『오키도 루멘』."

그녀가 침을 삼켰다. "네, 맞습니다. 아시다시피 그 물건을 둘러싼 소문이…… 아주 무성하죠. 이곳 맨해튼의 현 상황과 지난 이백 년 동안 '루멘'을 성공적으로 경매에 내놓은 전례가 없다는 점을 고려한다면…… 음, 미신을 믿지 않는 사람이라도 그 둘을 연결지어 생각하겠죠."

"사업적인 측면도 크게 고려하는 것 아니오? 아니면 그 책이 경매에 나올 이유가 없겠지. 소더비는 중개 수수료가 위험 부담을 상회한다고 믿는 것 같은데."

"음, 제가 뭐라 말씀드릴 내용은 아닌 것 같군요."

세트라키안은 책상 가장자리가 그녀의 팔이라도 되는 듯 부드럽게 한 손을 얹었다. "이봐요, 그게 그렇게 어려운 일이오? 노인네가 한번 보기만 하자는데?"

"네, 죄송합니다." 마스크 위 그녀의 눈빛은 흔들림이 없었다.

세트라키안이 페트를 보았다. 뉴욕 시 방역관은 일어나 마스크를 벗고 여자에게 공무원증을 내밀었다. "이러고 싶진 않지만, 지금 당장 건물 관리자를 만나야겠군요. 이 건물을 책임지는 사람 말이오."

건물 관리자가 세트라키안과 페트를 데리고 사무실에 들어가자 소더비 북미 지역 책임자가 책상에서 일어났다. "도대체 무슨 소리야?"

"이분 말씀이 건물을 비워달랍니다." 관리자가 말을 할 때마다 마스크가 부풀어올랐다.

"뭘…… 비워?"

"시에서 일흔두 시간 동안 건물을 봉쇄하고 조사를 행할 권리가 있다는데요."

"일흔두 시간…… 그럼 경매는 어쩌고?"

"취소해야죠." 페트는 잠시 말을 끊고 어깨를 으쓱했다. "요구에 따르지 않으면."

마스크를 쓴 책임자는 그 즉시 상황 파악이 되었다는 듯 맥 풀린 표정을 지었다. "도시가 온통 무너지고 있는데 하필 지금, 오늘 뇌물을 달라는 뜻이오?"

"원하는 건 뇌물이 아닙니다. 사실, 보시면 알겠지만 제가 좀 미술광입니다." 페트가 말했다.

결국 두 사람은 제한적으로나마 『오키도 루멘』을 볼 수 있었다. 9층으로 가서 잠겨 있던 두 개의 문을 지나자 커다란 원형 관람실이 나왔고, 그 안에 유리벽으로 된 비밀 보관실이 있었다. 방탄 케이스는 벗겨진 채였다. 세트라키안은 일그러진 손에 흰 면장갑을 끼고 고서 조사를 준비했다. 얼마나 고대하던 순간이던가.

책은 희고 화려한 떡갈나무 진열대 위에 놓여 있었다. 30×20×4.5센티미터, 2절판으로 489장. 양피지에 필사. 채색 페이지 20쪽, 가죽 장정에 순은 커버와 책등. 내지 가장자리 역시 은을 대놓았다.

페트는 이제 이해가 됐다. 그 책이 왜 고대 존재들의 소유가 되지 못했는지. 왜 지금 당장 마스터가 와서 채가지 않는지.

은으로 싸인 책. 책은 말 그대로 그들의 손아귀 너머에 있었다.

진열대에 활 모양의 지지대를 세우고, 그 위에 각각 카메라를 설치해 페이지를 촬영하면 그 영상이 앞쪽 벽의 대형 플라스마 스크린에 나타났다. 내지의 채색된 첫 페이지에는 여섯 개의 가지가 있는 형체를 세밀화로 그리고 순은박으로 마감했는데 그 스타일과 그림 주변의 정교한 캘리그래피는 분명 다른 시대, 다른 세계의 것이었다. 페트는 세트라키안의 표정에서 벅찬 경외감을 읽었다. 장인의 솜씨에는 페트도 감탄해 마지않았지만 작품에서는 아무런 단서도 찾을 수 없었다. 그는 노인의 통찰력을 기다렸다. 그나마 에프와 함께 지하철역에서 발견한 표식과 상당히 닮았다는 사실 정도는 알 수 있었다. 책에는 심지어 세 개의 초승달까지 그려져 있었다.

세트라키안은 두 페이지를 집중적으로 살펴보았다. 한쪽은 텍스트뿐이고 나머지 한쪽은 화려하게 채색되어 있었다. 채색된 페이지의 예술적 기교가 아니라면 노인이 왜 그토록 몰두하는지 페트로서는 도무지 알 수 없었다. 세트라키안의 눈에는 눈물까지 그렁그렁했다.

허락된 십오 분의 시간이 지났다. 세트라키안은 황급히 고서를 보고 스물여덟 개의 기호를 그렸다. 페트는 아무리 봐도 책에서 그 기호들을 찾을 수 없었지만 잠자코 세트라키안을 기다렸다. 종이 두 장을 기호로 빼곡히 채우는 동안 노인은 뻣뻣하게 굽은 손가락들이 불만스러운 눈치였다.

엘리베이터를 타고 로비로 내려오는 내내 노인은 아무 말도 하지 않았다. 그가 입을 연 것은 건물을 빠져나오고도 무장 경호원들에게서 한참 멀어진 뒤였다.

"워터마크가 있었네. 오직 훈련받은 눈에만 보이지. 당연히 나도 볼 수 있고."

"워터마크? 돈처럼 말인가요?"

세트라키안이 고개를 끄덕였다. "페이지마다 전부. 마법서나 연금술 논문이 흔히 그랬지. 심지어 초기 타로카드에도 있었으니까. 보게, 표면에 텍스트가 있고 그 아래 또하나의 층이 있지. 종이 압착을 할 때 바로 워터마크를 넣은 거야. 그게 진짜 내용이라네. 시질.* 감춰진 기호······ 열쇠······"

"그럼 영감님이 베긴 기호들이······"

자기에게 스케치가 있음을 확인이라도 하듯 세트라키안이 주머니를 가볍게 두드렸다.

그때 세트라키안이 멈춰 섰다. 뭔가 눈에 들어온 모양이었다. 페트는 그를 따라 소더비 건물 앞에서 길을 건너 맞은편의 큰 건물로 향했다. 메리 매닝 월시 홈. 카르멜 수녀회 뉴욕 대교구에서 운영하는 요양원이었다.

세트라키안은 차양 입구의 왼쪽 벽돌벽으로 향했다. 오렌지색과 검

---

* 점성술이나 마술 등에서 신비한 힘이 있는 것으로 여겨지는 표지(標識).

은색 스프레이로 그린 그라피티. 그 정체를 페트가 알아보기까지는 다소 시간이 걸렸다. 조잡하긴 해도 스타일은 뚜렷했다. 맞은편 건물 꼭대기에 굳게 봉인된 책의 내지, 거기 그려진 채색화의 변형이 분명했다. 수십 년간 아무도 그 책을 보지 못했건만.

"도대체 이게 다 뭐죠?" 페트가 탄성을 질렀다.

"그자야…… 그의 이름. 본명. 놈이 자기 이름으로 도시에 낙인을 찍고 있네. 자기 소유라고 공표하는 거지."

세트라키안은 돌아서서 하늘의 검은 연기를 올려다보았다. 그 너머에 태양이 갇혀 있었다.

"이제 책을 손에 넣을 방법을 찾아야겠네." 세트라키안이 말했다.

이프리엄 굿웨더의 일기에서

사랑하는 잭에게,

이해해주렴. 아빠는 이 일을 꼭 해야 한단다. 오만해서가 아니라(아빠는 영웅이 아니야) 확신이 있기 때문이야. 기차역에서 너를 떠나보내고……나도 힘들구나. 이렇게 고통스럽기는 처음이다. 네가 아니라면 그 누구도 내게 의미가 없다는 걸 알아다오. 이제 내가 하려는 일 또한 네 미래를 위해서란다. 오직 너만을 위해서. 다른 사람들도 혜택을 받겠지만 그건 부차적인 문제다. 이 일을 하는 이유는 네가 나와 같은 비극을 절대로 겪지 않게 해주고 싶어서니까. 네 아들과 네 의무 중 하나만을 선택하지 않게 해주기 위해.

처음 품에 안았을 때부터 네가 내 인생에 단 하나뿐인 사랑이 되리라는 걸 알았다. 모든 것을 다 주고도 어떤 보답도 기대하지 않을 존재가 바로 너야. 이 일을 다른 누구한테도 맡길 수 없구나. 부디 이해해주렴. 지난 세기의 역사는 대부분 총으로 쓰였단다. 자기 확신에 빠져서, 혹은 악마에게 영혼을 팔고 살인을 저지른 사람들이 썼지만 나는 그 둘 모두에 해당되는구나. 이제 광기는 현실에 존재한다, 아들아. 내면의 장애가 아니라 외적 현실이 된 거야. 어쩌면 내가 상황을 바꿀 수 있을지도 모르겠다.

범죄자 낙인이 찍힐 수도 있고 미친놈이라 불릴 수도 있다. 하지만 때가 되면 진실이 내 이름을 변호해주리라 믿으련다. 그럼 내 아들 잭도 진심으로 날 안아주겠지?

어떤 말로도 널 향한 내 마음과 네가 노라와 함께 안전히 있다는 안도감을 대신할 수 없구나. 부디 네 아빠를, 너를 버리고 너와의 약속을 깨뜨린 남자가 아니라 인류를 향한 저주에서 너를 구하려고 노력한 남자로 기억해다오. 어려운 선택의 갈림길에 섰던 남자로 봐다오. 너도 자라 어른이 되면 그런 순간이 오겠지.

네 엄마도 기억해주렴. 예전 모습 그대로. 네가 살아 있는 한 널 향한 우리의 사랑은 영원히 계속될 거다. 우린 이 세상에 너라는 커다란 선물을 했단다. 그 점에 대해선 한 치의 의심도 없다.

너를 사랑하는 아빠가

재난관리국, 브루클린

재난관리국OEM 건물은 브루클린에서도 전기가 나간 블록에 위치했다. 5,000만 달러를 들여 사 년 전 완공해, 뉴욕에서 주요 재난이 발생했을 때 중앙 조정본부로 기능했다. OEM 본부는 뉴욕에 있는 재난대책센터 130개 지부를 총괄하며 최첨단 시청각 시설과 통신 시설은 물론 비상발전기까지 갖추었다. 원래는 제7세계무역센터에 있었으나 9·11 이후 이곳으로 옮겼으며, 대규모 참사가 일어날 경우 각 공공기관에 자원을 분배하고 조정한다. 그렇기 때문에 정전중에도 여분의 전기기계 시스템이 계속 작동되도록 설계되어 있었다.

건물은 하루 24시간 제대로 돌아가고 있었다. 문제는 지역, 주, 연방 정부와 비영리단체를 막론하고 협조체제를 갖추어야 할 기관들이 연락이 닿지 않거나, 일손이 부족하거나, 아예 사람이 없다는 데 있었다.

도시의 재난대책 네트워크의 심장은 아직 힘차게 뛰고 있지만 유감스럽게도 말단까지 정보를 전달할 혈액이 거의 없는 셈이었다. 마치 도시가 중증 뇌졸중에라도 걸린 것 같았다.

에프는 실낱같은 기회나마 놓치게 될까봐 불안했다. 다리를 건너는 일이 생각보다 오래 걸렸다. 능력과 의지가 있는 사람들은 모두 맨해튼을 떠났으나, 파괴된 도로의 잔해들과 버려진 차들 때문에 길이 막혔다. 누군가 교각의 지지 케이블에 두 귀퉁이를 묶어둔 노란색 대형 방수포가 바람에 흔들리는 모습이 마치 유령선의 돛대에서 펄럭이는 검역기*처럼 보였다.

반스 본부장은 창문 위쪽 손잡이를 잡은 채 조용히 앉아 있었다. 결국 어디로 가는지 에프가 얘기해줄 리 없었다.

롱아일랜드 고속도로에서는 좀더 속도를 낼 수 있었다. 차창 밖으로 도시의 텅 빈 거리와 조용한 주유소, 인적 없는 쇼핑센터 주차장 들이 지나갔다.

이 계획은 위험하다. 물론 에프도 안다. 치밀한 준비 없이 될 대로 되라는 식이니, 당연히 미친 짓일 수밖에. 하지만 상관없었다. 이미 사방이 정신병자가 아닌가. 때로는 대비를 하기보다 행운을 믿는 편이 나았다.

두 사람은 자동차 라디오에서 파머의 연설이 시작되기 직전에 가까스로 도착했다. 그는 역 근처에 차를 세우고 시동을 끈 다음 반스를 돌아보았다.

"신분증 꺼내요. 함께 OEM에 들어갈 테니까. 내 재킷 안쪽에 총이 있습니다. 누구한테 무슨 말을 하거나 경비한테 눈치라도 주면 상대가 누구든 쏴버릴 거요. 물론 그다음은 당신이고. 설마 안 믿는 건 아니겠죠?"

---

* 외국의 항구에 들어가는 선박이 검역이 필요하다는 신호로 다는 노란 깃발.

반스가 에프의 눈을 들여다보고는 고개를 끄덕였다.

"자, 걸어요, 빨리."

두 사람은 15번가를 따라 OEM 건물로 향했다. 도로 양쪽에 관용차량이 빈틈없이 서 있었다. OEM의 황갈색 벽돌 건물은 한 블록을 다 차지할 정도로 면적이 넓었지만 2층밖에 되지 않아 마치 새로 지은 초등학교처럼 보였다. 건물 뒤 철조망 안에는 방송탑이 서 있고, 짧게 깎은 잔디밭 둘레를 따라 10미터 간격으로 주방위군 병사들이 서서 건물을 지켰다.

에프는 주차장 게이트 안쪽을 보았다. 시동을 걸어둔 채 일렬로 서 있는 자동차들이 보였다. 파머와 수행원들의 차량이 분명했다. 가운데의 리무진은 거의 대통령 전용차급이었는데, 물론 방탄 장치가 되었을 것이다.

파머가 차에 타기 전에 잡아야 한다.

"어깨 펴고 걸어요." 에프가 지시했다. 그는 반스의 팔꿈치를 붙잡고 인도의 병사들을 지나 입구 쪽으로 끌고 갔다.

거리 맞은편의 시위대가 야유를 퍼부었다. 그들은 신이 진노했다는 내용의 피켓을 들고서 미국이 신을 등졌기 때문에 신도 미국을 버렸다고 주장했다. 다 낡은 정장 차림의 목사가 낮은 발판사다리 위에서 요한계시록 구절을 읊고, 군중은 그를 에워싼 채 신의 가호를 빌어주듯 OEM을 향해 손바닥을 펴 보이고 기도를 했다. 가시면류관에 찔려 피를 흘리는 지친 예수의 모습, 뱀파이어의 이빨과 이글거리는 붉은 눈을 손으로 그려넣은 플래카드도 보였다.

"이제 누가 우릴 구원해줍니까?" 낡은 정장 차림의 목사가 울부짖었다.

에프의 가슴에서 흘러내린 땀이 벨트와 허리춤의 피스톨 아래로 흘러내렸다.

엘드리치 파머는 마이크와 물병을 앞에 놓고 재난대책센터의 테이블에 앉아 있었다. 마주한 벽 스크린에는 미국의회의 문장이 보였다.

방안에는 파머와 그의 오른팔 피츠윌리엄뿐이었다. 파머는 늘 그렇듯 짙은 색 정장 차림이었는데, 평소보다 안색도 창백하고 의자에 앉은 모습도 더 왜소해 보였다. 주름진 손은 책상 위에 올려놓은 채 아직 대기중이었다.

오늘은 양원 합동 긴급의회에서 위성 연설을 하기로 되어 있었다. 이 전례 없는 연설과 이어질 질의응답은 아직 운영중인 텔레비전과 라디오 네트워크, 계열 방송사는 물론 전 세계에서 인터넷을 통해 생중계할 예정이었다.

피츠윌리엄은 허리께에서 두 손을 굳게 마주잡고 카메라에 잡히지 않는 곳에 서서 방 밖의 넓은 공간을 살폈다. 130개의 자리 대부분이 차 있지만 일을 하는 사람은 없었다. 사람들의 눈이 일제히 벽에 걸린 모니터를 향하고 있었다.

반쯤 빈 국회의사당 회의실을 상대로 짧은 개회사를 마친 후 파머는 카메라 뒤의 프롬프터에서 커다랗게 뜨는 원고를 읽어내려갔다.

"작금의 공중보건 비상사태에 즈음하여, 저 자신과 스톤하트 재단이 어떻게 개입해 대응하고 어떤 도움을 드릴 수 있는지 말씀드리고자 합니다. 오늘 국민 여러분께 제안할 내용은 미국은 물론 전 세계를 위한 3단계 실행 방안입니다.

첫째, 뉴욕 시에 30억 달러의 대출을 즉시 집행해 시의 공무 기능을 정상화하고 시 전체를 격리하도록 돕습니다.

둘째, 스톤하트 산업의 대표이자 CEO로서 역할을 확대해 이 나라 식량 유통 체계의 규모와 안전성을 보장하고자 합니다. 이를 위해 기업이 보유한 핵심 유통망과 다수의 정육 공장을 활용할 것입니다.

셋째, 로커스트밸리의 원자력발전소에 대해 남은 절차를 잠정 중지할 것을 원자력규제위원회에 정중히 요청합니다. 그래야만 현재 완공 단계의 발전소를 즉시 가동해 재앙에 가까운 뉴욕의 전력난을 근원적으로 해결할 수 있습니다."

뉴욕 카나리아 프로젝트의 팀장 자격으로 OEM에 몇 번 들어와본 덕분에 에프는 입장 절차를 훤히 알고 있었다. 철저하긴 해도 무기 소지자는 무장요원들이 따로 검사를 했다. 그래서 반스가 꽤나 꼼꼼히 신원 조사를 받는 동안 에프는 그저 FBI 신분증과 피스톨을 바구니에 넣고 가볍게 금속탐지기를 통과했다.

"에스코트를 원하십니까, 반스 본부장님?" 보안요원이 물었다.

에프가 자기 물건들을 챙기고 반스의 팔을 잡았다. "우리도 길은 압니다."

패널은 민주당 의원 셋과 공화당 의원 둘로 구성되었다. 그중에서도 집중적으로 질의를 한 사람은 국토안보부의 고위 관계자이자 하원 재정위원회 위원인 뉴욕 제3선거구의 니컬러스 프론 하원 의원이었다. 유권자들은 보통 대머리와 턱수염을 신뢰하지 않지만 프론은 벌써 삼선의 위용을 자랑했다.

"파머 회장님, 말씀하신 격리 조치 말입니다만…… 말 잃고 마구간 고치는 격 아닙니까?"

파머는 종이 한 장에 두 손을 올려두고 있었다. "서민적인 비유가 맘에 듭니다, 프론 의원님. 하지만 특권층에서 성장한 분이라 역시 어딘가 깜깜한 구석이 있으시군요. 부지런한 농부라면 달아난 놈을 안전하게 데려오기 위해 다른 말에 안장을 얹는 법입니다. 미국의 농부들은 말 한 필 포기하는 법이 없답니다. 물론 우리도 그래야겠죠."

"또하나 흥미로운 사실, 순전히 회장님 개인적인 이익을 위한 사업, 즉 원자로 관련 사항을 제안에 포함하셨습니다. 규제 절차를 통과하려고 이제까지 힘깨나 들이셨다고 알고 있습니다만. 솔직히 말씀드리면 지금 그런 발전소를 가동할 때인지 전혀 납득이 되지 않습니다. 대체 원자력발전소가 무슨 도움이 된다는 말씀이죠? 제가 생각하기로 문제는 에너지 부족이 아니라 공급 체계에 있는데요."

파머가 대답했다. "프론 의원님, 뉴욕 주에 전력을 공급하는 주요 발전소 두 곳이 현재 멈춰버린 상태입니다. 시스템 전반에서 서지*가 발생하는 바람에 전압에 과부하가 걸렸고 송전선이 파손되었죠. 앞으로 문제가 연쇄적으로 발생할 겁니다. 수도관의 수압이 낮아져 물 공급에도 차질이 생기고, 즉각적인 조처가 없을 경우 오염이 진행되겠죠. 이미 노스트이스트 코리더**의 열차 운행이 차질을 빚고, 승객을 대상으로 하는 공항의 보안 검색은 물론 도로 교통 또한 전기식 주유펌프의 작동 불가로 인해 크게 타격을 받았다고 들었습니다. 현재 휴대폰 통신도 불가능해 911 등의 비상연락체계가 완전히 붕괴되지 않았나요? 시민들이 위험에 직접적으로 노출되어 있다는 뜻이죠."

---

* 전류나 전압이 순간적으로 급격히 높아지는 것.
** 보스턴, 뉴욕을 거쳐 워싱턴까지 이어지는 철도 노선. 미국에서 승객 수 및 운행 열차 수가 가장 많다.

파머는 말을 이었다. "원자력발전소 얘기를 해보죠. 의원님 지역구의 발전소는 언제든 가동이 가능합니다. 이미 사전 규정을 무결점으로 통과했는데도 관료적 절차로 인해 여전히 대기중이죠. 가동만 시작하면 대부분의 도시 전력을 책임질 고성능 발전소가 있습니다. 지금껏 여러분이 모든 단계에서 집요하게 반대하고 방해한 바로 그 발전소입니다. 백네 곳의 원자력발전소가 미국 전력의 20퍼센트를 책임지는데도 1978년 스리마일 섬 사고* 이후 원자력발전소 건설 발주는 단 한 건도 없었습니다. 그리고 이곳이 사고 이후 최초로 지어진 원자력발전소입니다. '원자력'이라는 단어가 좋지 않은 뉘앙스를 풍기기는 합니다만, 사실은 탄소 배출량을 줄이는 친환경적 에너지자원이죠. 원자력이야말로 화석연료를 총체적으로 대체할 수 있는 유일한 대안입니다."

프론 의원이 말했다. "파머 회장님, 광고는 그 정도면 됐습니다. 말씀드리기 송구스럽지만, 솔직히 회장님 같은 갑부들에게는 이번 위기가 재고 처분, 혹은 완벽한 '쇼크 독트린'**의 기회 이상의 의미는 없지 않나요? 회장님께서 뉴욕을 손에 넣은 후 어떻게 요리하실지 걱정이군요."

"이미 말씀드렸다시피, 이번 대출은 이십 년 만기의 무이자 회전신용***으로……"

에프는 FBI 신분증을 휴지통에 버리고 반스와 함께 건물 심장부인 재난대책센터를 통과했다. 사람들의 관심은 모두 머리 위 수많은 모니

---

* 펜실베이니아 스리마일 섬의 원자력발전소에서 발생한 원전 사고.

** 큰 재난이나 위기를 맞아 혼란스러운 국민들을 기업이나 정부가 선동해 자신들이 원하는 체제로 사회를 이끌어나가는 전략.

*** 미리 정한 한도와 기간 내에 언제라도 필요한 금액을 대출받을 수 있는 방식.

터와 그 안의 파머에게 쏠려 있었다.

짙은 색 정장 차림의 스톤하트 수행원들은 부속 홀에 모여 있었다. 홀은 한 쌍의 유리문으로 이어졌고, '보안회의실'이라고 적힌 표지판과 화살표가 보였다.

이곳이 자신의 무덤이 되리라는 생각에 문득 소름이 온몸을 훑었다. 계획이 성공한다면 틀림없이 그럴 것이다. 하지만 엘드리치 파머를 암살하기도 전에 먼저 당한다면? 에프에게는 가장 큰 걱정이었다.

에프는 주차장 방향의 출구 위치를 가늠해보고는 반스에게 돌아서서 속삭였다. "아픈 척해요."

"뭐?"

"아픈 척하란 말입니다. 그렇게 대단한 요구는 아니겠죠."

에프는 그를 데리고 회의실을 지나 뒤쪽으로 향했다. 스톤하트 수행원 하나가 문 가까이 서 있었다. 그 앞에는 남자 화장실 표지판이 반짝였다.

"다 왔습니다, 본부장님." 에프가 반스에게 문을 열어주며 말했다. 반스는 배를 움켜쥐고 손목을 입에 댄 채 기침을 해댔다. 에프가 곁눈질로 스톤하트 직원을 흘끗 보았으나 그의 표정에는 조금도 변화가 없었다.

화장실에 다른 사람은 없었다. 이곳에도 파머의 목소리가 스피커를 통해 흘러나왔다. 에프는 총을 꺼낸 뒤 반스를 제일 안쪽 칸으로 데려가 변기에 앉혔다.

"편히 쉬세요." 그가 말했다.

"이프리엄, 저들이 자넬 죽일 거야." 반스가 경고했다.

"압니다." 에프는 피스톨로 반스를 때려 쓰러뜨린 후 문을 닫았다. "그래서 왔으니까요."

프론 의원의 질문이 이어졌다. "이번 사태가 터지기 전 회장님의 기업과 계열사들이 전 세계 은 시장을 장악할 목적으로 시세를 조작했다는 뉴스가 있었습니다. 솔직히 이번 발병에 대해서도 황당한 소문이 적지 않죠. 사실 여부와 관계없이 그중 일부는 정말 그럴듯하더군요. 사람들은 사실이라고 믿고 있습니다. 정말 대중의 두려움과 미신을 이용할 생각이신가요? 아니면 그보다는 상황이 낫다고 이해해야 합니까? 제가 바라는 바이기도 하지만, 그러니까…… 단순히 회장님의 탐욕 때문이라고 말입니다."

파머는 앞에 놓인 종이를 집어 세로로 접었다가 다시 가로로 접은 뒤 정장 안주머니에 조심스럽게 집어넣었다. 무척이나 느릿느릿 움직였는데, 그동안 내내 눈으로는 계속 워싱턴 DC와 연결된 카메라를 노려보았다.

"프론 의원님, 우리를 이 어둠의 시대로 몰아넣은 건 옹졸함과 부도덕입니다. 지난 선거 때 제가 의원님 경쟁자에게 법이 허용하는 한에서 최대의 자금을 기부하기는 했지요. 아마도 그것 때문에 그런 말씀을 하시는……"

"말도 안 되는 비난이군요!" 프론 의원이 소리쳤다.

"여러분, 지금 보고 계신 이 늙고 허약한 노인은 이제 살날이 얼마 남지 않았습니다. 그저 지금껏 사는 동안 이 나라에 빚진 바가 적지 않으므로 이제 다시 돌려주고 싶을 뿐입니다. 어쩌다보니 그 일이 가능한 위치에 있게 됐습니다만, 물론 법의 테두리를 벗어나지 않을 것입니다. 절대 그런 일은 없습니다. 그 누구도 법 위에 있을 순 없으니까요. 오늘 여러분 앞에서 설명드리고자 한 것도 그 때문입니다. 부디 한 애국자의 행동을 폄하하지 말아주시길 바랍니다. 감사합니다."

피츠윌리엄이 의자를 빼자 파머가 자리에서 일어났다. 앞쪽 벽의 스크린에서는 왁자지껄한 소음과 의사봉 소리가 요란했다.

에프는 문 옆에 서서 귀를 기울였다. 밖에서 사람들이 이동하는 기척이 났지만 조금 더 소란스러워지기를 기다려야 했다. 문을 조금 열까 했지만, 안쪽으로 열리는 문이라 모습이 노출될 수밖에 없었다.

그는 피스톨 손잡이를 조금 잡아당겨 벨트에서 잘 빠지게 해두었다.

한 남자가 지나가며 말했다. 아마도 무전기에 대고 속삭이는 듯했다. "차 준비해."

그 말이 에프에게는 큐 사인이었다. 그는 심호흡을 하고 문고리를 향해 손을 내밀었다. 이제 화장실에서 나와 살인으로 뛰어들 참이었다.

짙은 색 정장의 스톤하트 수행원 둘이 홀 반대편 끝으로 움직였다. 그곳에 밖으로 나가는 문이 있었다. 그때 또다른 수행원 둘이 모퉁이를 돌아나오다 에프를 수상쩍다는 듯 보았다. 그는 방향을 틀었다.

타이밍이 썩 좋지 않았다. 에프는 길을 양보하듯 옆으로 물러섰다. 아무 관심도 없는 사람으로 보여야 했다.

에프가 맨 먼저 본 것은 작은 앞바퀴였다. 휠체어가 모퉁이를 돌아나오고 있었다. 접이식 발판 위에 반짝이는 구두가 놓여 있었다.

엘드리치 파머. 엄청나게 왜소하고 연약해 보이는 노인이었다. 밀가루처럼 하얀 손을 푹 꺼진 허벅지 위에 포개둔 채 눈은 정면을 향하고 있었다. 에프를 보는 것은 아니었다.

수행원 하나가 에프 쪽으로 방향을 틀었다. 억만장자를 보지 못하게 가리려는 의도일 것이다. 파머는 5미터도 안 되는 거리에 있었다. 더는 기다릴 수가 없었다.

가슴이 쿵쿵 뛰었다. 에프는 벨트에서 총을 뽑아들었다. 모든 장면이 느리게 돌아가다 한꺼번에 몰아쳤다.

에프는 총을 들고는 눈앞의 스톤하트 수행원을 피해 왼쪽으로 돌진했다. 손이 떨렸으나 팔을 곧게 뻗어 목표를 정확히 겨누었다.

그는 가장 넓은 부위를 겨냥하고 방아쇠를 당겼다. 앉아 있는 남자의 가슴을 향해. 순간 선두의 수행원이 에프를 향해 몸을 던졌다. 제 한몸 바쳐 미합중국 대통령 앞으로 뛰어든 그 어떤 비밀 경호요원보다도 기계적이었다.

총알은 요원의 가슴에 맞았다. 정장 아래 입은 방탄복 때문인지 딱 소리가 났다. 에프는 남자가 흐트러진 틈을 타 그가 달려들기 전에 옆으로 힘껏 밀쳐버렸다.

에프가 다시 총을 발사했다. 하지만 균형을 잃은 탓에 은 탄환은 파머의 휠체어 팔걸이에 맞고 튀었다.

다시 한번 방아쇠를 당겼을 때는 스톤하트 수행원들이 파머의 앞으로 뛰어든 후였다. 총알은 벽에 박혔다. 짧은 머리의 거한이 파머의 휠체어를 밀며 달리고, 스톤하트 수행원들이 일제히 에프를 덮쳐 쓰러뜨렸다.

에프는 넘어지면서도 몸을 비틀어 출구를 향해 손을 뻗었다. 한 발 더. 그는 거한의 보디가드를 피해 휠체어 등받이를 겨냥했다. 그때 누군가의 구둣발에 손목이 짓밟혔다. 총은 카펫만 맞고 에프의 손을 벗어났다.

에프는 수행원들에게 완전히 깔렸다. 정문으로 사람들이 밀려들어오고 있었다. 고함, 비명. 수행원들의 손이 에프를 할퀴고 팔다리를 잡아당겼다. 그가 간신히 고개를 돌리자 공격자들의 팔과 다리 사이로 휠체어가 보였다. 건물 밖 이글거리는 햇빛 속으로 빠져나가고 있었다.

에프는 분노의 고함을 질렀다. 유일한 기회가 사라져버린 것이다. 영원히.

노인은 상처 하나 없이 살아남았다.
이제 세상은 그의 것이나 다름없었다.

블랙 포레스트 솔루션스 공장

정육 공장 지하의 넓은 방. 마스터는 완벽한 어둠 속에 꼿꼿이 서 있었다. 깊은 생각에 잠긴 터라 극도로 예민한 상태였다. 한때 인간이었던 숙주의 몸에서 햇빛에 그슬린 피부가 벗겨지고 붉은 생살이 드러나면서 갈수록 신중해지던 참이었다.

마스터가 퉁퉁한 목을 살짝 돌려 입구의 볼리바를 보았다. 이미 볼리바의 눈을 통해 상황을 모두 목격했으니 따로 보고받을 필요는 없었다. 인간 사냥꾼들이 전당포를 찾아와 참혹한 전투가 벌어졌다. 분명 세트라키안과 접촉하기 위해 찾아온 놈들일 것이다.

볼리바의 뒤에서 감지자들이 눈먼 게처럼 분주히 기어다녔다. 그 행동으로 추론하건대 그들은 무언가를 '보았다'. 그래서 두려워하고 있는 것이다.

누군가 다가오고 있다. 하지만 감지자들이 동요하는 꼭 그만큼 마스터는 침입자에 대해 철저히 무관심했다.

_고대 존재들이 대낮에 사냥할 용병을 고용했다. 그들도 초조해하고

있다는 반증인 셈이지. 그런데 노교수는?

_공격하기 전에 빠져나갔습니다. 감지자들이 집을 수색한 결과로는 아직 살아 있습니다.

_숨어서 열심히 책략을 짜고 있겠군.

_고대 존재들만큼이나 불안해하고 있는 겁니다.

_인간은 모든 걸 잃고 나서야 위험한 존재가 되는 법이지.

전동 휠체어의 모터 소리, 작은 타이어가 흙바닥을 구르는 소리. 방문자는 엘드리치 파머였다. 그의 보디가드이자 간호사가 뒤에서 푸른색 야광봉으로 통로를 비춰주었다. 인간의 시력으로는 아무것도 보이지 않기 때문이다.

휠체어의 접근에 감지자들의 움직임이 바빠졌다. 그들은 빛을 피해 벽 중간까지 기어올라가 쉭쉭 소리를 냈다.

"괴물들이 더 생겼군." 파머가 낮게 중얼거렸다. 눈먼 뱀파이어 아이들과 그들의 검은 시선이 혐오스럽기 짝이 없었다. 억만장자는 화가 났다. "하필 왜 이 구멍입니까?"

_편하니까.

파머는 부드러운 푸른빛 속에서 살갗이 벗어진 마스터를 처음으로 보았다. 그의 발치에는 이발소 의자 밑에 떨어진 머리카락처럼 살 껍질들이 어지럽게 쌓여 있었다. 파머는 갈라진 피부도, 그 사이로 드러난 생살도 보기 불편했지만 점쟁이가 수정구슬을 읽듯 마스터가 마음을 읽지 못하도록 재빨리 얘기를 시작했다.

"좀 들어보시죠. 지금껏 원하시는 대로 다 해드리며 기다렸지만 대가는 아직 하나도 받지 못했습니다. 더욱이 이젠 제 목숨을 노리는 자까지 생겼습니다! 당장 보상해주시죠! 제 인내심도 바닥났습니다. 당장 약속을 지키지 않으면 저도 지원을 끊겠습니다. 아시겠습니까? 이제 끝이란 말입니다!"

마스터가 천장에 닿을 듯한 머리를 숙이자 살갗에서 바스락대는 소리가 들렸다. 위압적일 정도의 거구였지만 파머도 더는 물러설 생각이 없었다.

"제가 먼저 죽으면 계획은 모두 물거품이 됩니다. 더는 제 의지를 조종할 수도 없고, 재원을 요구하지도 못합니다."

사악한 나치 사령관 아이히호르스트가 마스터에게 소환되어 나타났다. 그가 푸르스름한 빛을 받으며 파머 뒤로 다가섰다.

_감히 마스터 앞에서 저급한 인간의 혀를 놀리다니.

마스터는 커다란 손을 저어 아이히호르스트를 달래고 파머를 노려보았다. 그의 붉은 눈이 푸른 빛을 받고 보랏빛을 띠었다.

_이제 다 됐다. 불멸을 향한 네 소원을 들어주마. 바로 내일.

파머는 깜짝 놀라 말을 더듬었다. 우선 마스터의 갑작스러운 항복도 의외였지만 드디어 이 오랜 세월의 기다림 끝에 거대한 도약을 하게 되었기 때문이다. 이제 곧 죽음이라는 심연으로 뛰어들어 다른 차원의 수면 위로 떠오를 것이다……

파머 내면의 사업가는 더 확실한 보장을 원했으나, 내면의 책략가가 그 입을 막았다.

마스터 같은 괴물에게 단서 조항을 달아서는 안 된다. 은혜를 청하고 그 은혜를 감사히 받아들이면 그만이다.

인간으로서 하루를 더 살아야 한다. 이제 그 시간마저 즐길 수 있으리라.

_계획은 순조로이 진행되고 있다. 내 자식들이 본토 전역으로 진군중이야. 거쳐가는 주요 거점마다 모습을 드러내고 지상의 모든 지역으로 영역을 확대하고 있지.

파머는 기대감을 꿀꺽 삼켰다. "영역은 확대되는 동시에 공고해질 것입니다." 그는 쪼글쪼글한 손으로 시나리오를 그려 보였다. 손가락을 깍지 끼고 손바닥에 힘을 주어 목 조르는 시늉을 해 보인 것이다.

_그렇다. 이제 폭식의 시대 이전의 마지막 임무만 남았노라.

그러자 아이히호르스트가 끼어들었다. 마스터에 비하니 흡사 난쟁이만큼이나 작아 보였다.

_책.

"물론 책은 마스터의 것입니다. 하지만 감히 여쭙건대…… 이미 내용을 알고 계신다면……" 파머가 말했다.

_책이 내 수중에 있는가는 중요하지 않다. 타인에게 넘어가지 않게 해야지.

"그럼, 경매장을 날려버릴까요? 블록 전체를 폭파하는 겁니다."

_그따위 조잡한 방법은 과거에도 시도했지만 늘 실패했다. 기막힐 정도로 생명력이 질긴 책이니 무슨 일이 있어도 그 운명을 직접 확인할 것이다. 내 눈으로 책이 불타는 걸 봐야겠어.

갑자기 마스터가 허리를 똑바로 폈다. 오직 그만이 할 수 있는 방식으로 상황의 변화를 깨달은 것이다.

마스터는 뭔가를 보고 있었다. 몸은 그들과 함께 동굴 속에 있으나 시선만은 그의 자식 중 하나의 눈을 통해 다른 곳에 가 있었다.

마스터는 파머의 머릿속에 오직 한마디를 말했다.

_아이.

파머는 설명을 기다렸지만 그뿐이었다. 마스터는 다시 현재, 현실로 돌아온 뒤 새로운 확신에 찬 표정으로 그들을 돌아보았다. 마치 미래를 일견하기라도 한 것처럼.

_내일 세상은 불타고 아이와 책은 내 것이 되리라.

페트의 블로그

난 살상을 했다.

학살을 자행했다.

지금 타이핑을 하는 이 손으로.

찌르고, 베고, 때리고, 난도질하고, 토막 내고, 참수했다.

옷과 부츠에 놈들의 흰 피를 묻혔다.

나는 놈들을 파괴하며 즐겼다.

직업이 방역관이니 어차피 살상 훈련은 평생 해오지 않았느냐 할지 모르겠다.

그런 주장도 이해는 가지만 수긍할 수는 없다.

쥐 한 마리가 위험한 줄 모르고 팔 위로 기어오를 수는 있다.

하지만 나처럼 인간의 모습을 한 상대를 마주하고 검으로 베는 건 다른 문제다.

놈들은 사람과 비슷하게 생겼다. 당신과 나처럼 생겼다.

난 더이상 방역관이 아니다. 난 뱀파이어 사냥꾼이다.

그리고 여기 문제가 하나 더 있다.

그 얘기는 오직 여기서만 할 생각이다. 누구한테도 감히 털어놓을 수 없다.

내 얘기를 듣는다면 사람들이 어떤 생각을 할지,

어떻게 느낄지,

내 눈 속에서 무엇을 발견할지 알기 때문이다.

하지만…… 그래도 난 죽인다.

그 일이 좋다.

그리고 잘한다.

어쩌면 훌륭한 수준인지도 모르겠다.

도시가 붕괴하고 있다. 아마 세상도 그렇게 될 것이다. 실제로 종말이 당신의 눈앞에 닥쳐왔다는 걸 깨닫는 그때, 종말이라는 말이 얼마나 심각하고 고통스러운 단어인지 알게 되겠지.

내가 유일한 존재는 아닐 것이다. 나 같은 사람이 또 있을 것이다. 평생을 어정쩡한 기분으로 살아온 사람들. 세상 어디에도 속하지 못한 사람들. 이곳에 있는 이유와 존재의 의미가 무엇인지도 모르던 사람들. 아무도 찾지 않아서 부름에 답해본 적도 없는 사람들. 누구도 말을 걸어오지 않던 사람들.

하지만 이젠 아니다.

펜실베이니아 역

노라가 한눈을 판 건 한순간이었다. 대형 전광판을 보며 타야 할 기차의 개찰 안내가 뜨기를 기다리고 있었는데, 심신이 지쳐 그만 깜빡 졸았던 것이다.

오래간만에 아무 생각도 하지 않았다. 뱀파이어도, 두려움도, 앞으로의 계획도 없었다. 초점이 흐려지면서 눈을 뜬 채 잠 속으로 빠져들었다.

깜짝 놀라 눈을 깜빡였을 때는 마치 추락하는 꿈에서 깨어난 기분이었다. 가벼운 경련. 어리둥절함. 가쁜 숨.

고개를 돌려보니 옆에서 잭이 아이팟을 듣고 있었다.

그런데 엄마가 보이지 않았다.

주변을 둘러봤지만 엄마는 없었다. 잭의 귀에서 이어폰을 빼고 물었으나 잭도 모르기는 마찬가지였다. 둘은 함께 엄마를 찾기 시작했다.

"여기서 기다려. 어디 가지 말고!" 노라가 가방을 가리키며 말했다.

그녀는 전광판 아래 사람들을 어깨로 밀치며 나아갔다. 걸음이 느린 분인데, 지나갔을 법한 길을 아무리 찾아봐도 없었다.

"엄마!"

그때 어디선가 새된 목소리가 들렸다. 노라는 소리가 나는 쪽으로 사람들을 헤치고 나갔다. 혼잡한 군중 사이를 빠져나가자 중앙홀이었다. 바로 옆에 문을 닫은 매점이 보였다.

엄마는 그곳에서 남아시아인 가족을 나무라는 중이었다. 그들로서야 난감한 일일 수밖에 없었다.

"에스메! 주전자 잘 봐야지! 펄펄 끓는 소리 안 들려?" 노라의 엄마가 소리를 질렀다. 에스메는 그녀의 죽은 여동생이자 노라의 이모였다.

노라가 엄마에게 다가가 그녀의 팔을 잡고 비영어권 출신의 부모와 어린 두 딸에게 더듬더듬 사과를 했다. "엄마, 가요."

"여기 있었구나, 에스메. 뭘 끓인 거냐?" 엄마가 물었다.

"어서 가요, 엄마." 눈물이 노라의 눈을 적셨다.

"하마터면 집을 태울 뻔했잖아!"

노라는 엄마의 팔을 끌고 다시 군중을 헤치며 나왔다. 사람들의 불평과 욕설은 못 들은 체했다. 잭도 까치발을 하고 서서 두 사람을 찾았다. 아이에게는 아무 말도 하지 않았다. 그 앞에서 폭발하고 싶지 않아서였다. 너무 힘들었다. 누구나 한계점이 있게 마련이다. 노라는 지금 그 한계점을 향해 빠르게 달려가고 있었다.

그녀의 엄마는 딸을 얼마나 자랑스러워했던가. 처음에 포덤에서 화학을 전공할 때도 그랬고, 존스홉킨스 의대에서 생화학을 전공할 때도 그랬다. 엄마는 그녀가 성공했다고 여겼을 것이다. 부자 의사가 될 딸. 하지만 노라는 내과나 소아과가 아니라 공중보건에 관심이 있었다. 돌이켜보면 스리마일 섬 가까이서 자란 경험이 생각보다 삶에 큰 영향을 준 모양이었다. 질병관리센터의 봉급이라 해봐야 공무원 수준이었기 때문에 당연히 대다수 동년배들의 평균 수입에 훨씬 못 미쳤다. 하지만 그녀는 젊고, 아직은 봉사할 때였다. 돈을 벌 기회는 앞으로 따로 있으리라 여겼다.

그러던 어느 날 엄마가 장을 보러 가다가 길을 잃었다. 구두끈을 매지 못하는가 하면 오븐을 켜놓고 나가더니, 급기야 죽은 사람과 대화를 시작했다. 알츠하이머라는 진단을 받자마자 노라는 무너져가는 엄마를 보살피기 위해 살던 아파트를 처분했다. 장기 요양원을 알아보는 일은 차일피일 미루기만 했다. 비용을 감당할 자신이 없었다.

잭도 노라의 스트레스를 눈치채고 조용히 이어폰 속으로 사라졌다. 그녀가 얘기하고 싶어하지 않는다는 것을 알았기 때문이다.

그때 전광판에 그들이 타야 할 기차의 번호가 표시되었다. 기차가 접근하고 있었다. 예정보다 몇 시간이나 지난 후였다. 갑자기 사람들이 미친듯이 달리며 밀치고 소리치고 이름을 불러댔다. 노라는 가방을 챙기고 엄마의 팔짱을 낀 다음 잭에게 가자고 소리쳤다.

플랫폼으로 내려가기 위해 좁은 에스컬레이터에 다다랐을 때였다. 앰트랙 관리자가 막아서서는 기차에 타려면 좀더 기다려야 한다고 말하는 통에 상황은 더욱 악화되었다. 노라는 분노한 군중의 맨 끄트머리에 있었다. 이래서는 표가 있어도 기차를 탈 수 있을지 의문이었다.

그래서 죽어도 하지 않겠노라고 맹세한 짓을 하기로 했다. 그녀는 CDC 신분증을 보이며 줄 앞으로 밀치고 나갔다. 나 좋자고가 아니라 엄마와 잭을 위해서야. 누군가의 욕설이 귀에 꽂혔다. 마지못해 주춤주춤 길을 터주는 사람들의 눈총이 단검처럼 목덜미를 후볐다.

그것도 헛수고였다. 마침내 에스컬레이터가 개방되어 승객들이 지하 플랫폼으로 내려갔지만 선로는 여전히 텅 비어 있었다. 열차 도착은 또다시 미뤄지고, 이유가 뭔지, 얼마나 걸릴지 말해주는 사람은 아무도 없었다.

노라는 노란 안전선 안쪽의 안전한 자리에 가방을 내려놓고 그 위에 엄마를 앉혔다. 그녀와 잭은 마지막 남은 호스티스 도넛 봉지를 열고 챙겨온 스포츠물병에 반쯤 남은 물을 한 모금씩 나눠 마셨다.

오후가 다 지나가고 있었다. 아무리 빨라도 해가 진 다음에야 출발할 모양이었다. 그 때문에 노라는 더욱 초조했다. 해가 지기 전에는 저멀리 북쪽에 가 있으리라 예상했고 당연히 그래야 했다. 그녀는 무기 가방을 꼭 끌어안은 채 플랫폼으로 몸을 내밀고 하염없이 터널만 바라보았다.

마침내 터널에서 안도의 한숨 같은 바람이 밀려왔다. 불빛이 기차의 접근을 알리자 모두 자리에서 일어났다. 노라의 엄마는 초대형 배낭을 짊어진 남자에게 떠밀려 하마터면 넘어질 뻔했다. 기차가 미끄러져 들어오자 다들 좋은 자리를 잡으려고 서로 밀쳐댔다. 문은 기적적으로 노라의 바로 앞에 멈췄다. 비로소 일이 제대로 되려는 모양이었다.

문이 열리고 노라 일행은 인파에 떠밀려 안으로 들어갔다. 그녀는 나란히 붙은 좌석을 차지해 엄마와 잭을 앉히고 잭의 배낭과 무기 가방을 제외한 나머지 짐을 머리 위 선반에 구겨넣었다. 잭은 자기 가방을 무릎 위에 두었다. 노라는 두 사람 앞에 서서 선반 난간을 잡았다. 무릎이 서로 맞닿았다.

다른 사람들도 안으로 밀려들어왔다. 일단 기차에 올라타자 탈출의 마지막 단계에 들어섰다는 생각에 마음이 놓였는지 다들 훨씬 부드럽고 공손해졌다. 한 남자는 아이를 데리고 있는 여성에게 자리를 양보했고, 모르는 사람을 도와 짐을 들어주는 사람도 여기저기 눈에 띄었다. 운 좋은 사람들 사이에서 갑작스럽게 생겨난 연대의식 같은 것이었다.

노라도 문득 체중이 가라앉는 느낌이었다. 최소한 호흡은 훨씬 부드러워졌다. "괜찮니?" 그녀가 잭에게 물었다.

"예, 좋아요." 그가 가볍게 눈을 굴리며 대답했다. 아이팟의 이어폰 줄을 풀어 귀에 꽂으려던 참이었다.

우려대로 많은 사람이 기차에 타지 못했다. 그중에는 표를 끊은 사람들도 있을 것이다. 아수라장 속에서 기차의 문이 모두 닫히자 사람들이 밖에서 창문을 두드리거나, 이제 막 열차에 올라타려는 승무원들에게 몰려가 애원했다. 별수 없이 돌아서는 모습이 정말로 전쟁 피난민처럼 보였다. 노라는 눈을 감고 그들을 위해 기도했다. 그녀 자신을 위해서 기도하고, 사랑하는 사람들을 위해 낯선 저들을 내친 자신에 대해 용서를 빌었다.

은빛 기차가 허드슨 강 하저터널을 향해 서쪽으로 움직이기 시작했다. 사람들 사이에서 박수갈채가 터졌다. 객차는 어디나 만원이었다. 역의 불빛들이 뒤쪽으로 미끄러져 멀어지다 마침내 사라졌다. 이윽고 기차는 지하 세계를 빠져나와 지상으로 올라갔다. 마치 산소가 절실해서 물밖으로 고개를 내민 수영 선수를 보는 듯했다.

기차 안에 있으니 마음이 놓였다. 뱀파이어를 베는 검처럼 어둠을 가르고 질주하는 기차. 노라는 엄마의 주름진 얼굴을 내려다보았다. 감은 눈꺼풀이 파르르 떨렸다. 이 분 동안의 흔들림에 금세 잠든 모양이다.

역을 빠져나올 때는 이미 어두운 밤이었다. 허드슨 강 하저터널로 들어서기 전 기차가 잠시 지상을 달릴 때 빗물이 차창을 때리기 시작했다. 노라는 눈앞의 광경에 헉하고 숨을 삼켰다. 완전한 무정부. 화염에 휩싸인 자동차들, 멀리 보이는 불길, 검은 비를 맞으며 싸우는 사람들. 거리를 질주하는 사람들. 쫓기고 있는 건가? 혹시 뱀파이어들에게? 아니, 저들이 인간이긴 한 걸까? 어쩌면 피를 사냥하는지도 모르겠다.

잭을 돌아보니 아이팟 화면에 빠져 있었다. 뭔가에 몰두한 잭의 모습은 영락없는 제 아빠였다. 노라는 에프를 사랑했다. 그리고 아직은 서로를 잘 모르지만 잭도 사랑할 수 있으리라 믿는다. 에프와 그의 아들은 외모 외에도 많은 점에서 닮았다. 이제 외딴 캠프에 다다르면 그녀와 잭도 충분히 시간을 두고 서로를 알아갈 수 있으리라.

그녀는 다시 창밖의 밤을, 어둠을 내다보았다. 간간이 보이는 자동차 헤드라이트나 자가발전 불빛들이 정전으로 인한 칠흑의 밤에 균열을 냈다. 빛은 곧 희망이다. 양쪽에서 땅들이 지나가며 도시도 멀어지기 시작했다. 노라는 차창에 기댄 채 얼마나 왔는지, 다음 터널을 지나 뉴욕을 벗어날 때까지는 또 얼마나 남았는지 가늠해보았다.

어느 낮은 담장 모퉁이 위, 투광조명을 받고 선 자의 실루엣을 본 건 바로 그때였다. 유령 같은 모습에 노라는 오한을 느꼈다. 흡사 악마의 징조와도 같아 가까워지는 내내 한순간도 눈을 뗄 수 없었다…… 그리고 그림자가 팔을 들기 시작했다.

그자는 기차를 가리켰다. 그저 기차가 아니라…… 바로 노라를 가리켰다.

기차가 속도를 줄이기 시작했다. 아니, 그저 기분 탓일까? 두려움 때문에 시간과 움직임에 대한 감각이 왜곡돼서?

빗속에서 역광을 받으며, 그자가 모습을 드러냈다. 더러운 머리카락, 쩍 벌어진 입과 이글거리는 붉은 눈…… 켈리 굿웨더가 미소를 띠며 노라 마르티네스를 노려보았다.

기차가 켈리의 옆을 지나는 동안에도 두 여자의 시선은 서로에게 고정돼 있었다. 켈리의 손가락은 끝까지 노라를 따라왔다.

노라는 창문에 이마를 댔다. 뱀파이어 켈리의 모습에 구역질이 날 것 같았다. 그녀가 앞으로 어떻게 나올지는 뻔했다.

켈리는 마지막 순간에 기이할 정도로 동물처럼 가볍게 뛰어내려 기차에 매달렸다. 노라의 시야에서도 사라졌다.

플래틀랜즈

가게 뒤에서 페트의 밴이 도착하는 소리가 들리자 세트라키안의 손이 빨라졌다. 그는 테이블 위에 놓인 고서를 미친듯이 넘겼다. 1888년 파리에서 베르틀로와 뤼엘이 발표한 프랑스어판 『고대 그리스 연금술사 선집』 3권이었다. 그의 눈이 판화가 찍힌 페이지들과 '루멘'에서 베껴온 기호들 사이를 바삐 오갔다. 그는 특히 기호 하나를 눈여겨보았다. 마침내 그 판화를 찾아낸 그의 손과 눈이 잠시 굳어버렸다.

가시면류관을 쓴 여섯 날개의 천사. 눈멀고 얼굴에 입도 없었지만, 날개마다 여러 개의 입이 장식처럼 붙어 있었다. 그리고 그 발밑에 낯익은 기호가 하나 있었다. 초승달…… 그리고 단어 하나.

"아르겐툼." 세트라키안은 그렇게 중얼거리고 누렇게 바랜 페이지를 조심스럽게 잡아 뜯어내서 자기 공책 갈피에 끼워넣었다. 그 순간 페트가 문을 열었다.

해가 지기 전에 돌아왔기에 뱀파이어들의 눈에 띄거나 미행당했을 리는 없었다. 그랬다가는 마스터가 곧바로 세트라키안을 잡으러 올 것이었다.

노인은 라디오 옆 테이블에서 일을 하다가 페트가 들어오자 책부터 덮었다. 라디오에서는 토크쇼가 흘러나왔는데, 아직 방송을 타는 몇 안 되는 목소리 중 하나였다. 페트는 세트라키안에게 진정한 동지애를 느꼈다. 어느 정도는 전시의 병사들 사이에 싹트는 유대감, 참호 속의 전우애 같은 것이리라. 물론 참호는 뉴욕 시다. 또 절대 싸움을 포기하지 않는 연약한 노인에게 무한한 존경심이 들기도 했다. 그는 자신과 노인 사이에 비슷한 구석이 있다고 생각하고 싶었다. 자기 일에 헌신적인 것도 비슷하고, 적을 완벽히 파악하고 있다는 것도 그랬다. 차이가 있다면 영역이었다. 페트가 해수와 벌레를 상대한 반면, 세트라키안은 젊었을 때부터 비인간적인 기생 종족을 박멸하는 일에 헌신했다.

어떤 의미에서 페트는 자신과 에프가 교수의 아들 같은 존재라고 생각했다. 함께 싸우는 형제. 하지만 둘은 달라도 너무 달랐다. 한쪽이 치유자라면 다른 한쪽은 말살자였다. 한쪽이 대학물을 먹은 고상한 집안의 자제인 반면 다른 한쪽은 블루칼라에 자수성가한 외톨이였으며, 한쪽은 맨해튼, 다른 한쪽은 브루클린 출신이었다.

하지만 의학자야말로 전염병 창궐의 중심에 있어야 했으나 정작 바이러스의 원인이 밝혀지자 오히려 어둠의 시대에는 전혀 힘을 쓰지 못했다. 반면 부업으로 플래틀랜즈에서 작은 가게를 운영하던, 킬러 본능의 시 공무원은 당당히 노인의 협조자가 될 수 있었다.

페트가 세트라키안을 가깝게 느끼는 이유는 또 있었다. 세트라키안에게는 말할 수 없는, 정작 자신도 명확히 알 수 없는 이유. 페트의 부모는 사람들에게 러시아에서 왔다고 했지만 사실은 우크라이나 이민자였다. 페트는 여전히 부모가 러시아 출신이라고 말하고 다녔다. 이곳으로 건너온 이유는 물론 다른 이민자들처럼 기회를 얻기 위해서였지만, 그보다 더 중요한 것은 과거로부터 달아나고 싶었기 때문이다. 가족들이, 특히 괴팍한 그의 아버지가 드러내놓고 말하지 않아 페트가 들은 건 없지만, 그의 아버지의 아버지는 소련의 전쟁포로였다. 그는 2차대전 중 강제로 징집되어 말살 수용소 중 한곳에서 근무했다. 그곳이 트레블린카인지 소비부르인지는 페트도 알지 못했고 알고 싶지도 않았다. 대학살 당시 맡았던 역할에 대해서는 전쟁이 끝나고 이십 년 뒤에나 밝혀져 끝내 감옥에 갔혔다. 그는 나치의 억압에 못 이겨 수용소의 말단 간수 노릇을 한 피해자에 불과하다고 자신을 변호했다. 독일계 우크라이나인들은 권좌를 차지했지만 나머지는 모두 가학적인 수용소장의 변덕에 고생했을 뿐이라는 얘기였다. 하지만 검사측은 페트의 할아버지가 전후에 풍족한 생활을 누렸음을 주장하며 의류회사 창립자금 등을 증거로 내놓았고, 그도 그 부분에 대해서는 제대로 설명하지 못했다. 그러나 결국 유죄를 확정한 것은 흐릿한 사진 한 장이었다. 장갑 낀 손으로 카빈총을 들고 철조망 울타리에 기대서 있는 검은 군복 차림의 사진. 입술을 비죽거리는 표정을 오만한 미소로 해석한 사람도 있고, 찡그린 데 불과하다고 본 사람들도 있었다. 아버지는 살아생전 그 사진에 대해 일언반구도 없었다. 미미하게나마 할아버지에 대해 얘기해준 사람은 어머니였다.

수치심은 실제로 미래 세대에까지 이어질 수 있다. 페트 역시 끔찍한 멍에처럼 짊어지고 살았다. 가슴 한구석에 항상 뜨겁게 달아오른 수치심이 자리잡고 있었다. 현실적으로야 할아버지가 저지른 죄에 책임감을 느낄 필요가 없다지만, 그래도……

그래도 사람들은 선조의 생김새와 함께 죄를 물려받는다. 그들의 핏줄과 함께, 그들의 명예도 불명예도 감내해야 한다.

페트는 지금처럼 혈통 때문에 괴로워한 적이 없었다. 하지만 꿈은 달랐다. 똑같은 꿈이 반복되며 수면을 방해했다. 꿈속에서 페트는 고향으로 돌아갔다. 실제로는 한 번도 가본 적 없는 곳. 문과 창은 모두 닫혀 있고 그는 혼자서 거리를 걷고 있다. 그러다 갑자기 거리 저편에서 성난 오렌지색 불빛이 말발굽 소리와 함께 전속력으로 달려온다.

말 한 마리가 갈기를 휘날리고 꼬리를 흔들며 미친듯이 달려오고 있다. 말은 무언가에 완전히 홀린 모습이다. 그러면 페트는 마지막 순간 몸을 날려 말의 진로 밖으로 벗어난다. 그러고는 검은 연기를 날리며 들판 저쪽으로 빠르게 달려가는 말의 뒷모습을 망연자실해 지켜본다.

"밖은 좀 어떤가?"

페트는 가방을 내려놓았다. "조용해요. 불길하고." 그리고 재킷을 벗고 주머니에서 땅콩버터와 리츠 크래커를 꺼냈다. 오는 길에 그의 집에 들렀던 것이다. 그가 세트라키안에게 과자를 건넸다. "무슨 소식이라도 있습니까?"

"없어." 세트라키안은 마치 먹지 않을 사람처럼 크래커 상자를 살피기만 했다. "다만 이프리엄이 늦는군."

"다리 때문일 거예요. 꽉 막혔더군요."

"음." 세트라키안은 비닐 포장을 벗기고 냄새까지 맡아보고 나서야 크래커를 입에 넣었다. "지도는 가져왔나?"

페트가 주머니를 두드렸다. 맨해튼, 특히 어퍼 이스트사이드의 배수로 지도를 확보하기 위해 그레이브센드에 있는 DPW(공공사업부) 창고까지 다녀온 참이었다. "당연히 가져왔죠. 그런데…… 이 지도들을 정말 쓰기는 합니까?"

"쓸 일이 있어. 분명히."

페트가 미소지었다. 노인의 신념은 늘 그를 훈훈하게 해주었다. "책에서 뭐라도 좀 보셨나요?"

세트라키안은 크래커 상자를 내려놓고 파이프에 불을 붙였다. "봤지…… 모든 걸 봤어. 그래, 희망을 봤네. 그리고…… 우리와 세상의 종말도."

그가 초승달 그림 복사본 세 장을 내밀었다. 지하철역에서 페트가 분홍색 휴대폰으로 찍은 그림, '루멘'에 있던 바로 그 그림이었다.

"보이지? 이 기호는 하나의 원형 상징이야. 한때 사람들 눈에 비친 뱀파이어처럼, 동서고금을 막론하고 전 인류에게 동일하다는 얘기지. 하지만 그 안에 뭔가 변화가 있어, 보이나? 숨어 있으되 때가 되면 예언처럼 드러나는 변화가? 잘 보라고."

그는 초승달이 그려진 종이 세 장을 겹쳐 임시 라이트테이블 위에 올려놓았다.

"우리가 맞닥뜨리는 전설, 존재, 상징 들은 어느 것이든 우주라는 광활한 저수지 안에 이미 존재하고 있네. 거기서 원형 상징이 생겨나네. 플라톤의 이른바 동굴 밖에서 어른거리는 형체들이지. 으레 우리는 스스로가 영리하고 현명하고 상당히 진화한 존재라고 믿어. 옛날 사람은 너무 순진하고 단순했다고 말이야. 우리 역시 우주의 질서가 이끄는 대로 움직이고 있을 뿐인데……"

종이에 그려진 세 개의 달이 회전하더니 하나로 합쳐졌다.

"이건 세 개의 달이 아닐세. 아니고말고. 이건 엄폐이자, 세 번에 걸친 개기일식이야. 각각의 개기일식은 정확히 같은 위도와 경도에서 기나긴 세월을 주기로 일어나지. 지금은 끝난 한 사건을 예견하고 신성한 기호로 징조를 드러낸다네."

페트는 놀란 눈으로 그림을 보았다. 세 개의 도형이 모여 생물재해 마크(☣)의 가장 기본적인 형태를 만들어냈다. "하지만 이 기호는…… 일 때문에 잘 아는데, 겨우 1960년대에 고안된 겁니다. 제 생각엔……"

"기호는 변하지 않는 법이라네. 우리가 상상하기도 전부터 존재했으니까……"

"그럼 어떻게……"

"아, 어떻게 아느냐고? 우린 언제나 알고 있네. 새삼스럽게 발견하는 것도, 배우는 것도 아니야. 그저 잊었던 사실을 기억해낼 뿐……" 그가 기호를 가리켰다. "이건 경고 표시야. 우리 마음속에서 자고 있던 위기의식이 깨어난 거라고. 종말이 다가오고 있으니까."

페트는 세트라키안의 작업대를 보았다. 지금은 사진 장비를 실험중이었다. '정련 은 유화 기술 실험'이라나 뭐라나 하는데 페트가 알아듣기는 역부족이었다. 어쨌든 노인은 그 실험을 잘 아는 듯했다. "이 부호는 바로 은, 고대 연금술사들의 언어로 말하면 아르겐툼을 나타내지." 세트라키안이 페트에게 초승달 그림을 다시 한번 보여주었다.

"그리고, 이건……" 이번에는 대천사가 새겨진 판화였다. "사리엘이야. 에노키안 마법서의 어느 판본들에는 아라즈알이나 아사라델 등으로도 나와 있지. 아니면 아즈라엘, 오즈리엘…… 다들 비슷비슷하네."

생물재해 마크와 연금술적 상징을 지닌 초승달 부호, 대천사 판화를 나란히 두자 놀랍게도 세 그림을 관통하는 하나의 선이 떠올랐다. 접점과 방향, 그리고 목표.

세트라키안은 힘이 솟구치고 흥분이 밀려들었다. 그의 머리도 바삐 돌아갔다.

"오즈리엘은 죽음의 천사라네. 무슬림들은 그를 '네 개의 얼굴에 수많은 눈과 입이 있으며, 칠만 개의 다리와 사천 개의 날개를 지닌 존재'라고 생각하지. 눈과 혀가 지상에 존재하는 인간의 수만큼 있어. 하지만 그래봐야 그가 어떻게 번식하는지, 어떻게 자손을 퍼뜨리는지 정도만 알 수 있으니……"

페트로서는 무리가 아닐 수 없었다. 그의 관심은 세트라키안의 유리병에 담긴 심장에서 혈충을 안전하게 뽑아내는 데 있었다. 테이블 모서리마다 이미 노인이 배터리식 UV램프를 놓아 벌레가 빠져나가지 못하게 해두었다. 준비는 모두 끝난 듯했다. 바로 옆에 놓인 유리병 안에서 주먹만한 조직이 팔딱대고 있었다. 하지만 막상 때가 되자 세트라키안은 저 사악한 심장을 도살하길 망설이는 눈치였다.

세트라키안이 표본병 가까이 몸을 숙이자 심장이 촉수 같은 가지를 쭉 뻗었고 입처럼 생긴 흡반이 유리에 달라붙었다. 바로 저 혈충들이 피를 빼는 것이다. 지난 수십 년 동안 제 피를 먹이며 이 괴물을 보살피는 사이 노인에게 기이한 애착이 생겼다는 정도는 페트도 이해했다. 물론 충분히 가능한 일이다. 하지만 지금 세트라키안이 망설이는 데는 단순한 아쉬움 이상의, 감정적인 뭔가가 있었다.

진정한 슬픔, 혹은 절망에 가까운.

페트는 그때 뭔가를 깨달았다. 한밤중에 노인이 피를 주면서 유리병을 향해 이야기하는 장면을 본 것도 여러 번이다. 그는 촛불만 켜놓은 채 불경스러운 살덩어리가 담긴 차가운 유리병을 바라보며 쓰다듬거나 뭐라고 속삭거렸다. 심지어 노래를 불러주기도 했다. 외국어로 된 자장가 같았는데 아르메니아어는 아니나 무척 다정한 노래였다.

세트라키안도 페트의 시선을 눈치챘다. "죄송하지만 교수님, 도대체 누구 심장입니까? 처음에 해주신 얘기로는……"

세트라키안은 체념하듯 고개를 끄덕였다. "에…… 알바니아 북부 한 마을의 젊은 과부한테서 잘라냈다고 했지. 그래, 그 얘기엔 사실과 다른 면이 있지."

노인의 눈에 눈물이 반짝이더니, 조용히 한 방울이 흘러내렸다. 그는 마침내 속삭이듯 나지막이 이야기를 들려주었다. 그렇게밖에 할 수 없는 이야기였다.

막간극 3

세트라키안의 심장

1947년, 세트라키안은 수천 명의 홀로코스트 생존자들과 함께 빈에 도착해 소련 점령지구에 정착했다. 들어올 때는 무일푼 신세였으나 도시 전역에서 소유자가 불분명한 창고와 주택지의 가구를 사들이고 고쳐서 되팔며 어느 정도 성공을 거두었다.

고객 한 명은 스승이 되어주기도 했다. 에른스트 젤만 교수. 신화적인 비너 크라이스, 즉 빈 학단*의 몇 안 되는 생존 멤버였다. 빈 학단은 20세기 초의 철학 집단으로 나치의 탄압으로 해체한 지 얼마 되지 않았다. 젤만 또한 제3제국에 의해 가족 대부분을 잃고 망명에서 돌아온 터라 젊은 세트라키안을 매우 측은히 여겼다. '과거'를 언급하고 나치를 논하는 일을 금기시하던, 고통과 침묵의 빈. 그곳에서 젤만과 세트라키안은 서로에게 적잖은 위안을 얻을 수 있었다. 젤만 교수는 아브라함에

---

* 1920년대부터 1930년대에 걸쳐 빈 대학의 철학과 교수 슐리크를 중심으로 활동한 철학자, 과학자, 수학자 집단.

게 자신의 풍부한 장서를 얼마든지 사용하도록 허락했고, 독신의 불면증 환자인 세트라키안은 빠르고 체계적으로 책들을 탐독해나갔다. 그는 먼저 1949년 철학과에 입학하고, 몇 년 후에는 전후 인력난으로 허덕이던 빈 대학의 철학과 부교수로 임명되었다.

빈 미국 점령지구의 투자자이자 비학에 큰 관심을 가진 미국인 거물 자본가 엘드리치 파머의 재정 지원을 받고 세트라키안의 영향력과 문화재 수집은 1960년대 초반 내내 엄청난 속도로 확장되어갔다. 물론 명실공히 가장 중요한 전리품은 수수께끼처럼 증발해버린 유세프 사르두의 늑대머리 지팡이였다.

하지만 자료 수집중 발생한 이런저런 일을 계기로 세트라키안은 결국 자신과 파머의 이해가 양립할 수 없음을 깨달았다. 실제로 세트라키안의 목적은 뱀파이어 무리를 추적해 정체를 드러내는 데 있으나, 파머의 궁극적인 목적은 철저히 그 반대였으며, 그로 인해 두 사람은 험하게 결별했다.

훗날 세트라키안이 어느 학생과 연인 관계라는 소문을 퍼뜨려 대학에서 쫓겨나게 만든 장본인이 누구인지는 너무나도 뻔했다. 그리고 그 소문은, 전적으로 사실이었다. 세트라키안은 오히려 비밀이 양지에 드러나 홀가분해졌기에 사랑하는 미리암과 서둘러 예식을 올렸다.

미리암 자허는 어릴 때 소아마비를 앓아 팔 다리에 교정기를 달고 살았다. 비록 날지는 못하나, 아브라함에게 그녀는 가장 아름답고 작은 새였다. 전공은 로맨스어지만 미리암은 세트라키안의 몇몇 세미나에 참여해 조금씩 그의 시선을 끌기 시작했다. 사제간의 데이트는 금기였기에 미리암은 부유한 아버지를 부추겨 세트라키안을 가정교사로 고용했다. 자허 가문의 영지까지 가려면 전차를 두 번이나 갈아타고 빈을 빠져나와서도 한 시간은 족히 걸어야 했다. 저택에 전기가 들어오지 않을 때라 두 사람은 가족 서재에서 램프 불빛에 의지해 책을 읽었다. 미리암은 나무로 짠 휠체어에 앉았다. 새 책이 필요하면 세트라키안이 책장까지 밀어주곤 했는데 그럴 때면 미리암의 부드럽고 상큼한 머리 향기를 맡을 수 있었다. 향기는 그를 혼미하게 만들었다. 떨어져 있는 동안은 떠올리는 것만으로도 정신이 아득해졌다. 머지않아 둘은 서로의 마음을 확인했다. 어둡고 음침한 구석에 숨어들어 서로의 숨결과 타액을 탐하는 사이 지금까지의 조심스러운 마음은 점차 불안감으로 변해 갔다.

기나긴 절차를 거쳐 종신 재직권을 박탈당하고 대학에서 쫓겨난데다 미리암 가족의 반대까지 겹치자 유대인 세트라키안은 고귀한 자허 가문의 딸과 뮌히호프로 달아나 비밀리에 식을 올렸다. 예식에 참석한 사람은 젤만 교수와 미리암의 친구 몇 명뿐이었다.

세월이 흐르면서 미리암도 조사를 함께 하게 되었다. 자신의 주장을 전적으로 믿어주는 그녀는 세트라키안에게 암흑기의 위안일 수밖에 없었다. 세트라키안은 십여 년 동안 짧은 칼럼을 쓰거나 유럽 전역의 고택에서 큐레이터로 일하며 생계를 꾸렸고, 미리암은 적은 수입을 최대한 아껴 썼다. 세트라키안 부부의 밤은 평화로웠다. 매일 밤 아브라함은 알코올, 장뇌, 허브를 섞어 미리암의 다리에 바르고 문질러주었다. 그녀의 근육과 신경을 짓누르는 고통스러운 결절들을 끈기 있게 마사지하면서도 그로 인해 자신의 두 손도 그녀의 다리만큼 아프다는 사실은 전혀 내색하지 않았다. 밤이면 밤마다 교수는 미리암에게 고대의 지식과 신화를, 숨은 의미와 상징으로 가득한 이야기를 들려주었다. 언제나 마지막에는 콧노래로 옛 독일 자장가들을 흥얼거려 그녀가 고통을 잊고 잠들 수 있도록 해주었다.

1967년 봄, 아브라함 세트라키안은 불가리아에서 아이히호르스트의 자취를 발견했다. 나치를 향한 복수심은 그의 뱃속에 가라앉았던 불씨를 다시 들쑤셔놓았다. 트레블린카 수용소장 아이히호르스트는 세트라키안에게 장인 계급을 달아준 당사자였다. 또한 자신이 가장 아끼는 목공을 처형하겠다고 두 번이나, 그것도 그에게 직접 단언하기도 했다. 말살 수용소에서 유대인의 운명은 늘 그런 식이었다.

세트라키안은 아이히호르스트를 찾아 발칸반도로 건너갔다. 전쟁이 끝난 뒤 알바니아는 공산국가가 되었는데, 무엇 때문인지 스트리고이는 그러한 정치적, 이념적 환경에서 힘을 받는 모양이었다. 세트라키안은 옛 수용소장, 죽음 공장의 왕국을 지배하던 어둠의 신이 어쩌면 자신을 마스터에게로 안내할지 모른다는 기대감에 부풀었다.

그리하여 몸이 불편한 미리암을 슈코더르 교외의 한 마을에 남겨둔 채 짐말을 끌고 15킬로미터 거리의 고대 도시 드리슈트로 향했다. 세트라키안은 올라가지 않으려 버티는 짐승을 억지로 끌고 옛 오스만의 가파른 석회암 비탈길을 올라 산마루의 성에 다다랐다.

드리슈트 성은 산봉우리를 잇는 비잔틴 요새의 일부로 12세기에 지어졌다. 당시는 몬테네그로의 지배를 받았으나 그후 잠깐 베네치아의 수중에 들어갔다가 1478년 터키에 넘어갔다. 그리고 거의 오백 년이 지난 지금, 폐허의 요새 안에는 작은 모스크와 무슬림 소부락이 들어서 있었다. 성은 완전히 잊힌 채 자연의 먹이로 전락했다.

마을에는 아무도 없었다. 인적이 끊긴 지 꽤 오래된 듯했다. 산꼭대기에서는 북쪽으로 디나르알프스가 보이고 서쪽으로는 아드리아해와 오트란토해협이 장엄하게 물결치고 있었다.

돌성은 수 세기의 정적에 지쳐 다 허물어져갔지만 어느 모로 보나 뱀파이어 사냥의 적소였다. 돌이켜보면, 뭐든 겉으로 보이는 것과 실제가 다를 수 있다는 사실을 깨달은 것도 이 성에서의 경험 덕분이었다.

그는 지하실에서 관을 찾아냈다. 길쭉한 육각형에 한쪽 끝이 가늘어졌으며, 디자인은 지극히 단순하고 현대적이었다. 금속을 전혀 사용하지 않고 널판은 나무못과 가죽만으로 이어붙였다. 재질은 삼나무로 보였다.

아직 해는 지지 않았으나 조명이 그렇게 강하지 않아서 일을 처리할 수는 있을 듯했다. 세트라키안은 은검을 꺼내 과거의 학살자를 해치울 준비를 했다. 그는 한 손에 무기를 들고 구부러진 손으로 관 뚜껑을 들어올렸다.

관은 비어 있었다. 아니, 그 이상이었다. 밑이 뚫려 있었다. 바닥에 고정된 채 일종의 문으로 쓰이고 있다는 뜻이었다. 세트라키안은 가방에서 헤드램프를 찾아 쓰고 아래쪽을 들여다보았다.

5미터쯤 아래 흙바닥이 있고 터널이 이어져 있었다.

세트라키안은 여분의 플래시와 배터리, 기다란 은칼을 챙기고(C파장 자외선에 살상 기능이 있다는 사실을 그때는 몰랐다. 그건 UV램프가 상용화되고 나서야 알게 되었다) 음식과 대부분의 물은 남겨둔 채 벽에 달린 사슬에 로프를 묶은 다음 지하 터널로 내려갔다.

스트리고이 분비물의 암모니아 냄새가 코를 찔렀다. 그는 조심스럽게 걸음을 내디뎠다. 부츠를 더럽히고 싶지는 않았다. 굽잇길마다 귀를 기울이고 갈림길마다 벽에 표시를 하며 한참을 걷다보니 표시해둔 지점이 다시 나타났다.

그는 잠시 고민하다가 왔던 길을 되짚어 관이 있는 곳으로 돌아가기로 했다. 밖으로 나가 재정비를 하고 일몰 후 뱀파이어들이 깨어나길 기다릴 참이었다.

하지만 그가 돌아왔을 때 관 뚜껑은 닫혀 있었고 늘어뜨려둔 로프도 보이지 않았다.

이미 스트리고이 사냥에 이력이 난 터라 이런 식의 반전에는 두려움보다 분노가 앞섰다. 그는 즉시 돌아서서 터널 안으로 달려들어갔다. 살아남으려면 희생자가 아니라 약탈자가 되어야 했다.

이번에는 다른 통로를 택했다. 그는 농군 가족 넷과 마주쳤다. 모두 스트리고이였는데, 그가 나타나자 플래시 불빛에 눈들이 모두 벌겋게 타올랐다.

하지만 다들 너무 약해 공격을 하지도 못했다. 넷 중 일어설 수 있는 것도 어미뿐이었다. 여자는 굶주린 뱀파이어의 전형적인 얼굴이었다. 검게 변색한 피부, 바짝 마른 목에 울뚝불뚝 튀어나온 촉수 기관, 혼란스럽고 멍한 표정까지.

그는 그들을 해방시켜주었다. 가차없이 신속하게.

곧바로 두 가족과 또다시 마주쳤다. 그중 한 가족은 좀더 강했으나 어느 쪽도 위협이 되지는 못했다. 다른 방에서는 처참히 살해당한 어린 스트리고이도 보았다. 동족 포식의 결과일 것이다.

그래도 아이히호르스트의 흔적은 없었다.

뱀파이어들을 일소하며 거미줄 같은 동굴 여기저기를 돌아다녔지만 다른 출구가 없다는 사실만 확인했을 뿐이었다. 그는 닫힌 관 아래로 돌아와 단검으로 오래된 돌벽을 쪼기 시작했다. 한쪽 벽에 발 디딜 홈을 파낸 후 반대편 벽의 그보다 조금 높은 지점에 다른 홈을 파는 식이었다. 몇 시간이나 계속했으나 사실 은은 갈라지고 휘어져서 그 작업을 하기에 무리였다. 차라리 쇠로 된 손잡이와 칼자루가 훨씬 유용했다. 그는 작업을 하며 이곳 지하의 황폐한 스트리고이 마을에 대해 생각해보았다. 여기 그들이 있다니 도무지 말이 되지 않았다. 뭔가 잘못된 게 분명한데, 그렇다고 그 생각에만 매달려 있을 수는 없었다. 그는 불안감을 떨쳐내고 눈앞의 작업에 집중했다.

몇 시간, 어쩌면 며칠이 지났다. 물도 떨어지고 배터리도 얼마 남지 않았을 즈음 그는 아래쪽 홈 두 개에 발을 딛고 서서 세번째 구멍을 파내기 시작했다. 손에는 흙과 피가 잔뜩 엉겨붙어서 단검을 쥐기도 어려웠다. 마침내 가파른 벽에 발을 단단히 고정하고 관 뚜껑을 향해 손을 뻗었다.

죽을힘을 다해 뚜껑을 밀어올렸다.

밖으로 기어나왔을 때는 편집증에 사로잡혀 반쯤 미친 상태였다. 가방은 사라졌고 여분의 식량과 물도 없었다. 그는 극심한 갈증을 느끼며 성을 탈출해 은혜로운 한낮의 바깥으로 나갔다. 하늘에는 구름이 끼어있었다. 몇 년의 세월이 흐른 기분이었다.

길목에 묶어둔 말은 내장을 쏟아낸 채 싸늘히 죽어 있었다.

황급히 마을로 돌아가는 사이 날이 갰다. 성에 오르는 길에 마주쳤던 농부에게 세트라키안은 망가진 시계를 주고 약간의 물과 돌멩이처럼 딱딱한 비스킷을 받았다. 그리고 온갖 손짓과 발짓을 동원해 지하에 갇혀 있는 동안 해가 세 번씩 지고 떴음을 알아냈다.

천신만고 끝에 숙소로 돌아왔지만 미리암이 보이지 않았다. 메모도 아무것도 없었다. 그녀답지 않았다. 그는 옆집에 갔다가 다시 맞은편으로 길을 건너갔다. 한 남자가 문을 빼꼼히 열고 밖을 힐끔 내다보았다.

아니, 못 봤습니다. 남자가 문틈으로 대답했다. 피진* 그리스어였다.

그런데 남자의 등뒤에서 여자가 덜덜 떨고 있었다. 세트라키안은 그녀를 보며 무슨 일이 있는지 물었다.

남자는 전날 밤 마을에서 아이 둘이 실종되었는데 아무래도 마녀의

---

* 특정 지역에 외부인이 들어와 토착인과 지속적으로 접촉하는 경우 원활한 의사소통을 위해 두 언어의 기본적인 어휘가 결합해 만들어진 혼성어.

짓 같다고 설명했다.

세트라키안은 숙소에 돌아온 후 의자에 털썩 주저앉아 피범벅의 부러진 손으로 머리를 감싸쥐었다. 그는 해가 지기를 기다렸다. 사랑하는 아내는 어두워져야 돌아올 것이다.

그녀는 비에 젖은 채로 돌아왔다. 평생 수족을 지탱해주었던 목발과 부목은 벗어던지고 없었다. 머리카락은 흠뻑 젖어 길게 늘어졌고 피부는 창백하고 반들거렸다. 진흙투성이의 옷은 더럽기 짝이 없었다. 고개를 꼿꼿이 든 모습이 마치 어느 특별한 모임에서 신참 회원을 환영하는 사교계 여자처럼 보였다. 옆에는 그녀가 변화시킨 마을 아이 둘이 있었다. 소년과 소녀는 둘 다 아직 변화의 고통을 겪는 중이었다.

다리는 곧게 펴지고 또 검게 변색되었다. 피가 말단으로 몰려 두 손과 두 발이 새까맣게 보였다. 더는 절룩거리지도 않았다. 근육이 위축된 다리의 고통을 덜어주기 위해 밤마다 그렇게 마사지를 해주었건만.

너무도 빨리, 그리고 너무도 완벽하게 그녀는 필생의 연인에서 역겨운 진흙투성이 괴물로 바뀌었다. 어린아이를 잡아먹는 스트리고이가 된 것이다. 살아서는 결코 갖지 못한 어린아이를.

세트라키안은 나지막이 흐느끼며 자리에서 일어났다. 한편으로는 모든 걸 체념하고 싶었다. 모두 포기하고 뱀파이어가 되어 그녀와 함께 지옥으로 떨어지고 싶었다.

하지만 그는 그녀를 베었다. 너무도 많은 사랑을 품고, 너무도 많은 눈물을 흘리며. 물론 아이들도 처리했다. 아이들의 오염된 시체에는 아무 관심이 없었지만 미리암은 달랐다. 그는 자신을 위해 그녀의 일부를 간직하기로 결심했다.

자기가 미친 짓을 저지르고 있다는 사실을 자각한다 할지라도 미친 짓은 분명 미친 짓이다. 아내의 가슴에서 병든 심장을 잘라내 간직하는

일이니 어찌 아니겠는가. 이제 혈충의 갈망이 유리병 안의 오염된 심장
을 뛰게 할 것이었다.

삶은 미친 짓이야. 세트라키안은 도살을 끝내고 방안을 돌아보았다. 사
랑도 마찬가지지.

플래틀랜즈

세트라키안은 죽은 아내의 심장과 마지막 순간을 보낸 후 페트에게는 제대로 들리지도 이해되지도 않는 말을 중얼거렸다. "용서해주구려, 여보." 그리고 작업을 시작했다.

그는 심장을 갈랐다. 작업은 벌레를 죽이는 은칼 대신 스테인리스칼로 진행되었다. 세트라키안은 병든 조직을 조금씩 잘라나간 다음 테이블을 에워싼 UV램프 가까이 가져가 벌레를 풀어놓았다. 분홍색 벌레는 머리카락보다 두껍고 길쭉하고 민첩했다. 놈이 나오자마자 칼을 쥔 노인의 손으로 달려들었지만 이미 충분히 준비되어 있었다. 결국 세트라키안은 테이블 안쪽으로 기어가는 벌레를 단칼에 베어 두 조각을 냈고 페트가 커다란 유리컵 두 개로 각각을 덮어 가뒀다.

벌레들은 곧바로 재생되어 새로운 우리 안쪽을 돌아다녔다.

세트라키안이 실험 준비를 했다. 페트는 스툴에 앉아 유리컵 안에서 피를 찾아 빠르게 움직이는 벌레들을 지켜보았다. 페트는 세트라키안이 에프에게 했던 경고를 떠올렸다. 켈리를 파괴하는 것에 대한 내용이었다.

사랑하는 사람을 해방하는 과정에서…… 변한다는 말의 의미를 진정으로 알게 될 걸세. 자신의 본질을 완전히 부정한다는 의미가 뭔지. 그런 행위는 한 사람을 영원히 바꿔버리지.

노라는 이런 얘기를 했다. 이 역병의 진정한 제물은 바로 사랑이고, 그들이 우리를 몰락시킨 수단 또한 사랑이라고……

사랑하던 존재에게 돌아가는 언데드. 뱀파이어의 흡혈 욕구로 변질된 인간의 사랑.

"터널에서 놈들이 왜 영감님을 안 죽인 겁니까? 그게 함정이었다면 말이죠." 페트가 물었다.

세트라키안이 고개를 들었다. "믿기 어렵겠지만 그때만 해도 놈들은 날 두려워했네. 한창때였던데다 강하고 기운이 넘쳤으니까. 놈들이 무자비한 건 사실이지만 그때만 해도 숫자가 아주 적었어. 따라서 자기보존이 무엇보다 중요했지. 무절제한 종족 번식은 금기였네. 그래서 나에게 다른 방식으로 타격을 주려고 했는데 확실히 먹혀들었지."

"놈들은 아직도 영감님을 두려워합니다." 페트가 말했다.

"내가 아니라 내가 상징하는 것, 내가 아는 것을 두려워하네. 솔직히 뱀파이어 무리를 상대로 나 같은 늙은이가 뭘 할 수 있겠나?"

페트는 세트라키안의 겸손을 믿지 않았다. 단 한 순간도.

노인이 말을 이어나갔다. "내가 보기에 놈들은 우리가 포기하지 않는다는 사실, 그러니까 인간의 영혼이 끈덕지게 절체절명의 역경에 맞서는 상황 자체를 당혹스러워하는 것 같아. 오만한 종족이니까. 그들의 기원이 그 사실을 입증해줄 걸세. 물론 확인이 필요하지만."

"그들의 기원이 뭔데요?"

"그 책을 손에 넣고, 그래서 확신이 서면…… 그때 말해주지."

라디오 소리가 점점 줄어들었다. 처음에 페트는 자기 귀가 안 좋아서 그렇다고 생각했다. 그러다 기계 문제임을 깨닫고 일어나서 라디오 크랭크를 돌려 전력을 공급했다. 거의 모든 채널에서 사람 목소리 대신 심한 전파방해 소리와 가끔씩 고주파 잡음만 잡혔으나 민간 스포츠 채널이 여전히 방송중이었다. 원래 방송을 진행하던 사람들은 모두 사라지고 프로듀서가 혼자 남아 직접 마이크를 잡은 듯했다. 방송 내용도 양키스, 메츠, 자이언츠, 제츠, 레인저스, 닉스 소식이 아니라 인터넷에서 알아냈거나 어쩌다가 전화 제보로 들어오는 최신 뉴스로 바뀌어 있었다.

"⋯⋯FBI의 공식 웹사이트는 오늘 브루클린에서 일어난 사건에 근거해 이프리엄 굿웨더 박사를 구속했다고 밝혔습니다. 전직 뉴욕 CDC 공무원 출신 수배자, 최초로 비디오를 유포한 장본인이죠. 기억하십니까? 헛간에서 개처럼 사슬에 묶여 있던 남자의 영상. 그 괴물 같은 모습이, 뭐 말도 안 되고 그저 웃겼는데요. 그땐 좋은 시절이었죠. 어쨌든⋯⋯ 그가 체포되었다는군요. 혐의는⋯⋯ 이게 뭐죠? 살인미수? 맙소사. 무슨 일이 벌어지는 건지 이제야 제대로 된 답을 들을 수 있나 했는데. 그러니까, 제 기억이 틀리지 않는다면 이 친구는 애초부터 모든 상황의 중심에 있었습니다. 그 비행기에도 들어갔었죠? 753기에. 그런데 당시 동료 긴급 구조원을, 부하인지를 살해한 혐의로 수배되죠. 짐 켄트라는 남자였던 것 같은데요. 이제 명백해졌군요. 이 남자와 관련해 뭔가 일이 벌어지고 있는 겁니다. 제 생각엔, 아무래도 이 남자를 쥐도 새도 모르게 없애버리려는 것 같군요. 복부에 두 방, 그럼 영원히 입을 다물 테니까. 누구도 답을 모르는 이 정체불명의 거대한 퍼즐의 한 조각을 이 친구가 갖고 있는 것 같은데 말입니다. 이 문제에 대해 견해나 의견 있으신 분, 전화기가 아직 작동하는 분, 스포츠 핫라인으로 연락을……."

세트라키안이 자리에 앉으며 눈을 질끈 감았다.

"살인미수?" 페트가 되뇌었다.

"파머야." 세트라키안이 말했다.

"파머! 그럼…… 괜한 누명이 아니라는 건가요?" 순간 페트의 충격은 이해로 바뀌었다. "파머를 쏴서 죽인다? 이런 세상에! 왜 그 생각을 못 했을까?"

"안 해서 다행이네."

페트는 정신을 차리려는 듯 두 손으로 머리카락을 헤집었다. 뒤로 물러나 반쯤 열린 문으로 밖을 내다보니 거리에 땅거미가 지고 있었다. "그래서 그 둘이 떠난 건가요, 네? 영감님도 아셨습니까?"

"의심은 했지."

"그런데 말리지 않았다?"

"내가 보기엔…… 막을 방법이 없었어. 남자에겐 충동이 이끄는 대로 움직여야 할 때가 있지. 그 친구를 이해할 수 있네. 전 세계적으로 유행병이 퍼지고 있는데, 그 원인이 의사인 자기가 아는 모든 이론과 배치되는 거야. 게다가 아내 문제를 포함한 개인사까지 더해졌다고 생각해보게. 결국 스스로 옳다고 생각한 길을 택한 거야."

"대담한 수예요. 아무튼 그만한 가치는 있었겠죠? 박사가 성공했다면요."

"그럴 걸세." 세트라키안은 작업을 재개하려 했다.

"그 사람한테 그런 면이 있는 줄 몰랐네요." 페트가 미소지었다.

"본인도 몰랐을 걸세."

그때 페트는 얼핏 창문 앞을 지나는 그림자를 보았다. 반쯤 돌아서 있던 터라 확신할 수는 없지만 아무래도 덩치가 큰 놈 같았다.

"손님이 온 모양입니다." 페트가 황급히 뒷문으로 향하며 말했다.

세트라키안은 일어나 재빨리 늑대머리 지팡이를 들고 손잡이를 비틀어 은날을 조금 드러냈다.

"여기서 대비만 하세요." 페트는 네일건과 검을 챙겨 뒷문으로 빠져나갔다. 마스터일까봐 불안했다.

문을 닫자마자 인도에 거한이 보였다. 남자는 육십대로 짙은 눈썹에 페트만큼이나 덩치가 컸다. 가벼운 기마 자세에, 한쪽 다리가 조금 불편해 보였지만 손바닥을 내밀고 있는 모습이 영락없는 레슬러였다.

마스터는 아니었다. 뱀파이어도 아니었다. 눈빛이 달랐다. 뱀파이어라면 이제 막 변한 놈이라도 움직임이 부자연스러워 인간보다는 짐승이나 벌레에 가까웠다.

DPW 밴 뒤에서 둘이 더 나왔다. 하나는 온통 은으로 된 장신구로 치장했는데 키는 작았지만 어깨가 딱 벌어지고 힘이 좋아 보였고, 으르렁대는 모습이 꼭 화려하게 꾸민 성질 나쁜 개 같았다. 더 어려 보이는 다른 남자는 장검 끝으로 페트의 목을 겨누었다.

보아하니 은의 의미를 아는 자들이었다. "난 인간이야. 한바탕 쓸어가려고 온 모양인데 여긴 쥐약뿐이다." 페트가 말했다.

"우린 노인을 찾고 있어요." 목소리가 페트의 등뒤에서 들렸다. 그는 그쪽으로 고개를 돌렸다. 새로 등장한 인물은 거스였다. 찢어진 셔츠 깃 사이 쇄골 부근에 'SOY COMO SOY' 문신의 일부가 드러났다. 손에는 기다란 은검을 들고 있었다.

멕시코 건달 셋과 손이 두툼한 스테이크만한 늙은 전직 레슬러. "이봐, 곧 어두워질 거야. 걸음을 서두르라고." 페트가 말했다.

"이 자식은 또 뭐야?" 은 너클링 손의 크림이 으르렁거렸다.

"전당포 영감, 어디 있죠?" 거스가 페트에게 물었다.

페트도 물러서지 않았다. 아무리 뱀파이어 살상무기로 무장했다 해도 그는 모르는 자들이었다. 정체를 모르는 자들이 맘에 들 리 없었다. "그런 사람 몰라."

"직접 뒤지라는 얘기군." 거스는 속지 않았다.

페트는 거스에게 네일건을 겨누었다. "좋을 대로. 하지만 먼저 날 넘어뜨려야 할 거다. 그리고 하나 알아둘 게 있는데, 여기 이놈, 이게 아주 죽이는 물건이거든. 못이 곧바로 뼈에 박힌단 말이지. 제 집 찾아가듯 말이야. 뱀파이어든 아니든 한 방에 훅 가는 수가 있어. 눈구멍에서 은못 두 개쯤 빼내려면 눈물깨나 흘려야 할 거다, 남미놈아."

"바실리." 세트라키안이 지팡이를 들고 뒷문으로 나오며 페트를 말렸다.

거스가 노인을 보았다. 그의 망가진 손도 보았다. 기억대로였다. 전당포 영감은 훨씬 늙고 작아 보였다. 불과 몇 주 전에 만났는데, 몇 년은 지난 듯했다. 거스는 자세를 바로 했다. 영감이 자기를 알아볼지 확신이 서지 않았다.

세트라키안이 그를 살펴보았다. "유치장에서 만난 친구야."

"유치장이요?" 페트가 되물었다.

세트라키안이 손을 내밀어 거스의 팔을 가볍게 두드렸다. "내 말을 들어줬군. 뭔가 깨달았어. 그리고 기어이 살아남았군그래."

"당연히 살아남았죠. 영감님도…… 빠져나왔군요."

"운이 좋았어. 그런데 자네 친구는? 아픈 애가 하나 있었지? 결국 자네가 할 일을 한 건가?" 세트라키안이 다른 패거리를 둘러보며 물었다.

거스는 그때의 기억이 떠올라 인상을 찡그렸다. "예, 할 일을 했죠. 그때부터 계속 그 짓을 하고 있고."

앙헬이 어깨에 멘 배낭을 뒤지자 페트가 네일건을 겨누었다. "천천히 해요, 떡대 아저씨." 그가 말했다.

앙헬은 전당포에서 가져온 은 케이스를 꺼냈다. 거스가 케이스를 받아 안에서 카드를 꺼내 전당포 영감에게 건넸다.

페트의 주소였다.

케이스는 찌그러지고 까맣게 그을린데다 한쪽 모퉁이가 뒤틀려 있었다.

"놈들이 영감님을 잡으러 왔더군요. 연기로 해를 가리고 대낮에 처들어왔더라고요. 우리가 도착했을 땐 이미 전당포 안에 놈들이 득시글대고 있었죠. 멀쩡하게 빠져나오려면 건물을 통째로 날려버리는 수밖에 없었어요." 거스가 동료들을 향해 고갯짓을 했다.

세트라키안은 아주 잠시 아쉬운 표정이었으나 금방 떨쳐냈다. "그럼…… 함께 싸우기로 한 거군."

"저요? 제가 바로 싸움인걸요. 지난 며칠 동안 엄청 쓸어냈죠. 셀 수 없을 만큼." 거스는 자기 은검을 휘둘러 보였다.

세트라키안은 좀더 가까이 다가가 거스의 무기를 들여다보았다. "이 보게, 이런 기막힌 무기들은 어디서 났나?"

"죽이는 데서죠. 수갑을 차고 죽어라 내빼는데 그대로 납치하더라고요." 거스가 말했다.

세트라키안의 표정이 어두워졌다. "누가?"

"그자들이요. 옛날 괴물들."

"고대 존재들이로군." 세트라키안이 중얼거렸다.

"이런, 맙소사." 페트가 말했다.

세트라키안은 손짓으로 그를 진정시키고 거스에게 물었다. "그래, 설명해줄 수 있겠나?"

거스는 고대 존재들의 제안을 받았고, 그들이 어머니를 데리고 있다는 이야기를 했다. 저지시티에서 사파이어들을 설득해 대낮 사냥팀을 꾸린 얘기까지.

"요컨대 용병이로군." 세트라키안이 말했다.

거스는 그 말을 칭찬으로 받아들였다. "희멀건 피로 바다를 만들어버렸어요. 우린 최고의 뱀파이어 킬러입니다. 아니, 그보다는 뱀파이어 청소부가 더 좋겠네요."

앙헬이 고개를 끄덕였다. 거스가 마음에 들었다.

"고대 존재들 말인데요, 그 친구들은 연합군을 만들고 싶대요. 놈이 번식 규칙을 어기고 정체를 드러낸 탓이죠. 충격과 공포 작전*으로 나가려나봐요. 제 생각이지만……" 거스가 말했다.

그러자 페트가 미친듯이 웃어댔다. "생각? 지금 장난하나, 응? 맙소사, 너희 쓰레기 암살대는 지금 똥오줌을 못 가리고 있어. 자기가 어느 편인지도 모른다고."

"제발, 기다리게." 세트라키안은 손을 내밀어 페트를 제지하고 잠시 생각에 잠겼다. "자네가 나한테 온 걸 그들도 알고 있나?"

"아뇨." 거스가 대답했다.

"곧 알게 되겠지. 그러면 언짢아할 걸세." 세트라키안은 두 손을 들어 당혹스러워하는 거스를 안심시켰다. "불안해할 필요 없네. 어차피 온통 난장판이니까. 붉은 피를 가진 인간이라면 누구를 막론하고 어려운 시기야. 날 다시 찾아줘서 고맙네."

노인은 아이디어가 떠오를 때면 눈을 반짝였는데, 페트는 그 모습이 마음에 들었다. 덕분에 얼마간 안심이 되었다.

"날 위해 해줄 일이 하나 있어." 세트라키안이 거스에게 말했다.

---

*이라크 전쟁 당시 미군의 작전명. 힘의 우위를 바탕으로 신속하게 전쟁을 끝낸다는 뜻.

거스는 엿이나 먹으라는 식으로 잠깐 페트를 노려보고는 세트라키안에게 말했다. "뭐든지 말씀하세요. 제가 빚진 게 많으니."

"내 친구와 나를 고대 존재들에게 데려다주게."

브루클린-퀸스 FBI 주재 사무소

홀로 취조실에 남은 에프는 흠집투성이 테이블에 팔꿈치를 대고 앉아 조용히 두 손을 비볐다. 방안에서 퀴퀴한 커피 냄새가 났지만 정작 커피는 없었다. 천장등의 불빛이 반투명거울에 찍힌 지문 하나를 비추었다. 최근 누군가의 취조를 떠올리게 하는 으스스한 흔적이었다.

누군가 감시하고 있다 생각하니 기분이 묘했다. 행동은 물론 자세까지 영향을 받았다. 입술을 핥는 것, 거울에 비친 제 모습을 보거나 보지 않는 것까지 그를 가둔 인간들이 저 뒤에 숨어서 지켜보고 있으리라. 미로에 놓인 실험용 쥐도 누군가 지켜보고 있다는 사실을 안다면 실험 결과는 다른 양상을 띨 것이다.

에프는 취조를 기다렸다. FBI가 그의 대답을 기다리는 것 이상으로 간절했다. 취조를 통해 그들이 알아내려는 바를 파악하면 현재 사법기관과 권력자들이 뱀파이어의 침투를 어디까지 이해하는지 알 수 있기 때문이었다.

취조를 기다리다 잠드는 용의자는 유죄일 가능성이 높다는 얘기를 어딘가에서 읽은 적이 있었다. 불안감의 배출구가 결여된 현실과 탈출 및 은둔에 대한 무의식적 욕구가 결합해 꺼림칙한 마음을 지치게 만든 다는 뜻이다.

에프는 미치도록 피곤하고 괴로웠지만, 무엇보다도 마음이 놓였다. 이제 그가 할 일은 끝났다. FBI에 구속된 몸이 아닌가. 이제 싸울 일도, 고생할 일도 없었다. 어차피 세트라키안과 페트에게 별 도움도 되지 않 는데다. 잭과 노라도 무사히 위험지역을 벗어나 남쪽 해리스버그를 향 해 떠났다. 멍하니 벤치를 지키는 것보다 여기 페널티박스에 앉아 있는 편이 나을 수도 있다.

이윽고 요원 둘이 들어와 아무런 말 없이 그의 손목에 수갑을 채웠 다. 어딘가 이상했다. 등뒤가 아니라 앞으로 수갑을 채우더니 의자에서 일으켜 밖으로 끌고 나가지 않는가.

그들은 대부분이 비어 있는 간이 유치장을 지나 열쇠로 작동시키는 엘 리베이터로 향했다. 엘리베이터를 타고 올라가는 내내 아무도 입을 열지 않았다. 문이 열리자 간소한 진입 통로가 나왔다. 그들은 통로를 따라 짧은 계단에 도착했다. 계단을 올라가 문을 열자 곧바로 옥상이었다.

그곳에는 헬리콥터 한 대가 벌써 프로펠러 속도를 높이며 밤하늘을 뒤흔들고 있었다. 어차피 소음 때문에 뭔가 물어볼 수도 없었다. 에프 가 얌전히 헬기에 올라타자 두 요원이 안전벨트를 매주었다.

헬기가 큐가든힐스와 브루클린 상공을 날아갔다. 에프의 눈에 불길 에 휩싸인 도시가 들어왔다. 헬기가 짙고 검은 연기 자락을 날려버렸 다. 발밑에서는 모든 것이 불타올라 파멸되고 있었다. 그 어떤 초현실주 의 작품도 묘사할 수 없는 광경.

헬기는 이스트 강을 건너고 있었다. 어디로 데려가는 걸까? 브루클린 다리에는 경찰차와 소방차 불빛이 어지러웠지만 실제로 움직이는 차나 사람은 없었다. 헬기가 로어 맨해튼으로 빠르게 하강하면서 마천루들이 시야를 가로막았다.

에프가 알기로 FBI 본부는 페더럴 플라자에 있었다. 시청에서 북쪽으로 몇 블록 떨어지지 않은 곳인데 헬기는 파이낸셜 디스트릭트를 크게 벗어나지 않았다.

헬기가 다시 날아오르더니 어느 건물 옥상으로 접근했다. 일대에서 유일하게 조명이 켜져 있었고, 붉은색 유도등 여러 개가 동그란 테두리를 만들어 헬기 착륙장을 표시했다. 헬기는 부드럽게 옥상에 착륙했다. 요원들이 안전벨트를 풀어 에프를 좌석에서 일으키고는 걷어차다시피 건물 옥상으로 밀어냈다.

에프는 구부정한 자세로 서 있었다. 헬기가 이륙하자 옷자락이 마구 펄럭였다. 헬기는 에프를 홀로 남겨둔 채 브루클린 쪽으로 날아갔다. 수갑은 그대로 두었다.

탄내와 바다 냄새가 났다. 연기가 맨해튼의 대류권을 가득 메웠다. 9·11 당시도 세계무역센터에서 회색 먼지들이 하염없이 솟구치다 어느 고도에 이르러서는 옆으로 퍼지더니 결국 사방으로 확산되어 절망의 구름이 되었다.

이번 구름은 검은색으로 별빛을 가려 어두운 밤을 더욱 어둡게 만들었다.

에프는 당혹스러움에 자리에서 한 바퀴 돌아보았다. 그리고 붉은 유도등 테두리 밖으로 벗어나 대형 에어컨 실외기 하나를 돌아갔다. 문하나가 열려 있고 안에서 흐린 빛이 새어나왔다. 그는 문을 향해 다가가다 수갑 찬 손을 내민 채 잠시 머뭇거렸다. 들어가야 할지 말아야 할지 판단이 서지 않았지만 결국 선택의 여지가 없음을 인정해야 했다. 이곳에 얌전히 있느냐, 정면 돌파를 하느냐.

흐린 빛의 정체는 비상구 표시등이었다. 기다란 계단을 내려가자 버팀쇠를 세워 열어둔 문이 나왔다. 그 너머 복도는 카펫에 값비싼 악센트조명까지 으리으리했다. 복도 중간에 검은 정장을 입은 남자가 허리께에 손을 포갠 채 서 있었다. 에프는 멈춰 서서 달아날 준비를 했다.

남자는 아무 말도, 아무 행동도 하지 않았다. 자세히 보니 뱀파이어가 아니라 인간이었다.

바로 옆 벽에 검은색 천체 모양의 로고가 보였다. 스톤하트 그룹의 상징이었다. 강청색 선이 양분한 천체의 모습이, 태양이 이제 눈을 감으려는 일식과 비슷하다는 데 문득 생각이 미쳤다.

아드레날린이 솟구쳐올랐다. 그는 싸울 태세를 갖추었으나 말없이 돌아선 스톤하트 요원은 복도 끝으로 가 문을 열고 기다렸다.

에프가 조심조심 그를 지나 문 안으로 들어섰다. 남자는 따라오지 않고 그대로 문을 닫아버렸다.

미술품들이 넓은 방의 벽을 장식하고 있었다. 악몽에 나올 법한 이미지와 강렬한 추상의 초대형 캔버스들. 희미한 음악 소리도 들렸는데, 마치 에프의 조심스러운 발소리 크기에 맞추어 연주하는 것만 같았다.

모퉁이를 돌자 북쪽으로 향한 유리벽 너머 고통받는 맨해튼 섬이 내려다보였다. 벽 가까이의 테이블 위에는 한 사람 몫의 식기가 준비되어 있었다.

흰색의 리넨 테이블보가 은은히 빛났고, 조명은 그리 밝지 않았다. 에프가 하나뿐인 의자를 빼려 하자, 집사인지 웨이터인지 아무튼 시중드는 사람이 나타나 대신 의자를 빼주었다. 에프가 남자를 보았다. 평생 남의 집 일을 해온 듯한 노인. 그는 눈은 마주치지 않았지만 에프를 바라보고 있었다. 자신이 빼준 의자에 손님이 앉기를 바라 마지않는다는 표정이었다.

에프는 그의 바람대로 했다. 그는 의자를 밀어주고 에프의 오른쪽 무릎 위에 냅킨을 펼쳐놓고 사라졌다.

에프는 커다란 유리창을 보았다. 유리에 비친 제 모습이 마치 바깥의 허공에 떠 있는 것만 같았다. 폭력이 소용돌이치는 맨해튼을 발밑에 두고 지상 78층 높이의 테이블에 앉아 있는 에프.

윙윙거리는 모터 소리가 경쾌한 교향곡을 덮었다. 어둠 속에서 전동 휠체어가 빠져나왔다. 엘드리치 파머였다. 그는 연약한 손으로 조종 스틱을 움직여 에프가 앉은 테이블 맞은편으로 다가왔다.

에프가 자리에서 일어나려 했으나 때마침 파머의 보디가드이자 간호사인 피츠윌리엄이 어둠 속에서 모습을 드러냈다. 정장 밖으로 근육이 비어져나올 듯한 친구였다. 짧은 오렌지색 머리를 세운 터라 마치 머리통 위에 작게 불을 피워놓은 것처럼 보였다.

에프는 포기하고 털썩 주저앉았다.

파머는 팔걸이가 테이블에 나란히 닿도록 휠체어를 세웠다. 그가 자리를 잡고 에프를 건너다보았다. 파머의 얼굴은 역삼각형이었다. 양쪽 관자놀이에 S자 모양의 핏줄이 불거지고 좁은 턱은 세월을 이기지 못해 하릴없이 떨렸다.

"사격 솜씨가 형편없더군, 굿웨더 박사. 날 죽이면 계획이 조금 지체되긴 했겠지만 그것도 잠깐이야. 경호원 하나가 간에 치명적인 손상을 입었다더군. 어쨌든 별로 영웅답지 못한 결과였어, 안 그런가?"

에프는 아무 말도 하지 않았다. 브루클린의 FBI에서 파머의 월 스트리트 펜트하우스로 취조실이 바뀐 현실이 여전히 당혹스럽기만 했다.

"세트라키안이 날 죽이라고 보냈나?" 파머가 물었다.

"아니. 오히려 말리려 했지. 이건 내 선택이었소." 에프가 말했다.

파머는 실망했는지 인상을 찌푸렸다. "솔직히 말해서, 당신보다는 그 친구를 만나고 싶다. 최소한 내 일을 이해하는 사람이니까. 물론 비난이야 하지만, 그래도 내 행위와 성취의 위대함을 이해하는 유일한 존재거든. 아무튼 세트라키안은 당신이 생각하는 그런 사람이 아니야." 파머는 말을 마치고 피츠윌리엄에게 신호를 보냈다.

"그래요? 그럼 어떤 사람이지?" 에프가 물었다.

피츠윌리엄이 바퀴 달린 대형 의료기기를 끌며 다가왔다. 에프도 기능을 모르는 기기였다.

"당신 생각에는 친절한 노인에 착한 마법사 같지? 겸손한 천재다?"

에프는 아무 말도 하지 않았다. 피츠윌리엄이 파머의 셔츠를 걷자 비쩍 마른 옆구리에 이식한 밸브 두 개가 드러났다. 살갗은 온통 흉터투성이였다. 피츠윌리엄은 기기의 튜브를 밸브에 연결하고 테이프로 감은 다음 스위치를 켰다. 일종의 급식기인 모양이었다.

"사실, 그 친구는 얼간이야. 살인마에 정신병자고, 대학에서 잘린 학자지. 어느 모로 보나 실패작이라네." 파머가 말했다.

파머의 말에 에프가 미소지었다. "그렇게 실패작이라면 당신이 그분을 거론하지도 않았겠지. 만나고 싶어하지도 않았을 테고."

파머는 졸린 듯 눈을 깜빡이다가 다시 손을 들었다. 그러자 저멀리 문이 열리고 다시 누군가 들어왔다. 에프는 각오를 다졌다. 파머가 어떤 짓을 준비해뒀을까? 저 시체 같은 영감이 복수에 취미가 있나? 하지만 시중을 들던 좀 전의 남자였다. 이번에는 손끝으로 작은 쟁반을 받쳐들고 있었다.

그는 에프의 앞을 닦아내고 칵테일을 내려놓았다. 호박색 액체 위에 얼음이 몇 조각 떠 있었다.

"독한 술을 좋아한다더군." 파머가 말했다.

에프는 술을 보고 다시 파머를 보았다. "이게 뭐요?"

"맨해튼이야. 그 술이 적당하다고 생각했네." 파머가 말했다.

"망할 술 얘기가 아니고. 도대체 날 어쩔 셈이요?"

"당신은 내 저녁식사 손님이야. 최후의 만찬이지. 아, 당신이 아니라 내 최후 얘기야." 그가 기계를 향해 고갯짓을 했다.

하인이 스테인리스 덮개로 덮은 접시를 들고 돌아와 에프 앞에 놓고 덮개를 열었다. 윤기가 자르르 흐르는 은대구 요리, 알감자, 동양채소 모둠…… 모두 따뜻한 김이 모락모락 일었다.

에프는 움직이지 않고 음식을 내려보기만 했다.

"드시게, 굿웨더 박사. 며칠 동안 이런 음식은 구경도 못 했잖아? 아, 독이나 약 따위로 장난칠 생각은 없다네. 죽일 생각이었다면 여기 피츠윌리엄이 진즉 처리하고 대신 식사를 즐겼을 거야."

에프는 눈앞에 놓인 식기들을 보다가 순은 나이프를 집어들고 불빛에 비춰보았다.

"그래, 은이지. 오늘밤 이곳에 뱀파이어는 없다네." 파머가 말했다.

에프는 파머를 노려보며 포크로 생선 살을 조금 떼어냈다. 수갑이 찔렁거렸다. 음식을 입에 넣고 씹자 마른 혀에 침이 고이고 배는 기대감으로 꾸르륵거렸다. 그동안 파머는 에프를 지켜보기만 했다.

"입으로 음식을 넘겨본 지도 수십 년이야. 수차례 수술과 회복을 거치면서 먹지 않는 데 익숙해졌지. 얼마나 쉽게 식욕을 잃을 수 있는지 알면 놀랄 거야."

그는 에프가 음식을 씹어 삼키는 모습을 바라보았다.

"그렇게 시간이 지나니 먹는 행위 자체가 동물적으로 느껴지더군. 사실 역겨운 짓이야. 죽은 새를 먹는 고양이와 다를 바 없잖나. 영양 섭취가 목적이라면 입에서 목, 위로 이어지는 소화 과정은 지나치게 조잡하지. 매우 원시적이야."

"당신한테야 우리 모두 동물로밖에 보이지 않겠지." 에프가 말했다.

"'고객'이 공인된 용어일세. 하지만 맞는 말이야. 우리 상류층은 인간의 기본적인 충동을 파악하고 이용해서 배를 불려왔으니까. 인간의 욕구를 돈으로 환산하고 도덕과 법을 교묘하게 조종해 대중이 두려움과 증오에 휘둘리게 하는 거야. 그렇게 부와 임금을 기반으로 체제를 만들어내고, 세계의 거의 모든 부가 선택된 소수의 손에 모이도록 조작했다네. 지난 이천 년간 이 시스템은 아주 잘 돌아갔어. 하지만 좋은 일에는 끝이 있게 마련이지. 당신도 최근 시장 붕괴로 지금까지의 성과가 얼마나 허무하게 무너지는지 잘 보았을 걸세. 돈으로 지은 사상누각이니 왜 아니겠어? 두 가지 선택이 있네. 하나는 완전히 무너뜨리는 건데, 그걸 원하는 사람이야 없겠지. 나머지 하나는 최고 갑부들이 있는 대로 박차를 가해 모조리 독점하는 거야. 지금이 바로 그 상황이지."

"마스터를 이곳에 데려왔지. 그가 비행기에 탈 수 있도록 도왔잖소." 에프가 말했다.

"사실이야. 그런데 박사, 나는 지난 십 년을 꼬박 그 모든 걸 안배하는 일에만 매달렸네. 지금 그 과정을 설명한다면 얼마 남지 않은 최후의 시간을 낭비하는 일이야. 그러니 모쪼록 용서하게나."

"자신의 영생을 위해 전 인류를 팔아넘긴단 말이오? 기껏 뱀파이어가 되려고?"

파머는 기도하듯 두 손을 맞잡았으나 그저 손바닥을 비벼 약간 덥히기만 했다. "한때는 이 섬에도 옐로스톤 국립공원만큼이나 다양한 종이 살았지. 그 사실을 아나?"

"아니, 모르오. 그러니까 결국 모두 인간이 자초한 일이다. 그따위 얘기를 하고 싶은 거요?"

파머가 가볍게 웃었다. "아니, 아니, 아니야. 그렇지는 않아. 그건 너무 도덕적인 발상이잖아? 어느 종이 우위를 점했어도 그 정도 열정을 갖고 이 땅을 해쳤겠지. 내 말은, 땅은 개의치 않는다는 거야. 하늘도 신경 안 쓰고 지구도 상관 안 해. 어차피 시스템 전체로 보면 길고도 지루한 쇠락기 끝에 결국 재생의 순간이 오니까. 그렇게 인간이길 고집할 이유가 어디 있나? 당신도 이미 조금씩 변하고 있잖아? 붕괴하고 있는 거야. 그게 그렇게 불쾌하던가?"

체포된 뒤 FBI 취조실에서는 만사가 심드렁했다. 돌이켜 생각해보면 수치스러운 일이었다. 그는 혐오스러운 눈빛으로 칵테일을 내려다보았다.

파머가 말을 이었다. "그보다는 거래를 시도해보지 그랬나?"

"내놓을 게 없었소." 에프가 말했다.

파머는 잠시 생각에 잠겼다. "아직 저항하는 이유도 그 때문인가?"

"어쩌면. 도대체 왜 당신 같은 사람들이 재미를 독차지하지?"

파머는 두 손을 다시 팔걸이에 올려두었다. 그의 태도에서 계시를 전하는 사람의 자신감이 엿보였다. "신화가 다 그렇지 않나? 영화와 책과 우화. 신화는 이미 사람들 뼛속 깊이 침투해 있네. 우리가 파는 엔터테인먼트란 구매자들을 길들이기 위해 만들어졌어. 납작 엎드려 있되 꿈을 잃지 않게 하지. 기다리고 바라고 열심히 탐하도록 만든다네. 고객들이 동물적인 본능에서 눈을 돌려 더 위대한 존재와 고귀한 이상이라는 환상을 추구하도록 말이네." 그는 다시 미소지었다. "탄생과 번식, 죽음이라는 순환을 뛰어넘는 무언가를 말이야."

에프는 포크로 파머를 가리켰다. "하지만 지금 당신이 바로 그렇지 않소. 죽음을 초월하는 게 목적 아니오? 결국 우리와 똑같은 환상을 갖고 있다는 얘기지."

"내가? 위대한 거짓 신화의 희생자라고?" 파머는 그 지적을 곱씹어

보고는 무시해버렸다. "난 새로운 운명을 창조했네. 해방을 위해 죽음을 버릴 참이지. 그리고…… 당신이 그렇게 애지중지하는 인류라는 존재는 무릎을 꿇고 예속되도록 프로그램되어 있어."

에프가 고개를 들었다. "예속? 그게 무슨 뜻이지?"

파머는 고개를 저었다. "그런 것까지 미주알고주알 읊어댈 생각은 없어. 아, 그렇다고 이 정보로 영웅 행세나 하려 들까봐 그러는 건 아닐세…… 어차피 불가능해. 이미 늦었어. 주사위는 던져졌으니까."

에프는 동요하기 시작했다. 그날 파머가 연설에서 공언했던 내용이 떠올랐다. "이제 와서 격리를 하는 이유가 뭐지? 왜 도시들을 봉쇄하려는 거요? 도대체 목적이…… 우리를 울타리에 가두려고?"

파머는 대답하지 않았다.

에프가 다시 따졌다. "모든 인간을 변화시킬 수는 없소. 그럼 일용할 피가 없어질 테니까. 당신들한테는 안정적인 식량원이 필요할 테고……" 그때 문득 파머의 말이 떠올랐다. "식량 유통. 정육 공장. 설마…… 맙소사……"

파머가 쭈글쭈글한 두 손을 깍지 낀 채 허벅지에 올려놓았다.

에프는 계속 밀어붙였다. "그렇다면…… 원자력발전소는 뭐지? 왜 원자력발전소를 가동하려는 거요?"

"이미 주사위는 던져졌네." 파머는 했던 말을 반복했다.

에프는 포크를 내려놓고 나이프도 냅킨으로 닦은 다음 내려놓았다. 마약중독자처럼 단백질을 갈구하던 몸의 욕구도 새로 알게 된 사실 때문에 사라졌다.

그는 파머의 속내를 읽어내려 애쓰며 말했다. "당신은 미치지 않았소. 악하지도 않고. 다만 절박할 뿐. 과대망상에 정신이 혼미해진 거요. 맙소사, 이 지옥이 그저 죽음을 두려워하는 부자 하나 때문이라고? 돈을 써서 죽음에서 도망치겠다? 정말 그런 거요? 하지만…… 이유가 뭐지? 도대체 살면서 해보지 못한 게 뭐가 남아서? 도대체 무슨 영화를 더 누리겠다는 거요?"

아주 잠시 파머의 눈이 흔들렸다. 어쩌면 두려웠을 수도 있을 것이다. 그 순간만은, 파머는 그저 부서질 듯 늙고 병든 노인에 불과했다.

"당신은 이해 못 해, 굿웨더 박사. 난 평생을 병자로 살았네. 평생을. 어린 시절도 청춘도 없어. 기억하기 전부터 나는 병과 싸워온 거야. 죽음이 두렵냐고? 난 매일 죽음과 산책을 해. 지금 내 소원은 죽음을 초월하는 것뿐일세. 죽음을 잠재운다고 해야 하나? 인간이라는 사실이 나한테 해준 게 도대체 뭐지? 내가 맛본 모든 즐거움이 노화와 질병의 속삭임으로 오염되는 판에."

"하지만…… 그렇다고 뱀파이어가 되나? 그런…… 피를 빨아먹는 괴물이?"

"어차피…… 이미 준비가 끝났어. 난 보다 높은 존재가 될 걸세. 다음 차원에도 계급은 있어. 나는 최고위층을 약속받았다네."

"뱀파이어의 약속일 뿐이지. 기껏 바이러스가 한 약속. 그의 의지는 어떻게 할 생각이요? 놈은 당신의 의지에 침투할 거요. 결국 다른 자들과 마찬가지로 마스터의 지배를 받고 그의 일부가 되겠지. 그래서 좋은 게 뭐지? 이제 뱀파이어의 속삭임으로 오염될 텐데."

파머는 대형 유리창을 바라보았다. 창에 비친 그들의 모습 뒤로 죽어가는 도시가 내려다보였다. "난 그보다 더한 일도 겪었어. 어쨌든 내 안녕에 관심을 가져주니 고맙군. 지금과 다른 운명이라면 뭐든 다들 좋아할 거야. 우리의 대안을 환영할 걸세. 두고 보게나. 안전이라는 환상만 보장된다면 어떤 시스템, 어떤 질서라도 받아들일 테니까." 그가 돌아보았다. "그런데 술엔 손도 대지 않았군그래."

"난 그렇게 되지 않을 거요. 사람들도 당신 생각과 달리 예측 불가의 존재일 수 있고." 에프가 반박했다.

"내 생각은 달라. 어느 모델이든 예외는 있게 마련이네. 유명한 의사이자 과학자가 암살자로 변한다든지. 참으로 재미있는 일이야. 하지만 대부분의 사람들은 통찰력이 부족하다네. 진실을 알아보는 통찰력. 행동에도 절대적 확신이 결여되어 있어. 그런 자들을 모아놓으면? 그래, 아까 울타리에 가둔다고 했던가? 어쨌든, 그렇게 되면 그들은 쉽게 휘둘리고 얼마든지 예측 가능한 존재가 된다네. 마음의 안정이나 먹을 것 한 조각에도 스스로 사랑한다고 공언했던 사람들을 팔거나 쫓아내고 죽일 수 있는 존재가 되는 거라고." 파머가 어깨를 으쓱했다. 에프가 더는 먹지 않아 실망한 눈치였다. "이제 FBI로 돌아갈 시간인가보군."

"FBI 요원들도 한패요? 도대체 얼마나 거대한 음모를 꾸미는 거요?"

파머가 고개를 저었다. "'요원들'? 관료 조직은 대가리만 잡으면 끝이야. 나머지는 그냥 따라오니까. CDC가 좋은 예가 되겠군그래. 고대 존재들도 오랫동안 그런 방법을 써왔고, 마스터도 예외는 아니지. 맨 먼저 정부부터 세우는 이유가 어디 있겠나? 즉 음모 같은 건 없다는 말이네, 굿웨더 박사. 이건 역사가 시작할 때부터 존재한 바로 그 시스템이야."

피츠윌리엄이 파머의 몸에서 급식기를 떼어냈다. 에프는 파머가 이미 반쯤은 뱀파이어라고 생각했다. 정맥 급식에서 혈액 섭취로 도약하는 정도는 일도 아니었다. "날 데려온 이유가 뭐요?"

"내가 얼마나 흡족한지 보여주려는 건 아니야. 그 점은 분명히 했다고 믿네. 아, 내 마음의 짐을 내려놓으려는 것도 아니라네." 파머는 조용히 웃고는 다시 심각한 표정을 지었다. "오늘이 인간으로 보내는 마지막 밤이야. 나를 죽이고 싶어하는 친구와 식사를 하는 것도 의미 있는 의식이라고 생각했지. 굿웨더 박사, 내일이면 난 죽음의 손길이 닿지 않는 곳에 다다른다네. 그리고 당신 종족은……"

"내 종족?" 에프가 끼어들었다.

"당신 종족은 모든 희망을 빼앗긴 채 살아갈 테지. 난 당신들을 위해 새로운 메시아를 불러들였어. 이제 곧 심판이 시작되는 거야. 메시아의 재림을 제외한다면 신화를 만들어낸 작자들의 말이 옳았네. 그는 정말로 죽은 자를 일으켜세우고 최후의 심판을 주재할 걸세. 영생을 주겠다는 신의 약속을 마스터가 지켜줄 거야. 그리고 지상에 자신의 왕국을 건설하겠지."

"그럼 당신은 뭐가 되지? 킹메이커? 내가 보기에는 그의 지시를 따르는 수많은 일벌 중 하나일 뿐이오."

파머가 짐짓 수긍하는 척하며 마른 입술을 삐쭉 내밀었다. "그렇군. 내 머릿속에 회의감을 심고 싶은가. 하지만 여전히 어설퍼. 자네가 고집불통이니 조심하라는 말은 반스 박사에게서 들었네. 어쨌든 아무리 해봐야……"

"뭘 해보자는 게 아니요. 마스터가 당신 목을 조르고 있다는 사실을 보지 못한다면야, 놈의 독침을 맞는 수밖에."

파머의 표정은 한결같았으나 그 뒤의 속마음은 사정이 전혀 달랐다. "바로 내일이야." 그가 말했다.

에프는 똑바로 앉으며 두 팔을 테이블 아래로 늘어뜨렸다. 즉흥적인 연기였지만 매우 적절했다. "그가 왜 굳이 다른 존재와 권력을 나누려 하겠소? 한번 생각해보시지. 도대체 어떤 계약을 했기에 그토록 맹신하는 거요? 둘이 악수라도 나눴나? 피를 나눈 형제도 아니고…… 적어도 아직은. 당신도 내일 이맘때면 벌집 안에 바글거리는 꿀벌처럼 기껏해야 수많은 뱀파이어 중 하나가 되어 있겠지. 역학조사자의 말을 믿는 편이 좋을 거요. 바이러스는 거래 따위 모르오."

"그는 나 없이 아무것도 하지 않을 거네."

"당신의 돈 없이겠지. 현실 세계에서의 영향력도 포함해서." 에프가 건물 바깥의 혼돈에 빠진 세계를 턱으로 가리켰다. "하지만 그 어느 것도 이제 존재하지 않소."

피츠윌리엄이 에프 쪽으로 다가왔다. "헬기가 돌아왔습니다."

"멋진 저녁이었네, 굿웨더 박사. 잘 가게나." 파머는 테이블에서 휠체어를 떼어냈다.

"그는 아무런 대가도 받지 않고 저 바깥의 사람들을 변화시키고 있소. 누구 하나 빼놓지 않고. 그러니 스스로에게 한번 물어보시지. 파머 당신이 그렇게 중요하다면…… 왜 당신은 마냥 기다리게 하는 거요?"

파머는 천천히 휠체어를 돌렸다. 피츠윌리엄이 에프를 거칠게 일으켜세웠다. 운 좋게도 허리띠 안쪽에 몰래 꽂아넣은 은 나이프가 허벅지 위쪽을 슬쩍 긁었을 뿐이다.

에프가 피츠윌리엄에게 물었다. "당신한테는 뭘 주겠다던가? 뱀파이어의 영생을 꿈꾸기엔 지나치게 건강해 보이는데."

그는 아무 말도 하지 않았다. 옥상으로 끌려가는 중에도 은 나이프는 에프의 허리춤에 단단히 붙어 있었다.

턱-쾅!

노라는 최초의 충격에 몸을 떨었다. 다른 승객들도 느끼기는 했지만 그게 뭔지 아는 이는 거의 없었다. 그녀 역시 맨해튼과 뉴저지를 잇는 노스 강 하저터널에 대해 잘 알지는 못했다. 그저 정상적인 상황이라면, 솔직히 말해 그런 상황은 이제 존재하지 않지만, 허드슨 강 아래를 통과하는 데 기껏해야 이삼 분 걸린다고 추측했다. 정차 없이 계속되는 일방통행. 지상의 입구와 출구를 통해서만 드나들 수 있는 길. 그런데 아직 터널에서 가장 깊은 중간 지점에도 이르지 못했을 것이다.

쾅-콰앙-쾅-쾅-쾅.

또다른 타격. 기차의 차대가 갈리는 소리와 진동. 앞쪽에서 소음이 밀려들더니 발밑을 지나 기차 뒤쪽으로 사라졌다. 오래전 아버지가 삼촌의 캐딜락을 몰고 애디론댁 산맥을 지나던 중 오소리를 친 적이 있었는데, 그때와 비슷한 소리였다. 다만 이번이 훨씬 더 컸다.

이건 오소리가 아니야.

인간일 리도 없어.

두려움이 온몸을 휘감았다. 쿵 소리에 엄마가 잠에서 깼다. 노라가 본능적으로 주름진 손을 잡아주자 엄마는 희미한 미소와 멍한 시선으로 답했다.

차라리 이게 나을 수도. 그래, 엄마는 의혹과 의심과 두려움이 없는 지금의 상태가 낫다. 노라는 자신의 문제만으로도 버거웠다. 새삼스레 한기가 덮쳐왔다.

잭은 여전히 눈을 감은 채 이어폰으로 귀를 틀어막고 있었다. 무릎에 올려놓은 배낭 위로 가볍게 고개를 까딱이는 걸 보면 장단을 맞추거나 조는 중이리라. 어느 쪽이든 두 번의 충돌과 커져가는 승객들의 불안감을 모르는 것 같았다. 하지만 머지않아……

쾅-드르륵.

사람들이 헉하고 숨을 삼켰다. 충격은 더 빈번해지고 소음도 커졌다. 노라는 어서 빨리 기차가 터널을 빠져나가기를 기도했다. 기차나 지하철을 타면 앞쪽을 볼 수 없어 늘 불만이었다. 차장이 보는 것을 승객은 볼 수 없는 것이다. 모든 게 다 흐릿한데 무슨 일이 닥칠지 어떻게 판단하겠는가.

충격이 몇 차례 이어졌다. 뼈가 부러지는 소리와 기이한 비명이 들렸다. 마치 돼지가 우는 듯한……

차장도 더는 버티기 힘들었는지 결국 비상 브레이크를 잡기 시작했다. 강철 손톱으로 칠판을 긁어대는 듯한 마찰 소리가 노라의 두려움을 자극했다.

입석 승객들이 의자 등받이와 위쪽에 달린 선반을 붙들었다. 쿵쿵거리는 소리도 느려지고 끔찍할 만큼 선명해졌다. 분명 육중한 기차가 시체들을 깔아뭉개는 소리였다. 잭이 고개를 들고 노라를 보았다.

기차가 미끄러지고 바퀴가 비명을 질렀다. 이어서 엄청난 요동. 객차가 크게 흔들리며 사람들이 바닥에 넘어졌다.

기차가 날카로운 소리를 내며 멈추고 차체가 오른쪽으로 기울었다.

선로를 벗어난 것이다.

탈선.

객차의 조명이 깜빡이다 꺼졌다. 공포의 신음 소리가 점점 더 커졌다.

비상등이 들어왔지만 너무 흐릿했다.

노라는 잭을 일으켜세웠다. 움직여야 했다. 다른 사람들이 정신을 차리기 전에 그녀는 엄마를 데리고 객차 앞쪽으로 향했다. 기차 헤드라이트에 비친 터널 상황을 보고 싶었지만, 앞쪽까지 빠져나가기는 무리임을 이내 깨달았다. 사람이 너무 많고 짐들도 온통 뒤죽박죽이었다.

노라는 가슴 앞으로 가로질러 멘 무기 가방의 끈을 세게 당기고 두 사람을 반대 방향으로 이끌었다. 두 객차 사이의 출구가 목표였다. 짐짓 다른 승객들이 짐을 챙길 때까지 기다리는 친절을 베풀기도 했다. 그때 첫번째 객차에서 비명소리가 들려오기 시작했다.

사람들이 모두 고개를 돌렸다.

"가자!" 노라는 두 사람을 이끌고 출구 쪽으로 비집고 나가기 시작했다. 이제 사람들의 시선은 아무래도 좋았다. 지켜야 할 사람이 둘이다. 자신의 목숨은 어떻게 되든 상관없었다.

객차 끝에서는 남자 몇이 자동문을 열기 위해 낑낑거리고 있었다. 노라가 뒤쪽을 돌아보았다.

당황한 승객들 너머 바로 옆 차량의 아수라장이 보였다…… 검은 형체들이 빠른 속도로 움직이고…… 동맥이 터지고 피가 객실 유리문에 튀었다.

거스와 일당은 사냥꾼들에게 장갑판을 두른 검은 허머*를 지급받았다. 군데군데 크롬 도금이 되어 있었으나 다리를 건너 시가에 진입하는 동안 여기저기 긁힌 탓에 도금은 거의 남아 있지 않았다.

거스는 길을 잘못 들어 59번가를 가로지르고 있었다. 도로의 불빛은 허머의 전조등이 유일했다. 덩치가 큰 페트는 앞자리에 앉았다. 무기 가방은 발밑에 두었다. 앙헬과 다른 동료들은 다른 차에 탔다.

라디오가 켜져 있었다. 스포츠 채널의 수다쟁이가 목을 좀 쉬거나 화장실에 다녀올 모양인지 음악 몇 곡을 틀어놓았다. 폐차들을 피하기 위해 차가 인도 위로 올라가는데 라디오에서 엘튼 존의 〈Don't Let the Sun Go Down on Me〉가 흘러나왔다.

페트가 라디오를 끄며 투덜댔다. "별 개떡같은 노래를 다 듣겠군."

거스는 센트럴파크가 내려다보이는 어느 건물 앞에 차를 급히 세웠다. 페트가 언제나 상상해왔던 뱀파이어 거주지의 모습 그대로였다. 인도에서 올려다보니 연기 자욱한 하늘을 배경으로 한 건물은 정말이지 고딕풍 탑처럼 보였다.

페트는 세트라키안과 나란히 정문으로 들어갔다. 둘 다 검을 들었다. 앙헬이 뒤를 따르고, 그 옆에서 거스도 휘파람을 불며 따라왔다.

고동색 벽지의 로비는 희미한 조명만 켜둔 채 텅 비어 있었다. 거스에게 방문객 엘리베이터를 작동하는 열쇠가 있었다. 녹색의 소형 엘리베이터는 안팎이 모두 빅토리아풍으로 케이블까지 내다보였다.

꼭대기층의 복도는 공사중이거나 그런 것으로 위장한 듯했다. 거스는 테이블 크기의 비계飛階 위에 무기를 내려놓았다. "여기선 누구나 무

---

* 제너럴 모터스에서 나온 SUV 차량.

장해제 해야 합니다." 그가 말했다.

페트가 세트라키안을 보았으나 지팡이검을 포기할 것 같지는 않았다. 그래서 페트도 검을 단단히 움켜잡았다.

"좋아요, 맘대로들 하세요." 거스가 말했다.

그는 앙헬을 남겨둔 채 문을 열어 두 사람을 데리고 들어갔다. 세 단짜리 계단을 오르자 어두운 곁방이었다. 늘 그렇듯 희미한 암모니아 냄새와 흙냄새가 나고, 인공적으로 발생한 것과는 성격이 다른 열기도 전해졌다. 거스가 두꺼운 커튼을 양쪽으로 열자 넓은 방이 드러났다. 세 개의 유리창을 통해 공원이 내려다보였다.

각 유리창 앞에는 털오리 하나 없는 알몸의 실루엣 세 개가 센트럴파크의 협곡을 지키는 동상처럼 미동도 않고 서 있었다.

페트는 은검을 들었다. 악의 존재를 감지하는 계기 바늘처럼 검이 위쪽으로 치솟았다. 그러자 순간 손에 충격이 전해지더니 칼자루가 튕겨나갔다. 무기 가방을 들고 있던 오른손도 움찔하더니 문득 가벼워졌다.

가방 손잡이가 잘려나간 것이다. 고개를 돌리자 때마침 검이 벽에 박혀 파르르 떨렸다. 무기 가방은 검에 매달려 대롱거렸다.

순간 목 옆으로 칼날이 들어왔다. 은검이 아니라 기다란 쇠못이었다.

그리고 바로 옆의 얼굴…… 어쩌나 창백한지 빛을 발하는 듯했다. 두 눈은 뱀파이어답게 새빨갛고 이빨 없는 입을 비죽거렸는데, 표정 자체가 험악하기 이를 데 없었다. 부푼 목이 팔딱대며 뛰었다. 목 아래로 피가 흘러서가 아니라 흡혈의 기대감 때문이었다.

"이봐……" 페트의 목소리는 점점 꺼져갔다.

그러고는 그대로 탈진했다. 여기 있는 뱀파이어들이 움직이는 속도는 믿기 힘들 정도였다. 바깥의 짐승들보다 훨씬 더 빨랐다.

하지만 창가의 그림자들은 내내 움직이지 않았다.

_세트라키안.

머릿속에서 목소리가 울렸다. 그 바람에 정신이 멍해져 아무 생각도 할 수 없었다.

페트는 가까스로 노교수를 건너다보았다. 지팡이는 여전히 그의 손에 들려 있었다. 아직 검은 뽑지 않았으나, 그 옆에서 또다른 사냥꾼이 비슷한 못으로 노인의 관자놀이를 노렸다.

거스가 그들을 지나치며 말했다. "모두 우리 편이에요."

_은으로 무장했다.

사냥꾼의 목소리. 방금 전 목소리만큼 기운을 앗아가진 않았다.

"너희를 파괴하려고 온 게 아냐. 이번엔 아니다." 세트라키안이 말했다.

_가까이 다가오지 마라.

"어차피 옛날에 한번 접근한 적이 있지 않나. 오래전 싸움으로 왈가왈부하고 싶지는 않다. 당분간 그 문제는 덮어두기로 하지. 내가 온 건 이유가 있어서다. 거래를 원한다."

_거래? 우리에게 넘길 물건이라도 있다는 얘긴가?

"책. 그리고 마스터."

비록 몇 밀리미터에 불과했지만, 페트는 사냥꾼이 물러서는 느낌을 받았다. 못 끝도 여전히 목에 닿아 있었으나 더이상 깊이 찌르지는 않았다.

유리창 앞의 존재들은 미동도 하지 않았다. 머릿속의 위압적인 목소리도 흔들림이 없었다.

_원하는 대가는?

"이 세상." 세트라키안이 대답했다.

노라는 후미 차량에서 승객들의 피를 빼는 어두운 그림자들을 보았다. 그녀는 앞에 있는 남자의 무릎 뒤를 걷어차고 엄마와 잭을 앞으로 밀어낸 다음, 스니커즈와 정장 차림의 여자를 어깨로 밀어내고 기차 밖으로 탈출을 시도했다.

그녀는 엄마가 굴러떨어지지 않도록 조심스레 계단을 내려갔다. 앞을 보니 탈선한 선두 차량이 터널을 꽉 막고 있었다. 결국 반대편으로 갈 수밖에 없었다.

기차 안의 폐소공포에서 빠져나오자 다시 하저터널의 폐소공포에 시달리는 격이었다.

노라는 여행 배낭 옆의 지퍼를 내리고 인광검출봉을 꺼내 스위치를 켰다. 웅 하는 배터리 소리와 함께 UVC등이 탁탁거리며 남빛으로 뜨겁게 달아올랐다.

검출봉이 앞쪽 선로를 비추었다. 뱀파이어의 배설 흔적이 사방에 있었다. 형광빛의 오물이 바닥을 덮고 벽마다 튀었다. 며칠 동안 수천의 뱀파이어가 이 터널을 통해 본토로 건너간 모양이었다. 터널은 그들에게 완벽한 환경이다. 어둡고 더럽고 지상의 눈이 닿지 않는 곳.

다른 사람들도 노라를 따라 내렸다. 그중 몇 명이 휴대폰으로 터널 안을 비추었다. "이런, 맙소사!" 누군가 비명을 질렀다.

노라가 돌아보니, 누군가 휴대폰 불빛으로 기차 바퀴를 비추었는데 흰 피가 잔뜩 엉겨붙어 있었다. 차대에는 창백한 살점과 박살난 뼛조각이 달려 있었다. 저놈들은 잘못해서 치인 걸까? 아니면 돌진하는 기차를 향해 스스로 몸을 던진 걸까?

몸을 던졌을 가능성이 더 컸다. 그렇다면…… 목적은?

답은 대충 짐작이 갔다. 켈리의 모습이 자꾸만 마음에 걸렸다. 노라는 한 팔을 잭의 목에 두르고 엄마의 손을 잡은 다음 기차 뒤쪽을 향해 달려갔다.

뉴저지는 걷기에 먼 거리였다. 게다가 이곳에 그들만 있는 것도 아니었다.

이제 기차 안에서도 비명소리가 들렸다. 괴물들이 기차를 탈취하고 승객을 공격했다. 창문에 짓눌린 채 침과 피를 토해내는 얼굴들. 노라는 잭이 보지 못하게 하려고 애를 썼다.

기차 꼬리에 다다른 그녀는 반대편으로 돌아갔다. UV 광선으로 꿈틀거리는 혈충을 죽이고 선로 위 짓뭉개진 뱀파이어의 시체들을 넘어가야 했다. 반대편은 선두 차량까지 길이 훤히 열려 있었다.

터널에서는 소리가 왜곡된다. 소리의 정체는 알 수 없지만 존재만으로도 두려움은 커져갔다. 그녀는 따라오는 사람들을 잠시 멈춰 세우고 조용히 시켰다.

황급히 달려오는 발소리. 수많은 발소리가 터널 속에서 메아리치며 점점 크게 들려왔다. 뒤쪽에서, 그러니까 기차가 움직이던 방향으로 그들을 향해 다가오는 중이었다.

휴대폰 화면 불빛과 노라의 UV램프의 가시거리가 얼마 되지 않아 아직은 아무것도 보이지 않았다. 어쨌든 뭔가 어둠의 심연 속에서 그들을 향해 달려오고 있었다. 노라는 잭과 엄마를 데리고 반대 방향으로 달리기 시작했다.

사냥꾼이 페트에게서 조금 떨어졌지만 못은 여전히 목을 노렸다. 세트라키안은 고대 종족들에게 엘드리치 파머와 마스터의 연합에 대해 설명하고 있었다.

_우리도 이미 알고 있다. 오래전에 찾아와 영생을 간청했지.

"그런데 너희는 거절했고, 그래서 그자는 대상을 바꿨다."

_우리 기준에 맞지 않았다. 영생은 아름다운 선물이고, 그 문을 통과하면 불멸의 귀족이 된다. 우리 심사는 매우 엄격하다.

목소리는 페트의 머릿속에서 울려퍼졌는데 마치 부모님의 꾸중을 천배는 키워 듣는 기분이었다. 그는 자기 옆의 사냥꾼을 보며 고개를 갸웃했다. 오래전에 죽은 유럽 왕이라도 되나? 알렉산드로스 대왕? 하워드 휴스?*

아니…… 아니다. 전생에 분명 이들은 엘리트 군인이었을 것이다. 전쟁터에서 특수작전을 수행하던 중 최종 선발 부대에 뽑혔을 것이다. 어느 군대 소속이었을까? 시대는? 베트남? 노르망디? 테르모필레?**

"고대 존재들은 인간 세계의 최고위층과 연결되어 있다. 어차피 그들의 부를 취해 스스로를 고립시키고 전 세계에 대한 영향력을 확고히 하려는 것 아닌가?" 세트라키안은 다시금 평생에 걸쳐 세운 이론이 옳다고 확신하며 말했다.

_단순한 상거래라면, 그의 부는 충분히 가치가 있지. 하지만 우린 부 이상의 것을 원한다. 우리가 원하는 건 권력, 인맥, 그리고 복종이다. 그에겐 마지막 요소가 부족했어.

"파머는 퇴짜를 맞자 단단히 화가 났다. 그래서 독자 노선을 걷는 마스터를 찾아냈지. 젊은 뱀파이어는……"

_세트라키안, 모든 걸 알려고 하는군. 끝까지 탐욕스러워. 좋다, 네 얘기가 반쯤은 옳다고 인정하지. 파머도 일곱째를 찾으려 했을 거야. 하지만 정확하게 말하면…… 일곱째가 그자를 찾았다.

---

* 미국의 비행사이자 영화 제작자.
** 그리스 중동부 지역. 기원전 480년 제3차 페르시아전쟁 때 스파르타 군대와 페르시아 군대가 전투를 벌였다.

"파머가 뭘 원하는지 아는가?"

_정확히 안다.

"그럼 너희 역시 위험하다는 사실도 알겠군. 마스터는 수천의 노예를 양산하고 있다. 너희 사냥꾼들이 제압하기엔 너무 많아. 일단 지금처럼 그의 종족이 늘어나면 너희 권력이나 영향력으로도 통제 불능이다."

_은 코덱스*에 대해 얘기했지.

목소리의 위력에 페트는 움찔했다.

세트라키안이 앞으로 나섰다. "무한정의 자금 지원이 필요하다. 지금 당장."

_경매 말이군. 우리가 그 방법을 고려해보지 않았겠나?

"하지만 인간 대리인을 고용해 직접 입찰하면 노출의 위험이 있었겠지. 입찰 동기도 입증할 수 없고. 그 때문에 경매가 있을 때마다 부랴부랴 망쳐놓았겠지만 이번엔 그것도 불가능하다. 광범위한 발병, 지구의 엄폐, 책의 재등장은 우연의 일치가 아니니까. 당연히 전부 세심한 안배의 결과다. 이번 사건의 우주적 균형을 부인하는가?"

_그렇지 않다. 하지만 네 말이 사실이라면 우리가 무슨 수를 쓰더라도 결말은 바뀌지 않는다.

"손놓고 있으면 더 어리석지 않겠나."

_뭘 하고 싶은가?

"내용을 보게 해주겠다. 책은 은으로 장식했다. 너희가 소유할 수 없는 인간의 유일한 창조물. 나는 봤다. 너희 말을 빌리면, 은 코덱스를. 수많은 비밀이 담겨 있다는 것만은 보장한다. 인간이 너희 기원에 대해 뭘 아는지 확인하고 싶지 않나?"

---

* 책의 형태로 된 고문서.

_반쪽짜리 진실과 억측이겠지.

"그런가? 자신할 수 있나, 말라크 엘로힘?"

침묵. 페트는 잠시 머리의 긴장이 풀리는 기분이었다. 고대 존재들이 못마땅해하며 입술을 삐죽 내미는 모습을 봤다고 맹세할 수도 있었다.

_뜻밖의 동맹이 때로는 가장 효과적이지.

"이 자리에서 분명히 말하겠다. 너희와 동맹을 맺을 생각은 없다. 그저 잠정 휴전 정도일 뿐이다. 이 경우 내 적의 적은 내 친구도, 너희 친구도 아니다. 그 책을 보여주는 것 이상은 약속할 수는 없다. 물론 그럼으로써, 마스터가 너희를 없애기 전에 너희가 먼저 마스터를 파괴할 수는 있을 것이다. 하지만 공동의 목적을 달성하면 곧바로 싸움은 다시 시작이다. 난 다시 너희를 쫓고 너희는 나를……"

_그 책을 본 이상, 세트라키안, 너를 살려둘 수는 없다. 너도 알겠지. 누가 봤대도 마찬가지다.

"난 제대로 읽지도 못하는데……" 페트가 침을 삼키며 중얼거렸다.

세트라키안이 말했다. "인정한다. 이제 서로 이해한 것 같군. 한 가지가 더 필요하다. 다만 너희 부하가 아니라, 여기 거스가 할 일이다."

거스가 노인과 페트 앞으로 나섰다. "살상만 할 수 있다면 얼마든지."

리본 커팅식은 없었다. 커다란 모형 가위도, 고위 관리도, 정치가도, 물론 팡파르도 없었다.

로커스트밸리 원자력발전소는 새벽 다섯시 이십삼분에 가동을 시작했다. 원자력규제위원회 상주 조사관들이 170억 달러짜리 공장의 통제실에서 전 과정을 지켜보았다.

로커스트밸리는 핵분열 시설로, 제3세대 열중성자 경수로 두 대를 운영했다. 고압 노심 내부의 경수에 우라늄-235 다발과 제어봉을 삽입하기 전 현장 점검 및 안전 검사도 모두 마쳤다.

원자로 내부의 핵분열은 말하자면 밀리세컨드* 단위가 아닌 안정적으로 천천히 진행되는 핵폭탄 폭발이다. 분열 과정에서 발생한 에너지는 전통적인 화력발전소와 비슷한 방식으로 갈무리해 공급한다.

하지만 파머에게 핵분열은 단지 생물의 세포분열과 비슷한 과정이었다. 분열 과정에서 에너지가 발생한다. 핵연료의 가치와 마술은 바로 거기에 있었다.

밖에서 두 개의 냉각탑이 대형 콘크리트 비커처럼 증기를 뿜어냈다.

파머는 감탄했다. 여기 마지막 퍼즐 조각이, 최후의 곡예사가 보여줄 멋진 착지가 있었다.

지금이 바로 빗장이 풀리는 역사적인 순간이다. 이제 곧 거대한 납골당의 문이 열릴 것이다.

거대한 가마솥에서 증기구름이 유령처럼 흐느적거리며 불길한 하늘로 솟구쳤다. 파머는 그 광경을 지켜보면서 체르노빌을 떠올렸다. 프리피야트의 검은 마을. 그곳에서 마스터를 처음 만났다. 원자로 사고는 2차대전의 말살 수용소와 마찬가지로 마스터에게 가르침을 주었다. 인류가 마스터에게 길을 열어준 것이다. 이제 인류는 자신이 알려준 방식으로 종말을 맞을 것이다.

그 모두가 엘드리치 파머의 각본이었다.

그는 아무런 대가도 받지 않고 저 바깥의 사람들을 변화시키고 있소.

아, 굿웨더 박사. 하지만 나중 된 자 먼저 되고, 먼저 된 자 나중 되리라.** 성경에도 그렇게 적혀 있잖아?

---

* 1000분의 1초.

하지만 이곳은 성경 속 세계가 아니라 미국이야.

먼저 된 자가 먼저 될 것이다.

순간 파머는 사업 파트너들이 자신과 거래를 마친 뒤 기분이 어떨지 깨달았다. 스스로 휘두른 주먹에 명치를 얻어맞은 기분.

함께 일한다고 생각했지만, 결국 상대를 위해 일하고 있었다.

왜 당신은 마냥 기다리게 하는 거요?

그가 옳았다.

아이팟이 터널 바닥에 떨어지자 잭이 노라의 손을 뿌리쳤다. 어리석은 행동이었지만, 잭은 거의 반사적이었다. 엄마가 사준 선물이 아닌가. 엄마는 자기가 별로 좋아하지 않는 곡, 때로는 싫어하는 곡도 사주었다. 그 작은 마법의 도구를 손에 쥐고 음악에 빠질 때면 그나마 엄마 품에 푹 안겨 있는 느낌이 들었다.

"재커리!"

노라가 잭이라 부르지 않는 경우는 거의 없지만 분명 효과가 있었다. 잭은 얼른 허리를 세웠다. 기차 맨 앞부분 근처에서 엄마를 붙들고 있는 노라는 제정신이 아닌 듯 보였다. 이제는 잭도 그녀에게 특별한 감정을 느꼈다. 두 사람에게는 공통점이 있었다. 둘 다 엄마가 아프다는 사실. 두 엄마 모두 어디론가 사라진 동시에 어느 정도 아직 곁에 남아 있었다.

잭은 엉킨 이어폰을 그대로 두고 플레이어 본체만 청바지 주머니에 챙겼다. 격렬한 폭력에 탈선 차량들이 조금씩 흔들렸다. 노라는 어떻게

** 마태복음 20장 16절.

든 눈을 가리려 했지만 잭도 이미 알고 있었다. 창문마다 붉은 피가 흘러내리고, 또 얼굴들이 보였다. 그래서 끔찍한 악몽 속을 떠다니듯 반쯤은 어리벙벙한 상태였다.

노라는 우뚝 멈춰 선 채 잔뜩 겁에 질린 눈으로 잭의 뒤쪽을 바라보고 있었다.

터널의 어둠 속에서 작은 그림자 셋이 빠르게 달려오고 있었다. 변한 지 얼마 되지 않은 아이들. 모두 십대 초반을 넘지 않은 나이였지만 선로를 따라 달려오는 속도만큼은 상상을 초월했다.

그들은 두 눈이 까맣게 타버린 어린 장님 뱀파이어 무리를 앞세우고 있었다. 장님들의 몸동작은 훨씬 더 이상했다. 기차에 다다르자 눈이 보이는 아이들은 만족스러운 듯 짐승처럼 소리를 내지르며 장님 뱀파이어들을 추월했다.

그들은 곧바로 기차의 살육 현장에서 달아나는 승객들을 덮쳤다. 어떤 놈들은 알주머니에서 막 기어나온 어린 거미처럼 터널 벽을 따라 질주하거나 기차 지붕 위로 기어올라갔다.

그리고 그들 가운데…… 성인의 형체가 보였다. 여자였다. 그녀는 흐릿한 터널 불빛을 등진 채 사악한 몸놀림으로 살육 현장을 지휘하는 것 같았다. 어린 악마 군단을 거느린 미치광이 엄마.

누군가 잭의 재킷 후드를 잡아당겼다. 노라였다. 잭은 비틀거리며 돌아서서 그녀와 함께 달렸다. 노라의 엄마는 잭의 겨드랑이에 팔을 잡혀 질질 끌려가다시피 했다. 탈선한 기차는 미친 뱀파이어 아이들로 넘쳐났다.

노라의 남색 불빛은 선로길을 밝혀주지 못했다. 그저 구역질날 만큼 현란한 뱀파이어들의 배설물을 비출 뿐이었다. 셋을 쫓아오는 승객은 더이상 없었다.

"저기 좀 보세요!" 잭이 외쳤다.

잭이 찾아낸 것은 왼쪽 벽의 문으로 이어지는 두 단짜리 계단이었다. 노라는 엄마와 잭을 데리고 올라가 황급히 문손잡이를 돌렸다. 문은 문틀에 꽉 끼어 있었다. 아니면 잠겼거나. 그녀는 뒤로 물러나 발꿈치로 몇 번이고 문을 걷어찼다. 이윽고 손잡이가 떨어지며 문이 활짝 열렸다.

그 너머는 똑같은 모양의 플랫폼으로, 다른 터널로 내려가는 계단이 둘 있었다. 다시 선로가 나왔다. 선로는 남쪽 터널에 해당하며 뉴저지에서 동쪽 맨해튼까지 이어졌다.

노라는 문을 있는 힘껏 닫은 다음 서둘러 엄마와 잭을 데리고 선로 위로 내려섰다.

"어서, 계속 움직여. 저들 모두와 싸울 순 없어." 그녀가 외쳤다.

그들은 어두운 터널 더 깊숙이 들어갔다. 잭도 노라를 도와 그녀의 엄마를 부축했지만 언제까지 이런 식으로 걸을 수는 없었다.

등뒤에서는 아무 소리도 들리지 않았다. 문이 열리는 소리도 듣지 못했다. 하지만 그들은 뱀파이어들이 바짝 쫓아오고 있기라도 한 듯 달렸다. 매 순간이 일촉즉발이었다.

노라의 엄마는 신발 두 짝을 모두 잃어버리고 나일론 스타킹도 찢어졌다. 상처난 발에서 피가 흘렀다. 그녀는 계속 중얼거렸다. 목소리가 점점 커져갔다. "쉬고 싶어. 나 집에 갈래."

결국 노라도 무리라고 생각했는지 속도를 늦추었다. 잭도 따라서 걸음을 늦추었다. 노라는 목소리가 새어나가지 않도록 손으로 엄마의 입을 틀어막았다.

잭은 UV램프의 보라색 불빛으로 노라의 얼굴을 보았다. 애써 엄마를 조용히 시키며 잡아끄는 노라의 얼굴이 순간 단단하게 굳었다.

이제 끔찍한 결정을 할 때가 되었다는 뜻이다.

그녀의 엄마는 입에서 손을 떼어내려고 안간힘을 썼다. 노라가 배낭을 내려놓고 잭에게 말했다. "가방 열고, 칼 하나 골라봐."

"나도 있어요." 잭이 주머니를 뒤져 갈색 뼈 자루가 달린 접이식 칼을 꺼내 12센티미터의 은날을 펼쳐 보였다.

"어디서 났니?"

"세트라키안 교수님이 줬어요."

"잘됐다. 잭, 내 말 잘 들어. 나 믿지?"

이상한 질문이었다. "네." 그는 대답했다.

"잘 들어. 너 아무래도 잠시 숨어 있어야겠다. 여기 튀어나온 곳 밑으로 기어들어가 있어." 선로 양쪽은 바닥에서 60센티미터 높이에 부벽을 대놓아서 옆에 그림자가 드리워졌다. "칼은 가슴 가까이 두고. 그림자 밖으로 나오면 안 돼. 위험하다는 거 알아. 하지만…… 하지만 곧 돌아올게. 약속해. 누구든 접근하면, 내가 아니면 누구든, 그걸로 찔러야 해. 알겠지?"

"난……" 그는 차창에 바짝 짓눌린 승객들의 얼굴을 떠올렸다. "네, 알겠어요."

"목구멍, 덜미, 어디든 좋아. 상대가 쓰러질 때까지 계속 베고 찌르다가 달아나 다시 숨는 거야, 알았지?"

그가 고개를 끄덕였다. 두 뺨 위로 눈물이 흘러내렸다.

"약속해."

잭은 다시 고개를 끄덕였다.

"곧 돌아올게. 너무 늦으면, 너도 상황이 어떤지 알겠지. 그럼 달아나." 그녀는 뉴저지 쪽을 가리켰다. "저쪽으로. 절대 멈추지 말고. 그땐 내가 와도 달아나야 해. 알았지?"

"어쩌려고요?"

하지만 잭은 알고 있었다. 안다고 확신했다. 노라도 마찬가지였다.

엄마가 깨무는 바람에 노라는 결국 입에서 손을 떼어냈다. 그녀는 한 손으로 잭을 안고 얼굴을 자기 몸 옆에 딱 붙인 뒤 정수리에 키스했다. 그때 엄마가 비명을 지르기 시작해 다시 입을 막아야 했다. "겁먹지 말고. 어서."

잭은 바닥에 등을 대고 누워 몸을 꿈틀거려서 부벽 밑으로 들어갔다. 쥐 같은 건 안중에도 없었다. 그는 칼자루를 단단히 잡고 십자가처럼 가슴에 댔다. 노라가 자기 엄마를 데리고 떠나는 소리가 들렸다.

페트는 DPW 밴에서 기다렸다. 엔진은 켜두었다. 언제나 입는 오버올 위에 야광 조끼를 입고 안전모까지 쓰고서 계기판 불빛에 의지해 하수구 지도를 꼼꼼히 살펴보고 있었다.

노인이 임시로 만든 은제 화학병기들은 뒷자리의 돌돌 만 수건들 사이사이에 두었다. 이리저리 굴러다니지 않도록 하기 위해서였다. 사실 이번 계획은 께름칙했다. 변수가 너무 많았다. 그는 가게 뒷문을 보며 노인이 나타나기를 기다렸다.

안에서는 세트라키안이 제일 깨끗한 셔츠를 입고 칼라와 나비넥타이를 매만지고 있었다. 휴대용 순은 거울을 꺼내 매무새까지 확인했다. 어쨌든 그가 가진 가장 좋은 정장 차림이었다.

그는 거울을 내려놓고 마지막 점검을 했다. 알약! 그는 약통을 찾아 가볍게 흔들어보고는 행운을 빌며 재킷 안주머니에 집어넣었다. 맙소사, 약을 잊을 뻔하다니. 자, 이제 다 됐다.

문을 나서기 전 마지막으로 표본병을 보았다. 암광으로 비춰놓은 병에 아내의 심장 조각들이 담겨 있었다. 혈충이 완전히 죽어 기생 바이러스의 오랜 구속에서 풀려난 뒤부터는 까맣게 부패하고 있었다.

말 그대로 사랑하는 이의 묘비를 보는 듯한 기분이었다. 이곳을 눈에 담는 것도 마지막이리라. 확신컨대 이제 다시는 돌아올 수 없다.

에프는 경찰관 대기실 벽에 기대놓은 기다란 나무벤치에 홀로 앉아 있었다.

FBI 요원의 이름은 레시로, 자리는 에프와 불과 1미터 거리였다. 벤치 바로 위의 벽을 따라 금속 가로대가 장애인 화장실의 손잡이처럼 길게 이어졌는데, 그곳에 에프의 왼손이 수갑으로 매여 있었다. 그는 오른쪽 다리를 곧게 뻗고 엉거주춤 앉아 있었다. 나이프가 벨트에서 빠지지 않도록 하기 위한 고육지책이었다. 파머의 빌딩에서 돌아온 후 그나마 몸수색은 당하지 않았다.

레시 요원은 안면 경련증이 있는 듯 이따금 왼눈을 깜빡이고 뺨을 파르르 떨었지만 언어장애까지는 아니었다. 파티션이 되어 있는 책상 위에는 학생으로 보이는 아이들 사진 몇 장이 싸구려 액자에 들어 있었다.

"그래서 이게 말이지, 도통 이해가 안 가는데, 도대체 바이러스요, 기생충이요?" 그가 물었다.

"둘 다예요. 이 바이러스는 혈충이라는 기생충으로 전달되죠. 목에 달린 촉수를 통해 기생충이 옮겨가면 감염이 되는 겁니다." 에프는 어떻게든 대화를 통해 밖으로 빠져나갈 수 있지 않을까 일말의 희망을 품고 애써 이성적인 태도로 대답했다.

레시 요원은 본의 아니게 눈을 깜빡이며 그 말을 종이에 휘갈겨 적었다.

결국 FBI도 상황을 파악하기 시작한 것이다. 한발 늦기는 했지만. 먹이슬의 제일 밑에 있는 레시 같은 괜찮은 경찰들은 모든 것이 이미 오래전 가장 높은 자리에 있는 이들에 의해 결정되었다는 사실을 알 리가 없다.

"다른 요원 둘은 어디 갔죠?" 에프가 물었다.

"누구?"

"나를 헬리콥터에 태워 시내로 데려갔던 사람들 말입니다."

레시가 일어나 대기실 안을 둘러보았다. 헌신적인 요원 몇몇이 아직 근무중이었다. "이봐, 여기 굿웨더 박사를 헬리콥터에 태워서 시내에 다녀온 사람 있나?"

자기는 아니라는 불퉁스러운 대답들. 그러고 보니 돌아와서는 그 둘을 보지 못했다. "다른 곳으로 간 모양이군요."

"그럴 리가. 지시가 있을 때까지 자리를 지키는 게 우리 임무인데." 레시가 말했다.

그건 별로 좋은 생각이 아니었다. 에프는 다시 레시의 책상에 있는 액자를 보았다. "가족은 모두 시내를 빠져나갔습니까?"

"우린 시내에 안 살아. 너무 비싸서. 매일 저지에서 차로 출퇴근하지. 어쨌든, 떠난 건 맞소. 휴교가 되면서 아내가 아이들을 데리고 키넬론 호수에 있는 친구 집으로 떠났소."

거기도 너무 가까워. 에프가 속으로 중얼거렸다. "제 가족도 떠났죠." 그는 수갑과 엉덩이의 나이프가 허용하는 한 상체를 앞으로 내밀었다. "이봐요, 레시 요원, 지금 상황이 카오스로 보인다는 거 압니다. 완전히 아수라장 같죠? 하지만 아니에요. 사실과 다릅니다. 이건 철저히 계획되고 안배된 침략입니다. 그리고 오늘…… 오늘입니다. 정확히 무슨 일이 어떻게 일어날지는 잘 모르지만, 오늘이라는 것만은 분명해요. 그러니 우리도, 당신들도 나도 당장 이곳을 빠져나가야 합니다." 에프는 그를 설득하기 위해 최선을 다했다.

레시는 두 번 눈을 깜빡였다. "당신은 체포됐어, 박사. 백주대낮에, 그것도 수많은 사람 앞에서 사람을 쐈잖소. 상황이 지금처럼 개판도 아니고 정부기관들이 문을 안 닫았다면 지금쯤 연방 법정에 있을 거요. 그러니까 당신은 아무데도 못 가. 덕분에 나도 못 가. 다시 본론으로 돌아와서, 이 그림에 대해 아는 것 있소?"

레시가 그에게 종이 몇 장을 내밀었다. 건물에 부식액으로 그려놓은 그림들. 다리가 여섯 개 달린 벌레 모양의 그라피티였다.

"보스턴, 이건 피츠버그. 클리블랜드 외곽. 애틀랜타. 포틀랜드. 오리건. 여기서 5천 킬로미터나 떨어진 곳이오." 레시가 그림들을 뒤로 넘기며 말했다.

"자세히는 모르지만 일종의 암호일 겁니다. 놈들은 말로 소통하지 않기 때문에 의사소통 시스템이 필요해요. 그런 표시를 남겨서 자기네 세력이 그만큼 확장되었다는 걸 알리는 거죠."

"그럼 이 벌레 그림은?"

"압니다. 그건 그러니까…… 자동기술법이라고 들어봤죠? 잠재의식 비슷한. 그들은 모두 텔레파시로 연결되어 있어요. 원리는 모르지만, 아무튼 분명한 사실입니다. 게다가 여타 지적 생물처럼 잠재의식도 발달한 것 같더군요. 그래서 이런 그림을 퍼뜨리죠…… 거의 예술에 가깝게. 스스로를 표현하는 겁니다. 분명 온 나라 건물에 이 디자인의 기본 형태가 그려져 있습니다. 지금쯤 전 세계의 반을 뒤덮었을지도 모르겠군요."

레시는 그림들을 책상 위에 던져놓고 목덜미를 주물렀다. "그리고 은은 또 무슨 얘기요? 자외선 불빛과 햇빛은?"

"내 총을 확인해봐요. 여기 어디 있죠? 총알을 보면 모두 순은입니다. 아, 파머가 뱀파이어는 아닙니다. 아직은. 하지만 나한테 총을 준 분이……"

"응? 그래, 계속해보쇼. 그게 누구요? 당신이 어떻게 이런 얘기를 아는지 나도 좀……"

그때 불이 꺼지고 환풍기도 잠잠해졌다. 상황실 요원 모두가 짜증을 냈다.

"또야?" 레시 요원이 자리에서 일어나며 투덜댔다.

비상등이 깜빡거리며 켜지고, 대여섯 개당 하나꼴로 천장 조명도, 문 위의 비상구 표시도 평소의 절반, 혹은 절반의 절반 정도 밝기로 불이 들어왔다.

"죽이는군." 레시가 자기 책상 파티션 위쪽 고리에서 플래시를 내렸다.

그때 머리 위 스피커마다 화재경보가 울려댔다.

"망할! 죽어라 죽어라 하는군." 레시가 울화통을 터뜨렸다.

건물 어딘가에서 비명소리가 들렸다.

"이봐요. 수갑을 풀어줘요. 놈들이 오고 있습니다!" 에프가 수갑을 당기며 외쳤다.

"뭐요? 오고 있다니?" 레시는 자기 자리에 서서 비명소리에 귀를 기울였다.

쾅 소리. 문이 부서지는 소리.

"날 잡으러 오는 겁니다. 내 총! 내 총을 들어요!" 에프가 소리쳤다.

레시는 귀를 기울이다 앞으로 걸어가며 권총집을 열었다.

"안 돼! 그 총은 소용없어! 은 탄환이어야 해! 가서 내 총을 가져와!"

총소리. 바로 아래층이었다.

"망할!" 레시가 허리춤에서 총을 꺼내며 달리기 시작했다.

에프는 저주를 퍼붓고 가로대와 수갑으로 관심을 돌렸다. 두 손으로 가로대를 당겨보았으나 꿈쩍도 하지 않았다. 수갑을 가로대 한쪽 끝으로 미끄러뜨렸다가 다른 쪽으로 가져갔다. 허술한 곳을 찾아야 했지만 나사못은 굵었고 쇠막대는 벽 깊이 박혀 있었다. 발로 걷어차도 꿈쩍하지 않았다.

다시 비명소리. 총소리. 좀더 가까운 곳이었다. 일어서려 해도 어정쩡한 자세밖에 나오지 않았다. 아예 벽을 무너뜨리려고도 해보았다.

이제 상황실 안에서도 총소리가 들렸다. 파티션이 시야를 가리는 바람에 요원들의 무기가 내뿜는 섬광밖에 보이지 않았다. 그리고 그들의 비명소리.

에프는 바지 안에서 은 나이프를 꺼냈다. 나이프는 파머의 펜트하우스에서보다 훨씬 더 작게 느껴졌다. 그는 무딘 칼끝을 벤치 뒤에 비스듬히 끼우고 힘껏 잡아당겼다. 끝이 부러져나가며 수감자들이 만든 날불이처럼 예리한 날이 생겼다.

한 놈이 깡충 뛰어 파티션 위에 착지하더니 잔뜩 웅크리며 사지로 균형을 잡았다. 상황실의 흐릿한 조명에 놈은 아주 작아 보였다. 놈이 탐색하듯 기이한 동작으로 고개를 돌렸다. 시각도 후각도 잃었지만 그래도 주변을 둘러보고 냄새를 맡는 듯 보였다.

그의 얼굴이 에프를 향했다. 드디어 목표를 찾아낸 것이다.

어린 뱀파이어가 고양이처럼 민첩하게 칸막이에서 뛰어내렸다. 두 눈이 다 타버린 전구 꼭지처럼 까맸다. 에프에게서 약간 벗어난 쪽으로 고개를 돌렸다. 앞이 보이지 않는 눈도 정확히 그를 향하지 않았지만 놈은 그를 보았다. 틀림없었다.

놈의 기형적인 모습에 에프는 소름 끼쳤다. 마치 울타리 안에서 재규어를 맞닥뜨린 기분이었다. 게다가 울타리에 묶여 있지 않은가! 그는 막연히 목을 보호해야겠다는 생각에 살짝 옆으로 돌아섰다. 은날은 감지자를 향했다. 놈은 칼을 의식하는 듯 보였다. 에프는 가로대가 허용하는 범위 내에서 양옆으로 움직였다. 놈도 그를 따라 왼쪽, 오른쪽으로 움직였다. 퉁퉁 부은 목 위의 머리가 흡사 뱀 대가리 같았다.

그때 놈이 촉수를 휘두르며 공격해왔다. 촉수는 성인 뱀파이어보다 짧았다. 에프는 가까스로 나이프를 휘둘렀다. 촉수를 잘랐는지는 모르겠지만 분명 손에 묵직한 감각이 있었다. 감지자는 걷어차인 개처럼 뒤로 물러섰다.

"당장 꺼져!" 에프가 짐승을 물리치듯 소리쳤으나 감지자의 보이지 않는 눈은 그를 떠나지 않았다. 그때 파티션 뒤로 보통 뱀파이어 둘이 더 나타났다. 셔츠 앞자락이 인간의 붉은 피로 얼룩져 있었다. 감지자가 지원군을 소환한 모양이었다.

에프는 미친듯이 은 나이프를 휘둘렀다. 자신이 겁먹은 것보다 놈들을 더 크게 겁주고 싶었다.

소용없었다.

놈들은 양쪽으로 갈라섰다가 한번에 달려들었다. 에프가 둘의 팔을 차례로 베자 상처에서 흰 액체가 흘러나왔다.

그때 한 놈이 나이프를 든 손을 붙잡고, 다른 놈은 반대편 어깨를 잡고 머리채를 낚아챘다.

놈들은 그를 곧바로 처리하는 대신 감지자들을 기다렸다. 에프는 죽을힘을 다해 발악했으나 애초에 역부족인데다 벽에 매여 있기까지 했다. 괴물들의 뜨거운 열기와 죽음의 악취에 욕지기가 났다. 나이프라도 던져 한 놈을 맞히고 싶었지만 기껏 손에서 미끄러졌을 뿐이다.

감지자가 천천히 다가섰다. 먹이의 냄새를 맡는 야수. 에프는 어떻게든 턱을 숙이려 했으나 머리채를 잡힌 탓에 여지없이 작은 괴물에게 목을 드러냈다.

에프는 최후의 발악으로 울부짖었다. 그 순간 감지자의 뒤통수가 터지며 하얀 안개를 내뿜었다. 놈은 풀썩 주저앉아 경련을 일으켰다. 양쪽에서 에프를 붙잡고 있던 뱀파이어들의 손힘도 약해졌다.

에프는 한 놈을 밀치고 다른 놈을 걷어차 벤치에서 떨어뜨렸다.

모퉁이에서 누군가 나타났다. 라틴계 남자 두 명. 두 사람은 뱀파이어의 밤을 박살낼 무기로 치아까지 무장했다. 뱀파이어 하나가 UV램프를 피해 파티션을 기어오르다 은 꼬챙이에 찔렸다. 에프에게 정강이를 걷어차인 놈은 일어나 맞서려다가 두개골에 은못이 박혔다.

그때 세번째 남자가 등장했다. 멕시코 거한. 나이가 족히 예순은 넘어 보였으나 노익장을 과시하며 좌우의 뱀파이어들을 놀라우리만큼 효과적으로 처리해나갔다.

에프는 바닥의 흰 피를 피해 두 다리를 벤치 위로 끌어올렸다. 벌레들이 새로운 숙주를 찾아다녔다.

대장이 앞으로 나섰다. 가죽장갑을 끼고 가슴 앞으로 은못 탄띠를 멘 밝은 눈빛의 멕시코 소년. 뱀파이어의 흰 피가 묻은 검은색 부츠 앞코에는 은판을 덧대놓았다.

"굿웨더 박사님인가요?" 그가 물었다.

에프는 고개를 끄덕였다.

"어거스틴 엘리살데입니다. 전당포 영감이 보냈어요." 소년이 말했다.

77번가와 요크 애비뉴 교차점에 있는 소더비 본사. 세트라키안은 페트와 나란히 로비로 들어가 접수실로 안내해달라고 청했다. 그는 스위스 은행에서 발행한 수표를 제시했다. 수표는 유선전화를 통해 즉시 아무 문제 없음이 확인되었다.

"소더비에 오신 걸 환영합니다, 세트라키안 선생님."

그는 경매번호 23번 패들을 받았다. 안내원이 엘리베이터까지 안내한 뒤 10층으로 올라가면 된다고 알려주었다. 경매장 앞에서는 요원들이 멈춰 세우고 코트와 늑대머리 지팡이를 요구했다. 그는 마지못해 넘기고 대신 플라스틱 티켓을 받아 조끼의 워치포켓에 넣었다. 페트도 경매장에 들어갔으나 패들을 가진 사람만 입찰석에 앉을 수 있었다. 페트는 경매장 전체가 훤히 보이는 뒤쪽에 서서 어쩌면 여기 있는 편이 나을 수도 있겠다고 생각했다.

경매는 철통 같은 보안하에 진행되었다. 세트라키안은 앞에서 네번째 줄에 자리를 잡았다. 너무 가깝지도 멀지도 않은 위치였다. 통로 쪽에 앉아 패들을 무릎 위에 내려놓자 이윽고 무대에 불이 들어왔다. 흰장갑을 낀 진행요원이 경매사의 유리잔에 물을 따른 다음 직원 전용 출입구로 사라졌다. 무대 왼쪽에 황동 이젤이 서서 첫 매물을 기다리고 있었다. 머리 위의 비디오 화면에는 소더비의 이름이 보였다.

앞쪽 열 줄, 어쩌면 열다섯 줄까지는 거의 만원이고 뒤쪽에도 빈자리는 간간이 보일 뿐이었다. 하지만 누가 봐도 참석자 가운데 일부는 허수아비였다. 입찰석을 채우도록 고용된 사람들. 당연히 그들에게 진짜 구매자들의 독오른 눈빛을 기대하기는 어려웠다. 경매장 양쪽의 이동식 벽을 최대한 밀어 공간을 확보했는데도 입찰석과 벽 사이에 사람들이 가득 들어차고 뒤쪽도 마찬가지였다. 관람객들은 대부분 마스크와 장갑을 착용했다.

경매장은 시장보다는 극장에 가까웠다. 전체적인 행사 분위기는 확실히 세기말적이었다. 현란한 소비의 최종판. 치명적인 경제 붕괴에 직면한 자본주의의 마지막 발악. 참석자들 대부분이 오직 그 쇼를 보기 위해 모였다 해도 과언이 아니었다. 마치 장례식에 미끈하게 차려입고 나타난 문상객들처럼.

경매사가 나타나자 흥분이 고조되었다. 그가 개회사를 하고 입찰자들에게 기본 규칙을 설명할 때는 장내에 기대감이 번졌다. 마침내 그가 의사봉을 두드려 경매 개시를 알렸다.

첫 경매품은 소소한 바로크 회화 몇 점이었다. 주요리에 앞서 입찰자들의 입맛을 돋우기 위한 애피타이저 같은 순서.

세트라키안은 적잖이 긴장했다. 갑자기 왜 이러지? 초조하고 터무니없이 불안했다. 고대 존재들의 자금은 오늘 그의 수중에 있었다. 그렇게 오랫동안 찾아 헤맸던 책도 이제 곧 그의 손에 들어올 터였다.

하지만 그렇게 앉아 있자니 이상하게도 노출된 기분이었다. 누군가…… 지켜보고 있는 듯했다. 그것도 그저 바라보는 정도가 아니라 모든 걸 알고 있다는 시선. 모든 것을 꿰뚫어보는 듯한 익숙한 시선으로……

불안감의 원인은 바로 반투명 선글라스 뒤의 어떤 시선 때문이었다. 통로 건너편 입찰석 세 줄 뒤에 검은 정장을 입고 검은 가죽장갑을 낀 자가 있었다.

토마스 아이히호르스트.

그의 얼굴은 반질반질하고 팽팽해 보였다. 몸도 전체적으로 부자연스러워 보일 만큼 관리를 잘한 듯했다. 분명 살색 화장과 가발 때문이겠지만…… 뭔가 또다른 게 있었다. 수술이라도 받은 걸까? 어떤 미친 의사를 고용해 외모를 인간과 비슷하게 만들었나? 산 자들 속에 섞여 돌아다니려고? 아무리 나치의 안경 뒤에 가려 있다 해도 아이히호르스트의 시선과 마주쳤다 생각하니 세트라키안은 오금이 저렸다.

수용소에 들어갈 당시 아브라함 세트라키안은 겨우 십대였고, 지금 옛 트레블린카 수용소장을 바라보는 눈도 바로 그 어린 눈이었다. 살을

에는 공포와 과도한 불안감도 그때와 마찬가지였다. 이 악마는 죽음의 수용소에 삶과 죽음을 모두 바쳤다. 육십사 년 전…… 당시의 공포가 바로 어제 겪은 일인 양 생생했다. 그와 같은 괴물, 야수는 이미 수백 배로 증식한 터였다.

위산이 목으로 솟구쳐올라 질식할 것만 같았다.

아이히호르스트가 세트라키안에게 고갯짓을 했다. 너무도 우아하게. 너무도 다정하게. 얼핏 미소짓는 듯했지만 당연히 미소일 리는 없다. 그저 목안에 촉수가 있음을 시위하기 위해 붉게 칠한 입술 사이로 날름거리는 흡판을 살짝 보여준 것에 불과했다.

세트라키안은 고개를 돌려 연단을 보았다. 하릴없이 떨리는 손을 감추며 생각했다. 이제 와서 어린 시절의 두려움에 사로잡히다니 수치스럽기 짝이 없는 노릇이다.

아이히호르스트도 책을 손에 넣으러 왔다. 엘드리치 파머의 자금으로 마스터를 위해 싸울 것이다.

세트라키안은 주머니에서 약통을 찾았다. 일그러진 손은 평소보다 훨씬 뻣뻣했다. 이런 모습을 아이히호르스트에게 들키고 싶지 않건만.

그는 니트로글리세린 알약을 조심스럽게 혀 밑에 넣고 효과가 나타나길 기다렸다. 숨이 끊어지는 한이 있더라도 저 나치를 처치하고야 말리라.

_심장이 말썽이군, 유대인.

목소리가 머리로 침투했지만 세트라키안은 애써 모르는 척했다. 너무도 역겨운 불청객이다. 어떻게든 외면하고 싶었다.

시야에서 경매사와 무대가 사라지고, 맨해튼 전역과 북미 대륙도 사라졌다. 그 순간 세트라키안의 눈에 보이는 것은 수용소 철조망이었다. 피가 흥건한 땅과 동료 장인들의 여윈 얼굴도 보였다.

아이히호르스트는 자신의 애마를 타고 있었다. 그 말은 수용소 안에서 그가 애정을 보이는 유일한 생명체였다. 소장은 굶주린 죄수들 앞에서 말에게 당근과 사과를 주곤 했다. 그가 양 옆구리에 박차를 가하면 말은 히힝 소리를 내며 뒷발로 일어섰다. 발광하는 말 위에서 루거 총으로 사격 연습도 즐겼다. 집합 때마다 인부 한 명을 무작위로 처형했는데, 그중 세 번은 세트라키안의 바로 옆 사람이었다.

_들어올 때 보니 보디가드를 데려왔더군.

페트 얘긴가? 뒤돌아보니 페트는 관람객들과 함께 뒤쪽에 서 있었다. 가까이서 고급 정장 차림의 보디가드 둘이 출구를 지켰다. 작업복 차림의 방역관은 다른 세상 사람처럼 보였다.

_페토르스키 맞지? 순혈 우크라이나인은 최고의 빈티지급이지. 쌉쌀하고 짭짤하지만 끝맛이 강렬하거든. 유대인, 너도 알겠지만 인간 피에 관한 한 나는 전문가다. 내 코는 절대 실수하지 않아. 네가 들어올 때 놈의 향취를 맡았다. 물론 놈의 턱선도 봤고. 벌써 다 잊었더냐?

괴수의 말에 세트라키안은 불안해졌다. 괴수를 증오했기 때문에, 그리고 그 말에 신빙성이 있는 것 같았기 때문에.

그는 머릿속 수용소에서 덩치 큰 우크라이나인 간수를 보았다. 검은 제복 차림인 그자는 검은 가죽장갑을 낀 손으로 말고삐를 공손하게 잡고 있다가 아이히호르스트에게 루거를 건네주었다.

_자기를 고문한 자의 후손과 함께 있다니, 설마 실수라고 하지는 않겠지?

세트라키안은 아이히호르스트의 조롱에 눈을 질끈 감았다. 마음을 가다듬고 당면한 과제에 집중해야 한다. 그는 뱀파이어가 듣기를 바라는 마음으로, 머릿속으로 있는 힘껏 외쳤다. 오늘 내가 누구와 손을 잡았는지 알면 넌 아예 기절할 거다.

노라는 메츠 야구모자를 쓰고 단안 야시경을 꺼내 목에 걸었다. 한쪽 눈을 감자 노스 강 하저터널이 녹색으로 물들었다. 페트는 '쥐 눈깔'이라고 불렀지만 지금처럼 이 발명품이 고마운 적은 없었다.

터널 앞쪽은 적어도 중간 지점까지는 안전했으나 출구는 보이지 않았다. 숨을 곳도, 아무것도 없었다.

지금 곁에는 엄마뿐이다. 잭과의 거리도 충분히 멀어졌다. 맨눈으로든 야시경으로든 되도록 엄마는 보지 않으려 했다. 엄마는 숨을 몰아쉬는데다 걷는 것조차 버거워했다. 노라는 엄마의 팔을 잡고 질질 끌다시피 하며 돌이 깔린 선로 사이로 걸었다. 뱀파이어들이 바로 뒤에서 쫓아오는 것만 같았다.

노라는 일을 치를 적당한 장소를 물색했다. 최적의 장소. 그녀가 하려는 일은 차라리 참혹한 저주였다. 머릿속에서 누구도 아닌 그녀 자신의 목소리들이 논쟁을 벌였다.

이러면 안 돼.

엄마와 잭 둘 다 살릴 순 없어. 선택을 해야 해.

하지만 어떻게 엄마가 아니라 꼬마를 선택할 수 있지?

한 명을 선택하지 않으면 둘 다 잃을 거야.

엄마는 열심히 사셨어.

개소리. 우리 모두 열심히 살아. 삶이 끝나는 순간까지.

널 낳아주신 분이잖아.

하지만 그냥 두면 엄마는 뱀파이어가 되고 말아. 영원히 저주받는 거야.

알츠하이머도 불치이긴 마찬가지야. 지금도 점점 나빠지고 있고, 이미 과거의 네 엄마가 아니잖아. 뱀파이어가 되는 거랑 뭐가 다른데?

지금은 다른 사람한테 위협이 안 돼.

너와 잭한테만 그렇겠지.

너에게, 사랑하던 너에게 돌아올 텐데, 그때는 파괴를 해야 해.

에프한테는 켈리를 파괴하라고 했잖아.

엄마는 치매가 심해서 알지도 못해.

그래도 넌 알겠지.

문제는, 너라면 뱀파이어가 되기 전에 스스로 목숨을 끊겠어?

그래.

하지만 그건 네 선택이야.

그건 양자택일의 문제가 아니야. 딱 떨어지는 문제가 아니라고. 얼마나 빠른지 알잖아. 놈들이 쫓아오면 그걸로 끝이야. 변하기 전에 조치를 취해야 한단 말이야. 미리 대비해야 해.

아직 보장이 없잖아.

변하지도 않았는데 해방부터 시키겠다고? 넌 그저 할 일을 했다고 자위할 뿐이야. 그리고 옳은 판단이었는지 평생 의심하겠지.

그래도 살인은 살인이야.

종말이 임박하면 잭한테도 그 칼을 돌릴 수 있을까?

아마도. 그래. 그럴 거야.

주저할걸?

잭은 공격을 받아도 살아남을 가능성이 더 많아.

그러니 새 세대를 위해 구세대를 팔아넘긴다는 얘기군.

아마도. 그래, 맞아.

그때 노라의 엄마가 입을 열었다. "도대체 네 아비라는 인간은 언제 온다니?"

노라는 다시 현실로 돌아왔다. 너무 괴로워 울 수도 없었다. 이다지도 잔인한 삶이라니.

짐승의 포효가 긴 터널을 휩쓸고 지나갔다. 노라는 소름이 끼쳤다.

그녀는 엄마의 뒤로 돌아갔다. 얼굴을 보지 않기 위해서였다. 그리고 칼을 단단히 쥐고 사랑하는 노모의 목덜미 위에서 처들었다.

하지만 전부 부질없는 짓이었다.

그녀에겐 용기가 없었다. 그것만은 분명했다.

우리는 사랑 때문에 몰락할 거야.

뱀파이어들에게는 죄의식이 없다. 그들의 최대 무기가 바로 그것이다. 그들은 주저하지 않는다.

노라가 고개를 들었을 때, 정말로 그 점을 증명이라도 하듯 뱀파이어 둘이 그녀를 노리고 터널 양쪽에서 벽을 타고 살금살금 다가오고 있었다. 그녀의 경계가 소홀해진 틈을 타 몰래 따라붙은 모양이었다. 야시경 속에서 놈들의 눈이 흰색과 녹색으로 빛났다.

놈들은 그녀가 볼 수 있다는 사실을 몰랐다. 야간투시 기술을 모르기 때문에 그녀도 눈먼 채 어둠 속을 헤매는 다른 승객들과 다를 바 없다고 여긴 것이다.

"여기 앉아 있어요, 엄마. 아빠가 오고 있으니까." 그녀는 엄마의 무릎을 살짝 눌러 선로 위에 주저앉혔다. 그러지 않으면 또 이리저리 돌아다닐 것이다.

노라는 돌아서서 두 뱀파이어 사이로 똑바로 걸어갔다. 어느 쪽으로도 고개를 돌리지 않았다. 여느 뱀파이어처럼 흐느적거리며 돌벽을 타고 내려오던 놈들이 마침내 시야 양쪽 끄트머리에 들어왔다.

노라는 놈들을 죽이기 전에 우선 심호흡을 했다.

조금 전까지 살인의 선택의 기로에 섰던 노라였다. 뱀파이어들은 그녀의 고뇌를 고스란히 받아내는 제물이 되었다. 그녀는 왼쪽으로 달려가 놈이 미처 뛰어오르기 전에 베어버렸다. 뱀파이어의 섬뜩한 비명이 귀를 찔렀다. 그녀는 바로 돌아서서 다른 놈과 맞섰다. 엄마를 노리던 놈은 웅크린 자세 그대로 노라를 돌아보았다. 촉수를 발사하려고 아가리까지 벌린 채였다.

놈들의 흰 피가 머릿속 분노처럼 눈앞에서 솟구쳤다. 공격자를 모두 처리하자 가슴이 들썩이고 눈물로 눈이 따끔거렸다.

그녀는 지나온 쪽을 돌아보았다. 저 둘은 잭을 지나쳤을까? 야시경으로는 색을 정확히 알 수 없었지만, 그래도 얼굴이 붉지 않은 걸 보니 피를 마시지는 않은 모양이었다.

노라는 램프를 들어 뱀파이어 시체에 들이댔다. 벌레들이 벌써 돌 위로 기어올라 엄마에게 접근하고 있었다. 혈충들을 태우고 자신의 칼도 소독한 뒤 노라는 램프를 끄고 엄마를 일으켰다.

"네 아비는 여기 와 있냐?" 엄마가 물었다.

"곧 와요, 엄마. 곧." 노라는 잭이 있는 곳을 향해 걸음을 재촉했다. 두 뺨 위로 눈물이 흘러내렸다.

『오키도 루멘』의 호가가 1,000만 달러의 문턱을 넘어섰을 때야 세트라키안은 입찰에 참여했다. 입찰가의 급격한 상승은 그 책이 유례없이 희귀한 물건이기 때문이지만 경매장의 분위기도 한몫했다. 도시가 언제라도 붕괴되고 세상이 완전히 달라질 수 있다는 절박감 같은.

호가는 1,500만에서 곧바로 1,530만으로 뛰었다.

2,000만에서 2,050만으로.

상대 입찰자가 누구인지 돌아볼 필요도 없었다. 다른 사람들도 책의 '저주받은' 속성에 매료되어 일찍이 뛰어들었지만 가격이 여덟 자리로 치솟자 완전히 손을 뗐다.

입찰가가 2,500만에 달하자 경매사가 잠시 휴장을 외치고 물잔을 찾았다. 물론 극적인 연출을 위해서였다. 그는 막간을 이용해 입찰자들에게 역사상 가장 높은 가격에 낙찰된 도서를 소개했다. 다빈치의 작업노트 『코덱스 레스터』가 1994년 3,080만 달러에 낙찰된 바 있었다.

세트라키안은 장내의 시선을 느꼈지만 절대 '루멘'에서 눈을 떼지 않았다. 유리 진열장 속에 화려하게 전시된, 은으로 뒤덮인 육중한 책. 펼쳐놓은 페이지가 두 개의 대형 비디오 화면에 비춰졌다. 하나는 손으로 쓴 텍스트, 또하나는 은색 인간이었다. 그는 희고 거대한 날개를 펼치고서 붉고 노란 화염에 휩싸여 파괴되는 도시를 지켜보며 서 있었다.

입찰이 재개되고 가격은 빠르게 치솟았다. 세트라키안은 다시금 패들을 들었다 내렸다를 반복했다.

호가가 3,000만을 넘자 이곳저곳에서 헉하고 숨을 삼켰다.

경매사가 세트라키안의 통로 건너편 입찰석을 향해 3,050만에 대한 의향을 물었고, 세트라키안은 3,100만에 패들을 들었다. 이제 그것은 역사상 가장 비싼 책이 되었다. 하지만 신기록 따위가 세트라키안에게, 인류에게 무슨 의미가 있단 말인가.

뒤이어 경매사가 3,150만을 제시했고, 아이히호르스트가 받아들였다.

세트라키안은 경매사가 다음 입찰가를 제시하기도 전에 3,200만으로 응수했다.

경매사가 아이히호르스트를 돌아보았다. 하지만 다음 입찰가를 부르려는데 진행요원이 불쑥 나타나 진행을 끊었다. 경매사는 불쾌한 표정으로 연단에서 내려와 잠시 그녀와 얘기를 나누었다.

그가 움찔하더니 머리를 푹 숙였다가 마침내 고개를 끄덕였다.

도대체 무슨 일이지? 세트라키안은 불안해졌다.

진행요원이 연단을 돌아나와 통로를 올라오기 시작했다. 세트라키안은 당혹스러운 마음을 안고 지켜보았다. 그녀는 세트라키안을 지나 세 줄 뒤의 아이히호르스트 앞에 멈춰 섰다.

그녀가 통로에 한쪽 무릎을 꿇고 앉아 그에게 뭐라고 속삭였다.

"여기서 말하시오." 아이히호르스트가 인간처럼 입술을 움직이며 말했다.

진행요원이 다시 말했다. 그녀는 입찰자의 프라이버시를 최대한 보호하려 애썼다.

"말도 안 돼. 무슨 착오가 있을 거요."

진행요원은 사과를 하면서도 물러서지 않았다.

"그럴 리가 없어. 그럼 상황을 바로잡을 동안 경매를 잠시 중단하시오." 아이히호르스트가 일어섰다.

진행요원이 재빨리 경매사를 돌아보고, 다시 벽 위쪽의 유리 발코니를 올려다보았다. 그곳에는 소더비의 임원들이 병원에서 수술을 지켜보는 참관객처럼 서 있었다.

진행요원이 아이히호르스트를 보며 대답했다. "죄송하지만, 선생님, 그건 불가능합니다."

"난 그렇게 해야겠소."

"선생님……"

아이히호르스트가 경매사를 향해 서서 패들로 그를 가리켰다. "내 후원자와 연락이 될 때까지 낙찰 선언을 보류하시오."

경매사는 다시 연단으로 돌아갔다. "이와 관련된 경매 규칙은 매우 분명합니다. 선생님. 실질적인 신용한도가 없다면……"

"내 신용한도는 충분해!"

"선생님, 유감스럽게도 지금 막 무효화되었다는 통보가 들어왔습니다. 죄송합니다. 이 문제는 선생님 은행과 상의하시는 것이……"

"내 은행이라고? 좋아, 어쨌든 여기 입찰부터 마무리짓고 그다음에 바로 문제를 해결하겠소."

"죄송합니다. 경매 규칙은 수십 년 동안 동일했고 어느 특정인을 위해 변경된 적이 없습니다." 경매사가 청중을 둘러보며 입찰을 재개했다. "3,200만까지 왔습니다."

아이히호르스트가 패들을 들었다. "3,500만!"

"죄송합니다, 선생. 현재 입찰가 3,200만입니다. 3,250만 없습니까?" 세트라키안은 패들을 무릎에 둔 채 기다렸다.

"3,250만?"

침묵.

"3,200만, 한번 더 갑니다."

"4,000만!" 아이히호르스트가 이제 통로에 서서 외쳤다.

"3,200만, 자, 한번 더 갑니다."

"절대 안 돼! 경매를 취소하시오! 나한테 시간을……"

"3,200만 달러. 경매 물건 1007번은 23번 입찰자에게 팔렸습니다. 축하드립니다."

의사봉이 낙찰을 알리자 장내에 박수갈채가 터지고 수많은 사람이 세트라키안에게 축하의 악수를 청했다. 하지만 노인은 황급히 일어나 경매장 앞으로 갔다. 또다른 진행요원이 그를 응대했다.

"지금 당장 책을 받고 싶소." 그가 여자에게 말했다.

"하지만, 선생님, 작성하실 서류가……"

"경매 중개 수수료를 포함한 지불액을 결제하시오. 난 책을 가져야겠소. 지금 당장."

상할 대로 상한 거스의 허머는 이리저리 부딪치며 퀸스보로 다리를 건너 돌아가는 길이었다. 맨해튼에 다다르니 59번가와 세컨드 애비뉴 교차점에 위치한 루스벨트 아일랜드 트램웨이 승강장 입구에 수십 대의 군용 차량이 대기중이었다. 덮개에 검은색 스텐실로 'FORT DRUM'*이라고 찍힌 트럭들과 미육군 사관학교 소속의 흰색 버스 두 대, 지프 같은 대형 차량도 있었다.

"다리를 봉쇄하려는 건가?" 거스가 중얼거리며 장갑 낀 손으로 운전대를 단단히 틀어쥐었다.

"격리를 강화할 수도 있지." 에프의 대답이었다.

"우리 편일까요, 적일까요?"

전투복을 입은 병사들이 대형 트럭에서 방수포를 벗겨내자 기관단총이 무더기로 드러났다. 에프는 그 모습에 조금 희망을 가졌다. "우리 편이었으면 좋겠군."

"그러게요. 그렇지 않으면, 이 싸움이 좆같이 재미있어질 테니까요." 거스는 업타운 쪽으로 핸들을 꺾었다.

그들이 72번가와 요크 애비뉴의 교차점에 도착했을 때 거리에서는 싸움이 한창이었다. 소더비 맞은편 사립 요양원의 벽돌 건물에서 뱀파이어들이 꾸역꾸역 밀려나오고 있었다. 새로운 활기와 스트리고이의 힘으로 고쳐진 병든 노인들.

거스는 시동을 끄고 트렁크를 열었다. 에프, 앙헬, 사파이어 단원 둘이 차에서 내려 은 무기를 집어들기 시작했다.

"결국 영감이 손에 넣은 모양이네요." 거스는 상자를 열어 목이 좁은

---

* 뉴욕 포트 드럼에 위치한 미육군 제10산악사단.

354

색유리병 두 개를 에프에게 건넸다. 안에는 가솔린이 출렁거렸다.

"손에 넣다니?" 에프가 물었다.

거스가 병에 각각 심지를 집어넣고, 은 지포라이터를 꺼내 불을 붙였다. 그리고 에프에게서 병 하나를 건네받아 천천히 거리로 걸어들어갔다. "어깨를 이용해서 힘껏 던져요. 셋에. 하나, 둘, 야호!"

사냥감을 찾아 돌아다니는 뱀파이어 무리의 머리 위로 대용량 화염병을 날리자 유리병이 박살나며 불이 확 타올랐다. 가솔린을 따라 순식간에 불이 번지며 두 개의 지옥불이 생겼다. 갈색과 흰색의 수녀복이 신문지처럼 불꽃을 빨아들이는 바람에 카르멜 수녀 둘이 먼저 희생되었다. 뒤이어 가운과 실내복 차림의 수많은 뱀파이어가 불꽃에 휩쓸리며 비명을 질렀다. 사파이어 단원들이 불길에 휩싸인 괴물들을 찔러 마무리했다. 뱀파이어들은 미친 소방관이 텔레파시 출동 신호에 반응하듯 끝도 없이 71번가로 쏟아져나왔다.

뱀파이어 둘이 불길을 뒤집어쓴 채 거스에게 달려들다가 몇 발짝 못 와서 그가 쏜 은 탄환에 온몸이 구멍나 쓰러지거나 뒤로 도망갔다.

"도대체 어디들 있는 거야?" 거스가 소더비 입구를 보며 투덜댔다. 경매장 밖 인도의 키 큰 나무들에 불이 번져 정말 지옥문 보초병처럼 보였다.

건물 경비들이 달려와 유리벽 안쪽에서 회전문을 잠그고 있었다. "서둘러!" 에프가 외쳤다. 그들은 뱀파이어를 처리하며 불타는 나무 사이를 통과했다. 거스가 유리문에 은 탄환 몇 발을 쏘아 구멍을 내자 앙헬이 유리를 깨고 안으로 돌진했다.

엘리베이터를 타고 내려가는 동안 세트라키안은 지친 몸을 커다란 지팡이에 의지했다. 경매로 완전히 진이 빠졌으나 아직 남은 일이 만만치 않았다. 페트가 무기 가방을 등에 지고 옆을 지켰다. 3,200만 달러짜리 책도 버블랩으로 포장해 겨드랑이에 끼고 있었다.

세트라키안의 오른쪽에 경매장 보안요원 하나가 벨트 버클 위로 두 손을 마주잡고 서 있었다.

스피커에서 실내악이 흘러나왔다. 드보르자크의 현악사중주.

"축하합니다, 선생님." 보안요원이 정적을 깨뜨렸다.

세트라키안은 남자의 갈색 귀에서 흰 전선을 보았다. "고맙네. 그런데, 자네 무전기가 이 엘리베이터에서 작동하나?"

"아뇨, 그렇지는 않습니다."

순간 엘리베이터가 멈추었고 세 남자는 중심을 잡기 위해 벽을 짚었다. 엘리베이터는 바로 다시 내려가다가 또 멈췄다. 머리 위의 숫자는 4를 가리켰다.

보안요원이 'DOWN' 버튼과 '4' 버튼을 번갈아가며 마구 눌러댔다.

그동안 페트는 가방에서 검을 꺼내들고 엘리베이터 문 앞에 섰다. 세트라키안도 지팡이 손잡이를 비틀어 숨겨뒀던 칼날을 드러냈다.

문을 때리는 첫번째 충격에 보안요원이 놀라 펄쩍 뛰었다.

두번째 충격으로는 문이 사발만하게 움푹 팰 정도였다.

보안요원이 손을 내밀어 볼록해진 부분을 만졌다. "도대체 무슨……"

그때 갑자기 문이 열리더니 창백한 손이 들어와 그를 끌어냈다.

페트는 겨드랑이에 책을 단단히 끼운 채 그를 쫓아 달려나갔다. 어깨를 낮추고 질주하는 모습이 딱 럭비공을 들고 방어선을 돌파하는 러닝백이었다. 그는 뱀파이어들을 벽에 밀어붙였고, 세트라키안도 따라나와 은검을 번쩍이며 놈들을 죽였다. 어떻게든 1층까지 길을 내야 했다.

페트는 놈들을 베고 찍으며 어렵사리 백병전을 치렀다. 놈들은 짐승

같은 온기를 내뿜었고, 시큼한 흰 피가 코트에 튀었다. 그가 검을 든 손으로 보안요원을 붙들려 했을 때는 이미 늦은 뒤였다. 보안요원은 바닥에 쓰러진 뒤 굶주린 뱀파이어들에게 뒤덮여 보이지도 않았다.

세트라키안이 검을 휘두르며 정면 난간에 이르자 건물 안이 1층까지 훤히 내려다보였다. 건물 밖 거리는 뱀파이어는 물론 나무들까지 불에 휩싸였고, 입구에서도 혼전이 벌어졌다. 난간 바로 아래 로비에 건달 거스가 늙은 멕시코 친구와 함께 있었다. 세트라키안을 올려다보고 거스에게 일러준 것도 절름발이 전직 레슬러였다.

"여기!" 세트라키안이 페트를 불렀다. 페트는 뱀파이어 무리에서 빠져나와 옷에 묻은 혈충을 처리하며 달려왔다. 세트라키안이 레슬러를 가리켰다.

"정말이요?" 페트가 물었다.

세트라키안이 고개를 끄덕였다. 페트는 오만상을 찌푸리며 『오키도 루멘』을 난간 너머로 내민 다음 레슬러가 절룩거리며 바로 아래 다가올 때까지 기다렸다. 레슬러의 길을 막는 마귀 하나를 거스가 처리했다. 한 사람이 더 있었다. 이프리엄 굿웨더. 그가 UV 램프로 다른 뱀파이어들을 따돌리고 있었다.

페트가 책을 놓았다. 책은 천천히 회전하며 떨어졌다.

네 층 아래, 불타는 건물에서 떨어지는 아기를 받듯 앙헬이 가슴으로 책을 받아냈다.

페트가 돌아섰다. 이제 양손으로 싸울 수 있었다. 그는 배낭 바닥에서 단검을 꺼낸 뒤 세트라키안을 에스컬레이터로 이끌었다. 에스컬레이터는 상행과 하행이 십자로 엇갈려 있었다. 마스터의 의지에 따라 전장에 몰려와 상행 에스컬레이터에 올라탄 뱀파이어들은 교차 지점에 이르자마자 하행으로 건너뛰었다. 페트가 부츠로 밟고 칼로 찔러 놈들을 처리했다. 놈들은 대자로 뻗은 채 에스컬레이터에 실려내려갔다.

세트라키안이 1층에 다다라 에스컬레이터 틈새로 올려다보니 어느 층에서인가 아이히호르스트가 아래를 내려다보고 있었다.

다른 사람들이 로비의 상황을 거의 마무리하고 있었다. 해방된 뱀파이어 시체들이 바닥에 쓰러져 온몸을 비틀었다. 일그러진 얼굴과 갈고리 손톱이 흰 피 세례를 받고 그대로 굳은 모습은 흡사 극도의 고통을 표현한 예술작품처럼 보였다. 마스터의 조종으로 더 많은 뱀파이어가 출입구 유리문을 연신 두드렸고, 다른 놈들도 계속 합세하고 있었다.

거스는 동료들을 이끌고 박살난 문을 통해 인도로 빠져나갔다. 71번가와 72번가의 뱀파이어들은 서쪽에서, 요크 애비뉴의 놈들은 남북에서 달려들었다. 거리마다 쏟아져나오고 교차로 맨홀에서 솟아올라왔다. 침몰하는 배에서 물을 퍼내는 꼴이었다. 하나를 처리하면 둘이 달려들었다.

그때 검은색 허머 두 대가 전조등을 켠 채 모퉁이를 급커브로 꺾어들더니 뱀파이어들을 전면 그릴로 들이받고 요철 타이어로 으깨며 성난 듯 돌진했다. 이윽고 한 무리의 사냥꾼이 차에서 내렸다. 석궁으로 무장한 후드 차림의 사냥꾼들은 즉시 자신들의 존재를 드러냈다. 뱀파이어를 죽이는 뱀파이어. 허수아비 뱀파이어들을 엘리트 사냥꾼들이 초토화시키기 시작했다.

세트라키안을 은 코덱스와 함께 에스코트해 곧바로 고대 존재들에게 데려가거나 직접 책을 챙기려는 목적이겠지만, 어느 쪽도 노교수의 마음에 들지 않았다. 그는 레슬러 옆에 꼭 붙었다. 책은 현재 레슬러의 겨드랑이에 있었다. 그의 둔중한 움직임이 세트라키안의 느린 발걸음에도 맞았다. 레슬러의 별명이 '실버 엔젤'이라는 얘기를 들었을 때는 슬며시 웃음까지 나왔다.

페트가 72번가와 요크 애비뉴의 모퉁이까지 앞장서서 나아갔다. 목표로 한 맨홀은 이미 열려 있었다. 그는 크림을 먼저 내려보내 구멍 안의 뱀파이어들을 청소하게 했다. 앙헬과 세트라키안이 그다음이었는데 하마터면 레슬러가 구멍에 끼여 오도 가도 못할 뻔했다. 에프는 아무것도 묻지 않고 곧바로 쇠사다리를 내려갔다. 거스와 사파이어 단원들은 뒤에 남아 뱀파이어들이 가까이 다가오기를 기다렸다가 내려갔다. 페트는 놈들이 덮치기 바로 직전에 맨홀로 들어갔다.

"반대! 반대 방향으로!" 그가 아래를 향해 외쳤다.

일행은 하수도 터널을 따라 서쪽, 그러니까 섬의 심장부를 향해 이동하려 했지만 페트가 뛰어내려와 동쪽으로 이끌었다. 동쪽 끝은 FDR 드라이브로 막힌 기다란 블록의 지하였다. 터널에는 물이 거의 흐르지 않았다. 지상의 맨해튼에서 인간 활동이 드물다는 얘기는 곧 샤워를 하거나 화장실 물 내리는 횟수가 적다는 뜻이었다.

"끝까지 전진!" 페트가 외쳤다. 그의 목소리가 석관에 쩌렁쩌렁 울렸다.

에프는 세트라키안 옆으로 다가섰다. 노인의 걸음이 느려졌다. 지팡이 손잡이에 작은 물줄기가 튀었다. "갈 수 있으시겠어요?" 에프가 물었다.

"가야지." 세트라키안이 대답했다.

"파머를 만났습니다. 오늘이 바로 그날입니다. 최후의 날."

"알고 있네." 세트라키안이 말했다.

에프는 버블랩으로 감싼 책을 낀 앙헬의 팔을 톡톡 두드렸다. "여기." 에프가 책을 받아들자, 멕시코 거한은 절뚝거리며 세트라키안의 팔을 부축해주었다.

함께 서둘러 걸으며 에프는 레슬러를 보았다. 묻고 싶은 게 많았으나 어떻게 시작해야 할지 몰랐다.

"놈들이 와요!" 페트가 소리쳤다.

에프가 돌아보니, 어두운 터널 안에서 그림자들이 마치 검은 파도처럼 밀려들었다.

사파이어 둘이 싸우기 위해 돌아섰다. "안 돼! 신경쓰지 말고 곧장 가!" 페트가 소리쳤다.

터널 벽을 따라 파이프 다발이 이어졌는데, 거기에 두 개의 기다란 나무상자가 묶여 있었다. 마치 길쭉한 스피커가 터널 안쪽을 향해 똑바로 서 있는 것 같았다. 페트가 걸음을 늦추더니 각각에 미리 설치해둔 스위치 선을 두 손에 모아들었다.

"발판을 딛고 옆으로 내려가요!" 그는 뒤쪽 사람들을 향해 소리질렀다.

하지만 아무도 모퉁이를 돌지 않았다. 세트라키안이 고안한 폭파 장치의 스위치를 든 페트가 혼자 터널에 서서 몰려드는 뱀파이어들과 맞서는 모습은 결코 놓칠 수 없는 장관이었다.

어둠 속에서 맨 앞에 선 놈들의 얼굴이 드러났다. 붉은 눈, 벌어진 아가리. 스트리고이들은 누구보다 먼저 인간을 공격하기 위해 동료는 물론 제 몸이 어찌되든 개의치 않고 서로를 짓밟으며 전력 질주해서 밀려들었다. 병들고 썩어가는 몸뚱이들의 경쟁. 한바탕 들쑤셔진 벌떼의 분노.

페트는 기다렸다. 기다리고 또 기다렸다. 놈들이 덮치기 바로 직전까지. 그가 목으로 내던 소리는 점점 커져 마지막에는 아예 포효로 변해 마음에서 곧장 터져나왔다. 허리케인의 파괴력에 맞먹는 인간의 악착같은 울부짖음이었다.

놈들이 손을 뻗었다. 드디어 뱀파이어의 파도가 덮치려는 순간…… 그가 스위치를 눌렀다.

효과는 초대형 카메라의 플래시가 터지는 것과 같았다. 두 개의 장치가 동시에 폭발하며 은을 내뿜고, 방출된 화학물질이 뱀파이어의 내장을 파괴하며 파멸의 물결을 일으켰다. 뒤쪽 놈들도 선두와 거의 동시에 쓸려가버렸다. 숨을 곳은 없었다. 은 미립자는 방사선처럼 놈들을 태우고 바이러스 DNA를 파괴했다.

대숙청 뒤에도 한동안 하얀 눈발이 날리듯 은의 기운이 공기중에 떠돌았다. 페트의 울부짖음은 텅 빈 터널 저편으로 잦아들었다. 한때 인간이었던 뱀파이어의 잔해가 터널 바닥에 널브러져 있었다.

모두 사라졌다. 마치 어딘가로 순간이동이라도 한듯. 그저 사진을 찍듯 단 한 번 플래시가 터졌는데, 불빛이 사라지자 아무도 남아 있지 않았다.

적어도 온전한 놈은 하나도 없었다.

페트는 스위치를 내려놓고 세트라키안을 돌아보았다.

"과연." 세트라키안이 말했다.

그들은 또다른 사다리를 타고 난간이 설치된 통로로 내려갔다. 그 끝의 문을 열자 인도로 통하는 하수구 격자 덮개가 나왔는데 그 너머로 지상의 모습이 보였다. 페트는 미리 계단 대신 쌓아둔 상자 더미 위로 올라가 헐거운 격자를 어깨로 밀어올렸다.

그들이 나온 곳은 73번가 램프웨이 입구이며 이곳에서 FDR 드라이브로 진입이 가능했다. 뱀파이어 몇이 이스트 강을 향해 6차선 공원도로의 콘크리트 장벽을 넘고 버려진 차들 사이로 달리다가 얼떨결에 에프 일행과 부딪쳤다.

뒤를 돌아보니 72번가 끄트머리의 고층 건물 발코니에서 안뜰로 뱀파이어들이 뛰어내리고 있었다. 놈들은 73번가에서 몰려나와 공원도로를 따라 움직였다. 에프는 강을 뒤로하고 놈들에게 몰릴까봐 걱정이었다. 저 피에 굶주린 망령들이 사방에서 덮친다면……

그런데 낮은 철망 너머에 부두가 보였다. 시립 선착장 같았는데, 너무 어두워 정확하게 알 수는 없었다. 페트가 먼저 자신 있게 넘어갔다. 에프도 다른 사람들과 함께 뒤따랐다.

페트는 부두 끝으로 달려갔다. 이제 에프도 알 수 있었다. 예인선. 사방에 완충용 대형 타이어가 묶여 있었다. 일행은 주갑판으로 올라섰다. 페트가 조타실로 달려가자 이내 엔진이 쿨럭거리고 굉음을 내기 시작했다. 에프는 뱃고물의 삭구를 풀었다. 페트가 서두른 탓에 기우뚱거리기도 했지만 배는 차츰 섬에서 멀어지고 있었다.

맨해튼의 경계로부터 서쪽으로 몇십 미터 떨어진 물길. 뱀파이어 무리가 FDR 드라이브의 가장자리까지 나와 아우성쳤지만 감히 흐르는 물로는 뛰어들지 못하고 예인선을 따라 남쪽으로 느리게 움직일 뿐이었다.

강은 안전지대다. 뱀파이어 금지구역.

약탈자들 너머 어두운 도시의 건물들이 어렴풋이 보였다. 에프의 등 뒤, 이스트 강 중앙의 루스벨트 아일랜드 너머로 손바닥만한 빛이 남아 있었지만, 온전한 햇살은 아니었다. 날이 흐린데다 맨해튼과 퀸스 위로 연기가 자욱했기 때문이었다.

배는 퀸스보로 다리의 외팔보 구간 아래로 미끄러져갔다. 맨해튼의 스카이라인을 가로질러 밝은 섬광이 일었다. 에프가 고개를 돌려보니 또다른 섬광이 치솟아올랐다. 작은 불꽃놀이라도 벌이는 듯했다. 그리고 세번째 섬광.

조명탄이었다. 오렌지색과 흰색의 불꽃.

배를 따라오는 뱀파이어들 쪽으로 차 한 대가 FDR 드라이브를 따라 질주했다. 지프였다. 위장복 차림의 병사들이 차 뒤에 서서 무리를 향해 자동화기를 쏘아대기 시작했다.

"군대야!" 에프가 외쳤다. 실로 오랜만에 느껴보는 감정이었다. 희망. 세트라키안을 찾았으나 보이지 않았다. 에프는 노교수를 찾아 주선실로 들어갔다.

노라는 마침내 문을 찾았다. 터널 출구가 아니라 깊은 창고였다. 자물쇠는 없었다. 허드슨 강 30미터 아래를 지나는 보행자가 있으리라고는 설계자도 생각지 못했을 것이다. 창고 안에는 각종 안전 장비가 있었다. 신호등용 예비 전구, 오렌지색 깃발과 조끼, 조명탄이 담긴 낡은 마분지 상자 하나. 플래시도 있었으나 배터리가 모두 부식 상태였다.

그녀는 구석에 쌓인 모래주머니를 평평하게 만들어 엄마를 앉히고 조명탄 한 주먹을 가방 안에 챙겨넣었다.

"엄마, 제발, 제발 조용히. 여기서 기다려요. 곧 돌아올게요. 꼭."

노라의 엄마는 차가운 모래주머니에 앉아 호기심 어린 눈으로 창고를 둘러보았다. "쿠키는 어디 둔 거야?"

"다 먹었잖아요, 엄마. 이제 잘 시간이에요. 좀 쉬세요."

"여기서? 여긴 식품 저장실이잖아?"

"네. 지금 깜짝 파티를 준비하고 있어요…… 아빠를 위해서. 아빠가 올 때까지 움직이면 안 돼요." 노라는 뒷걸음으로 문을 빠져나왔다.

그녀는 재빨리 문을 닫고 뱀파이어는 없는지 야시경으로 터널을 훑어본 다음, 문이 열리지 않도록 모래주머니 두 개를 문 앞에 놓아두었다. 그리고 재빨리 잭을 향해 달려갔다. 엄마에게서 자신의 냄새를 지우기 위해서이기도 했다.

결국 거동이 불편한 엄마를 창고에 두는 비겁한 방법을 선택했지만 적어도 희망은 있다고 생각했다.

그녀는 동쪽을 향해 계속 걸으며 잭이 숨은 장소를 찾았다. 야시경으로는 온통 뿌연 초록빛이라 좀 전과는 달라 보였다. 벽 아래쪽에 하얀 페인트 줄이 있었는데, 도저히 찾을 수가 없었다. 문득 자신을 공격한 뱀파이어 둘이 떠올라 불안해져서 달리기 시작했다.

"잭!" 나지막한 외침. 어리석은 짓이었지만 불안이 이성을 압도했다. 분명 이 근방일 것이다. "잭, 나, 노라야! 너 어디⋯⋯"

눈앞의 광경에 그녀는 말문이 턱 막혔다. 넓은 터널 벽의 그라피티가 그녀의 야시경 안에서 밝게 빛났다. 놀라운 솜씨였다. 두 개의 팔, 두 개의 다리, 그리고 두 개의 웅대한 날개. 거대한 인간이었으나 다만 얼굴은 없었다.

이 그림이 도시 전역을 뒤덮은 여섯 잎 기호의 완성판임을 그녀는 본능적으로 직감했다. 초기의 꽃이나 벌레 그림은 아이콘, 사체, 축약본이자 이 두려운 존재를 스케치한 밑그림이었던 것이다.

거대한 날개의 존재, 그를 묘사한 방식이 자연스러운 동시에 놀랍도록 자극적이어서 노라는 왠지 모를 두려움을 느꼈다. 깊고 어두운 지하 터널에서 이런 야심만만한 거리의 예술을 보고 있으려니 기분이 너무도 기이했다. 이토록 아름답고도 위협적인 타투가 문명의 이면 깊은 곳에 새겨졌다니.

그러고 보니 그림은 뱀파이어의 눈에만 보이도록 고안된 것이었다.

그때 쉭쉭거리는 소리에 노라는 얼른 고개를 돌렸다. 투시경에 켈리 굿웨더의 모습이 비쳤다. 갈망의 고통 때문에 얼굴이 잔뜩 일그러졌다. 쉭 소리와 함께 살짝 벌어진 입술 사이로 혀가 도마뱀처럼 날름거렸다.

다 찢어지고 지상의 빗물로 흠뻑 젖은 옷이 켈리의 마른 몸을 무겁게 덮고 있었다. 머리카락은 머리에 찰싹 달라붙고 살갗 위로 진흙이 흘러내렸다. 갈망에 찬 커다란 두 눈이 노라의 녹색 야시경 안에서 하얀 비명을 질러댔다.

노라는 황급히 UVC 램프를 찾았다. 사랑하는 사람의 언데드 전처와의 거리를 확보할 생각이었으나 미처 스위치를 켜기도 전에 켈리가 놀라운 속도로 접근해 램프를 쳐내버렸다.

인광검출 램프는 벽에 부딪혀 박살나고 바닥에 떨어졌다.

켈리를 떼어놓을 수 있는 것은 은칼뿐이었다. 뱀파이어는 껑충 뛰어 낮은 터널 선반 위로 후퇴했다. 그리고 다시 노라의 머리 위를 넘어 반대편으로 갔는데 노라도 긴 칼을 들고 쫓았다. 켈리는 공격하는 척하다가 다시 머리 위를 뛰어넘었다. 이번에는 노라도 일격을 가했다. 뱀파이어가 엄청난 속도로 움직이는 바람에 야시경으로 보자니 현기증이 날 지경이었다.

켈리가 반대편 벽에 착지했을 때는 목에 하얀 칼자국이 생겼다. 살짝 스친 상처에 불과했지만 신경을 건드리기에는 충분했다. 뱀파이어는 긴 손에 묻은 제 흰 피를 보고 노라에게 뿌렸다. 켈리의 얼굴이 사악하고 끔찍하게 변했다.

노라는 뒤로 물러나며 가방 안에서 조명탄 하나를 꺼냈다. 그때 무언가 선로 위를 기어가며 자갈 소리를 냈지만 굳이 켈리에게서 시선을 떼고 확인할 필요는 없었다.

어린 뱀파이어 셋. 남자아이 둘, 여자아이 하나였다. 켈리의 요청에 응한 놈들이었다.

"좋아, 이런 식으로 놀아보자고?" 노라가 조명탄의 플라스틱 뚜껑을 비틀며 중얼거렸다. 뚜껑 꼭대기를 붉은색 막대에 대고 긁자 조명탄에 불이 붙으며 불꽃이 어둠을 태웠다. 이제 야시경을 벗고 맨눈으로 상대할 수 있었다. 분노의 붉은빛이 천장에서 바닥까지 터널 안을 가득 채웠다.

아이들이 밝은 불빛에 놀라 깡충 뛰어 물러났다. 노라는 켈리에게 조명탄을 휘둘렀으나 그녀는 아가리를 쩍 벌린 채 물러서지 않았다.

남자아이 하나가 찢어지는 비명을 내뱉으며 노라를 옆에서 공격했다. 노라는 한 발 내밀며 은칼을 놈의 가슴 깊숙이 박아넣었다. 아이는 맥없이 비틀거리며 물러섰고, 노라는 재빨리 칼을 빼냈다. 아이가 입을 벌려 최후의 촉수 공격을 하려 했으나 노라가 조명탄 끝을 놈의 입속에 밀어넣었다.

놈은 거칠게 몸을 뒤틀었다. 노라도 미친듯이 비명을 질러대며 놈을 난도질했다.

아이 뱀파이어가 쓰러졌다. 노라는 아직 타고 있는 조명탄을 얼른 빼내 뒤로 돌아 켈리의 공격에 대비했다.

하지만 켈리는 없었다. 어디에도 보이지 않았다.

노라가 조명탄을 휘저었다. 남은 뱀파이어 둘이 쓰러진 동료 옆에 웅크리고 있었지만 켈리는 천장에도 부벽 안쪽에도 없었다.

보이지 않으니 상황은 더 어려웠다. 아이들이 양쪽으로 갈라져 노라의 주변을 돌기 시작했다. 그녀는 그라피티 벽화 쪽으로 물러나 싸울 준비를 했다. 숨을 생각은 없었다.

엘드리치 파머는 업타운 지붕들 위로 조명탄이 터지는 광경을 지켜보았다. 하찮은 불꽃놀이. 어둠의 세계를 성냥불로 밝히겠다는 수작. 북쪽 하늘에서 헬기가 접근해 머리 위에서 속도를 줄였다. 그는 스톤하트 건물 78층에서 손님들을 기다리고 있었다.

아이히호르스트가 먼저 들어왔다. 트위드 정장의 뱀파이어는 마치 털

스웨터를 입혀놓은 핏불테리어처럼 보였다. 그가 문을 열고 대기하자 망토 차림의 마스터가 고개를 숙이고 들어오더니 성큼성큼 다가왔다.

파머는 창문에 비친 모습을 통해 그 모든 것을 지켜보았다.

_무슨 짓이냐?

목소리는 음산했고 노여움으로 잔뜩 날이 서 있었다.

파머는 간신히 서 있는 참이었다. 그가 후들거리는 다리로 돌아섰다. "자금을 봉쇄했습니다. 신용대출을 정지시켰죠. 그뿐입니다."

아이히호르스트는 장갑 낀 손으로 깍지를 끼고 마스터 옆에 서 있었다. 마스터가 파머를 내려다보았다. 붉은 생살에 잔뜩 염증이 생기고 진홍빛으로 타오른 눈이 날카롭게 빛났다.

파머는 말을 이어갔다. "사소한 시위입니다. 마스터의 성공에 제가 얼마나 중요한 기여를 하는지 보여드리려는. 죄송하지만 제 가치를 상기시켜드려야겠다는 생각이 들더군요."

_그들이 책을 가져갔다.

아이히호르스트였다. 파머를 향한 경멸을 언제나 노골적으로 드러내고 고스란히 돌려받는 자. 하지만 파머는 마스터에게 대답했다.

"지금 와서 책이 무슨 의미가 있습니까? 절 변화시켜주십시오. 그럼 기꺼이 세트라키안 교수를 처리해드리겠습니다."

_넌 아무것도 모른다. 그런데 네놈은 지금껏 나를, 목적을 이루기 위한 수단으로만 보았더냐? 네 사적인 목적을 위한?

"마스터는 아니었습니까? 지금껏 모든 걸 드리고 모든 걸 희생했지만, 이토록 오랜 세월 동안 선물을 미룬 이가 누굽니까? 이 순간까지 말입니다!"

_그 책은 단순한 전리품이 아니라 정보의 성배다. 미천한 인간 종족의 마지막 희망이자 발악이기도 하지. 네놈은 전혀 이해하지 못한다.

인간의 관점이란 편협하기 짝이 없으니.

"그럼 보게 해주시죠. 지금이 적기입니다. 약속한 선물만 주신다면, 뭐든지 드리겠습니다." 파머가 마스터에게 다가갔다. 그래봐야 그의 가슴에도 닿지 못했다.

마스터는 파머의 머릿속에 아무 말도 전하지 않았다. 움직이지도 않았다.

하지만 파머는 두렵지 않았다. "거래는 거래입니다."

_다른 것에도 손을 댔더냐? 우리가 안배해둔 다른 계획들도 흔들어놓았느냐?

"아뇨. 모두 그대로입니다. 자…… 거래를 하시겠습니까?"

_그러지.

마스터가 갑자기 상체를 숙이는 바람에 파머는 더럭 겁이 났다. 가뜩이나 허약한 심장이 쿵쾅댔다. 마스터의 얼굴을 이렇게 가까이서 보기는 처음이었다. 비트 뿌리처럼 붉은 살갗 아래, 혈충이 정맥과 모세관을 따라 꿈틀거리며 다녔다. 파머의 두뇌는 오랫동안 잊고 있던 호르몬을 분출했다. 드디어 변화의 순간이다. 마음속으로야 오래전에 짐을 다 챙겼지만, 마침내 궁극의 편도 여행에 첫발을 내디디니 별안간 두려움이 온몸을 훑었다. 변화를 거쳐 강한 신체를 갖게 되리라는 사실을 의심한 적은 없었다. 다만 오랜 위안이자 가장 강력한 무기가 되어주었던 정신이 걱정이었다.

독수리 발톱이 나뭇가지를 움켜쥐듯 마스터의 한 손이 파머의 비쩍 마른 어깨를 움켜잡고 다른 손은 파머의 정수리를 잡았다. 그가 손목을 비틀자 노인의 목이 완전히 드러났다.

파머는 천장을 보았다. 두 눈은 이미 초점을 잃었고 머릿속에서는 합창단의 노랫소리가 들렸다. 살아생전 누구도 이런 식으로 그의 몸을 건드린 자는 없었다. 그는 온몸의 힘을 뺐다.

이제 준비가 끝났다. 파머의 숨이 밭아졌다. 이윽고 마스터의 길고 딱딱한 가운데 손톱이 쭉 뻗은 목의 늘어진 살을 찌르자, 헉하고 기대에 찬 단말마가 터져나왔다.

병자의 목에서 맥박이 뛰었다. 심장도 기대감으로 펄떡였다. 마스터는 촉수 깊숙이 거친 갈증을 느꼈다. 피를 원했다.

하지만 그는 본성을 억누르고 엘드리치 파머의 머리를 단숨에 몸통에서 뜯어냈다. 머리를 내던진 다음에는 피를 뿜어내는 몸통을 잡고 그마저 반으로 찢었다. 골반뼈와 허리가 만나는 잘록한 부분이라 노인의 몸은 너무도 손쉽게 뜯겨나갔다. 마스터가 멀리 벽을 향해 두 손을 털자 피투성이 몸뚱이는 액자에 담긴 인류의 걸작 추상화에 맞고 바닥에 떨어졌다.

마스터는 그 방에 살아 있는 또다른 피의 샘을 감지하고 얼른 돌아섰다. 파머의 하인, 피츠윌리엄이 문간에 서 있었다. 어깨가 딱 벌어진 그는 정장 안에 호신용 무기를 차고 있었다.

파머는 보디가드의 몸을 원했다. 그의 힘과 체격, 그의 외형을 영원의 동반자로 취할 생각이었다.

피츠윌리엄은 파머의 일부였다.

마스터는 그의 마음에 들어가 그 사실을 일깨워주고 순식간에 그에게 날아갔다. 피츠윌리엄도 거대한 양손에 피를 뚝뚝 흘리며 방을 가로질러 다가오는 마스터의 모습을 보았다. 다음에는 마스터가 그의 위로 허리를 숙였는데, 흡사 누군가 뜨거운 빨대를 목에 꽂고 피를 빨아들이는 기분이 들었다.

잠시 후 고통이 사라졌다. 천장도 보이지 않았다.

마스터는 피를 다 마시고 나서 피츠윌리엄을 풀어주었다.

_짐승들.

아이히호르스트는 변호사만큼이나 끈기 있게 넓은 방 건너편에서 대기했다.

마스터가 말했다.

_영원의 밤을 시작한다.

예인선은 깜깜한 이스트 강을 따라 유엔 본부를 향해 내려갔다. 페트는 점령당한 섬에서 백여 미터 거리를 두고 해안을 따라 내려갔다. 배를 잘 알지는 못했지만 스로틀 레버라 조종하기 쉬웠고 72번가에서 부두에 배를 댈 때 확인했듯 두꺼운 타이어 완충판도 매우 믿음직스러웠다.

등뒤의 책상에는 세트라키안이 『오키도 루멘』을 앞에 두고 앉아 있었다. 은박 삽화들이 하나뿐인 램프의 강한 빛을 반사해 책 밖으로 뿜어냈다. 연구중인 세트라키안은 거의 무아지경이었다. 옆에는 작은 공책이 놓여 있었다. 줄이 그어진 공책은 이미 노인의 메모로 반쯤 채워진 상태였다.

'루멘'은 한 페이지당 글이 백 행쯤 들어갈 정도로 빽빽했지만 필체는 더할 나위 없이 아름다웠다. 노인은 오래전에 망가진 손으로 섬세하고도 빠르게 책을 넘겼다.

그는 페이지마다 꼼꼼히 분석했다. 역광을 비춰 워터마크를 찾아보고 발견하는 대로 재빨리 스케치해두었고, 어느 페이지의 어느 위치에 어떻게 배치되어 있는지도 주석을 달았다. 텍스트를 해독하는 데 반드시 필요한 요소들이었다.

에프는 그의 어깨 바로 뒤에 서서 환상적인 삽화를 보거나 조타실 창문 너머 불타는 섬을 살피다가, 페트 옆에서 라디오를 발견하고 스위치를 켰다. 세트라키안에게 방해가 되지 않도록 볼륨은 최대로 낮추었다. 위성 라디오였다. 이리저리 채널을 돌려 목소리 하나를 찾을 수 있었다.

피곤에 지친 여자 목소리. 시리우스 XM 방송국에 숨어 있던 진행자로, 일종의 보조 발전기로 전파를 송출하고 있었다. 그녀는 인터넷, 전화, 이메일 등 다양한 경로로 국내외의 단편적인 제보를 입수해 방송중이었는데, 정보의 진위에 대해서는 확인할 방법이 없음을 누누이 강조했다.

그녀는 뱀파이어가 바이러스의 일종이며 신체 접촉을 통해 감염된다고 숨김없이 말했다. 국가 기반이 무너져가는 상황을 상술하기도 했다. 사고, 재해, 고장, 코네티컷과 플로리다, 오하이오, 워싱턴 주, 캘리포니아 주요 교량의 교통 두절 등등…… 정전은 특정 지역의 고립을 조장했는데 그중에서도 해안 도시들이 심각했다. 중서부의 가스관도 문제였다. 주방위군을 비롯해 다양한 군대 조직들에 주요 도심에서 질서 유지를 하라는 임무가 하달됐으며, 뉴욕과 워싱턴 DC에서는 군사 행동이 보고되기도 했다. 북한과 남한의 국경 곳곳에서 격전이 벌어졌다. 이라크에서는 사원 화재로 폭동이 발발한데다 현지 유엔 평화군의 개입으로 사태가 악화되었다. 파리의 지하 납골당 곳곳에서 발생한 원인 모를 폭발로 도시 기능이 마비되었다. 짐바브웨의 빅토리아폭포, 브라질과 아르헨티나 국경의 이구아수폭포, 뉴욕의 나이아가라폭포에서는 기이하고 섬뜩한 집단 자살이 잇따랐다.

에프는 혼란스러운 악몽을 떨쳐내려 고개를 저었다. 『우주 전쟁』*이 현실이 된 거야…… 그때 앰트랙 기차가 노스 강 하저터널에서 탈선하

---

* 영국 작가 허버트 조지 웰스가 1898년 발표한 SF 소설. 화성의 고등생물이 신병기를 이용해 지구를 침략하는 내용이다.

는 바람에 맨해튼 섬의 고립이 심화되었다는 뉴스가 들렸다. 에프가 라디오를 뚫어져라 노려보았지만, 진행자는 아랑곳없이 계속해서 멕시코시티의 폭동 소식을 전했다.

"탈선?" 그가 중얼거렸다.

라디오는 대답하지 않았다.

"언제라곤 안 했잖아요. 다른 차편일 겁니다." 페트가 안심시켰다.

두려움이 에프의 가슴을 찔렀다. 욕지기가 치밀었다. "아니, 그 기차야." 분명했다. 초능력도 텔레파시도 없지만 알 수 있었다. 그게 사실이라면 노라와 잭의 탈출은 불가능하다고 봐야 했다. 그로써 마음의 안정도, 판단력도…… 모두 사라지고 말았다. 어둠의 장막이 그의 정신을 덮었다.

"가야겠어. 그쪽으로 가서 날 내려주게. 잭과 노라를 찾아야 해." 그는 페트에게 부탁했다. 지금 그의 머릿속에는 기차의 탈선과 뱀파이어의 공격뿐이었다.

페트는 군소리 없이 핸들을 돌렸다. "어디, 배를 댈 곳을 찾아보죠."

에프는 무기를 찾았다. 거스가 왕년의 라이벌 크림과 편의점 봉투에서 정크푸드를 꺼내 먹다가 부츠로 무기 가방을 밀어주었다.

그때 진행자의 말투가 바뀌어 다들 라디오에 관심을 돌렸다. 중국 동쪽 해안에서 원전 사고가 있었다는 소식이었다. 중국 쪽의 보도는 없었으나 대만에서 육안으로 버섯구름을 봤다는 목격자들이 있었고, 광저우 인근의 지진계는 리히터 규모 6.6에 달하는 진동을 기록했다. 홍콩과의 통신이 두절된 것도 핵폭발로 인한 강한 전자기파가 원인일 수 있다는 가능성을 암시했다. 그렇게 발생한 전자기파는 전선을 모두 피뢰침이나 안테나로 만들어, 연결된 반도체 장비들을 말 그대로 튀겨버리는 위력이 있었다.

"뱀파이어들이 이제 핵공격까지 해? 돌아버리겠군." 거스가 투덜대고는 앙헬에게 통역해주었다. 앙헬은 손수 만든 무릎용 부목을 손보는 중이었다.

"마드레 데 디오스(맙소사)!" 앙헬이 성호를 그었다.

페트가 말했다. "잠깐만. 원전 사고라고? 그러면 폭발이 아니라 노심 용해야. 아마 그 부근에서 체르노빌 때처럼 증기폭발이 있었겠지. 내연 기관이 폭발하지는 않아. 원자력발전소는 설계상 그럴 수 없으니까."

"누가 설계했지?" 세트라키안이 책에서 눈을 떼지도 않은 채 물었다.

페트가 웅얼거렸다. "모르죠…… 그게 무슨 말이죠?"

"누가 세운 거냐고."

"스톤하트. 엘드리치 파머." 에프가 말했다.

"뭐요? 하지만…… 핵폭발이라니? 이제 세상을 손에 넣을 판에 왜 그런 짓을 하죠?" 페트가 물었다.

"더 있을 거야." 세트라키안이 숨도 쉬지 않고 말했다. 목소리도 억양도 마치 다른 사람 같았다.

"무슨 뜻입니까? 더 있다뇨?" 페트가 물었다.

"핵폭발은 앞으로 네 번이 더 있어. 고대 존재들은 빛에서 태어났지. 영락한 빛, '오키도 루멘'에서. 따라서 그 빛으로만 소멸될 수 있다는 군……"

거스가 일어나 노인에게 다가갔다. 펼쳐놓은 책에는 복잡한 만다라가 은색, 검은색, 붉은색으로 그려져 있었다. 그 위 투사지에 세트라키안은 여섯 날개의 천사의 윤곽을 그려놓았다. "여기 그렇게 쓰여 있어요?"

세트라키안이 은의 책을 덮고 일어났다. "고대 존재들에게 가야 해. 당장."

"좋아요. 그 책을 주려는 건가요?" 거스는 갑작스러운 노선 변경에

어리둥절한 눈치였다.

"아니. 너무 늦었어. 그들한테 책은 소용없어졌다." 노인은 조끼 주머니에서 약통을 꺼내 떨리는 손가락으로 뚜껑을 열었다.

거스가 눈을 가늘게 떴다. "너무 늦다니요?"

약통에서 니트로글리세린이 잘 빠지지 않자 페트가 노인의 떨리는 손을 잡고 알약을 꺼내 주름진 손바닥에 올려주었다. "파머가 롱아일랜드의 원자력발전소를 막 가동했어요. 그 일과 관계있나요?" 페트가 물었다.

노인의 눈이 아련해지며 초점이 풀렸다. 마치 만다라의 동심원에 홀린 사람 같았다. 이윽고 노인이 알약을 혀 밑에 넣고 눈을 감았다. 약효가 나타나 심장이 안정되길 기다리며.

노라가 엄마를 데리고 떠난 후 잭은 칼을 가슴에 꼭 끌어안고 노스 강 하저터널 남쪽 통로의 부벽 안쪽에 숨어 있었다. 노라가 곧 돌아온다고 했으니 귀를 기울여야 했지만, 식식거리는 숨소리 때문에 쉽지 않았다. 뒤늦게 깨닫고는 주머니를 뒤져 흡입기를 찾아냈다.

잭은 흡입기를 입으로 가져가 두 번 빨아들였다. 겨우 마음이 놓였다. 폐 안의 숨이 마치 그물에 걸린 남자 같다는 생각이 들었다. 잭이 불안해하면 남자는 그물과 씨름하다 완전히 뒤엉키고 만다. 그와 반대로 흡입기는 마취 가스 같았다. 남자는 힘이 빠져 축 늘어지고, 덕분에 그물은 좀 느슨해진다.

그는 흡입기를 치우고 칼을 단단히 쥐었다. 이름을 붙여줘라. 그럼 영원히 네 것이 될 테니. 교수 할아버지는 그렇게 말했다. 잭은 적당한 이름을 찾아 필사적으로 머릿속을 뒤졌다. 터널 외에 집중할 대상이 필요했다.

보통 자동차는 여자 이름이고, 총은 남자 이름이다. 그럼 칼은?

교수 할아버지. 문득 그 무기를 선물한 늙고 망가진 손이 떠올랐다.

아브라함.

할아버지 이름이다.

이제부터 칼의 이름이기도 하다.

"사람 살려!"

남자 목소리. 누군가 터널을 따라 달려오고 있었다. 목소리도 점점 가까워지며 울려퍼졌다.

"사람 살려! 누구 없어요?"

잭은 움직이지 않았다. 고개도 꼼짝 않고 눈만 살짝 돌렸다. 남자가 비틀거리다 쓰러지는 소리가 들렸다. 그때 다른 발소리가 들렸다. 쫓기고 있어. 남자는 일어섰다가 다시 쓰러졌다. 아니면 내동댕이쳐졌을 수도. 얼마나 가까이 있는지는 알 수 없었다. 남자는 미친 사람처럼 발버둥치고 헛소리를 토해내며 선로를 따라 기었다. 마침내 어둠 속에서 그의 실루엣이 드러났다. 추격자들을 걷어차며 엉금엉금 기고 있었다. 어찌나 가까운지 공포가 고스란히 느껴질 정도였다. 잭은 아브라함의 칼 끝을 밖으로 겨누었다.

그들 중 하나가 등에 올라타자 남자는 짧게 비명을 질렀다. 손 하나가 남자의 입으로 들어가 볼을 붙잡고 잡아당겼다. 더 많은 손이 그를 덮치더니 기형적으로 긴 손가락으로 그의 살과 옷을 붙잡고 질질 끌기 시작했다.

남자의 광기가 전염될 것만 같았다. 몸이 어찌나 떨리는지 이러다 기절할지 모른다는 생각도 들었다. 남자가 다시 고통스러운 신음을 내뱉었다. 그들이, 아이들의 손이 남자를 도로 끌고 갔다.

달아나야 해. 노라를 따라가야 해. 옛날에 동네에서 숨바꼭질을 하던 기억이 났다. 잭이 덤불 뒤에 숨어 있을 때 술래가 천천히 숫자를 셌다. 마지막 즈음에 잭도 들켰지만 한 아이가 아직 보이지 않았다. 나중에 합류한 어린아이였다. 그들은 잠시 이름을 부르며 아이를 찾았지만 곧 흥미를 잃고는, 벌써 집에 돌아간 모양이라고 투덜댔다. 하지만 잭은 생각이 달랐다. 숨을 곳을 찾아 달려가는 아이의 눈에서 묘한 빛을 보았기 때문이다. 사냥꾼을 이기려는 사냥감의 사악한 기대감 같은 눈빛. 쫓고 쫓기는 긴장감을 능가하는, 정말로 기막힌 숨을 곳을 알고 있다는 뜻이었다.

다섯 살짜리에게 기막힌 곳. 순간 잭은 아이의 속셈을 알아챘다. 그는 도로를 한참 내려가 어느 노인의 집으로 향했다. 아이들이 뒷마당을 지날 때마다 고함을 치는 할아버지였다. 잭은 곧장 그 옆에 버려진 냉장고로 갔다. 쓰레기 수거일이 지났는데도 계속 진입로 구석에 처박혀 있는 냉장고였다. 문이 떨어져나갔었는데 지금은 누렇게 바랜 냉장고 위에 놓여 있었다. 잭은 문을 열어 공기가 통하게 해주었다. 아이는 새파랗게 질린 채 그곳에 있었다. 다섯 살짜리 어린애가 기적에 가까운 힘으로 냉장고 문을 끌어다가 제 몸 위에 덮은 것이다. 아이는 무사했지만, 잭이 꺼내주자 잔디에 토악질을 하기 시작했다. 잠시 후 노인이 문을 열고 나와 당장 나가라고 소리쳤다.

당장 나가.

잭은 등으로 밀며 숨어 있던 곳을 나와 검댕을 반쯤 뒤집어쓴 채 무작정 달리기 시작했다. 망가진 아이팟을 켜자 금이 간 화면에서 부드러운 푸른색 빛이 나와 주변 1미터를 밝혀주었다. 아무 소리도 들리지 않았다. 자기 발소리도 들리지 않았다. 머릿속의 두려움이 그만큼 시끄러웠다. 지금은 쫓기고 있다. 누군가 내민 손이 제 목덜미에 닿은 것도 같았다. 사실이든 아니든 잭은 미친듯이 내달렸다.

노라의 이름을 부르고 싶었지만 꾹 참았다. 자기 위치를 선전하는 꼴이다. 아브라함의 칼날이 터널 벽을 그으며, 그가 오른쪽으로 너무 치우쳤음을 일러주었다.

그때 앞쪽에서 붉은 불꽃이 피어올랐다. 평범한 횃불이 아니라 폭죽 같았다. 조명탄? 겁이 났다. 위기에서 탈출하려다가 다시 위기로 뛰어드는 격이 아닌가. 잭은 걸음을 늦추었다. 앞으로 가고 싶지 않았지만 그렇다고 다시 돌아갈 수도 없었다.

냉장고에 숨은 아이가 생각났다. 빛도 소리도 공기도 없는 곳.

중앙 분리벽의 짙은 색 문에 표지판이 붙어 있었으나 읽을 여유는 없었다. 잭은 무조건 손잡이를 돌리고 문을 통과했다. 다시 원래의 북쪽 터널이었다. 기차 탈선 때 마찰로 생긴 연기 냄새, 독한 암모니아 냄새 따위가 코를 찔렀다. 이건 아니야. 노라를 기다려야 했어. 곧 찾으러 올 텐데…… 그래도 잭은 계속 달렸다.

앞쪽에 사람의 형체가 보였다. 처음에는 노라라고 생각했다. 노라처럼 가방도 멨다.

하지만 기껏 어린 마음이 만들어낸 안이한 착시에 불과했다.

처음에는 쉭쉭거리는 소리에 겁을 먹었다. 하지만 아이팟의 희미한 불빛에 비친 상대의 행동은 그다지 위험해 보이지 않았다. 그저 팔을 우아하게 휘저으며 터널 벽에 스프레이를 뿌리고 있었다.

잭은 한 걸음 다가갔다. 스웨트셔츠 후드를 뒤집어썼는데 잭보다 그리 커 보이지 않았다. 팔꿈치와 검은색 윗도리의 옷자락, 군복무늬 바지와 컨버스 농구화 여기저기 페인트 자국이 묻어 있었다. 벽 전체에 작업을 하고 있었지만 잭은 은색 파도 같은 끄트머리밖에 볼 수 없었다. 지금은 그 아래 자신의 태그를 마무리하고 있었다. PHADE.

작업은 순식간에 끝났다. 이 칠흑 같은 어둠 속에서 그림을 그리는 모습이 이상해 보이지 않은 것도 그 때문이었다.

페이드는 사인을 마무리하고 나서야 팔을 내리고 잭을 돌아보았다.

"이봐요, 누군지 몰라도 여기서 나가야⋯⋯" 잭이 말했다.

페이드가 후드를 젖혀 얼굴을 드러냈다. 남자가 아니라 소녀였다. 아니, 한때 소녀였던 존재라고 하는 편이 정확했다. 십대 소녀. 얼굴은 무표정하고 부자연스러울 만큼 굳어 있었는데 마치 썩어가는 악성 생물체를 죽은 살로 덮어놓은 것 같았다. 잭의 아이팟 불빛을 받은 피부는 소금에 절인 것처럼 창백해서 차라리 표본병에 담아둔 돼지 태아처럼 보였다. 턱과 목, 스웨트셔츠에서 붉은 액체가 흘러내렸다. 다만 이번에는 페인트가 아니었다.

등뒤에서 깩깩 비명소리가 들렸다. 잭은 뒤로 돌아섰다가 문득 뱀파이어에게 등을 보였다는 생각에 순간적으로 되돌아섰다. 돌아서면서 칼 든 손을 뻗었지만, 페이드가 돌진해오는지는 모르고 한 행동이었다.

아브라함은 곧바로 페이드의 목에 박혔다. 잭은 비극적인 사고를 저지르기라도 한 듯 얼른 칼을 빼냈다. 그러자 페이드의 목에서 하얀 액체가 쿨럭거리며 흘러나왔다. 페이드의 눈이 분노로 왕방울만해졌다. 잭은 자기도 모르게 뱀파이어의 목을 네 번이나 더 찔렀다. 스프레이 캔이 페이드의 다리 근처에서 칙 소리를 내다가 바닥에 떨어졌다.

뱀파이어가 쓰러졌다.

잭은 살상무기를 들고 멍하니 서 있었다. 마치 뭔가를 망가뜨리고 어떻게 수습하면 좋을지 모르는 아이 같았다.

앞쪽에서 뱀파이어들이 달려오는 소리에 화들짝 정신을 차렸다. 어둠에 묻혀 보이지는 않았지만 그를 노리는 것이 분명했다. 잭은 아이팟을 버리고 은색 스프레이 페인트를 집어든 다음 버튼에 손가락을 가져갔다. 어린 뱀파이어 둘이 비명을 지르며 어둠 속에서 나타났다. 놈들은 거미처럼 움직이며 촉수를 날름거렸다. 몸놀림이 믿을 수 없을 만큼 기이하고 빨랐다. 어린아이의 유연한 몸에서 팔과 무릎을 탈골시켜 바닥에 바짝 엎드려 움직일 수 있도록 개조했기 때문이었다.

놈들이 달려들기 전 잭은 촉수를 겨냥하고 두 놈의 얼굴에 스프레이를 뿌렸다. 입과 코와 눈. 눈에는 이미 한 꺼풀 막이 덮인 터라 페인트가 묻자 놈들의 시야가 완전히 가려졌다. 놈들이 비척비척 뒤로 물러나며 기형적으로 거대한 손으로 눈을 닦으려 했으나 소용없었다.

이제 놈들에게 달려들어 처리할 차례였지만 더 많은 뱀파이어들이 몰려오고 있었다. 잭은 대신 아이팟을 조명 삼아 집어들고서, 페인트를 뒤집어쓴 놈들이 다른 감각을 이용해 그를 감지해내기 전에 달아나기 시작했다.

계단 위에 경고 표시가 붙은 문이 보였다. 문은 잠겨 있었으나 빗장이 걸려 있지 않았다. 이렇게 깊은 곳까지 강도가 들어오리라 생각하는 사람은 아무도 없었을 것이다. 잭은 아브라함의 날을 문틈으로 밀어넣고 걸쇠를 조작하기 시작했다. 안쪽에서 변압기가 웅웅대는 소리가 신경을 건드렸다. 다른 문은 없었다. 이제 꼼짝없이 독 안에 든 쥐 신세였다. 잭은 거의 공황 상태였다. 그런데 바닥에서 30센티미터 높이에 벽에서 나온 도관이 보였다. 도관은 왼쪽으로 이어지다가 구부러져서 곧바로 기계장치에 연결되었는데, 도관 밑을 살펴보니 가로막는 벽은 없는 듯했다. 그는 잠시 고민하다가 화면이 위로 오도록 아이팟을 바닥에 내려놓고 그 빛이 금속 도관 밑면에 반사되도록 한 다음, 하키 테이블 위로 얇은 퍽을 밀어내듯 도관 밑을 따라 미끄러뜨렸다. 불빛이 위를 비추며 바닥에서 미끄러졌다. 잠시 후 살짝 방향을 틀었으나 한참 더 내려가다 뭔가에 부딪힌 다음에야 멈췄다. 더는 빛에 반사되는 도관은 없었다.

잭은 망설이지 않았다. 그는 배를 깔고 엎드려 도관 밑을 기어가다가 다시 뒤로 누워 움직였다. 이미 등도 더러워졌겠다 그러는 편이 훨씬 더 빨랐다. 도관 아래를 15미터쯤 가는 동안 바닥에 셔츠가 걸리고 등이 쓸렸다. 마침내 그의 머리가 허공으로 빠져나왔다. 도관은 위쪽으로 꺾여올라갔다. 그 옆에 사다리가 나란히 박혀 있었다.

잭은 다시 아이팟을 주워 위쪽을 비추었다. 아무것도 보이지 않았다. 그때 도관을 따라 쿵쿵거리는 소리가 들려왔다. 뱀파이어 아이들이었다. 특유의 초자연적인 유연성 덕분에 쉽게 따라온 것이었다.

잭은 사다리를 올라갔다. 페인트 캔은 손에 들고 아브라함을 벨트에 끼웠다. 도관을 텅텅 때리는 소리도 따라 올라오고 있었다. 잠시 멈춰 가로대에 한 팔을 걸쳐두고 주머니에서 아이팟을 꺼내 아래쪽을 확인했다.

아이팟이 손에서 미끄러졌다. 황급히 잡으려다가 하마터면 사다리를 놓칠 뻔했다. 아이팟이 떨어지는데도 보고 있을 수밖에 없었다.

아이팟 불빛이 빙글빙글 돌며 사다리를 기어오르는 형체 하나를 잠깐 비췄다. 그후에도 아이팟은 어린 뱀파이어 몇 놈을 더 비췄다.

잭은 다시 사다리를 기어올라갔다. 애초에 생각한 것보다 훨씬 빠른 속도였지만 역부족이긴 마찬가지였다. 문득 사다리가 흔들리는 느낌에 멈춰 돌아보니 어린 뱀파이어 하나가 발꿈치까지 따라붙었다. 잭은 페인트 스프레이로 놈을 공격해 눈을 멀게 한 다음 발뒤꿈치로 계속 걷어찼다. 놈은 비명을 지르며 떨어졌다.

잭은 계속 기어올라갔다. 더는 돌아볼 일이 없으면 좋을 텐데. 저 밑은 이미 까마득하고 아이팟 불빛도 무척 작게 보였다. 사다리가 다시 흔들렸다. 아까보다 진동이 심한 걸 보니 더 많은 놈이 쫓아오는 모양이었다. 그때 개 짖는 소리가 들렸다. 뭔가에 가로막힌 듯한 소리, 밖에서 들려오는 소리였다. 출구가 멀지 않았다. 마지막 힘을 짜내 서둘러 올라가자 마침내 둥근 원반 지붕에 다다랐다.

맨홀. 매끄러운 맨홀 밑면. 외부와의 접촉으로 인한 냉기. 지상 세계가 바로 위에 있다. 잭은 손바닥을 대고 있는 힘껏 밀어올렸다.

꿈쩍도 하지 않았다.

누군가 아주 가까이까지 따라붙었다. 잭은 보지도 않고 아래로 스프레이를 뿌린 다음, 신음소리 비슷한 것이 들리자 무조건 발길질을 시작했다. 놈은 쉽게 떨어지지 않고 사다리에 매달려 흔들리다가 기어이 잭의 발목을 움켜잡았다. 뜨겁고도 강한 손이었다. 아이 뱀파이어가 끌어당기는 힘이 어찌나 센지 잭은 스프레이 캔도 포기하고 두 손으로 사다리를 붙들어야 했다. 놈의 손을 발로 짓밟아 가로대에서 떼어내려 했지만 놈은 끝내 손을 놓지 않았다. 그러다 어느 순간 공격이 먹혀들었다. 놈이 깩 비명을 질렀다.

놈이 바닥으로 떨어지며 벽 여기저기 부딪히는 소리가 들렸다.

미처 대응할 틈도 없이 다른 놈이 덮쳐왔다. 뱀파이어의 열기와 흙냄새가 훅 끼쳤다. 괴물이 한 손으로 잭의 겨드랑이를 잡더니 맨홀 쪽으로 들어올렸다. 놈은 양어깨로 맨홀 뚜껑을 밀어올린 다음 옆으로 던졌다. 그러고는 즉시 시원한 바깥으로 올라가 곧바로 잭을 끌어냈다.

잭은 허리에 차고 있던 칼을 꺼내려다 하마터면 벨트를 끊을 뻔했다. 이내 뱀파이어에게 두 팔을 단단히 붙들려 꼼짝할 수가 없었다. 눈을 감았다. 놈을 보고 싶지 않았다. 하지만 놈은 잭을 단단히 붙들기만 할 뿐 더이상의 행동은 취하지 않았다. 어쩐지 뭔가를 기다리고 있다는 생각이 들었다.

잠시 후 잭은 눈을 뜨고 천천히 고개를 들었다. 놈의 사악한 표정을 보기가 겁이 났다.

뱀파이어의 두 눈이 빨갛게 불타올랐다. 머리카락이 얼굴을 감싸고 있었다. 퉁퉁 부은 목은 꿈틀거리고 입안에서 촉수가 날름거렸다. 흡혈을 향한 갈망과 동물적인 만족감이 한데 얽힌 표정이었다.

아브라함이 잭의 손에서 떨어졌다.

그가 입을 열었다.

"엄마."

세트라키안 일행은 호텔 무료 서비스 차량 두 대를 훔쳐 타고 센트럴파크 근처의 건물에 도착했다. 오는 동안 군대와 맞닥뜨리는 일은 없었다. 건물 안은 정전이라 엘리베이터가 작동하지 않았다. 거스와 사파이어 단원들은 계단을 오르기 시작했으나 세트라키안이 꼭대기까지 오르기는 불가능했다. 그렇다고 페트가 도와주겠다고 나설 수도 없었다. 세트라키안의 자존심이 걸린 문제였기 때문이다. 꼼짝없이 걸어올라가야 하는데다 은의 책까지 품에 안은 세트라키안은 그 어느 때보다 늙어 보였다.

페트가 확인해보니 건물 엘리베이터는 접이문식 구형이었다. 그는 직감적으로 계단 근처의 문들을 조사해 마침내 벽지로 가려놓은 낡은 식기 운반용 승강기를 찾아냈다. 세트라키안은 군말 없이 페트에게 지팡이를 맡기고 좁은 승강기 안으로 들어갔다. 책은 무릎에 놓았다. 앙헬이 도르래와 평형추를 이용해 그를 천천히 끌어올렸다.

세트라키안은 관 모양의 탈것에 실려 어둠 속에서 건물을 올라갔다. 두 손은 은 장식의 고서 위에 올려놓았다. 숨을 고르고 마음을 가라앉히려 했으나 잡다한 상념이 머릿속을 마구 헤집어놓았다. 지금까지 살해한 뱀파이어의 얼굴, 그들이 쏟아낸 흰 피, 저주받은 몸뚱이에서 빠져나온 혈충. 오랜 세월 동안 지구상의 저 흡혈 괴물들의 기원에 대해 고민했다. 이 고대 존재들은 과연 어디서 왔을까. 이 존재들을 창조한 악의 기원은 무엇인가.

페트는 공사중인 텅 빈 꼭대기층에 다다라 식기 운반용 승강기 문부터 찾아 열었다. 세트라키안은 왠지 멍한 표정이었다. 페트가 구둣발로 바닥을 두드리고서야 밖으로 나왔다. 페트에게 지팡이를 건네받자 그제야 눈을 깜빡이다 마침내 영문을 알겠다는 표정을 지었다.

몇 계단 위의 문은 조금 열려 있었다. 거스가 일행을 안으로 이끌었다. 미스터 퀸란과 사냥꾼 둘이 입구 안쪽에 서서 그들을 가만히 지켜보았다. 몸수색도 없었고 위협하지도 않았다. 고대 존재들은 동상처럼 서서 무너져가는 도시를 내려다보고 있었다. 전에 방문했을 때와 다를 바 없는 모습들이었다.

절대적인 침묵. 퀸란은 방 반대편 좁은 흑단 문 옆에 자리잡고 있었다. 고대 존재들로부터 왼쪽으로 멀찌감치 떨어진 곳이었다. 페트는 문득 고대 존재가 둘뿐이라는 사실을 깨달았다. 세번째가 서 있던 오른쪽 자리에는 작은 나무 단지가 놓여 있었는데, 그 안에 흰 재가 담겨 있었다.

세트라키안이 그들에게 다가갔다. 지난번 방문 때 사냥꾼들이 허락한 것보다 가까운 위치였다. 그는 방 한가운데 멈춰 섰다. 조명탄 하나가 센트럴파크 상공을 장식하고 방안을 비추며 고대 존재들에게 새하얀 윤곽을 만들었다.

"당신들도 알고 있었나?" 세트라키안이 물었다.

대답은 없었다.

"사르두를 제외하면…… 당신들은 모두 여섯이다. 구세계 셋. 신세계 셋. 여섯 개의 탄생지."

_탄생은 인간에게 해당하는 말이다. 우리는 기원이라고 하지.

"그중 한곳이 불가리아였어. 그다음이 중국. 왜 그들을 보호하지 않았나?"

_아마 교만이나, 그와 비슷한 이유였겠지. 우리가 위기를 깨달았을 땐 이미 모든 게 끝난 뒤였다. 어린놈에게 속은 거야. 체르노빌은 미끼였다. 그곳은 그의 기원지였지. 오랫동안 썩은 고기로 연명하면서 얌전히 지내더니 결국 맨 먼저 치고 나왔군.

"결국 당신들도 스스로의 파멸을 알고 있었다는 얘기군."

그 순간 왼쪽의 존재가 밝은 섬광과 함께 증발해버렸다. 날카로운 신음과 함께 그의 몸은 재가 되어 바닥에 떨어져내렸다. 물리적인 전기 충격과 함께 정신적인 충격이 방안의 인간들을 휩쓸었다.

거의 동시에 사냥꾼 둘도 사라졌다. 그들은 연기보다는 안개에 가까워 재도 먼지도 남기지 않고 그저 온기가 남은 옷들만 바닥으로 떨어져내렸다.

고대 존재와 함께 그의 신성 혈족 모두가 사라진 것이다.

마스터가 지구 정복을 위해 라이벌들을 제거하고 있었다. 정말 그런 것인가?

_아이러니하게도 이 상황은 바로 우리가 세상을 위해 마련해둔 계획이다. 가축들로 하여금 스스로를 가둘 울타리를 세우고 무기를 만들고 확산하는 식으로 자멸의 근거를 마련하게 했지. 우리는 지배계급을 통해 지구의 생태계 자체를 바꿔왔다. 온실효과가 심각해져 더이상 예전으로 돌이킬 수 없는 지경에 이르면 우리가 나서서 권력을 장악할 생각이었지.

"세상을 뱀파이어의 보금자리로 만들려고 했군." 세트라키안이 말했다.

_핵겨울은 완벽한 환경이다. 밤은 더 길어지고, 낮은 짧아질 테니까.

오염된 대기가 태양을 막아주면 우린 지상에서 살 수 있다. 물론 거의 완성 단계였지. 그런데 그가 눈치챈 거야. 우리가 목적을 이루면 이 행성의 풍부한 식량을 우리와 나눠야 하는데, 그게 별로 마음에 들지 않았던 모양이야.

"그가 원하는 것은?" 세트라키안이 물었다.

_고통. 어린놈은 최대한의 고통을 원한다. 그것도 최대한 빨리. 우리도 말릴 수 없었다. 이런 중독…… 고통을 향한 갈망은 사실 우리 기원의 뿌리니까……

세트라키안은 마지막 남은 고대 존재를 향해 한 걸음 다가섰다. "서두르자. 당신의 기원지가 당신의 약점이라면…… 그도 마찬가지다."

_드디어 책의 내용을 읽었군…… 하지만 해석하는 방법을 알아야 할 텐데……

"그의 기원지? 그 얘긴가?"

_넌 우리를 궁극의 악이자 역병으로 보았다. 이 세상을 철저히 오염시킨다고 생각했지. 하지만 우린 모든 것을 묶어주는 힘이었다. 이제 너희는 진정한 제왕의 채찍을 맛보게 될 것이다.

"그의 약점을 말해준다면 아직 기회가……"

_그럴 이유가 없다. 우린 끝났어.

"복수를 위해서라도. 그자는 당신들을 산 채로 말살하고 있어!"

_늘 그렇듯 인간 종족의 시각은 편협하군. 싸움에는 졌지만 그렇다고 말살되지는 않는다. 어쨌든 그가 손을 쓴 이상, 지구상의 기원지를 요새화한 건 분명해.

"당신 말로는 체르노빌이……" 세트라키안이 말했다.

_사둠. 아무라.

"무슨 뜻인가? 모르겠다." 세트라키안이 책을 들어올리며 말했다. "그

것도 이 책에 들어 있겠지. 분명히. 문제는, 해독할 시간이 부족하다는
거다."

_우리는 태어나지도, 창조되지도 않았다. 다만 악행에서 자라났을 뿐
이다. 즉 고귀한 질서에 대한 도전, 흉행兇行이라는 씨앗에서. 물론 씨앗
에서 자라났으므로 거둘 수도 있다.

"그는 어떻게 다른가?"

_단지 더 강할 뿐이다. 본질적으로는 우리와 같다. 우리가 바로 그
다…… 하지만 그는 우리가 아니다.

세트라키안은 움찔했다. 눈 깜짝할 사이보다 짧은 찰나에 고대 존재
가 그를 향해 돌아섰기 때문이었다. 머리와 얼굴은 세월 탓에 매끈해지
고 이목구비는 모두 닳아 있었다. 푹 꺼진 붉은 눈. 작은 돌기에 불과한
코. 검은 구멍으로 퇴화한 이 없는 입.

_네가 해야 할 일이 하나 있다. 우리의 잔해를 모두 모아 은과 흰색
오크로 만든 성물함에 담아라. 반드시 해야 한다. 우리를 위해. 그리고
너희를 위해.

"이유는? 말해라."

_흰색 오크여야 한다, 세트라키안. 반드시.

"우리에게 더이상의 피해를 가져올 일은 할 수 없다." 세트라키안이
말했다.

_해야 한다. 더이상의 피해는 없다.

고대 존재의 말은 사실이었다. 세트라키안은 알 수 있었다.

세트라키안의 뒤에서 페트가 한마디 내뱉었다. "다 모아서 쓰레기통
에 보관해두지."

고대 존재가 잠시 방역관을 바라보았다. 경멸과 동정이 함께 담긴 눈
빛이었다.

_사둠. 아무라. 그의 이름…… 우리의 이름……

그 순간 세트라키안은 깨달았다. "오즈리엘…… 죽음의 천사." 그는 모든 것을 이해했고, 올바른 질문도 모두 생각해냈다.

하지만 너무 늦었다.

하얀 섬광과 에너지파. 마지막 남은 신세계의 고대 존재는 눈처럼 하얀 재를 뿌리며 사라졌다.

마지막 남은 사냥꾼들도 고통스러운 듯 잠시 몸을 비틀다 역시 옷만 남기고 증발했다.

세트라키안의 옷깃을 이온화된 공기가 스치고 지나갔다.

그는 지친 몸을 지팡이에 의지했다. 고대 존재들은 사라졌지만, 더 지독한 악마가 남아 있다.

고대 존재들의 소멸을 통해 자신의 운명도 언뜻 보았다.

페트가 옆에 와 섰다. "이제 어떻게 하죠?"

세트라키안은 마침내 입을 열었다. "잔해를 모아주게."

"정말로요?"

세트라키안은 고개를 끄덕였다. "우선 저 단지에 담아. 성물함은 나중에 만들지."

그는 돌아서서 거스를 찾았다. 뱀파이어 킬러는 은검 끝으로 사냥꾼의 옷들을 뒤적이는 중이었다.

거스는 고대 존재의 수석 사냥꾼 미스터 퀸란, 혹은 적어도 그의 잔해를 원했으나 방안 어디에도 없었다.

하지만 방 왼쪽, 퀸란이 지키던 좁은 흑단 문이 조금 열려 있었다.

고대 존재들을 처음 만났을 때 들었던 말이 떠올랐다.

_그는 유능하고 충실한 최고의 사냥꾼이지. 여러모로 특별하다.

퀸란은 면제된 건가? 왜 다른 자들처럼 분해되지 않았지?

"무슨 일인가?" 거스에게 다가가며 세트라키안이 물었다.

"사냥꾼 하나, 퀸란이…… 아무 흔적도 남기지 않았네요…… 어디로 간 거죠?" 거스가 물었다.

"더는 상관없어. 자넨 이제 자유야. 그들의 통제에서 자유로워졌네." 세트라키안이 말했다.

거스가 노인을 돌아보았다. "그 누구에게도 오래가지 못할 자유입니다."

"자네 어머니를 해방시켜줄 기회가 있을 걸세."

"찾아낸다면요."

"아니, 어머니가 자넬 찾아올 거야." 세트라키안이 말했다.

거스는 고개를 끄덕였다. "결국…… 바뀐 건 아무것도 없군요."

"하나는 있지. 마스터를 제압했다면 저들은 자네를 사냥꾼으로 만들었을 거야. 그건 면했잖나."

그때 크림이 나섰다. "이젠 찢어져야겠다. 그래도 상관없다면. 요령을 터득했으니 잘해낼 수 있겠지. 어쨌든 우리한테도 챙겨야 할 가족이 있으니까…… 아니, 가족은 이제 없더라도 지켜야 할 구역이 남아 있다. 그래도 사파이어가 필요해지면, 거스…… 언제든 찾아와라."

크림은 거스와 악수했다. 앙헬은 어정쩡하게 서서 두 갱단의 두목을 번갈아 보았다. 이윽고 그가 거스에게 고개를 끄덕였다. 전직 레슬러는 남기로 한 것이다.

거스는 세트라키안에게 돌아섰다. "난 이제 영감님의 사냥꾼이에요."

"더는 자네한테 줄 게 없지만, 부탁은 하나 있네." 세트라키안이 말했다.

"말씀만 하시죠."

"탈것. 빠른 걸로."

"빠른 게 내 전공이죠. 이 도깨비집 지하에 허머가 몇 대 더 있어요. 그것도 증발하지 않았다면 말이죠."

거스는 차를 찾으러 떠났다. 페트가 옆방 서랍에서 현금이 가득 담긴 서류가방을 찾아내 지폐를 쏟아내고 앙헬에게 고대 존재들의 재를 담게 했다. 페트는 거스와의 대화를 모두 들었다. "우리가 어디로 가야 할지 알 것 같군요."

"아니, 나 혼자 간다." 세트라키안은 여전히 반쯤 넋이 나간 표정이었다. 그가 페트에게 『오키도 루멘』과 공책을 건넸다.

"그럴 순 없어요." 페트가 말했다.

"갖고 있게. 그리고 사둠, 아무라를 기억하게나. 할 수 있겠지, 바실리?"

"아무것도 기억 안 합니다. 영감님과 함께 갈 테니까."

"안 돼. 이제 그 책이 가장 소중하네. 절대 마스터의 손아귀에 들어가지 못하도록 지켜야 해. 책을 잃을 순 없어."

"영감님을 잃을 순 없습니다."

세트라키안은 고개를 저었다. "지금으로서는 난 없는 사람이나 마찬가지야."

"그러니 제가 옆에 있어야죠."

"사둠. 아무라. 따라 해보게. 자네가 날 위해 해줄 일은 바로 이거야. 어서 해. 그 단어를 기억할 수 있는지 봐야겠네." 세트라키안이 말했다.

"사둠. 아무라. 기억하겠습니다." 페트는 시키는 대로 했다.

세트라키안은 고개를 끄덕였다. "이 세상은 희망이 사라진 지옥이 될 걸세. 그 단어들과 책을 희망의 불꽃처럼 지켜주게나. 그 책을 읽게. 열쇠는 내 공책에 있어. 그들의 본성, 그들의 기원, 그들의 이름…… 처음엔 모두 하나였지."

"아시다시피 저는 그 책에 대해 전혀 모릅니다."

"그럼 이프리엄한테 가게. 둘이 함께하면 돼. 지금 당장 가. 이제부터 자네 둘은 꼭 붙어다녀야 하네." 세트라키안의 목소리가 갈라졌다.

"우리 둘을 더해도 영감님 하나만 못합니다. 이건 거스한테 주고 날 데려가세요, 제발……" 방역관의 눈에 눈물이 고였다.

세트라키안이 굽은 손으로 페트의 팔을 잡았다. 손에 기운이 하나도 없었다. "지금부터는 자네 책임이야, 바실리. 자네를 무조건 믿겠네…… 용기 내게나."

은 커버는 차가웠다. 페트는 결국 책을 받아야 했다. 노인은 주저하는 후계자에게 강제로 일기를 떠맡기고 죽어가는 사람처럼 사정했다. "어쩔 참입니까? 뭘 하시게요?" 페트가 물었다. 더는 세트라키안을 볼 수 없을 것이다.

세트라키안이 페트의 팔을 놓았다. "할 일이 하나 있다, 아들아."

'아들'이라는 말이 페트의 가장 깊은 심부를 건드렸다. 그는 간신히 아픔을 억누르고 멀어져가는 노인을 지켜보았다.

마치 수십 킬로미터를 달려온 기분이었다. 에프는 페트가 준 야시경의 도움으로 노스 강 하저터널을 달리고 또 달렸다. 끝없이 이어진 녹색 선로. 점점 미칠 것만 같았다. 현기증이 나고 정신을 차릴 수가 없고 숨이 가빴다. 마침내 저 앞쪽의 침목을 따라 반짝이는 얼룩들이 보이기 시작했다.

그는 잠시 속도를 늦춰 배낭에서 인광봉을 꺼냈다. 자외선 빛이 뱀파이어의 배설물을 어지럽게 비췄다. 분비한 지 얼마 되지 않은 것인지 암모니아 때문에 눈이 따끔거렸다. 이런 대량 방뇨는 곧 대량 포식을 뜻했다.

계속 달리자 탈선한 기차의 후미 차량이 시야에 들어왔다. 소리는 들리지 않았다. 사방이 고요했다. 에프는 차량의 오른쪽으로 돌아갔다. 기관차인지 첫번째 객차인지가 선로를 벗어나 앞이 들린 채 터널 벽에 닿아 있었다. 그는 열린 문을 통해 어두운 기차 안으로 들어갔다. 녹색 시야에 들어온 것은 대학살의 현장이었다. 시체들이 좌석과 바닥에 첩첩이 널브러져 있었다. 모두 뱀파이어의 씨앗이었다. 석양이 지는 순간 깨어날 씨앗. 하지만 지금은 그들을 해방시킬 시간도, 일일이 얼굴을 확인할 여유도 없었다.

아냐. 노라는 이렇게 쉽게 당할 리 없어.

그는 다시 밖으로 뛰어나가 기차를 돌아갔다. 비로소 숨어 있는 놈들이 보였다. 모두 넷. 그중 한곳에 모여 있던 둘의 눈이 야시경에 유리처럼 비쳤다. 놈들은 인광봉을 보고 주춤하더니, 이내 굶주린 표정으로 곁눈질을 하고 뒷걸음치며 길을 내주었다.

에프는 바보가 아니다. 그는 두 놈 사이로 걸어들어갔다가 셋까지 센 다음 배낭에서 검을 꺼내 그대로 빙 돌아섰다.

놈들은 이제 막 덮쳐오려던 참이었다. 에프는 그 둘을 베고 달아나는 놈들도 쫓아가 가차없이 처리했다.

그는 놈들의 몸이 선로 위로 떨어지기도 전에 좀 전의 축축한 배설물 흔적을 살펴보았다. 흔적은 왼쪽 벽의 통로로 이어졌다. 맨해튼으로 향하는 선로. 에프는 역겨움을 눌러 참고 현란한 색을 쫓아 어두운 터널을 달렸다. 먼저 난도질당한 시체 둘이 보였다. 흘러나온 피가 암광으로 밝게 빛나는 걸로 봐서는 스트리고이가 분명했다. 그때 앞쪽에서 혼란스러운 소음이 들려왔다.

아홉에서 열 정도의 뱀파이어가 어느 문 앞에 모여 있다가 그를 감지하고는 넓게 흩어졌다. 에프는 인광봉을 휘저어 아무도 등뒤로 돌아가지 못하게 했다.

저 문이야. 잭이 저 안에 있어. 에프는 속으로 중얼거렸다.

그는 곧바로 살상을 시작했다. 베고, 태웠다. 놈들이 공격을 시도하기도 전이었다. 그의 동물적인 야만성은 뱀파이어를 압도했고 절박한 부성애는 놈들의 흡혈 욕구를 능가했다. 아들의 생명을 건 싸움이었다. 더이상 물러설 곳이 없는 아버지에게 살상은 일도 아니었다.

에프는 흰 피가 찐득하게 엉겨붙은 검으로 문을 두드렸다. "잭! 나다! 문 열어!"

누군가 안쪽에서 붙들고 있던 문손잡이를 놓았다. 에프가 활짝 문을 열자 그곳에 노라가 서 있었다. 그녀의 커다란 눈이 손에 든 조명탄만큼이나 밝게 빛났다. 그녀는 그가 정말 에프인지, 인간 에프인지 확인하듯 한참 바라보다 그의 품으로 와락 뛰어들었다. 그녀의 뒤에서 실내복 차림의 노인이 상자에 앉아 슬픈 눈으로 모퉁이를 바라보고 있었다. 그녀의 엄마였다.

에프는 젖은 칼날이 노라에게 닿지 않도록 주의하며 그녀를 힘껏 껴안았다. 그러고는 문득 창고에 다른 사람이 없다는 사실을 깨닫고 얼른 노라를 떼어냈다.

"잭은 어디 있지?" 그가 물었다.

거스는 열려 있는 외부 게이트 안으로 거칠게 들어갔다. 저멀리 우뚝 솟은 냉각탑의 검은 실루엣이 어렴풋이 보였다. 흰색 장대 위에 설치된 동작 감지 카메라들은 흡사 창에 박아넣은 머리처럼 보였다. 카메라들은 허머를 쫓지 않았다. 게이트 안쪽의 구불거리는 긴 길을 지나는 동안 누구와도 마주치지 않았다.

조수석에 앉은 세트라키안은 가슴에 손을 얹었다. 철조망이 박힌 높은 울타리, 연기 같은 김을 토해내는 탑들…… 말살 수용소가 떠올라 구역질이 날 것만 같았다.

"연방군." 앙헬이 뒷좌석에서 중얼거렸다.

주방위군 트럭들이 내부 보안지역 입구에 서 있었다. 거스는 속도를 늦췄다. 군인들의 신호나 명령을 확인한 뒤에 거부할 방법을 궁리할 참이었다.

어떤 지시도 없었다. 그는 곧바로 게이트로 가 차를 세우고 내렸다. 시동은 켜두었다. 첫번째 트럭을 확인해보니 비어 있었다. 두번째도 마찬가지였으나 앞유리와 계기판에 붉은 피가 번져 있고 앞자리에는 피가 고여 말라 있었다.

거스는 트럭 뒤로 돌아가 덮개를 들추었다. 그가 손짓하자 앙헬이 절뚝거리며 다가왔고, 둘은 함께 소형 무기 선반을 살펴보았다. 앙헬은 튼튼한 두 어깨에 기관단총을 하나씩 걸고 자동소총을 가슴에 안았다. 여분의 탄약도 셔츠와 다른 주머니에 넣었다. 거스는 콜트 기관단총 두 자루를 챙겨 허머로 돌아갔다.

허머는 트럭 사이를 헤집으며 첫번째 건물로 향했다. 세트라키안이 차에서 내리는데 커다란 엔진 소리가 들렸다. 공장이 비상 디젤 발전기로 돌아가고 있다는 뜻이다. 여분의 자동 안전장치들이 작동해 지금은 아무도 돌보지 않는 원자로가 멈추지 않도록 지켜주었다.

첫번째 건물 안에서는 변해버린 병사들이 그들을 맞이했다. 위장복 차림의 뱀파이어들. 거스가 앞장서고 앙헬이 절뚝절뚝 뒤따르며 망령들을 마구잡이로 찢어나갔다. 뱀파이어들은 총을 맞고도 조금 비틀릴 뿐, 목에서 척추를 끊어내고 나서야 완전히 움직임을 멈췄다.

"어디로 가는지는 압니까?" 거스가 어깨 너머로 물었다.

"몰라." 세트라키안의 대답이었다.

그들은 보안 검색대를 몇 개 통과하고 섬뜩한 경고문이 붙은 문들도 밀고 들어갔다. 군인 뱀파이어는 이제 없고 공장 인부들이 보초병 역할을 수행했다. 저항이 거세지는 걸 보니 통제실에 더 가까워졌다는 뜻이다.

_세트라키안.

노인은 손으로 벽을 짚었다.

마스터. 이곳에 있다……

머릿속에 울리는 마스터의 '목소리'는 고대 존재들보다 훨씬 더 강력했다. 마치 어떤 손이 머리통을 휘어잡고 성냥개비처럼 분지르는 기분이다.

앙헬이 두툼한 손으로 세트라키안을 부축하고 거스를 불렀다.

"무슨 일이에요?" 거스가 심장마비는 아닌지 걱정하며 물었다.

그들은 듣지 못한 것이다. 마스터는 세트라키안에게만 말했다.

"여기 있다. 마스터가." 세트라키안이 말했다.

거스는 잔뜩 긴장한 표정으로 주변을 두리번거렸다. "여기에요? 잘 됐네요. 잡아버립시다."

"아니, 자넨 이해 못 해. 아직 맞서보지 못했잖아. 고대 존재들과는 또 달라. 그런 총은 아무 의미가 없네. 날아가는 총알을 피하면서 춤을 출 수도 있는 자야."

거스가 연기를 내뿜는 무기를 다시 장전했다. "이미 너무 멀리 왔어요. 겁날 것 없습니다."

"알고 있네. 하지만 이런 식으론 못 이겨. 여기서는 아니야. 인간을 죽이기 위해 만든 무기로도 아니고. 난 그가 원하는 걸 알고 있네." 세트라키안은 자세를 바로 하며 조끼를 매만졌다.

"좋아요. 그게 뭐죠?"

"오직 나만이 줄 수 있네."

"그 빌어먹을 책이요?"

"아냐. 거스, 내 말 잘 듣게. 맨해튼으로 돌아가. 지금 떠난다면 늦지 않을 거야. 가능하면 에프와 페트를 만나고, 어떻게든 깊은 지하로 들어가도록 해."

"이곳이 폭파되는 겁니까?" 거스가 앙헬을 보았다. 그는 아픈 다리를 주무르며 숨을 몰아쉬고 있었다. "그럼 함께 돌아가요. 어차피 여기서 없앨 수 없다면요."

"이 핵연쇄반응을 막을 수야 없겠지. 하지만…… 흡혈 감염의 연쇄반응에는 영향을 줄 수 있네."

경보가 울렸다. 귀를 찢는 소리가 일 초 간격으로 울어대자 앙헬이 놀라 복도 양쪽 끝을 살폈다.

"아무래도 비상 발전기가 수명이 다한 모양이야. 산 채로 요리될 셈인가? 둘 다, 어서 가!" 세트라키안이 거스의 셔츠를 붙잡고 소리쳤다. 경보음 때문에 말소리가 제대로 들리지 않았다.

노인은 지팡이에서 검을 뽑아들며 거스와 앙헬을 뒤로했다. 거스는 그가 챙겨야 할 또다른 노인을 보았다. 땀에 젖은 레슬러의 눈이 흔들렸다. 그는 거스의 지시를 기다리고 있었다.

"갑시다. 영감 말 들었잖아요." 거스가 말했다.

앙헬이 커다란 팔로 그를 멈춰 세웠다. "여기 혼자 두고?"

거스가 고개를 저었다. 도리가 없는데 어쩌란 말인가. "내가 여태 살아 있는 건 저 영감 덕분이야. 나한테는 전당포 영감 말이 바로 진리지. 그러니 최대한 멀리 달아납시다. 본인 해골을 보고 싶지 않으면."

앙헬은 아직도 세트라키안의 모습을 눈으로 좇았으나, 결국 거스에게 이끌려 떠날 수밖에 없었다.

　세트라키안이 통제실에 들어갔을 때, 낡은 정장 차림의 누군가가 일
련의 제어판 앞에 서서 시스템 다운으로 인해 각 계기판 수치가 떨어지
는 과정을 지켜보고 있었다. 붉은 비상등이 통제실 모퉁이마다 깜빡였
지만 경보음은 들리지 않았다.
　아이히호르스트가 고개를 돌렸다. 붉은 시선이 옛 수용소 포로 죄수
세트라키안에게 꽂혔다. 아무 표정도 없는 얼굴. 그는 섬세한 감정 표
현이 불가능했다. 경악과 같은 격한 감정이나 겨우 드러낼 뿐이었다.
　_제때 왔군.
　그가 다시 모니터를 돌아보며 말했다.
　세트라키안은 검을 몸 옆에 붙이고 괴물 뒤로 돌아갔다.
　_네놈에게 책을 빼앗기고 축하나 전하게 될 줄은 몰랐다. 그런 식으
로 파머와 손을 잡다니…… 기막힌 수였어.
　"이곳에서 파머를 만날 줄 알았다."
　_다시는 못 본다. 그자도 위대한 꿈을 실현하는 데 실패했지. 중요한
것은 자기가 아니라 마스터의 야망이라는 사실을 끝내 이해하지 못한
탓이야. 네놈들의 감상적인 바람이란.
　"왜 너지? 왜 그가 널 데리고 있나?" 세트라키안이 물었다.
　_마스터는 인간들에게도 배운다. 그분이 위대한 핵심적인 이유지. 지
켜보고 배우는 것. 최종 해결책에 이르는 방법을 네놈들이 그분께 보여
줬다. 내 눈에는 너희가 기껏 짐승 떼에 불과하다만 그분은 행동 패턴
을 보시더군. 스스로 무슨 말을 하는지조차 모르는 놈들한테까지 귀를
기울이시는 거야.

"네게서 배웠다는 얘긴가? 뭘?" 아이히호르스트가 돌아서자 세트라키안은 검자루를 더 세게 쥐었다. 그는 옛 수용소장을 보았다…… 그리고 문득 깨달았다.

_수용소를 제대로 세우고 운용하기는 쉬운 일이 아니다. 한 종족을 가장 효율적이고도 체계적으로 말살하는 데는 특별한 지적 능력이 필요한 법이지. 그분은 나만의 지식을 흡수하셨다.

세트라키안은 갈증을 느꼈다. 바짝 마른 살갗이 뼈에서 바스러져나가는 기분이었다.

말살 수용소. 인간 가축장. 전국, 전 세계로 번진 피의 농장.

어떤 의미에서는 세트라키안도 알고 있었다. 늘 알고 있었지만 믿고 싶지 않았을 뿐이었다. 트레블린카의 막사에서 마스터를 처음 만났을 때 이미 그의 눈에서 보았다. 인간에 대한 인간 스스로의 비인간성이 대파괴를 향한 괴물의 구미를 돋운 것이다. 우리는 스스로에게 잔학행위를 저지름으로써 자신의 필멸을 증명해 보이고, 예언이라도 실현된 듯 그를 환영했다.

건물이 흔들리면서 모니터들이 모두 어두워졌다.

세트라키안은 목을 가다듬고 힘겹게 입을 열었다. "마스터는 지금 어디 있나?"

_그분은 어디에나 계신다. 여태 그것도 모르나? 여기서, 지금, 너를 지켜보고 계시지. 나를 통해서.

세트라키안은 각오를 다지고 한 걸음 다가섰다. 그의 계획은 분명했다. "그도 네 솜씨가 마음에 들었겠지만 이제 너도 더는 쓸모가 없다. 나만큼이나."

_날 과소평가하지 마라, 유대인.

아이히호르스트가 바로 옆 제어판 위로 가볍게 뛰어오르며 세트라키안의 사정권에서 벗어났다. 세트라키안은 은검을 들어 나치의 목을 겨누었다. 아이히호르스트는 팔을 양옆으로 늘어뜨리고 긴 손가락으로 손바닥을 가볍게 긁었다. 순간 짐짓 공격하는 척 속임수를 시도했으나 세트라키안은 인정사정없이 대응했다. 뱀파이어는 다른 제어판으로 풀쩍 건너가 초고감도 통제실의 민감한 계기판들을 짓밟았다. 세트라키안은 몸을 돌려 놈을 쫓으려다 그만 멈칫했다.

그는 나무 지팡이 검집을 잡은 그대로 손을 심장으로 가져갔다.

_맥박이 아주 불규칙하군.

세트라키안은 움찔하더니 비틀거렸다. 고통을 과장하고 있지만 아이히호르스트 때문은 아니었다. 검을 든 팔이 꺾였다. 하지만 검은 여전히 꼿꼿이 세워 들고 있었다.

아이히호르스트는 바닥으로 뛰어내리며 향수 어린 시선으로 세트라키안을 바라보았다.

_나는 더이상 심장박동 따위에 속박되지 않는다. 폐호흡은 물론이고 생체시계의 조잡한 시스템도, 느려터진 똑딱거림도 모른다.

세트라키안은 제어판에 기대 힘이 돌아오기를 기다렸다.

_그런데도 이 위대한 존재로 진화하느니 그대로 소멸하겠다고?

"괴물로 사느니 차라리 죽는 게 낫다." 세트라키안이 말했다.

_더 하등한 생물들에게는 네가 괴물이라는 사실도 모르나? 자신의 이익을 위해 이 행성을 강탈한 종족이 바로 너희다. 이제 혈충이 그 자리를 대신할 것이다.

아이히호르스트가 한동안 눈을 깜빡이다 가늘게 떴다.

_너를 변화시키라 하시는군. 나는 네 피를 원치 않는다. 히브리인의 피맛은 거듭된 근친교배 탓에 염분과 미네랄이 많은 빈티지 와인 같달까. 꼭 요르단강처럼 말이지.

"나를 변화시키긴 못한다. 마스터도 못 한 일이야."

아이히호르스트는 계속해서 좌우로 움직일 뿐 둘 사이의 간격을 좁히려 들지는 않았다.

_네 여편네는 몸부림치면서도 비명을 지르지 않더군. 이상하다고 생각했지. 흐느끼지도 않았어. 한마디만 내뱉었지. '아브라함'이라고.

세트라키안은 괴로움을 숨기지 않았다. 뱀파이어의 접근을 유도하기 위해서였다. "결말을 알아차리고 순간 위안을 얻은 거다. 내가 언젠가 복수해주리라 믿었으니까."

_네 이름을 불렀지만 넌 거기 없었다. 네놈은 최후의 순간에 비명을 지를지 궁금하군.

순간 세트라키안의 한쪽 무릎의 힘이 풀렸다. 그는 쓰러지지 않기 위해 검 끝으로 바닥을 짚어 중심을 잡았다.

_무기를 치워라, 유대인.

세트라키안은 검을 수평으로 들고 낡은 은날을 점검했다. 검자루 끝의 늑대머리가 균형추 역할을 할 수 있을지도 가늠해보았다.

_운명을 받아들여라.

"아, 이미 받아들였다." 세트라키안이 아이히호르스트를 노려보며 대답했다. 몇 미터 안 되는 거리였다.

세트라키안은 한 수에 모든 것을 걸고 검을 던졌다. 검은 둘 사이의 공간을 가르고 아이히호르스트의 가슴 바로 아래, 조끼의 단추와 단추 사이 급소를 정통으로 꿰뚫었다. 뱀파이어는 균형이라도 잡으려는 듯 꺾인 두 팔을 뒤로 뻗고 비틀비틀 제어판에 몸을 기댔다. 살상의 은검이 몸에 박혔지만, 검을 잡을 수가 없었다. 은의 살충 기능이 치명적인 암세포처럼 퍼져나가 그의 몸이 비틀리기 시작했다. 날 주위로 흰 피가 배어나오고 벌레들이 빠져나오기 시작했다.

세트라키안은 간신히 몸을 일으키고 비틀거리며 아이히호르스트 앞으로 다가갔다. 승리의 환희는커녕 만족감도 거의 느끼지 못했다. 그는 뱀파이어의 눈이, 그 너머 마스터의 눈이 자신을 보도록 했다. "너는 이 자를 통해 내 사랑을 앗아갔다. 이제 직접 나를 변화시켜야 할 거야." 그는 자루를 잡고 아이히호르스트의 몸에서 천천히 검을 빼냈다.

뱀파이어가 제어판에 몸을 기댔다. 여전히 손으로 아무것도 붙잡지 못했다. 이윽고 몸이 뻣뻣하게 굳어 옆으로 미끄러지기 시작했다. 세트라키안은 탈진한 채 아이히호르스트의 궤도를 가늠해 검 끝을 바닥에 댔다. 검신은 기요틴 날처럼 40도 각도로 자리를 잡았다.

아이히호르스트가 쓰러지며 날에 목이 잘려나갔다. 나치는 완전히 파괴되었다.

세트라키안은 뱀파이어의 코트 소매로 검의 양날을 닦아낸 다음, 아이히호르스트의 잘린 목에서 달아나는 혈충들을 피해 물러났다. 가슴에 응어리가 진 듯 답답했다. 그는 약통을 꺼내 비틀린 손으로 뚜껑을 열다가 그만 통제실 바닥에 모두 쏟고 말았다.

거스는 앙헬을 이끌고 발전소를 빠져나왔다. 최후의 날은 흐리고 어두웠다. 빽빽거리는 경보기들 사이로 죽음 같은 정적이 흘렀다. 발전기가 더는 작동하지 않는 모양이었다. 대기에서 정전기 같은 저전압 자극을 느꼈지만, 그게 아니더라도 무슨 일이 일어날지는 분명히 알고 있었다.

그때 익숙한 소음이 대기를 갈랐다. 헬리콥터. 불빛이 보였다. 헬기는 김이 무럭무럭 나는 냉각탑들 뒤쪽을 선회했다. 물론 아군은 아니었다. 마스터를 태우고 빠져나가려는 헬기가 분명했다. 결국 마스터는 롱아일랜드에서 폭사하지 않는다는 얘기였다.

거스는 방위군 트럭 뒤로 들어갔다. 작은 무기들 아래 스팅어 미사일이 제일 먼저 눈에 띄었다. 그에게 필요한 건 명분뿐이었다.

그는 미사일을 꺼내 몇 번 방향을 확인했다. 무기는 어깨 위에서 제대로 균형을 잡았다. 대공화기치고는 놀랍도록 가벼웠다. 15킬로그램 정도? 그는 절룩거리는 앙헬을 지나 건물 옆으로 달려갔다. 헬기가 좀더 하강했다. 아무래도 넓은 공터에 착륙하려는 모양이었다.

방아쇠는 쉽게 찾았다. 조준기도 마찬가지였다. 그는 조준기를 들여다보았다. 미사일이 헬기의 배기가스 열기를 감지하고 고음의 휘파람 소리를 내뱉었다. 거스는 방아쇠를 당겼다. 발사 로켓이 튜브 밖으로 미사일을 밀어냈다. 발사 엔진이 떨어져나가며 주로켓 엔진에 불이 붙자 스팅어가 한줄기 연기 자락을 남기며 날아올랐다.

헬기는 날아오는 미사일을 보지 못했다. 결국 몇백 미터 상공에서 미사일을 맞고 그대로 폭발하더니 거꾸로 뒤집힌 채 빙글빙글 돌며 인근 숲으로 떨어졌다.

거스가 텅 빈 발진기를 집어던졌다. 화재가 난 것은 잘된 일이었다. 강까지 가는 길을 밝혀줄 테니. 집으로 돌아가는 길은 롱아일랜드 해협이 가장 빠르고 안전했다.

앙헬에게도 그렇게 말했지만, 아련한 불빛에 비친 늙은 레슬러의 표정은 어딘가 달라져 있었다.

"난 안 간다." 앙헬이 말했다.

거스는 자신도 잘 모르면서 열심히 상황을 설명했다. "이곳이 통째로 날아가는 거요. 핵폭탄이라니까."

"싸움터를 두고 떠날 수 없다." 앙헬은 그 말이 비유적으로도 말 그대로도 사실임을 보여주듯 두 다리를 두드렸다. "게다가, 전에 여기 와

본 적이 있어."

"여기를?"

"영화에서. 결말이 어떨지도 안다. 악이 정의와 맞닥뜨리면 만사가 끝장처럼 보인다."

"앙헬." 거스가 불렀다. 이럴 시간이 없는데.

"그래도 늘 빛이 이긴다, 결국엔."

전직 레슬러는 점점 더 정신이 흐트러지고 있었다. 뱀파이어의 위협이 정신과 판단력을 갉아먹고 있었던 것이다. "여기선 안 된다고요. 싸울 게 따로 있지."

앙헬은 앞주머니 깊은 곳에서 헝겊 조각을 꺼내 머리에 뒤집어썼다. 은빛 마스크를 쓰자 그의 얼굴은 이제 눈과 입만 보였다. "가라. 맨해튼섬으로 돌아가서 박사를 찾아 영감 말대로 해. 나? 그 영감이 내가 할 일은 얘기 안 했어. 그래서 남는 거다. 난 싸운다."

거스는 멕시코인의 터무니없는 용기에 미소를 지었다. 그리고 처음으로 앙헬을 이해했다. 모든 걸 이해했다. 이 늙은이의 힘과 용기를. 어릴 적 저 레슬러의 영화는 TV에서 한 편도 빼놓지 않고 다 보았다. 주말이면 어김없이 틀어대는 영화들. 그는 이제 그 영웅 옆에 서 있었다. "세상이 좆같지 않아요, 예?"

앙헬이 고개를 끄덕였다. "그래도 우리한테는 그것밖에 없다."

거스는 이 미치광이 동향인에게 무한한 사랑을 느꼈다. 두 손으로 고집불통 우상의 어깨를 잡을 때는 눈물까지 솟았다. "케 비바 엘 앙헬 데 플라타, 쿨레로스(멍청이 실버 엔젤, 만세)!"

앙헬이 고개를 끄덕였다. "케 비바!"

그 말을 끝으로, 실버 엔젤은 절름거리며 파멸의 발전소를 향해 걸어갔다.

비상등이 번쩍였다. 통제실에서는 외부의 경보음이 거의 들리지 않았다. 벽에 붙은 제어판 장비들이 깜빡이며 비상 조치를 취할 것을 호소했다.

세트라키안은 아이히호르스트의 시신 맞은편 바닥에 무릎을 꿇고 있었다. 놈의 머리는 모퉁이 근처로 굴러가 있었다. 세트라키안은 휴대용 은거울의 파편으로 자기를 찾아 꿈틀대는 혈충들을 말살했다. 다른 손으로 심장약을 집으려 했으나 비틀어진 손가락과 손마디의 관절염 때문에 여의치 않았다.

다른 누군가의 존재를 깨달은 것은 그때였다. 갑작스러운 등장에 그렇잖아도 긴장된 방의 공기가 더욱 팽팽해졌다. 연기 한 자락, 빠지직거리는 번개도 없이 머릿속에 타격이 직접 가해졌다. 그 어떤 무대연출보다 숨이 막혔다. 마스터라는 걸 확인하기 위해 고개를 들 필요도 없었다. 그래도 그는 천천히 고개를 들었다. 처음에는 어두운 망토 자락이, 곧이어 오만한 얼굴이 보였다.

살갗은 피하조직까지 벗어지고 이제 햇빛에 타버린 살점만 얼마간 남아 있었다. 여기저기 검은 반점이 박힌 핏빛 괴물. 피보다 시뻘건 눈이 강렬하게 불타올랐다. 표피 바로 밑에서 혈충들이 돌아다녀 마치 신경이 미친듯이 움찔대는 것처럼 보였다.

_다 끝났다.

마스터는 노인이 반항하기 전에 늑대머리 검부터 빼앗았다. 그리고 시뻘겋게 달궈진 부지깽이를 다루듯 은검을 이리저리 살폈다.

_세상은 이제 내 것이야.

마스터는 바람처럼 빠르게 세트라키안의 반대편으로 건너가 나무 검집마저 손에 넣었다. 구멍에 검을 끼워넣고 비틀어 결합시키자 은검은 지팡이로 돌아갔다.

그는 지팡이 끝을 바닥에 댔다. 세트라키안에게 턱없이 컸던 지팡이가 지금은 적당한 길이로 보였다. 당연했다. 거인 사르두의 물건이 아니었던가. 마스터가 소유한 몸의 원래 주인.

_노심 내부의 핵연료가 과열해 녹기 시작했다. 이 발전소는 현대적인 안전 지침에 따라 지어졌지만, 자동 차단 절차라고 해봐야 파국을 미룰 뿐이야. 결국 노심은 용해되고, 여섯째이자 마지막 남은 내 종족의 기원지인 이곳은 오염되고 파괴될 것이다. 증기압이 상승해 결국 핵폭발이 일어나면 방사능 버섯구름도 생기겠지.

마스터는 지팡이 끝으로 세트라키안의 옆구리를 찔렀다. 노인은 뼈가 부러지는 소리를 들으며 바닥에 쓰러진 채 달팽이처럼 몸을 웅크렸다.

_세트라키안, 내 그림자가 너를 덮듯 이제 세상을 덮을 것이다. 나는 네 종족에서 시작해 결국 지구 전체를 감염시켰다. 반쪽짜리 어둠의 세계에 만족할 수는 없었다. 사라지지 않는 어둠을 얼마나 간절히 원했던지. 이 청록색의 따뜻한 바위 행성은 이제 내 손길에 바들바들 떨며 검고 차가운 돌덩이로 변해서 서리와 곰팡이로 뒤덮일 것이다. 인류의 태양이 지고 피를 거두어들일 새날이 열리리라.

그때 마스터가 문을 향해 살짝 고개를 돌렸다. 놀라거나 짜증이 난 기색은 아니었다. 그보다는 호기심 때문인 듯했다. 세트라키안 역시 막연한 희망을 품고 고개를 돌렸다. 문이 열리고 앙헬이 절룩거리며 들어왔다. 검은 자수의 은빛 나일론 마스크를 쓰고 있었다.

"안 돼!" 세트라키안은 헉하고 숨을 삼켰다.

앙헬의 손에는 자동화기가 들려 있었다. 그리고 세트라키안 앞에 우뚝 선 망토 차림의 2.5미터 뱀파이어 제왕을 보자마자 방아쇠를 당겼다.

마스터는 잠시 그대로 서서 우스꽝스럽기 짝이 없는 상대를 지켜보았으나, 총탄이 날아들자 본능적으로 피했다. 마스터의 형체가 흐릿해졌다. 총알은 방을 가로질러 벽에 늘어선 민감한 기계들에 가 박혔다. 마스터는 방 한쪽에 아주 잠시 나타났다가 앙헬이 돌아서서 총을 쏠 때쯤 다시 시야에서 사라졌다. 총탄이 제어판을 부쉈다. 벽에서는 불꽃이 튀었다.

세트라키안은 바닥에 떨어진 작은 알약들을 미친듯이 줍기 시작했다.

마스터는 속도를 줄이며 마치 순간이동을 한 듯 앙헬 앞에 불쑥 모습을 드러냈다. 레슬러가 절거덕거리는 커다란 총을 집어던지고 괴물을 향해 몸을 날렸다.

마스터는 레슬러의 무릎이 약하다는 걸 알아차렸지만 그 정도는 충분히 고칠 수 있다. 늙기는 했지만 크기가 적당해 당분간 머물기에도 괜찮아 보였다.

마스터는 앙헬의 공격을 살짝 피했다. 레슬러가 몸을 돌렸을 때는 이미 그의 뒤에 가 있었다. 마스터는 앙헬의 목덜미를 찰싹 때렸다. 감침질한 마스크 끝단과 피부가 만나는 지점인데, 단순히 시험 차원이었다. 레슬러는 또다시 황급히 몸을 돌렸다.

앙헬은 농락당한 기분이라 불쾌했다. 그는 재빨리 돌아서며 손바닥을 쫙 펴 마스터의 턱을 가격했다. '엔젤 키스.'

뱀파이어의 머리가 뒤로 꺾였다. 공격이 먹혀들자 앙헬 스스로도 놀랐다. 마스터가 마스크 레슬러를 노려보았다. 분노가 치솟아오르자 벌레들이 한층 더 빠르게 꿈틀거렸다.

앙헬이 마스크 안에서 씩 웃었다.

"내 얼굴이 보고 싶겠지? 내가 죽기 전에는 어림도 없다. 절대 관람 불가야."

실버 엔젤의 영화마다 나오는 유행어이자 전 세계 수많은 언어로 더빙된 대사였다. 수십 년을 기다려 드디어 현실에서 그 말을 한 것이다. 하지만 마스터는 이제 놀이를 끝내기로 했다.

그가 앙헬을 향해 커다란 손등을 힘껏 휘둘렀다. 마스크 안쪽의 턱과 왼쪽 광대뼈가 깨지고 한쪽 눈이 터져나갔다.

하지만 앙헬도 포기하지 않았다. 그는 사력을 다해 자리에서 일어났다. 온몸이 후들후들 떨리고 무릎도 더럽게 아팠다. 피 때문에 숨을 쉬기도 힘들었지만…… 이미 시간을 거슬러 젊고 행복했던 시절로 돌아가 있었다.

어지럽긴 해도 온몸이 따뜻하고 에너지로 충만했다. 지금 앙헬은 스튜디오에서 영화를 촬영하고 있었다. 앞에 있는 괴물은 특수 분장을 절묘하게 한 엑스트라에 불과했다. 그런데 왜 이렇게 아프지? 게다가 이놈의 마스크…… 냄새가 웃기잖아? 감지 않은 머릿내와 땀내. 한물간 퇴물의 냄새. 그렇다. 바로 자신의 냄새였다.

목에서 피거품이 솟구치더니 흐느끼는 소리와 함께 터져나왔다. 이 악취 나는 마스크를 벗으면 박살난 턱과 얼굴 왼쪽이 산산이 흩어질 것만 같았다.

앙헬은 으르렁거리며 다시 상대에게 달려들었다. 마스터는 지팡이를 놓고 두 손으로 거한을 붙잡더니 순식간에 갈가리 찢어발겼다.

세트라키안은 울음을 삼키며 알약들을 혀 밑에 허겁지겁 쑤셔넣었다. 순간 마스터가 다시 그에게로 관심을 돌렸다.

마스터는 세트라키안의 어깨를 잡고 바닥에서 들어올렸다. 노인은 뱀파이어의 피 묻은 손에 매달려 대롱거렸다. 마스터가 노인을 바짝 끌어당겼다. 세트라키안은 그의 끔찍한 얼굴을 들여다보았다. 고대의 악으로 꿈틀거리는 뱀파이어의 얼굴.

_어느 정도는 네놈도 원했던 일이라는 걸 안다, 교수. 뭐든 그 이면을 보고 싶어했었지?

세트라키안은 혀 밑 가득한 알약 때문에 대답할 수 없었다. 하기야 굳이 입으로 대답할 필요도 없었다. 내 칼이 은의 노래를 부르나니. 그는 마음속으로 주문을 걸었다.

정신이 멍해졌다. 약효가 나타나면서 머릿속이 뿌예졌다. 이제 그의 본심은 마스터가 읽어내지 못하도록 가려졌다. 우리는 그 책에서 많은 걸 배웠다. 체르노빌이 미끼였다는 사실도 알고 있어. 그는 마스터의 얼굴을 보았다. 그 얼굴에서 공포를 보길 얼마나 간절히 원했던가. 네 이름. 네 진짜 이름도 알고 있다. 어때, 듣고 싶지 않나…… 오즈리엘?

그때 마스터의 입이 열리고 촉수가 튀어나와 세트라키안의 목을 부러뜨리고 꿰뚫었다. 노인의 성대가 찢어지고 경동맥이 막혔다. 세트라키안은 목소리를 잃으면서도 목이 뚫리는 고통은 느끼지 못했다. 흡혈로 인한 온몸의 통증뿐이었다. 순환계와 그 하부 조직들이 망가지면서 곧바로 경련이 시작되었다.

마스터의 눈이 시뻘게졌다. 그는 엄청난 만족감에 젖어 피를 마시며 희생자의 눈을 노려보았다. 세트라키안도 괴물의 시선을 놓치지 않았다. 도발할 생각은 없었다. 그보다는 악마에게서 불쾌감의 징후를 기다리는 중이었다. 혈충들이 몸을 헤집고 다녔다. 놈들은 탐욕스럽게 그의 온몸을 탐색하고 유린했다.

순간, 마스터가 움찔했다. 숨이 막히는 모양이었다. 그는 고개를 젖히며 파르르 눈꺼풀을 떨었다. 촉수는 여전히 세트라키안의 목에 단단히 박힌 채 고집스럽게도 끝까지 피를 빨고 있었다. 마스터가 촉수를 거두어들일 때까지는 불과 삼십 초도 되지 않았다. 그는 붉게 물든 촉수를 거두며 세트라키안을 노려보았다. 노인의 눈에 묘한 비웃음이 비쳤다. 마스터는 일그러진 표정으로 한 걸음 뒤로 물러났다. 혈충의 움직임이 느려지고 두꺼운 목이 꺽떡거렸다.

마스터가 세트라키안을 떨어뜨리고 휘청거렸다. 구역질이 날 것 같았다. 노인의 피가 뱃속을 뜨겁게 달구었다.

세트라키안은 어두운 통제실 바닥에 쓰러졌다. 목의 상처에서 피가 흘렀다. 마침내 혀에서 힘을 뺐다. 혀 밑의 알약은 마지막 한 알까지 모두 녹았다. 혈관 이완제 니트로글리세린과 페트의 쥐약 중 혈액을 희석하는 쿠마딘을 다량으로 복용하고 마스터에게 그대로 전한 것이다.

그래, 페트의 말이 맞았어. 놈에겐 불순물을 배출하는 시스템이 결여되어 있어. 일단 삼키면 뱉어낼 방법이 없는 거야.

마스터는 불타는 배를 부여잡고 순식간에 밖으로 날아갔다. 밖에서는 경보기들이 비명을 질러댔다.

우주정거장이 암흑의 궤도, 즉 지구의 어두운 쪽을 지나면서 존슨 우주 비행 관제센터가 잠잠해졌다. 휴스턴과의 연결이 끊긴 것이다.

세일리어는 그 직후 처음으로 몇 번의 짧은 충돌을 느꼈다. 우주 쓰레기들과 파편들…… 특별할 건 없었지만 평소보다 횟수가 조금 많기는 했다.

아니, 아주 많았다. 더욱이 너무 잦았다.

그녀는 되도록 얌전히 떠 있었다. 마음을 진정시키고 생각을 해야 했다. 뭔가 틀어진 게 분명했다.

둥근 창 앞으로 가서 지구를 바라보았다. 밤시간대에 매우 뜨거워 보이는 두 개의 불빛이 있었다. 하나는 이제 막 해가 진 자리였고, 다른 하나는 동쪽에 더 가까웠다.

이런 광경은 처음이다. 그간의 훈련이나 수많은 교본에도 이런 장면에 대한 지침은 없었다. 이렇게 강렬한 빛과 이곳에서도 알 수 있을 정도의 열기라니…… 지구 전체를 놓고 보면 아주 작은 점 두 개에 불과했지만, 특수 훈련을 받은 세일리어는 엄청난 규모의 폭발임을 알 수 있었다.

정거장이 또 한번 강한 충격에 흔들렸다. 평소의 작은 우주 파편이 아니었다. 비상경보기가 작동하고 문 옆의 노란 불빛이 번쩍였다. 무언가 태양전지판을 뚫고 지나가 우주정거장에 불이라도 붙은 것 같았다. 이제 그녀도 복장을 갖춰야만……

콰앙! 뭔가가 선체를 세게 때렸다. 그녀는 컴퓨터로 헤엄쳐가서 산소 유출 경고신호를 확인했다. 산소는 빠른 속도로 새어나가고 있었다. 탱크에 구멍이 난 것이다. 그녀는 동료들을 불러 에어록*으로 향했다.

그때 훨씬 거대한 충격이 선체를 흔들었다. 세일리어는 최대한 빨리 우주복을 입었지만 이미 정거장에 구멍이 난 뒤였다. 그녀는 애써 헬멧을 잠그며 죽음의 진공 공간을 질주했다. 그리고 마지막 힘을 다해 산소 밸브를 열었다.

세일리어는 의식을 잃고 어둠 속으로 흘러갔다. 의식을 잃기 전 마지막으로 떠오른 가족은 남편이 아니라 기르던 개였다. 우주의 정적 속에서 개 짖는 소리를 들은 듯했다.

국제우주정거장은 이내 다른 파편들과 함께 우주를 질주했다. 그리고 서서히 궤도에서 벗어나더니 마침내 지구를 향해 떨어지기 시작했다.

---

* 우주 공간으로 통하는 문.

로커스트밸리의 우르릉거리는 원자력발전소 바닥. 세트라키안의 머리가 빙빙 돌았다.

변하고 있는 거야. 느낄 수 있어.

목을 옥죄는 고통은 단지 시작에 불과했다. 가슴이 미친듯이 들썩거렸다. 혈충들이 자리를 잡고 하중을 늘리는가 싶더니 짐을 풀었다. 몸 안에서 바이러스가 빠르게 번식하며 기존의 세포들을 궤멸하기 시작한 것이다. 그를 변화시키고 재창조하는 작업.

그의 신체는 변화를 감당할 수 없었다. 허약한 혈관을 차치하더라도 너무 늙고 약했다. 그는 점점 커가는 머리 무게를 견디지 못해 가는 허리를 굽히는 해바라기였다. 아니면 불량 염색체에서 자라나는 태아이거나.

목소리. 그는 목소리들을 들었다. 더 높은 차원의 의식이 웅웅대는 소리. 존재들을 조정하는 소리. 불협화음 연주회.

열기도 느꼈다. 치솟는 체온도 그렇지만 진동하는 바닥에서도 열기가 느껴졌다. 뜨거운 핵연료의 융해를 막아야 할 냉각시스템의 작동이 멈춘 것이다. 그것도 누군가의 고의로. 연료는 이미 노심 밑바닥까지 녹아내렸다. 핵연료가 지하수에 닿는 순간, 발전소 지하에서 증기가 방출되며 치명적인 폭발이 일어날 것이다.

_세트라키안.

머릿속에서 마스터의 목소리가 들렸다. 그 자신의 목소리와 섞일 듯 섞이지 않는 목소리. 그 순간 트럭 짐칸인 듯한 장면이 보였다. 발전소 입구에서 본 주방위군 트럭 같았다. 흐릿한 흑백 장면인데, 트럭 바닥에 누운 채 인간을 능가하는 야간 시력으로 보는 시선이었다.

세트라키안은 자신의 지팡이, 아니 사르두의 지팡이를 보았다. 불과 몇 발짝 너머에서 달그락거리는 지팡이. 손만 내밀면 마지막으로 한번 더 만져볼 수도 있을 것 같았다.

픽, 픽, 픽……

그는 마스터의 눈으로 보고 있었다.

_세트라키안, 이 멍청한 놈.

트럭 바닥이 우르릉거리며 움직이기 시작했다. 마스터가 고통으로 온몸을 비트는지 시야가 이리저리 흔들렸다.

_네 피를 독으로 오염시키면 나를 죽일 수 있다고 생각했더냐?

세트라키안은 몸을 일으킨 뒤 두 팔과 무릎을 짚고 엎드렸다. 지금은 신체 변화에 따른 일시적인 에너지 덕분에 그럭저럭 버틸 만했다.

픽, 픽……

너에게 고통을 주었다, 스트리고이. 또다시 네 힘을 빼앗았어. 세트라키안은 생각했다.

이제 마스터도 그의 말을 들을 수 있다.

_넌 변화되었다.

마침내 사르두를 해방시켰다. 머지않아 나 자신도 해방될 것이다.

초기 단계의 뱀파이어 세트라키안은 더이상 아무 말도 하지 않고 위태로운 노심 쪽으로 자신의 몸을 이끌고 갔다.

격납구조물 내부의 압력은 계속해서 상승했다. 유독성 수소 기포의 확산은 이제 손쓸 수 없는 상태였다. 결국 폭발이 일어날 경우 철근 콘크리트 방호벽도 사태를 악화할 뿐이었다.

세트라키안은 죽을힘을 다해 팔다리를 끌어당겼다. 몸은 내부에서 변하고 마음은 수많은 시선으로 들끓고 머리에서는 수많은 목소리가 합창을 해댔다.

절체절명의 순간이 머지않았다. 그들은 모두 지하로 향하고 있었다.

픽……

"닥쳐라, 스트리고이."

이윽고 연료가 지하수에 닿았다. 발전소 대지가 폭발하고 마지막 고대 종족의 기원지가 말소되었다. 그와 동시에 세트라키안도 소멸했다.

그것으로 끝이었다.

압력 용기가 깨지고 방사능 버섯구름이 롱아일랜드 해협 상공을 뒤덮었다.

가브리엘 볼리바, 전직 록스타이자 리지스 항공 생존자 네 명 가운데 유일하게 남은 뱀파이어는 정육 공장 지하에서 기다렸다. 특별히 마스터로부터 그곳에 와서 대기하라는 요청이 있었다.

_내 아들, 가브리엘.

웅웅거리는 목소리들. 완벽하게 입을 모아 내는 목소리였다. 세트라키안, 노인의 목소리는 영원히 잠들었다.

_가브리엘, 대천사의 이름…… 정말 적절하구나……

볼리바는 어둠의 아버지를 기다렸다. 가까이 있었다. 느낄 수 있었다. 지상에서의 승리는 이미 알고 있었다. 이제 남은 것은 새로운 세계가 정착하기를 기다리는 일뿐이었다.

마스터가 더럽고 어두운 방에 들어와 볼리바 앞에 섰다. 이번에도 낮은 천장 때문에 고개를 숙여야 했다. 볼리바는 마스터의 불편을 느꼈지만 그의 마음은, 마음의 소리만큼은 늘 그렇듯 진실의 노래를 불렀다.

_너는 내 안에서 살지어다. 내 굶주림과 목소리와 호흡 안에서…… 그리고 우리는 네 안에서 살리라. 우리의 마음이 네 마음에 정착하고 우리의 피가 너의 피와 함께 흐르리라.

마스터는 망토를 벗어던지고 관 속에 손을 넣어 부드러운 흙을 한 움큼 집었다. 그리고 그 흙을 볼리바의 퇴화한 입속에 넣었다.

_너는 내 아들이 되고 나는 네 아비가 되며, 그리하여 나와 우리로서 영원히 통치하리라.

마스터가 볼리바를 힘껏 끌어안았다. 마스터의 거대한 체격에 비해 볼리바는 놀랍도록 마르고 왜소해 보였다. 그는 무언가에 빨려들고 빙의되는 느낌이었다. 받아들여지고 있었다. 태어나서, 어쩌면 죽어서 처음으로 가브리엘 볼리바는 편안했다.

마스터의 몸에서 벌레들이 쏟아져나왔다. 수천, 수만의 벌레가 벌겋게 타버린 살갗을 뚫고 나왔다. 격앙된 벌레들은 두 존재를 완전히 에워싸고 살갗 안팎을 드나들며 그들을 진홍빛으로 수놓았다.

드디어 마스터가 옛 거인의 낡은 껍데기를 벗었다. 사르두의 몸은 바닥에 닿는 순간 바스러져나갔다. 그 과정에서 소년 사냥꾼의 영혼도 풀려났다. 그의 영혼은 다중의 목소리, 마스터에게 생기를 부여하는 찬가에서 지워졌다.

사르두는 소멸했다. 가브리엘 볼리바는 새로운 존재가 되었다.

볼리바 마스터는 흙을 뱉어냈다. 입을 벌리고 촉수를 시험해보았다. 통통한 혓바닥은 힘차게 뻗어나갔다가 되돌아왔다.

마스터가 부활했다.

볼리바의 몸은 다소 생경했다. 너무나 오랫동안 사르두에게 익숙해져 있었기 때문이다. 그래도 과도기의 몸이라 유연하고 신선했다. 어쨌든 곧 시험해볼 참이다.

어쨌거나 숙주의 신체 조건은 이제 마스터에게 거의 문제가 되지 않았다. 어둠의 세계에 사는 동안은 거인의 몸이 여러모로 도움이 되었지만, 숙주의 크기와 내구성이 더는 의미가 없었다. 적어도 그 자신의 상상 상대로 재창조한 이 세계에서는.

마스터는 그 순간 인간의 침입을 감지했다. 강한 심장. 빠른 맥박. 소년이었다.

바로 옆 터널에서 켈리 굿웨더가 아들 잭과 함께 나왔다. 소년은 어미의 손에 단단히 붙잡힌 채 바들바들 떨며 스스로를 보호하려는 듯 몸을 잔뜩 웅크렸다. 어둠 속이라 보이지는 않았지만 그도 그 존재들을, 차가운 지하의 뜨거운 몸들을 느낄 수 있었다. 암모니아와 젖은 흙, 뭔가 썩는 냄새도 났다.

켈리는 쥐를 갖다 바치는 고양이의 자부심으로 마스터의 문간에 다다랐다. 어둠 속에서도 볼 수 있었기 때문에 캄캄한 지하임에도 마스터가 두 눈에 선명하게 드러났다. 겉모습은 전혀 문제되지 않았다. 그녀는 볼리바 몸안의 존재를 보았고 의문 따위는 없었다.

마스터는 벽에서 마그네슘이 함유된 돌을 몇 조각 뜯어내 바구니의 횃불용 나무토막 위에 뿌렸다. 그런 다음 기다란 가운데 손톱으로 돌을 긁자 작은 불꽃이 나무토막에 옮겨붙으며 실내를 오렌지빛으로 물들였다.

잭은 눈앞의 깡마른 뱀파이어를 보았다. 느긋한 표정으로 붉은 눈을 이글거리며 서 있는 뱀파이어. 물론 공황 상태라 사고가 거의 멈추었으나 마음 한편으로는 여전히 엄마를 믿었기에 곁에 있는 한 무서울 건 없었다.

뱀파이어 옆의 껍데기만 남은 시체도 눈에 들어왔다. 태양빛에 망가진 시체. 비닐처럼 매끄러운 살갗이 아직도 번들거렸다. 짐승의 생가죽.

동굴 벽에 기대놓은 지팡이도 보았다. 깜빡이는 불빛에 늑대머리가 빛났다.

세트라키안 할아버지.

아니야.

_맞다.

목소리는 머릿속에서 들려왔다. 언젠가 하느님이 기도에 답하신다면 그러리라 상상했던, 강하고 권위 있는 목소리였다.

하지만 하느님일 리 없었다. 저 앞 깡마른 괴물의 목소리가 분명했다.

"아빠." 잭이 입속으로 중얼거렸다. 아빠가 교수 할아버지와 함께 있었다. 두 눈에 눈물이 고였다. "아빠."

잭은 입술을 움직였으나 말에는 호흡이 전혀 섞여 있지 않았다. 폐가 막히고 있었다. 흡입기를 찾아 주머니를 더듬었다. 잠시 후에는 무릎의 힘까지 풀려 그만 바닥에 주저앉고 말았다.

켈리는 무표정한 얼굴로 아들의 고통을 지켜보았다. 원래 마스터는 켈리를 파괴할 생각이었다. 애초에 불복종이 익숙지 않은 존재다. 켈리가 어째서 아이를 즉시 변화시키지 않았는지 이해할 수 없었다.

하지만 이제는 마스터도 알았다. 아이와 켈리의 유대와 애정이 너무 강한 탓이었다. 그래서 마스터에게 그 일을 맡기기 위해 아이를 데려온 것이었다.

이는 헌신적인 행위였다. 뱀파이어의 흡혈 욕구보다 앞서는, 사실상 그 욕구를 압도하는 인간의 사랑으로 낳은 자식을 제물로 바친 것이다.

마스터는 정말로 배가 고팠다. 그리고 소년은 분명 딱 알맞은 식사였다. 그도 영광스럽게 마스터를 받아들일 것이다.

하지만 지금…… 이 새로운 밤의 어둠 속에서는 모든 게 달리 보였다.

마스터는 기다림의 묘미를 맛보기로 했다.

아이의 가슴속 고통이 느껴졌다. 빠르게 뛰던 심장이 조금씩 느려지더니 아이는 급기야 목을 움켜쥐며 바닥에 쓰러지고 말았다. 마스터는 뾰족한 가운데 손톱으로 제 엄지를 찌른 다음 벌레가 빠져나오지 않도록 주의하며 아이의 입속으로 흰 피를 떨어뜨렸다. 마스터의 피는 헐떡이는 아이의 혀끝에 떨어졌다.

　아이가 갑자기 신음을 흘리며 급히 숨을 들이쉬었다. 입에서 납과 뜨거운 장뇌의 맛이 났지만, 잠시 뒤 정상 호흡을 되찾았다. 언젠가 용기를 내어 9볼트짜리 배터리 끝에 혀를 대본 적이 있는데, 폐가 열리기 전 혀를 때린 충격이 바로 그랬다. 잭은 치유된 자의 경외심을 품고 이 괴물, 이 존재, 마스터를 올려다보았다.

에필로그

E P I L O G U E

이프리엄 굿웨더의 일기에서

11월 28일 일요일

　뉴욕발 최초 보도에 이미 겁을 먹은 지구 전역의 도시와 지방은 이제 원인 모를 실종의 파도에 휩싸였다.

　밤이 되면 실종자들이 반인륜적 욕망에 홀려 집으로 돌아온다는 소문이 전염병보다 빠르게 퍼져나갔고……

　마침내 권력층의 입을 오르내리는 '뱀파이어'와 '역병'이라는 용어들……

　전 세계를 휩쓴 경제, 보도, 운송 시스템의 붕괴……

　……세상은 이미 한계를 넘어 총체적 공황에 빠졌다.

　그리고 원자력발전소의 붕괴가 이어졌다. 하나, 또하나.

　사고 진행 순서나 시간대별 상황에 대한 공식 발표는 없었고, 앞으로도 없을 것이다. 대규모 폭발 이후 모든 것이 순차적으로 파괴되었기 때문이다. 남은 건 공인된 가설뿐이지만, '가장 믿을 만한 추측'조차 첫번째 도미노가 쓰러지기 이전의 상황에 근거했다.

맨 처음은 중국이었다. 그리고 이스라엘 서해 연안 하데라에서 스톤 하트 원자력발전소의 원자로 고장이 두번째 노심 용해로 이어졌다. 연무 상태의 세슘과 텔루튬뿐 아니라 커다란 방사성동위원소 입자를 잔뜩 머금은 버섯구름이 방출되었다. 오염 물질은 지중해의 따뜻한 바람을 따라 북동쪽의 시리아와 터키, 흑해를 건너 러시아까지 실려갔고 동쪽으로는 이라크와 북부 이란까지 전해졌다.

국제사회는 테러를 원인으로 보고 파키스탄을 의심했으나, 파키스탄은 관련 사실을 부인했다. 한편 이스라엘에서는 의회의 비상회의에 이어 내각회의가 열렸는데, 사실상 군사회의였다. 한편 시리아와 키프로스는 재정적 보상과 함께 이스라엘에 대한 국제사회의 제재를 요구했으며, 이란은 뱀파이어 저주의 기원이 유대교에 있음을 강조했다.

파키스탄 대통령과 총리는 이스라엘이 노심 용해를 공격 개시를 위한 구실로 삼고 있다고 판단, 국회를 선동해 핵탄두 여섯 개로 선제공격을 할 수 있는 법안을 통과시켰다.

이스라엘은 핵 반격으로 이에 맞섰다.

이란은 이스라엘을 폭격하고 즉시 승리를 주장했으며, 인도는 파키스탄과 이란에 대해 15킬로톤의 탄두로 보복을 감행했다.

북한은 계속되는 기근과 역병 유입에 대한 두려움에 쫓겨 남한을 공격하기로 결정, 삼팔선 너머로 군대를 내려보냈다.

양측의 충돌에 중국도 끼어들었다. 자국의 원자로 붕괴와 그로 인한 재앙으로부터 국제사회의 관심을 돌리기 위해서였다.

핵폭발은 지진과 화산 분출의 도화선이 되었다. 수백만 톤의 화산재가 황산은 물론 온실가스인 이산화탄소를 어마어마하게 이끌고 성층권으로 올라갔다.

도시들이 불타고 유전에까지 불이 붙으면서 매일 수백만 배럴의 기름이 낭비되었다. 그 어떤 것도 인간이 잠재울 수 있는 화재가 아니었다. 이 재앙의 굴뚝들이 끊임없이 뱉어내는 짙고 검은 연기는 이미 화산재로 가득한 성층권에 진입해 지구 둘레를 돌았다. 그로써 지구에 내리쬐는 햇빛이 80, 90퍼센트 수준까지 흡수되고 말았다.

검댕이 고깔처럼 지구를 덮고 냉각했다.

이는 또다시 인간 세상에 영향을 미쳐 혼란을 부추겼다. 사람들은 누구나 지구 종말을 확신했다. 도시는 독이 가득한 감옥으로 퇴화하고 고속도로는 꽉 막힌 폐차장으로 전락했다. 캐나다와 멕시코 국경은 모조리 봉쇄되어 무단으로 리오그란데 강을 건너는 미국인은 가차없이 사살당했다. 하지만 그 국경들조차 오래가지 못했다.

맨해튼 상공에는 거대한 방사능구름이 머물며 하늘을 진홍빛으로 물들이더니 마침내 대기의 재가 햇빛을 막았다. 시간상으로는 대낮에 땅거미가 질 리 없지만, 이미 분명한 현실로 굳어졌다.

바다는 하늘이 비쳐 은회색으로 바뀌었다.

그후 잿비가 내렸다. 낙진은 무엇 하나 쓸어가기는커녕 오히려 상황을 더욱 암울하게 만들었다.

경보음은 곧 잦아들었다. 그리고 뱀파이어들이 일제히 지하실에서 빠져나와…… 자신들의 신세계를 환영했다.

노스 강 하저터널

노라는 허드슨 강 하저터널 선로에 앉아 병든 엄마의 잿빛 머리를 쓰다듬었다. 엄마는 그녀의 무릎을 베고 잠이 들었다.

"노라, 가요. 내가 도와줄게요. 어머니도……" 페트가 옆에 앉으며 말했다.

"마리엘라. 엄마 이름은 마리엘라예요." 노라가 말했다. 그러다 결국 더이상 참지 못하고 목놓아 울기 시작했다. 그녀는 페트의 어깨에 얼굴을 묻고 그동안 참고 또 참았던 감정을 터뜨렸다. 원초적인 흐느낌에 온몸이 떨렸다.

곧 에프가 동쪽으로 향하는 터널에서 돌아왔다. 지금껏 그곳에서 잭을 찾아다녔다. 노라는 탈진한 채 허탈한 마음으로 그를 돌아보았다. 일어나고 싶었지만 잠든 노모 때문에 그럴 수도 없었다. 그녀의 얼굴에 희망과 고통의 빛이 교차했다.

에프는 야시경을 벗고 고개를 저었다. 없어.

페트는 에프와 노라 사이의 긴장을 느꼈다. 둘 다 형언할 수 없을 만큼 크게 감정을 다친 상태였다. 에프가 노라를 탓하지는 않았다. 페트도 그 정도는 알았다. 분명 노라는 주어진 상황에서 잭을 위해 최선을 다했을 것이다. 하지만 결국 잭을 잃고 에프도 잃었다.

페트는 세트라키안이 거스와 함께 로커스트밸리로 떠난 얘기를 다시 들려주었다. "나한테는 이곳으로 가라고 했죠. 박사님과 함께 있으라면서." 페트가 에프를 바라보았다.

에프는 주머니에서 유리 술병 하나를 꺼냈다. 예인선 조타실에서 찾은 것이다. 그는 병째 한 모금 들이켜고는 분노와 혐오가 어린 표정으로 터널을 둘러보았다. "그래서 여기군." 그가 말했다.

갑자기 페트의 옆에 있던 노라가 움찔했다. 그때 멀리서 굉음이 들려와 터널을 채우기 시작했다. 처음에 페트는 무슨 소리인지 알지 못했다. 다친 귀의 끊임없이 이어지는 이명이 소리를 왜곡한 것이었다.

엔진. 모터. 소리는 끔찍하게 우르릉거리며 기다란 석조 터널을 타고 가까워졌다.

빛이 다가왔다. 기차일 리는 없는데?

두 개의 불빛. 헤드라이트. 자동차였다.

페트는 검을 꺼내 공격에 대비했다. 커다란 차가 멈추었다. 두꺼운 타이어가 선로에 찢긴 터라 검은색 허머는 덜걱거리며 림으로 굴렀다.

앞쪽 그릴은 뱀파이어의 피로 허옇게 얼룩졌다.

차에서는 거스가 내렸다. 파란 두건을 머리에 매고 있었다. 페트는 반대쪽 조수석으로 달려가 안을 살펴보았다.

허머는 텅 비어 있었다.

거스도 페트가 누구를 찾는지 알고 고개를 저었다.

"얘기해봐." 페트가 말했다.

세트라키안 영감님은 원자력발전소에 남겨두고 왔습니다. 거스의 대답은 그랬다.

"버리고 왔다고?" 페트가 되물었다.

거스의 미소에 분기가 배어났다. "영감이 원한 거예요. 당신한테도 그랬잖아."

페트가 마음을 가라앉혔다. 거스의 말이 옳았다.

"떠나셨을까?" 노라가 물었다.

"그랬겠죠. 끝까지 싸울 태세였으니까. 미친 앙헬 영감탱이도 남았으니, 마스터도 무사하지는 못했을 겁니다. 방사능 때문에라도……"

"원자로 용해." 노라가 말했다.

거스가 고개를 끄덕였다. "폭발음과 사이렌 소리를 들었죠. 이쪽으로 지독한 구름이 몰려오고 있어요. 영감이 이리로 가서 당신들과 함께하라더군요."

"낙진으로부터 보호하기 위해 모두 여기로 보낸 거야." 페트가 말했다.

페트는 주변을 둘러보았다. 지하 땅굴. 이런 시나리오라면 그는 늘 우위에 있었다. 굴에서 해수를 몰아내는 방역관 아닌가. 최후의 생존자, 쥐들이라면 이런 상황에서 어떻게 할까? 그는 멀리 탈선한 기차를 보았다. 피에 젖은 차창이 허머의 헤드라이트에 반짝였다.

"저 기차를 청소하죠. 문을 잠그고 교대로 자면 됩니다. 식당칸에 처들어가면 식량도 당분간 해결이고, 물도, 화장실도 있으니까." 페트가 말했다.

"그래봐야 며칠이에요." 노라가 말했다.

"버틸 수 있을 때까진 버텨보자고요." 감정의 소용돌이가 주먹처럼 페트를 강타했다. 자긍심, 굳은 의지, 감사, 슬픔…… 노인은 떠났지만 그래도 죽지 않았다. "적어도 저 위에서 최악의 방사능이 흩어질 때까지만이라도."

"그다음에는요?" 노라는 완전히 지쳤다. 모든 게 끔찍했다. 이 모든 상황이. 하지만 그런데도 끝이 아니었다. 달리 갈 곳도 없었다. 오직 이 지구에 창조된 새로운 지옥 말고는. "세트라키안 교수님은 떠나셨어요. 죽었을 수도 있고, 아니면 그 이상일 수도 있겠죠. 저 위에는 오직 대학살뿐이에요. 그들이 이겼으니까. 스트리고이들이 세상을 얻은 거예요. 다 끝났어. 다 끝났다고요."

아무도 말이 없었다. 터널 안의 공기는 조용하고 차분하기만 했다.

페트는 어깨에 멘 가방을 내려놓았다. 그리고 더러운 손으로 가방을 열고 뒤적거려 은 장정의 책을 꺼냈다.

"그럴 수도. 아니면…… 그 반대일 수도." 그가 중얼거렸다.

에프는 거스의 고성능 플래시 하나를 꺼내 혼자 재수색에 나섰다. 뱀파이어의 배설물 흔적을 끝까지 따라가볼 참이었다.

하지만 어디서도 잭을 찾지 못했다. 그래도 아들의 이름을 부르며 계속 움직였다. 목소리는 텅 빈 터널을 메아리치다가 그를 조롱하듯 되돌아왔다. 술병도 텅 비었다. 그는 터널 벽에 두꺼운 유리병을 집어던졌다. 병이 깨지는 소리가 불경스러운 저주처럼 들렸다.

그때 잭의 흡입기를 찾아냈다.

아무런 특징도 없는 터널 선로 옆이었다. 처방 스티커도 아직 붙어 있었다. 재커리 굿웨더, 뉴욕 우드사이드 켈튼 스트리트. 문득 그 하나하나를 다 잃었다는 생각이 들었다. 이름, 거리, 동네.

그렇다. 모두 잃었다. 이제 그런 것들은 더이상 아무런 의미가 없었다.

에프는 흡입기를 쥐고 어두운 지하 터널에 서 있었다. 어찌나 손에 힘을 주었던지 플라스틱 케이스에 금이 가기 시작했다.

그는 순간 손에서 힘을 뺐다. 이거라도 지켜야 해. 그가 흡입기를 가슴에 대고 플래시를 껐다. 그리고 칠흑 같은 어둠 속에서 분노로 떨었다.

세상은 태양을 잃었다. 에프는 아들을 잃었다.

이제 최악의 사태에 대비할 때였다.

동료들에게 돌아가자. 탈선한 기차를 청소하고, 함께 사태를 지켜보고, 기다리자.

하지만 저들이 지상의 공기가 맑아지기를 기다리는 동안 에프는 기다릴 것이 또하나 있었다.

잭이 돌아올 것이다. 뱀파이어가 되어 돌아올 것이다.

이미 실수를 통해 배웠다. 켈리에게 베풀었던 관용은, 더이상 없다.

하나뿐인 아들을 해방시키는 일은 자신의 권리이자 선물이다.

하지만 그마저 최악은 아니었다. 즉 잭이 뱀파이어가 되어 아빠의 영혼을 노리고 돌아온다는 가설조차 결코 최악이 되지 못했다.

절대 아니다.

최악은…… 잭이 돌아오지 않는 것이다.

최악은, 자신의 불면증에 끝이 없으리라는 사실을, 자신의 고통에는 어떤 해방도 없으리라는 사실을 서서히 깨닫는 것이었다.

영원의 밤은 이미 시작되었다.

옮긴이 **조영학**

소설 전문 번역가. 옮긴 책으로 『스트레인』『6인의 용의자』『레벨 26:어둠의 기원』『자살의 전설』『스마일리의 사람들』『리틀 드러머 걸』『더 레이븐』『히스토리언』『링컨 차를 타는 변호사』『듀마 키』『고스트라이터』『가라, 아이야, 가라』『나는 전설이다』 등이 있다. 현재 KT&G 상상마당에서 출판 번역 강좌를 맡고 있다.

문학동네 블랙펜 클럽
더 폴

초판인쇄 2015년 2월 17일 | 초판발행 2015년 3월 3일

지은이 기예르모 델 토로, 척 호건 | 옮긴이 조영학 | 펴낸이 강병선
책임편집 박아름 | 편집 황문정 전효선 | 독자모니터 조혜영
디자인 윤종윤 이원경 | 저작권 한문숙 박혜연 김지영
마케팅 정민호 이미진 정진아 양서연 | 온라인마케팅 김희숙 김상만 한수진 이천희
제작 강신은 김동욱 임현식 | 제작처 미광원색사(인쇄) 경원문화사(제본)

펴낸곳 (주)문학동네
출판등록 1993년 10월 22일 제406-2003-000045호
주소 413-120 경기도 파주시 회동길 210
전자우편 editor@munhak.com | 대표전화 031) 955-8888 | 팩스 031) 955-8855
문의전화 031) 955-1927(마케팅) 031) 955-2654(편집)
문학동네카페 http://cafe.naver.com/mhdn | 트위터 @munhakdongne

ISBN 978-89-546-3524-0 03840

www.munhak.com